Finderlohn

Band 1

Roman von
Kurt Koch

Bibliografische Information der Deutschen Nationalbibliothek: Die Deutsche Nationalbibliothek verzeichnet diese Publikation in der Deutschen Nationalbibliografie; detaillierte bibliografische Daten sind im Internet über dnb.dnb.de abrufbar.

Die automatisierte Analyse des Werkes, um daraus Informationen insbesondere über Muster, Trends und Korrelationen gemäß §44b UrhG („Text und Data Mining") zu gewinnen, ist untersagt.

Veröffentlicht durch: Klar Web Services (www.klar.ws)

Verlag: BoD · Books on Demand GmbH, Überseering 33, 22297 Hamburg, bod@bod.de
Druck: Libri Plureos GmbH, Friedensallee 273, 22763 Hamburg

ISBN: 978-3-7583-5152-5

Inhalt

1. Teil

2. Teil

3. Teil

4. Teil

Der Inhalt - ein Geständnis

Ich gestehe und versichere jeder verehrten Leserin und jedem geehrten Leser, dass mich mein Textaufbau als auch meine Ausdrucksweise als echten Pfälzer ausweisen.

Der Autor Kurt Koch

Zu „Finderlohn" - ein kurzer Blick hinter die „Kulissen"

Am 11. September 1973 hatte der damals 58-jährige Pinochet den (in Chile) demokratisch gewählten sozialistischen Präsidenten Salvador Allende gestürzt. (Wortlaut Wikipedia) Jetzt regierten die Bajonetten und Maschinenpistolen.

Die Leitfigur in den beiden Bänden „Finderlohn" erlebte diese Zeit als Kind. Die neuen Machthaber waren überzeugt, dass sein Vater an revolutionären Umtrieben beteiligt war. Um ihm Geständnisse abzupressen wurde seine Frau vor seinen und den Augen des Kindes Raúl Rivera auf das schwerste misshandelt.

Die Familie wurde gerettet und vom Roten Kreuz nach Deutschland verbracht. Vater und Mutter schieden bald aus dem Leben.

Raúl blieb ein Einzelgänger.

Er konnte sich nicht mehr ganz von den traumatischen Erlebnissen im Folterlager PISAGUA frei machen.

Er konnte und wollte es sich auf eigene Faust erlauben soziologische Studien anzustellen. Es war seine Meinung und einsame Entscheidung. Doch da konnte der Staat nicht tatenlos zusehen.

Machen Sie sich auf Überraschungen gefasst.

1. Teil

Kündigungsgrund

Raúl Rivera, sein kompletter Name war Raúl Frederic König Rivera, so stand es auf seiner chilenischen Geburtsurkunde. Er hatte aus wichtigem Anlass um eine Unterredung mit der Geschäftsführung gebeten. Dieser exzellent ausgebildete Angestellte war ein bekannt guter Kopf in der Entwicklungsabteilung. Somit hatte man in der Führungsriege schnell ein offenes Ohr für das Anliegen dieses wertvollen, sehr zuverlässigen und auch *beliebten* Mitarbeiters Raúl Rivera. In den oberen Etagen der Geschäftsleitung waren die Herren mit ihm und seinen Leistungen hochzufrieden. Er war bekannt als etwas introvertiert, was ihm bei der Lösung kniffliger, technischer Aufgaben mehr zum Vorteil gereichte. Seine Kompetenz wurde von niemandem angezweifelt.

Etliche Patente, die die Firma hielt, gingen auf seine erfinderische Tätigkeit in ihrer anerkannt modernst ausgestatteten Entwicklungsabteilung zurück.

Raúl hatte die angeregte Unterredung als dringend bezeichnet. Und vertraulich. Aber das wusste auch er, dass es sowas nicht geben konnte, wenn die tiefer gehenden Interessen der Firma, des Konzerns allgemein direkt betroffen waren. Und es gab keinen Zweifel, dass es diesmal mit Sicherheit der Fall war. Schließlich hatte er den Beweis erarbeitet.

Er hatte es, wie üblich, mit vielen Bedenkenträgern zu tun. Trotzdem würde es in der Firmengeschichte ein klares Novum geben - müssen. Er war der Dreh- und Angelpunkt für einen gewaltigen Entwicklungssprung auf höchstem technischen Niveau. Er hatte sich intensiv auf diesen Moment der hochkarätig zusammengesetzten Zusammenkunft vorbereitet und er war sich sicher, dass er Erfolg haben würde.

Etwas außerhalb - nun, sagte er sich, *<etwas außerhalb der in solchen Situationen einzuhaltenden Verfahrenswegen>*. Einmal vorsichtig formuliert und auch sehr konservativ ausgedrückt.

Gewisse rituell anmutende Scheinheiligkeiten wurden stets bei den Entscheidungsträgern bei solchen Zusammenkünften gehegt und gepflegt. Sie gehörten zum normalen Ablauf. Er wusste um diesen Zustand aus Erfahrung und auch der Geschäftsführung war dies bewusst, die ihm trotzdem - *aber selbstverständlich* - absolute Vertraulichkeit zusicherte.

Außer den Vorstandsmitgliedern, verantwortlich für die Entwicklung und Marktstudien, dem technischen Leiter der hiesigen Tochtergesellschaft, dem Geschäftsführer und Vorstandsvorsitzenden sowie dem Finanzvorstand würde niemand an Bord sein. Man freue sich auf die Unterredung, von der man einmal wieder richtungsweisende Neuigkeiten erwartete. Zum Wohle der Firma natürlich. Und zum Schaden des Initiators, des Erfinders, sollte es natürlich auch nicht sein. Das betonte man immer wieder mit gleicher Unredlichkeit und gebetsmühlenhaft.

Aus der - aus ihrer Entwicklungsabteilung - kam durchweg Gutes. Technische Vorgaben wurden regelmäßig übererfüllt und Zeitlimits unterboten. Meist konnte man der Konkurrenz ein Schnippchen schlagen, sie ausbooten. Und an dieser Tatsache hatte eben diese Entwicklungsabteilung den größten Anteil. Da hieß es meist: Auftrag erfüllt - *Vorgaben übererfüllt*. Die waren tüchtig. Die Firmenleitung war voller Stolz, besonders wenn sie halbjährlich die wiederum revolutionären Neuigkeiten der Öffentlichkeit präsentieren konnten. Von der Mutter aus Übersee spendierte man wohlwollend Boni. Auf die Leute am Standort Deutschland konnten sie sich verlassen. Da kam Freude auf. Öfters als aus anderen Ecken der Welt.

„Nun Herr" - ein kurzer Blick auf seine Vorlagen - „Herr König" - „Rivera", verbesserte Raúl umgehend - „äh, Herr Rivera, wir sind ganz Ohr, wir sind gespannt, was Sie uns zu sagen haben." Der Geschäftsführer warf einen vielsagenden Blick auf seine goldene Rolex.

Der sportliche, durchtrainierte Herr mit der randlosen Brille, es war der Chef der Entwicklungsabteilung, ergriff, ohne eine Sekunde zu zögern das Wort. Es schien ein eingespieltes Ritual.

„Herr König - äh, Herr Rivera ist in unserer Kreativabteilung einer der führenden Köpfe bei der Entwicklung von Printers. Eigentlich, das sollte man ohne Einschränkung sagen, er ist in diesem exklusiven Club sicher *der* führende Kopf. Er ist ein Vordenker, der uns bisher bei der Lösung kniffliger, technischer Probleme immer erstaunlich schnell vorangebracht hat. Herr Rivera hat ein sehr gutes technisches Gespür, Fantasie und Einfühlungsvermögen. Seine Erfahrung hat ihn in eine zentrale Vertrauensposition gebracht."

Süßholzraspler, dachte Raúl. Vor Ort hörte sich das meistens ganz anders an. Da konnte er mal schnell recht ranzig werden, aufs Tempo drücken, und zwar, gar nicht so selten, mit recht unangenehmen Methoden. Raúl war da nicht ausgenommen. Doch heute, das wollte er die Herren spüren lassen, da sollte es eine Abrechnung geben. Offenbar war das unausgesprochene Wort Abrechnung ein Startsignal für den Kassenwart.

„Herr Kollege", ließ sich der Finanzvorstand vernehmen, „darf ich daran erinnern, dass das Budget..."

Weiter kam er nicht, denn der Geschäftsführer unterbrach ihn recht unsanft, „...wir sind hier um Herrn Rivera anzuhören"., wieder warf er einen Blick auf den mit einer Goldrolex bewehrten Unterarm, „nicht um unsere finanziellen Vorgaben oder Ziele zu diskutieren. Also! Herr Rivera!"

Er machte eine kurze unmissverständliche Kopfbewegung in Richtung Raúl und fügte hinzu: „Wir hören."

„Schießen Sie los", ergänzte wichtigtuerisch der sportlich gestählte Entwicklungschef.

„Meine Herren, Sie sind im Bilde, dass ich in der Entwicklungsabteilung, wie unser Herr Diplom Ingenieur Dr. Eberhardt erwähnt hat, für knifflige Aufgaben am richtigen Platz bin."

Der Geschäftsführer unterbrach ihn: „Herr Rivera, bitte keine Süßholzrasplerei, kommen Sie zur Sache."

„Nun gut", setzte Raúl wieder an, „dann will ich den Herren keine Zeit rauben und komme direkt zur Sache."

Der Geschäftsführer, seine sportlichen Highlights mochten mehrere Jahre zurückliegen, war trotzdem immer noch mit einem Körperbau ausgestattet, der auf Selbstdisziplin schließen ließ. Seine Bewegungen schlossen auf eben diese Selbstdisziplin und sicherlich gesunder Ernährungsgewohnheiten. Er war zudem immer gleichmäßig gebräunt. Offenbar tägliche Pflege im eigenen Solarium, dachte sich Raúl.

„Erfreulich", sagte der Geschäftsführer, Herr Wickert.

Raúl war an der Reihe: „Ich habe einige der letzthin oft diskutierten und zunehmend aufgestauten Probleme zufriedenstellend gelöst. Aufbauend auf diesen technischen Problemlösungen wird es möglich sein, mehr als vierfarbig so zu drucken, wie es bisher nur die neuesten Offsetmaschinen können. Dies sowohl für den Anwender im Büro, zu Hause oder auch in jeder anderen Betriebsgröße in der Druckerei. Es wird sogar möglich sein mit dem Verfahren genauestens mehrfach und wiederholt übereinander zu drucken, einen perfekten Reliefdruck problemlos auszuführen. Dies direkt über den PC gesteuert, ohne Filme und Druckplatten und dadurch ohne jede andere Druckvorstufe. Sogar der Preis dürfte im Vergleich unschlagbar niedrig liegen. Soweit ich es bis gestern durch Recherchen beurteilen konnte, ist die Patentlage auch so, dass es bis jetzt noch keinen anderweitig konkurrierenden technischen Ansatz gibt."

Es trat Stille ein.

„Was soll das heißen?", unterbrach schließlich Herr Dr. rer. nat. Wickert die erwähnte, kurz eingetretene Stille.

Er schaute dabei in Richtung seines <sehr verehrten Kollegen> Herrn Dipl. Ing. Dr. Eberhardt.

Auch dieser erlauchte Herr schaute zunächst eine kurze Weile den Vorstandschef an, wandte sich dann an Raúl.

„Wenn ich Sie richtig verstanden habe, berichten Sie uns hier quasi von einem erstaunlichen Durchbruch in der Drucktechnologie. Stimmt das?"

„Nicht nur quasi", rutschte es Raúl heraus, „ich habe alle technischen Möglichkeiten der Beanspruchungen relevanter Bauteile und Komponenten durchgespielt. Alle theoretischen Vorausberechnungen und Ansätze sind in den wichtigsten Ansätzen in der Praxis übertroffen worden. Es kann keinen Zweifel an der praktischen Funktionalität des Systems, der Erfindung geben."

„Dann hängt es sicher wieder am Geld?", kam es vom Kassenwart.

Ein kurzer aber energischer Blickkontakt zwischen Dr. Wickert und Herrn Bose brachte letzteren zum Schweigen. Mit einem honorigen Titel konnte Herr Bose leider nicht aufwarten. Indigniert senkte er seinen Blick.

„Wenn die Feststellung von Herrn Rivera zutrifft, was ich nur gering anzweifeln mag, Entschuldigung Herr Rivera, dann können Sie sich mit Ihrem Geiz im Finanzresort ruhig in einen weit entlegenen Schmollwinkel zurückziehen. Dann wird nämlich, wie es die Erfahrung immer wieder gezeigt hat, jeder investierte Cent in erstaunlich kurzer Zeit vielfach zu uns, nun ja, zu Ihnen in ihre Kasse zurückfließen. Mal sehen, ob sie dann immer noch so ein lächerliches Lamento veranstalten. Habe ich recht?"

„Meine Herren, aber bitte, hören wir uns doch einige weitere Details an", so sprach Wickert mit unverkennbarer Ungeduld in seiner Stimme.

„Nicht nur mir dürfte es bekannt sein, dass weltweit an der Lösung dieses Problems gearbeitet und geforscht wird und das nicht nur seit einigen Monaten." Das war Raúl. Und er schaute seinen direkten Vorgesetzten, Herrn Dr. Wickert, an.

„Und sie haben die Lösung gefunden", fragte dieser mit einem etwas lauernden Unterton.

„Ja!" Die knappste aller Antworten und in den einschlägigen Kreisen nun doch etwas ungewöhnlich.

Damit hatte niemand der Herren gerechnet. Es würden jetzt viele gescheite Fragen zu stellen sein. Doch für einen Moment war es erstaunlich still. Sie erkannten, dass es bei diesem Zusammenkommen darum ging weitreichende, zumindest Vorentscheidungen zu treffen.

Meistens suchten sich die einzelnen Verantwortungsträger so auszudrücken, dass ihnen beim Scheitern einer Entscheidung nicht wirklich und ausschließlich die Verantwortung angelastet werden konnte. So würden sie sicher auch diesmal bemüht sein, sich zunächst so präzise wie möglich im Ungefähren auszudrücken. Immer auf der Lauer vor ihren Konkurrenten und Neidern in den Chefetagen. Diese, die ja bekanntermaßen ständig an gewissen Stuhlbeinen sägten. Kippte ein Betroffener dann wirklich, „hatten es die Neider und Streber ja *schon immer gewusst!"*

Es meldete sich siegessicher Herr Eberhardt. Der ehrgeizige Herr sah sich sicher bereits im glänzenden Licht der technischen Neuerung, wie von Herrn Rivera angesagt. Er sah sich bestimmt bereits auf Pressekonferenzen, auf Fachmessen und Kongressen umschwärmt und von Fachleuten angehimmelt. Seine Augen begannen zu glänzen.

„Wenn Herr Rivera uns diese technische Neuerung, ach was, technische Sensation meldet, dann gehe ich davon aus, dass daran keine Zweifel angebracht sind. Weder an der technischen Lösung, noch an der Machbarkeit, noch an der Integrität und dem Sachverstand unseres Mitarbeiters."

Jetzt geht er aber in die Vollen, dachte Raúl bei sich. Er positioniert sich, er will mich an seiner Seite haben. Wenn auch nur vorübergehend. Und er wird mich in die zweite oder in eine Reihe viel weiter hinten abschieben, sobald er die Details kennt und die Patentierungen laufen. Dann wird er der große Mann sein, mit all diesen Titeln, die er gesammelt hat. Denen gegenüber habe ich keine Chance wahrgenommen zu werden. *Doch wartet nur mal ab, meine Herren,* dachte Raúl. *Auch ihr werdet lernfähig sein.*

Raúl war klar, dass er in der Regel als Angestellter in dem Zusammenspiel der Vorstände mit Rückversicherung und Deckung auf Gegenseitigkeit, keine richtige Chance hatte. Er würde zwar die Erfindung gemacht haben, aber sie gehörte nicht ihm, sondern ausschließlich - uneingeschränkt - seinem Brötchengeber. Er konnte mit einem netten Brief, einem Anerkennungsschreiben auf Büttenpapier rechnen, auch mit den Unterschriften des gesamten Vorstandes. Vielleicht auch einer Geldprämie oder im allerbesten, aber unwahrscheinlichen Fall, eine mehr symbolische Beteiligung am Erfolg des neuen Verfahrens erhalten. Letztes war in keinem Anstellungsvertrag schriftlich festgehalten und somit regelmäßig außerhalb jeder Diskussion. Keiner dieser Herren würde jemals, und auch heute nicht, darüber ein Wort verlieren. Sie würden mit spitzem Finger und Schmollmund auf die Vertragsbedingungen zeigen.

Vielleicht würden sie ihm auch ein paar Vorzugsaktien übergeben. *So als Andenken oder Anerkennung.* gez.: Ihre Vorstände!

Raúl hatte demnach keine Möglichkeit auf Beteiligung an der Erfindung zu pochen oder sie gar einzuklagen. Nicht nur, dass dieser Zustand gültiges Recht war. Es war auch in einem Abschnitt in seinem Anstellungsvertrag ausdrücklich und ohne Recht auf Widerruf bzw. Anfechtbarkeit festgehalten.

Nein, auf diesem Weg hatte er keine Chance seine Leistung umfänglich gewürdigt zu sehen. Er gehörte mit seinem Gehirn, im übertragenen Sinne, mit Leib und Seele seinem Brötchengeber. *<Nennen Sie es Sklavenhaltertum aus dem Mittelalter, oder wie sie wollen, das sind aber die Tatsachen>* - so würde man ihn belehren, wie gesagt, wenn überhaupt. „So sind nun einmal die Spielregeln! Wir haben sie nicht erfunden. Wir wenden sie an und halten uns dabei an Gesetz und geltendes Recht. Dafür haben wir Ihre monatlichen Bezüge, allgemeine Prämien und Bonis lukrativ gestaltet, was Sie zugeben müssen und auch mit Ihrer Unterschrift bestätigt haben." <In aller Freundschaft> würde man ihn auf diese vertraglich bindenden Kleinigkeiten hinweisen.

Darüber hinaus standen in diesem Zusammenhang noch ganz andere knebelnde Vertragsbestandteile im Vertrag mit der Firma. Unter anderem:

Auch ein Ausscheiden aus der Firma, um sich dann in eigener Regie dem Patentierungsverfahren zu stellen, sich die Erfinderrechte zu sichern, hatte keine Chance auf Erfolg. Auch hier standen juristische und vom Gesetzgeber gewollte Vorgaben auf der Liste der Tatsachen. Sogar Erfindungen, die nichts mit seinem gegenwärtigen Aufgabengebiet in der Firma zu tun hatten, also Druckersysteme zu entwickeln bzw. zu verbessern, gehörten bis zu fünf Jahre nach seinem Ausscheiden immer noch der Firma. Auch wenn er, beispielsweise, ein Antischnupfenmittel erfinden würde. Es würde ihr frei stehen ihn zu honorieren, ihn zu beteiligen oder abzufinden. Im schlimmsten Fall würde ein Händedruck mit einem lauen <Danke> genügen.

Eine Verpflichtung bestand nicht einmal dem erwähnten Händedruck oder dem Danke gegenüber. Er könnte sich nicht einmal wehren, wenn eine Mitarbeit in der Firma nicht mehr erwünscht wäre. Wenn er „aus betrieblichen Gründen" seine Entlassung bekäme. Unzufriedenheit ist keine Begründung für eine Prämienforderung jeglicher Art.

Raúl war aber nicht unvorbereitet. Schon seit längerer Zeit hatte er, in seiner etwas überdurchschnittlich privilegierten Stellung, nicht nur an der Lösung des technischen Problems gearbeitet. Er hatte auch nach Wegen gesucht, dem gesetzlich festgelegten Regelwerk zu entgehen. Vielleicht ihm ein Schnippchen zu schlagen. Die Erfindung musste nur wichtig genug sein, große renditeträchtige Erfolgsaussichten beinhalten, dann konnte man auch die höchste Hürde nehmen. Vielleicht? Oh nein! Sicher! Sie würden es ihm nicht leicht machen. Und immerhin sind sie eine geballte Macht, er nur ein Einzelkämpfer.

„Herr Rivera, sind sie allein mit dem Problem befasst, bzw. wer arbeitet eventuell noch mit daran? Sie scheinen zumindest der Kopf dieser angekündigten umwälzenden Entwicklung zu sein."

Aha, der Dipl. Ing. tastet sich vor, erkundet das Terrain, bevor er zur Sache, dem Angriff übergeht, dachte sich Raúl.

„Ich habe das allein durchgezogen, das Risiko war mir zu groß. Sie wissen ja, je mehr Personen damit be..."

Der Dipl. Ing, unterbrach ihn: „...Gut gemacht. Und gut gedacht. Nun, einerseits gut gemacht, andererseits hätten Sie bei mir, wie üblich einen verständnisvollen und auch begeisterten Ansprechpartner gefunden. Übrigens, wie sieht es mit den Printmitteln aus, Tinte, Pülverchen oder gibt es da auch eine Neuigkeit?"

Raúl schaute sehr konzentriert auf seine wenigen Papiere, die er vor sich auf den Tisch gelegt hatte.

„Nun, Herr Rivera?"

Es war Dr. Wickert.

„Ich habe auch *daran* gedacht. Selbstverständlich hängt ja eines mit dem anderen zusammen. Und schließlich verdient die Firma ja am besten mit den Zutaten. Bestimmte Vorgaben stehen ja ganz oben auf der Prioritätenliste, wenn ein neues Produkt in der Entwicklungsabteilung in Angriff genommen wird."

„Hervorragend", ließ sich der Kassierer vernehmen.

„Herr Dr. Wickert", Herr Dipl. Ing. Dr. Eberhardt. wandte sich in Richtung seines Vorstandsvorsitzenden, „gehen Sie mit mir einig, dass wir, nach einer ersten und vorläufigen aber eingehenden Prüfung durch mich und unsere Fachleute, baldigst die Patentanwälte einschalten sollten?"

Er will unbedingt die Initiative. Der macht schon so, als wäre er der Herrscher aller Reusen, dachte sich Raúl.

Herr Dr. Wickert drehte, wie in Gedanken verloren an dem exklusiven Armband seiner Rolex. Niemand unterbrach ihn bei diesem Ritual.

Dann aber kam er in Fahrt: „Ich denke, dass es am besten ist, wenn wir zunächst eine Priority Group bilden. Diese aber organisatorisch sozusagen von der allgemeinen Entwicklungsabteilung abtrennen. Dazu lassen wir einfach im Block D die erforderlichen Installationen verlegen. Gleichzeitig beginnen wir aber auch die Erstellung des sowieso geplanten Neubaus vorzuziehen. Lasst uns mit Verve an die Arbeit gehen und keinen Tag mehr verlieren. Die Sicherheitsabteilung muss selbstverständlich für jede Fase eingeschaltet werden."

„Für einen Neubau habe ich noch keinen Ansatz in der Planung!" Das war wieder der Finanzchef.

„Nun lass mal gut sein", bemerkte fast zu gütlich Dr. Wickert, „das bringe ich auf den Weg und wenn ich persönlich mit diesem einzigen Tagesordnungspunkt in der Übersee-Zentrale aufkreuze."

„Ich wollte ja nur gesagt haben...", hakte der Kassierer hartnäckig nach.

Raúl bekam das Gefühl, als wäre er bereits in dieser Runde die kleinste Nebensächlichkeit. Da hatte er noch keine technischen Details auf den Tisch gelegt, und schon hatten sie ihn vereinnahmt. Sein Wissen und Können gehörte sowieso ihnen und das ließen sie ihn bereits unbarmherzig spüren. Er befahl sich: Abwarten. Sie sollen sich in ihrer Selbstherrlichkeit erst einmal austoben.

„Beschlussfassung?", ließ sich wieder der energische Vorstandsvorsitzende vernehmen und fuhr ohne eine Antwort abzuwarten fort. „Herr Rivera, sie gehen mit Herrn Eberhard das gesamte neue Spektrum in allen Einzelheiten durch, so wie es auch in unserem Hause die Regel ist, und sie werden von uns hören. Zunächst möchten wir ihnen unseren aufrichtigen Dank und Anerkennung für ihre beachtliche Leistung und Einsatz zum Wohle unserer Firma aussprechen. Ich werde mich dafür einsetzen, dass ihnen auch in finanzieller Hinsicht Zufriedenheit widerfahren wird."

„Herr Dr. Wickert", ließ sich nun Raúl vernehmen, er war ja jetzt direkt angesprochen, „ich danke für Ihre Ausführungen, ..." Weiter kam er nicht.

„...Aber das ist doch selbstverständlich, dass ich mich für die Belange unserer Mitarbeiter einsetze und ihre Leistungen zu würdigen weiß." So sprach Herr Dr. Wickert und schien keine weiteren Worte mehr darüber verlieren zu wollen.

Raúl war da anderer Ansicht.

„Darf ich noch einmal ums Wort bitten?"

Dr. Wickert ließ sich aus halb erhobener Flucht-Position wieder in seinen Chefsessel fallen. Dann drehte er wieder demonstrativ an seiner Rolex und warf einen auffallend intensiven Blick darauf.

Raúl ließ sich, für jeden Anwesenden überraschend und erkennbar, erstaunlicherweise nicht aus der Ruhe bringen. Normal wäre es gewesen, dass man vor den Absichten und Beschlüssen eines Dr. Wickert viel mehr Respekt zeigt. Sozusagen innerlich zusammensinkt, einknickt. Raúls Benehmen war daher schon recht ungewöhnlich, was man auch in den Gesichtern des Finanzvorstandes und dem des Dipl. Ing. ablesen konnte. Jeder legte in seiner gewohnt bekannten Manier die Stirn in Falten. Sollte sich jetzt einer von ihnen mit gefühlsbetonten Unmutsbezeugungen zeigen? Doch Raúl ließ sich dadurch nicht beeindrucken.

Möge er mal unsere Geduld nicht auf die Spitze treiben, dieser Satz lag in der Luft. Bei aller Wertschätzung. Verdammt noch eins.

„Bitte", das war alles was Herr Dr. Wickert nun in Richtung Raúls doch noch sagte.

„Ich möchte festhalten, dass ich mit den Beschlüssen, auch mit dem beabsichtigten Vorgehen und den Planungen nicht einverstanden bin."

Stille. Lange Sekunden. Oder waren es Minuten? Sechs Augenpaare bohrten sich mit dem Ausdruck größter Überraschung in die braunen Augen Raúls.

„Wie bitte?" Dr. Wickert beugte sich langsam nach vorne und dehnte die beiden Worte fast unendlich lang. Das Fragezeichen hing schwer und dunkel wie ein Damoklesschwert über dem Konferenztisch und schien sich vernichtend auf Raúl Rivera stürzen zu wollen. Des Bosses Augen schienen sich zu Schlitzen zu verengen. Etwas Raubtierhaftes zeigte sich in seiner Körpersprache. So als würde er jeden Augenblick mit einem Satz sein Opfer anspringen wollen. Es verschlingen mit Haut und Haaren.

„Ich sagte, dass ich mit dem beabsichtigten Procedere nicht einverstanden bin. Ich suche eine Entscheidung, die auch meine Interessen berücksichtigt." Raúls Stimme gewann an Sicherheit und Klarheit, je mehr sich die Konfusion der hohen Herren darstellte. Er wunderte sich ein bisschen über sich selbst.

Klar, das war starker, ja stärkster Tobak.

„Und .... was schlägt der Herr vor?" Dr. Wickert betonte jedes Wort und zog es in die Länge. Unerhörtes lag in der Luft. Es hatte sich hereingezwängt, drohte damit des Bosses inneres Gleichgewicht, seine Selbstsicherheit zu ersticken. Er hatte bisher immer die Spielregeln bestimmt. Und hier schien jemand diese auf den Kopf stellen zu wollen. Mühsam schluckte er einen aufkommenden Wutanfall hinunter.

Raúl erkannte den aufrichtigen O-Ton, den Herr Dr. Wickert jetzt angeschlagen hatte. Diesem Ton konnte man vertrauen. Der bedeutete im Grunde die bekannte Rücksichtslosigkeit hervorzukehren. Das harte, ja erbarmungslose Durchgreifen erkennbar zu machen, dieser Ton war bekannt. Nicht die einschmeichelnden Worte von wegen Anerkennung, Dank, Fürsorge usw. *„Und was schlägt der Herr vor?"* Jetzt war er in seiner Stimmlage ehrlich. Vielleicht auch ungewollt, besser unbewusst. Er senkte langsam ein wenig den Kopf und drehte ihn gleichzeitig etwas zur Seite. Die Augen waren nur noch halb offen, besser beobachtet, sie verengten sich zu Schlitzen. Es war die lauernde Stellung eines Reptils, einer Schlange, bevor sie zustieß. Eine steile Falte bildete sich über der Nasenwurzel.

„Ich schlage vor, die Firma zahlt mich aus. Über den Wert der Erfindung müssten wir uns dann noch einig werden. Ich übergebe den neuesten Entwicklungsstand, alle Unterlagen, helfe ggfs. auch noch bei der Formulierung der diversen Patentschriften, dann trennen sich unsere Wege. Die Summe sollte allerdings schon so attraktiv sein, dass ich bereit sein kann zu kooperieren."

Dr. Wickert stieg langsam aus seinem Chefsessel, bewegte sich in einer Drehung hinter die große Lehne. Diese verdeckte ihn fast, legte seinen Kopf auf die über der Lehne verschränkten Arme. Jetzt war nur noch der Kopf sichtbar, und schaute zu seinem <*geschätzten*> Mitarbeiter gegenüber. Nein - er fixierte ihn.

Der Schatzmeister beobachtete angestrengt seine Fingernägel, ob sie denn doch irgendwie nicht korrekt manikürt wurden.

Der Dipl. Ing. streckte sein Rückgrad durch und stützte seine Hände in unbequemer Haltung auf die Sessellehnen. Er schaute gespannt zum großen Zampano in Gestalt des Herrn Vorstandschefs Dr. Wickert.

Die Sekunden verrannen, die Spannung stieg.

Dann - Dr. Wickert hob den Kopf von seinen Armen. Ließ diese aber an ihrem Platz und begann, ganz sanft und leise, viel zu sanft, als dass dahinter auch nur ein Jota Aufrichtigkeit stecken konnte. Dann sprach der Chef: „Auszahlen. .... Bewerten. .... Bereitschaft zur Kooperation. Aber sicher, Sie sind doch ein integrer, ein seriöser Verhandlungspartner. Nun, das wäre mal geklärt."

Pause. Stille. Eine unüberhörbare, spannungsgeladene Stille. Niemand schien auch nur zu atmen.

Der Kassenwart lehnte sich langsam zurück und starrte nun die Decke mit weit aufgerissenen Augen an. So als erwarte er aus den Höhen Erlösung und Hilfe.

Raúl hielt dem Blick des Übervaters stand, dessen Augen sich zum wiederholten Male zu Schlitzen verengten. Dieses Etwas von Raubtiergehabe begann sich aufs Neue in seinem Gesichtsausdruck auszuprägen. Er schien jetzt wirklich, die Muskeln gespannt, auf dem Sprung. Keine heimtückische Schlange mehr, jetzt kraftstrotzendes und hungriges Raubtier.

Doch dann löste er überraschend seine noch verschränkten Arme von der Stuhllehne, drehte sich langsam und machte ein paar Schritte zur Seite. Sein jetzt hochroter Kopf war, wie zum konzentrierten Nachdenken, leicht gesenkt. Raúl wusste, dass dies nicht ein Zeichen der Resignation war. Da braute sich etwas zusammen. Der

Druck in diesem Herrn baute sich erst richtig auf. Gleich konnte die Explosion erfolgen.

Dann wandte er sich langsam Raúl zu, hob bedächtig seinen Kopf und sagte mit der sanftesten Stimme, der er fähig war bzw. die er bereits vor langer Zeit einstudiert hatte.

„Junger Mann, ich darf Ihnen doch mit ein wenig Aufklärung auf die Sprünge helfen." Und eine Nuance schärfer: „Offensichtlich verkennen Sie Ihre Situation und die Gesetzeslage. Und das ausgerechnet vor der versammelten Firmenführung."

„Ich denke, dass mir diese Situation und auch die Gesetzeslage sehr wohl bekannt sind, Herr Dr. Wickert." Raúl legte in diese paar Worte viel zu viel Sicherheit, als dass man sie einfach als den dummen Einwand eines Übergeschnappten abtun konnte. Auch das entging dem Herrn Vorstandsvorsitzenden nicht. Trotzdem hielt er recht lange die Luft an. Jetzt ja nicht explodieren. Gerade im Erkennen von Feinheiten lag sein Erfolgsrezept, sonst wäre er niemals in der heutigen Position. Mit Aussichten sogar auf den Posten des Konzernchefs.

Der Geldverwalter suchte jetzt Unregelmäßigkeiten an den Enden seiner zehn Finger.

Der Dipl. Ing. hatte seinen Kopf in die linke Hand gestützt, betrachtete Raúl und dachte bei sich, wie hoch wohl dieser idiotisch veranlagte Hochstapler noch reizen wolle. Je höher, desto tiefer musste er schließlich fallen. Das war auch nicht gut für ihn selbst. *„Haben sie Ihre Mannschaft nicht im Griff"*, würde man ihm zurufen, immer wieder zurufen. Wie im Krampf quetschte seine sportliche rechte Hand die Sessellehne. Wo und wann, vor allem wie, sollte er sich ggfs. in den recht gespenstischen Ablauf einmischen. Klar war, dass sein Mitarbeiter diesen Kampf nicht gewinnen konnte. Alle Vorteile lagen auf der Seite des Vorstandes. Aber, wenn er jetzt den Mund aufmachte, auch wenn es zur selbstverständlichen Unterstützung von Dr. Wickert war, würde ihm das der Chef verdammt übel nehmen. Und der konnte nachtragend sein und vergessen würde der schon gar nicht. Wenn er nicht sofort in seine

Richtung explodieren würde, dann ein anderes Mal. Irgendwann in der Zukunft. Im ungünstigsten Moment.

Der Oberchef hatte sich unterdessen wieder vollkommen unter Kontrolle. Wie es in ihm aussah, wurde von Professionalität verdeckt. Jedenfalls wollte er es *noch* vermeiden Porzellan zu zerschlagen.

Er schlug eine andere Taktik an.

„Herr Rivera, fühlen sie sich von uns, von der Firma enttäuscht, benachteiligt, gekränkt?"

„Aber keinesfalls, Herr Dr. Wickert, wenigstens bis jetzt noch nicht. Ich habe sogar volles Vertrauen. Gerade weil ich Vertrauen habe, erlaube ich mir Vorschläge zu machen".

Dr. Wickert, immer noch nach außen väterlich besorgt: „Ich möchte Sie daran erinnern, dass wir einen Vertrag haben, Sie mit der Firma, die Firma mit ihnen. Ich darf doch davon ausgehen, dass sie noch wissen, was sie da unterschrieben haben? Oder sollte ich vielleicht doch besser die juristische Abteilung bitten den Schrieb zu uns zu bringen?"

„Das liegt in Ihrem Ermessen. Von meiner Seite aus besteht kein Bedarf. Unter anderem habe ich in diesem Vertrag unterschrieben, dass ich exklusiv für die Firma im Rahmen meiner Fähigkeiten forschen und entwickeln soll, Geheimnisse bewahren usw. Wenn sie Wert darauf legen, suche ich auch noch die anderen vielfältigsten Paragraphen zusammen. Zudem noch die Verpflichtungserklärungen."

„Nun denn, was leiten Sie davon ab, Herr König? Wollen Sie mir mit eigenwilligen Interpretierungen kommen? Wollen Sie, dass ich mich für die Feststellungen im Vertrag in Ihrem Sinne umorientiere?"

Das war schon schulmeisterlich. Und zudem war das sicherlich eine hinterhältige Absicht, ihn jetzt wieder mit <König> anzureden. Der wollte Konfusion schüren. Raúl aus dem Konzept bringen, ihn irritieren. Herr Dr. Wickert beherrschte das ganze Repertoire auf der Liste der psychologischen Peinlichkeiten sehr gut. Trotzdem ließ sich Raúl nicht aus der Fassung bringen. Zu lange hatte er diese Szene immer wieder durchgespielt. Und es war nicht das erste Mal, dass er die Finessen seines obersten Chefs bewundern oder verachten lernte.

„Herr Dr. Wickert, ich würde mir ein solches Verhalten, eine solche Denkungsweise niemals selbst verzeihen. Ich respektiere ihre Geschäftsführung, ihre persönliche Integrität und selbstverständlich gilt auch für mich <Verträge müssen eingehalten werden>. Den lateinischen Spruch erspare ich ihnen und mir."

<Was ist nur mit diesem verdammt selbstsicheren Raúl Rivera los? Von welchem Teufel ist der geritten? Der muss doch damit rechnen, dass ihn dieser Dr. Wickert in einem nicht fernen Moment mit Haut und Haaren verschlingen wird.>, überlegte angestrengt sein direkter Chef.

„Wollen wir denn dann noch weiter Zeit verschwenden? Sie halten den Vertrag ein und ich, als Vertreter der Firma, ebenfalls. Dann gehen wir zur Tagesordnung über und behandeln die Situation sachgerecht, wie unter Professionellen. Dagegen können Sie doch nichts haben? Oder? Betrachten sie diesen Vorschlag als Versuch Differenzen nicht auf die Spitze zu treiben. In meiner Jugend habe ich auch hin und wieder versucht Festungen im Handstreich zu nehmen. Kehren wir einfach auf den Boden der Wirklichkeit zurück. Sie haben in der Eigenschaft eines Mitarbeiters unserer Firma eine bahnbrechende Erfindung gemacht. Wir werden uns an Recht und Gesetz halten, an die bestehenden Verträge und, das kann ich ihnen auch zusagen, wir werden nicht kleinlich sein, wenn es um die finanzielle Anerkennung ihrer Leistung geht."

Das war beinahe eine Ansprache, die Schlupflöcher zwar andeutete aber natürlich in Wirklichkeit keinesfalls zulassen wollte. Frage und Antwort hatte der Boss sich selbst ausgewählt. Er war voller Zuversicht, dass nach den letzten Worten Raúls nun die Einsicht in seine Lage die Oberhand gewonnen hatte. Gewinnen musste.

Während der letzten Worte hatte er sich wieder seinem Chefsessel genähert, drehte ihn seelenruhig, um sich, beinahe demonstrativ genüsslich, darin niederzulassen.

„Ich kann nur nochmals wiederholen, dass ich die vorgeschlagene Verfahrensweise nicht akzeptiere. Ich denke, dass es jetzt richtig wäre die Positionen in die von mir vorgeschlagene Richtung zu bewegen. Schließlich will ich ihnen nicht kostbare Zeit stehlen, Herr Dr. Wickert."

Jetzt trat wieder Stille ein. Diese fürchterliche, spannungsgeladene, erdrückende Stille. Aber es war an keinem anderen, als an Dr. Wickert den Karren wieder flott zu machen, die Initiative zu ergreifen. Zuckerbrot und Peitsche - er ließ seine Optionen kurz vor seinem inneren Auge vorbeiwandern. Zuckerbrot kam unter der obstinaten Verhaltensweise seines Untergebenen im Moment nicht mehr in Frage.

„Sie bestehen also auf Vertragsbruch?"

„Ich möchte eine Verhandlungslösung und wenn sie es auch nicht wahrhaben wollen, sie - sie sind nicht in der Position ihr entgegenzustehen."

Das war starker Tobak. Sehr starker Tobak. Dr. Wickert dachte an *aufstehen, wortlos den Raum verlassen.* Er dachte an *auf den Tisch hauen,* an die Hinzuziehung der Rechtsabteilung - an irgendetwas, das an Blitz und Donner erinnern würde. Rasch versuchte er auch noch andere Optionen ausfindig zu machen. Doch dieses Hirnnareal war wie blockiert, da kam nichts mehr, so sehr er sich bemühte.

Seit er im Berufsleben stand, war ihm noch niemals eine solche Lage untergekommen. Stand er davor die Handlungshoheit zu verlieren? Da war ein untergeordnetes Würstchen, ein Rädchen aus seinem Imperium, wenngleich auch ein recht bedeutendes Rädchen, das sich nicht mehr dem Gleichklang seiner Vorgaben unterordnen wollte, es spielte verrückt. Das konnte das Ende seiner Autorität bedeuten. War dem so?

Doch Moment: Er stand immer noch einem der bedeutendsten Unternehmen vor, das seinen Schwerpunkt in der Printtechnologie sah. Und auf diesem Gebiet stand man in der ersten Reihe, weltweit.

Und er war einer der Entscheidungsfürsten. Zwar in einem harten Wettbewerb, in dem sich jeder Manager in dem Konzernbetrieb und seinen Töchtern befand. Aber er hatte eine Spitzenposition erobert. Er stand als einer in der ersten Auswahl, sozusagen als heiß gehandelter Kandidat, für einen Posten ganz oben an der internationalen Konzernspitze. Unter anderem, aber nicht zuletzt, besaß er persönliche Verfügbarkeit über den Firmenjet. Das kam nicht von ungefähr. Er hatte immer hart gearbeitet, hatte messbare Erfolge erzielt. Er hatte die Klippen der alltäglichen und gegenwärtigen Intrigen geschickt und manchmal auch gnadenlos umschifft.

Und da kam plötzlich aus heiterem Himmel - vor einer Stunde war die Welt noch in prima Ordnung - dieser Hochmutspinsel aus irgendeinem finsteren Loch gekrochen ... Verdammt, war es wirklich ein Hochmutspinsel? Kam der aus einem finsteren Loch? Hatten sie einen Hochstapler gezüchtet und ihn auch noch fürstlich entlohnt?

Wie einen wehrlosen Mistkäfer zertrat er im Geiste den ersten Anflug von Zweifel, von Unbehagen. Er war der Boss, er war in diesem Raum die höchste Instanz, Richter und Vollstrecker zugleich. *Du darfst nicht zulassen, dass dieser Bursche dir auch nur eine klitzekleine Beule in deine glänzende, gepanzerte Karosserie schlägt, ja nicht einmal einen Kratzer daran unterbringt*, redete er in stillem Ringen mit sich selbst Mut zu. Er ertappte sich dabei, ganz entgegen seiner eigenen eisernen Regeln, dass er dabei war diesen Mann mit allerlei Vergleichen aus dem Tierreich zu bestücken.

Dabei wollte er nicht wahrhaben, dass ihn die Lage doch etwas verwirrte. Dass er sogar bereits die besagten Kratzer in seiner Karosserie hatte. Verwirren? Neeeiin, mich doch nicht!

Er entschloss sich möglichst unmerklich tief durchzuatmen und mit leiser Stimme zu belehren. <Ja nicht den Brustkasten bewegen. Die Atmung muss über die Bauchmuskulatur erfolgen>. So hatte auch er es in Seminaren immer wieder gehört und verinnerlicht.

„Herr König, laut Gesetzbuch sind Sie verpflichtet, alle Erfindungen an ihren Arbeitgeber abzutreten. Das heißt nicht einmal das, denn Sie können gar keine Erfindung für sich in Anspruch nehmen.

Sie arbeiten *für* die Firma und Sie sind Teil der Firma. Ergo können Sie auch nichts an die Firma abtreten. Alle Ihre Erfindungen gehören automatisch der Firma, im vorliegenden Fall uns. Außer Ihrer physischen Arbeitskraft gehört auch die Leistung Ihres Gehirns der Firma, die sie nach vertraglichen Vereinbarungen bezahlt. Dies als klärender Kommentar zur Rechtslage. Nebenbei, und das betone ich nocheinmal, ich habe die Gesetzte nicht gemacht. Sie sind älter als die Dauer meines bisherigen Chefdaseins." Die letzten beiden Sätze sprach er im Ton eines gütigen Großvaters, der seinen Enkeln die Welt erklärt. Und er fuhr zunächst in gleicher Tonlage fort.

„Der - Ihr - Arbeitgeber kann, muss aber nicht, Sie in gesonderter Weise prämieren, Ihre Leistung anerkennen und würdigen. Auch wenn Sie aus der Firma ausscheiden, gehören noch bis zu fünf Jahre alle ihre möglichen Erfindungen uns, unserer Firma. Auch wenn Sie etwas erfinden, das mit Druckern aus unserer Branche überhaupt nichts zu tun hat. Beispielsweise Sie würden eine Zahnpaste erfinden. Wir sind die rechtmäßigen Eigentümer, sie haben keine Chance. Nun lassen Sie uns endlich die Kinkerlitzchen beiseitelegen. Machen wir Nägel mit Köpfen."

Seine Stimme hatte sich wieder beschleunigt und war auch lauter, sogar auch schneidender geworden.

„Sie erzählen mir nichts Neues, Herr Dr. Wickert. Und trotzdem möchte ich in dem von mir vorgeschlagenen Sinn verhandeln."

Dr. Wickert, der Boss, dachte und spürte kurz, dass sich der Untergebene, dieser Raúl verdammt weit aus dem Fenster lehnte. Wenn einer so hartnäckig eine Position verteidigt, beinahe weinerlich, er glaubte oder wünschte sich das herauszuhören, dann musste er Schwachstellen haben. Dann sieht er sich sicherlich nicht auf einem Betonsockel, sondern eher auf tönernen Füßen. Er *möchte* verhandeln. Er hatte nicht gesagt: „Ich will ..." Das klingt schon nach halber Kapitulation. Also, das bedeutete für Wickert: Ranklotzen.

„Sie haben keine Verhandlungsposition, keinen Verhandlungsspielraum, Herr König."

Mit jedem Wort wurde die Aussprache des großen Machers schneidender.

<Aufpassen>, rief sich Raúl lautlos, aber deutlich zu, dieses beharren auf <König> brachte ihn tatsächlich ein wenig aus der Fassung. Er durfte in diesem Moment nicht widersprechen oder nachbessern. Er wusste, dass er sich das nicht erlauben und sich aus dem Konzept bringen lassen durfte. Schnell könnte sein schöner Plan platzen und in unkontrollierbarer und sowieso unfruchtbarer Diskussion enden.

Nach einer, wie es Herrn Dr. Wickert schien, kurzen Nachdenklichkeit Raúls und die er prompt falsch interpretierte, fuhr Raúl fort.

„Und ich denke, ja ich weiß, dass Sie da nicht ganz richtig liegen. Bevor wir so weit auseinanderkommen, dass die Verbindung zwischen uns abreißt, bitte ich um Bedenkzeit. Nicht bei mir, sondern bei Ihnen - wenn´s erlaubt ist, Herr Direktor."

Letzteres kam von Raúl nur halblaut. Auf Herrn Dr. Wickert musste das wie eine weitere pikante Provokation wirken. Sollte *er* sich neu orientieren?

Nicht doch, sagte dieser zu sich, und fügte hinzu: *Das ist doch ein Fliegengewicht.* Er sah sich noch immer in einem uneinholbaren Vorsprung gegenüber diesem, diesem ....

„Mann" - jetzt war es nicht mehr Herr König - „ich könnte Sie wegen Vertragsbruch sofort entlassen. So können Sie doch nicht mit uns umspringen."

Raúl war wieder an der Reihe.

„Ich habe Ihnen einen fairen Vorschlag gemacht und Sie winken mit Entlassung. Glauben Sie, dass sie mich mittels Drohungen veranlassen können, Ihnen gefällig zu sein? Mein Wissen preiszugeben? Wenn ja, dann sollten Sie schnellstens umschalten."

„Ich bin weit davon entfernt Ihnen zu drohen, ich habe lediglich ein eher mögliches realistisches Szenario geschildert." Der Herr Dr. Wickert war sauer. Er musste unter allen Umständen vermeiden, dass sich seine Stimme überschlug. Sich jetzt ja nicht lächerlich machen. Überhaupt - weshalb quatschte er noch mit diesem Typen? *Schmeiß ihn raus*, suggerierte ihm eine innere Stimme.

„Ich versuche Sie wieder auf den Boden der Tatsachen ..."

„Sie halten mich wohl für debil? *Boooden* der Tatsachen." Ein wenig schon hatte er die Kontrolle verloren. War seine Stimme schon übergeschnappt? Hatte er nicht schon die Selbstkontrolle verloren? Sch... schwer zu sagen. Er versuchte seinen Blutdruck unter Kontrolle zu bringen. Hatte ihn nicht der Arzt gewarnt? Dr. Wickerts Gesicht war wieder hochrot geworden. Und er wusste, er fühlte es und er verfluchte sich und seine mangelnde Selbstkontrolle.

Raúl: „Also, ein weiterer Anlauf. Ich versuche auf dem Boden der Tatsachen zu bleiben und Sie von dieser, meiner Position zu überzeugen. Hilft das weiter?"

Die Antwort des Herrn Dr. Wickert kam nun wie aus der Pistole geschossen.

„Ich finde es immer noch eine Unversch... ich will sagen, dass ich Ihnen bei einem Vertragsbruch nicht behilflich sein werde. Nicht sein kann, wenigstens das werden Sie doch verstehen", ergänzte er noch.

„Ich habe Sie weder eingeladen noch dazu gedrängt einen Vertragsbruch gutzuheißen. Das ist doch wohl die Tatsache, die auch Sie erkennen werden, wenn Sie mir ruhig zuhören und meinen Vorschlag durchdenken."

Der Herr Dr. schaute verächtlich, wandte sich an seinen Ing. Eberhardt und meinte: „Stehe ich mittlerweile einem Affenladen vor? Sie sind mir zu still, Herr Ingenieur."

„Sie sind nun mal als der Manager für alle geschäftlichen Vorgänge, Entscheidungen und Verwaltungsaufgaben zuständig. Ich leite die Technik."

Der Herr Ingenieur wollte sich seinerseits keinesfalls zu weit aus dem Fenster lehnen. Es ging schließlich wirklich um Fragen außerhalb seines Zuständigkeitsbereiches. Dachte der Ing. Dafür war das Jahreseinkommen von Herrn Dr. Wickert auch dreimal so hoch. Mindestens.

„Genau darum geht es ja jetzt", meinte Dr. Wickert, „Sie haben ihre Leute nicht unter Kontrolle. Wie kann eine solche Situation entstehen? Wieso sind Sie nicht im Besitz aller Einzelheiten dieser sogenannten technischen Neuerung? Dann bräuchten wir uns nicht mit diesem ... mit Herrn König auseinanderzusetzen." Raúl schwieg wieder oder noch einmal wegen dem <König>.

Dr. Wickert hatte sich nochmals gefangen, hätte aber beinahe Türen, vielleicht für immer, zugeschlagen. Es schwante ihm, dass hinter dem Verhalten von Herrn König doch mehr stecken könnte. Was immer es sein sollte, es musste zu seinem Vorteil sein - der Firma O.K. - aber?

Und noch etwas. Verdammt, er hatte sich gehen lassen und angefangen Streitigkeiten im Vorstand, mit seinem Dipl. Ing. Eberhardt, vor diesem ... diesem ... Schnösel auszubreiten. Das durfte nicht noch einmal passieren. Verdammt nochmals! Wickert ärgerte sich jetzt über sein Verhalten. Damit gab er kostenlos Positionen preis und stärkte sein Gegenüber. Und zudem hatte er seinen Chefingenieur vergrämt, vor einem simplen Mitarbeiter. Vor dessen direktem Untergebenen. Verdammt! Er wusste, dass dies in seiner Position als eine Todsünde gewertet werden konnte. So sah er bereits vor seinem geistigen Auge einen Aktenvermerk. Und der könnte ihm den Sprung an die Konzernspitze vermasseln. Er holte, entgegen den Empfehlungen der Psychologen, vernehmbar tief Luft.

„Ich kann meine Enttäuschung nicht verhehlen", setzte er dann in einem bedauernden Tonfall, und mit Blick auf Dipl. Ing. Eberhardt, hinzu.

Man sah es dem großen Verantwortlichen auch an. Das Raubtierhafte war, für den Augenblick wenigstens, verschwunden.

Der Ing. machte eine wegwerfende Handbewegung. Doch damit war noch lange nichts entschieden. Hier hatte sich ein Spalt des Zerwürfnisses aufgetan. Den er in diesem Moment auch nicht verschließen konnte, nicht einmal wollte.

Dr. Wickert unternahm einen neuen Anlauf. Raúl schien die Entwicklung nicht zu erschüttern. Das nervte zusehends den großen Mann Geschäftsführer.

Ein gewichtiges Detail aus der Sicht Raúls: Schon seit einer ganz beachtlichen Weile hatte der Herr Dr. Wickert nicht mehr auf seine goldene Rolex geschaut.

Fast lautlos erschien eine Sekretärin und legte dem Herrn Direktor einen Zettel vor. Nach einem kurzen Blick darauf entschied er: „Vertagen."

„Sehr wohl", antwortete die Dame und verschwand wieder, so gut wie geräuschlos.

„So, wie kommen wir weiter?"

Diese, mehr ungewöhnlich und noch mehr hilflos klingende Frage war an Raúl gerichtet.

„Wir waren zuletzt bei einer möglichen Vertragsauflösung durch Entlassung. Dadurch käme ich in den Genuss einer stattlichen Abfindung. Ich könnte durch das Werkstor nach draußen marschieren, zusammen mit meinem Wissen und Können, ohne in Bitterkeit zurückzuschauen. Und ohne, dass Sie mich zwingen könnten ebendieses Ihnen, beziehungsweise der Firma, zu überlassen."

Soll ich mich überhaupt noch mit ihm weiter unterhalten? fragte sich Herr Wickert. Das machte er dann doch. Im geschäftsmäßigen Tonfall.

„Mann, Sie sind vielleicht lustig. Wollen mit einer für die Firma wichtigen Erfindung einfach verduften. Das schlagen Sie sich mal aus dem Kopf. Da gibt es Rechtsmittel, die Ihnen schwer zu schaffen machen könnten."

Raúl konterte:

„Es scheint als könnten Sie einfach nicht von Drohungen lassen und so scheint es auch als wollten Sie unbedingt einen Bruch in unserer Verbindung herbeiführen. Ich glaube, ich habe es bereits erwähnt und wiederhole es lieber nochmals, das wäre äußerst unklug und müsste andererseits den Mitbewerbern in die Hände spielen." Hatte nun der Herr Direktor diesen Wink mit dem Zaunpfahl verstanden?

Der Herr Dr. Wickert: „Könnte ich, aufgrund Ihrer neuesten Äußerungen, nicht langsam in den Verdacht kommen, dass Sie ein Klugscheißer sind? Ich weigere mich noch dies anzunehmen - zu ihren Gunsten. Also, Sie wollen eine Erfindung unterschlagen, die rechtmäßiges Eigentum unserer Firma ist. Glauben Sie nicht, dass dies Grund genug ist, ihnen die Hölle heiß zu machen? Sie in eine verdammt unbequeme Lage zu bringen?"

„Ich hege trotz der Eskalation in ihrem verbalen Verhalten noch die Hoffnung, dass wir uns auf der Grundlage meines Vorschlages einigen können. Andererseits, Herr Dr. Wickert, wie wollen Sie beweisen, dass ich tatsächlich der Firma eine Erfindung vorenthalte? Sie kennen ja nicht einmal die relevanten Details. Und die müssten sie ja bekanntermaßen für eine Klage auf den Tisch legen."

Postwendend legte Herr Dr. Wickert nach.

„Übersehen sie die Zeugen in diesem Raum?"

„Ich sehe hier Vorstandsmitglieder, die mir zugehört haben. Und was sie gehört haben könnte glatt ein Hirngespinst sein - meine Fantasie. *Der Kerl ist übergeschnappt*, könnten sie denken. Doch ich will *sie* damit nicht provozieren."

Der Ing. schielte so offenkundig nach den Papieren, die vor Raúl auf dem Tisch lagen. Es schien als erwarte er darin den Nachweis für die Erfindung zu wissen. Raúl erkannte auch diese Unruhe und wandte sich an den Herrn Dipl. Ingenieur Eberhardt.

„Sie interessieren sich für die Papiere, bitte da sind sie, zu ihrer freien Verfügung", und Raúl reichte sie über den Tisch. Zögernd, vorsichtig, so als könnten sie vergiftet sein, griff der Ing. zu.

Es waren enttäuschende Computerausdrucke mit einem Bibeltext. Raúl hatte sie als Schmierpapier, für eventuelle Notizen mitgebracht.

„Eine Abfindung wollen Sie", setzte der Dr. Wickert wieder an, „oder der Firma ihre Erfindung verkaufen. *Ihre*, dieses Wörtchen setze ich allerdings in große Anführungszeichen. Das kann doch nicht wahr sein. Ich wiederhole nochmals, was ich bereits dargelegt habe. Sie werden doch nicht erwarten, dass wir unser Eigentum kaufen, Geld ausgeben für das, was uns sowieso gehört. Das haben wir doch schon längst bezahlt. Ihre Gehälter, ihre Prämien, ihren Lebensstandard. Wir haben ihnen doch einen großen Vertrauensvorschuss gegeben. Und sie haben in unseren Mauern, mit unseren Anlagen und unseren Maschinen experimentieren können."

Dann, nach einer kleinen Denkpause, und mit einem nicht zu überhörenden sarkastischen Unterton fuhr Herr Dr. Wickert fort: „Doch, erklären Sie sich ruhig mal. Vielleicht habe ich ja etwas übersehen."

„Das denke ich, mit Verlaub. Schauen Sie, Sie können, um mit ihren Worten zu sprechen, *ihr Eigentum* kaufen und sind dann im alleinigen Besitz desselben. Oder Sie vergeben diese einmalige Chance und gehen das, allerdings sehr hypothetische Risiko ein, einer Konkurrenz das Produkt zu überlassen. Die könnte die erwähnte Erfindung selbst machen und patentieren, Ihnen zuvorkommen. Dieses erwähnte hypothetische Risiko liegt in Ihrem Verantwortungsbereich, das möchte ich betont haben. Und ich betone auch nochmals, dass *Sie* diesen Begriff von <*Ihrem Eigentum*> geprägt haben. Ich habe das niemals gesagt."

Dr. Wickert sprang wie von einer explosiven Treibladung angetrieben auf.

„Mann sie reden sich hier um Kopf und Kragen. Vor so viel Zeugen. Wieso denken Sie, dass ich unter diesen Umständen einer Quasierpressung nachgebe?"

Kleine Pause.

„Das Wort Erpressung will ich nicht gehört haben. Ich habe Ihnen ein Geschäft vorgeschlagen. Und auch das meine ich ganz ernst: Wenn Sie mir noch einmal von Erpressung sprechen, dann kündige ich und Sie werden sich zumindest wegen falscher Anschuldigungen verantworten müssen, oder Verleumdungen oder ..., nun ja die Rechtsanwälte finden immer etwas, das für die Firma ganz schön teuer werden könnte. Nun kann ich nämlich ebenfalls sagen, dass es seriöse Zeugen gibt."

Raúl war nun nicht mehr ganz so ruhig und sachlich wie bisher.

Er spürte es, dass er dabei war, seinen Vorteil einer überlegenen Verhandlungsposition zu verspielen und sprach weiter. Jetzt aber wieder sehr ruhig.

„Ich kann Ihnen ja im Grunde ihre Aufregung nicht verübeln. Aber bitte denken Sie trotzdem noch einmal darüber nach. Angenommen ich kündige. Da Sie die Details meiner Erfindung nicht kennen, können Sie mich auch nicht belangen, wenn ich inzwischen die Details weiterverkauft habe. Käufer gibt es ja, Sie könnten sich ja selbst in die Warteschlange einreihen. Nur, dass Sie unter den gegebenen Umständen keine Chance bekommen würden."

Herr Wickert hatte sich wieder gesetzt, nervös spielte er *Finger entkrampfen*, wischte sich die eine oder andere unsichtbare Fusel von seiner maßgeschneiderten Jacke, fand dass eine Bügelfalte seiner Hose eine bessere Lage verdient hatte. Und er hatte plötzlich ein fast unmerkliches nervöses Zucken in seinem Gesicht. Raúl bemerkte den schwindenden Widerstand bei seinem noch Vorstandschef und die zunehmende Erleuchtung der Gegebenheiten und fuhr fort.

„Also, Herr Dr. Wickert, nur mal angenommen, ich verkaufe die Erfindung an sonst wen und verzichte auf jede Nennung meines Namens, ich will nicht einmal Miterfinder sein. Wenn nur die Kasse stimmt. Glauben Sie im Ernst, sie könnten etwas gegen mich unternehmen, mir auch nur *ein* Bein stellen? Der Käufer würde sich hüten auch nur *ein* Wort über die Herkunft *seiner* Erfindung zu verlieren. Klingt doch logisch und dürfte ihnen als Prozedere bekannt sein. Sie wissen doch, wie sowas läuft. Und wie viele Erfindungen werden angeblich bei uns gemacht, die im Endeffekt doch nur gekauft sind? Sie hätten nicht mal eine Idee, um was es sich konkret handelte. Auch das habe ich bereits angesprochen. Sie könnten jedenfalls schon aus diesem Grund nicht handeln. Die Erfindung wäre immerhin für Sie außer Reichweite. Und ich ebenfalls. Oder fällt Ihnen dazu etwas anderes ein? Obendrein nochmals die wiederholte Anmerkung, dass dies Wortspiele sind und natürlich vollkommen hypothetisch gemeint sind."

Dr. Wickert spielte nun bei verschränkten Händen mit seinen Daumen Karussell.

Der Ing. kratzte sich am Hinterkopf. Es wäre zu schön gewesen, sich wieder einmal in der wärmenden Sonne einer überaus wichtigen Erfindung zu zeigen. Aber noch war ja nicht alles verloren. Wirre Gedanken schwirrten durch seinen Kopf. Wie wäre es wenn ...? Verdammt nochmals, der Kerl hatte recht. Der hatte die besten Trümpfe in der Hand. Was würde der Vorstandsvorsitzende jetzt dagegensetzen können?

Der Finanzvorstand vergaß seinen Mund zu schließen und starrte gedankenverloren in eine Ecke.

Raúl: „Wie sollen wir verbleiben? Erwarten Sie von mir jetzt die Kündigung?"

„Entschuldigung, aber bitte gewähren Sie mir doch auch das Recht nachzudenken. Ich will ja nichts übers Knie brechen. Ist nicht meine Methode."

Das war schon mehr eine ergreifende Ansprache, ein Nachruf auf das forsche Großkotzgehabe des Machers, des großen Machers. Klar war auch für den Ing., dass es hier und bald ein Einknicken geben musste. Fragte sich nur noch zu welchen Bedingungen. Hatte dieser Wickert überhaupt noch die Möglichkeit Bedingungen zu stellen? Der hatte sich doch arg vergaloppiert. Wenn er jetzt die Nerven behalten würde. Eberhard dachte kurz daran, selbst Profit aus der Schwachstelle des Oberbosses zu ziehen. Warum nicht?

„Wie lange arbeiten Sie bereits an dem Projekt?" Die Frage stellte Dr. Wickert in sehr ruhiger Tonlage. Zu ruhig, fand Raúl. Vorsicht!

„Bitte, Herr Dr. nehmen Sie es mir einfach straffrei ab, wenn ich dazu die Aussage verweigere. Nehmen Sie ganz einfach zur Kenntnis, dass ich Ihnen von einer sensationellen technische Neuerung berichtet habe. Und diese technische Neuerung biete ich ihnen zum Kauf an. Die Firma wird mit der weltweiten Exklusivität und den Lizenzverträgen eine Menge Geld verdienen, einen gewaltigen Zuwachs an Prestige verzeichnen. Das heißt im Detail, wir machen einen Vertrag, ich werde mich von Rechtsbeiständen meiner Wahl beraten lassen, Sie zahlen mich vereinbarungsgemäß aus. Wir geben uns die Hand und ich bin kein Mitarbeiter ihres geschätzten Unternehmens mehr. Ich verzichte auch, wenn Sie darauf bestehen, auf die Nennung meines Namens auf dem Patentantrag. Mein Ego wird das verkraften können. Die Firma erhält alles und ich ein Sümmchen, mit dem ich mir und ihr keine Vorwürfe zu machen brauche. So zum Beispiel auch, dass mich Herr Dr. Wickert übers Ohr gehauen haben könnte. Jetzt sind Sie am Zug."

Herr Dr. Wickert bewegte seinen Kopf hin und her, leicht nach hinten gelegt sah es aus, als wolle er seine verkrampften Nackenmuskeln entspannen. In Wirklichkeit war weit mehr verspannt als nur sein Nacken.

„Die Frage bleibt noch im Raum, wer dann wen übers Ohr gehauen hat. Ich werde einfach das ungute Gefühl nicht los, dass ich hier im Namen der Firma eine unsanfte Landung hinlege." Das war in einem erstaunlich ruhigen Tonfall, so der Herr Dr. Wickert.

„Noch ist nicht aller Tage Abend, Herr Dr., sie können ja immer noch in gewohnt härtester Gangart die Vertragsbestimmungen beeinflussen. Sie haben dann die Chance sich wieder einmal als wahrer Hüter der Interessen der Firma zu bewähren. Das bereden Sie aber mit Rechtsgelehrten, die dann meine Interessen vertreten. Mir ist das zu nervig."

„Und wir finden natürlich wirklich nichts auf den Festplatten unserer Entwicklungsabteilung", warf der Herr Direktor fast launisch in die Runde.

„Darauf können Sie bauen", antwortete Raúl wie aus der Pistole geschossen.

„Na, na", das war der ganze letzte Kommentar des Dipl. Ing. Eberhardt.

„Ich komme mir einfach wie überfahren vor."

„Das Gefühl wird vergehen, Herr Dr. Wickert, wenn Sie erst einmal die Lorbeeren ernten, auf denen sich gut ruhen lässt."

Raúl war fortan Millionär.

Er konnte sich nun seinen Hobbys widmen. Doch was heißt hier Hobbys, er kannte nur eine Richtung. Er konnte von *seinen Druckern* nicht loskommen. Doch warum sie nicht nutzen als Mittel, um sie seinen recht ungewöhnlichen Träumen zur Verfügung zu stellen. Raúl war Einzelgänger mit bemerkenswerten, überaus tragischen Kindeserlebnissen. Er war nicht verheiratet und war nach bitteren Erfahrungen zur Erkenntnis gekommen, dass man sich vor der Spezies Mensch in Acht nehmen sollte. Gleich welchen Geschlechtes.

Allerdings war er auch sehr sensibel. Soziale Ungerechtigkeiten, Schicksalsschläge, auch ihm fremder Menschen, trieben ihm regelmäßig die Tränen des Mitgefühls in die Augen.

Zu Raúls äußerst traumatischen Erlebnissen während der grausamen diktatorischen Pinochet-Zeit in Chile, die Details im Schlusskapitel in Band 2.

2
Geheimnisvolle Technik

Seit einiger Zeit hatte sich Raúl schon auf eine Zeit als **Ich-AG**, (OSA) ohne staatliche Aufsicht, vorbereitet und teilweise auch eingerichtet. Wohlgemerkt eine Ich-AG nach *seinen* Vorstellungen. Ohne staatliche Beteiligung über Steuerberater, Steuerprüfungen und Steuerprüfer. Andererseits hatte er nicht vor Gewinne zu erwirtschaften. Also wozu Steuerbehörden beschäftigen. Vor denen hätte er *<Das Ziel der AGesellschaft>* offenlegen müssen. Die hätten ihm <etwas gehustet>, von wegen! Wahrscheinlich hätten sie versucht ihn in eine Nervenheilanstalt einweisen zu lassen.

Nein, es war auch kein Unternehmen, das nach Art der Gemeinnützigkeit umtriebig werden sollte. Obwohl, da gab es einen kleinen Annäherungspunkt, vielleicht eine Fastberührung, wenn er es sich genau überlegte.

Ein Verein, so ganz allein, konnte er nicht sein. Vereine mussten ja, nach Gesetzeslage, mindestens 7 Mitglieder aufweisen. Und schon aus einem anderen Grund käme das nicht infrage, denn da müsste er sich ja wieder einer oder gar mehreren Kontrollen staatlicher Organe unterordnen. Nein, die wollte und konnte er bei den ausgeklügelten Aktivitäten nicht gebrauchen.

Würde es ein Institut sein? Vielleicht werden?

Er stellte wiederholt fest, dass es zu seinem geplanten Unternehmen noch keine Parallele in der Geschichte der Bundesrepublik gegeben hatte. Und es war genau diese Idee, die ihn beflügelte, eigentlich beinahe mit Inbrunst daran hinarbeiten ließ.

So plante er konsequent für eine Zeit nach seinem Abgang bei dem Weltkonzern mit Schwerpunkt bei der Hardware Drucker.

Und nun beherrschte er eine Technologie, die allerhöchsten Anforderungen, auch im Hochsicherheitsbereich der Druckerkunst gerecht wurde. Er hatte sie ja in den wichtigsten Bereichen erfunden, zumindest mitentwickelt.

Dazu gehörte auch das Drucken von Banknoten.

Raúl gönnte sich einen kleinen Rückblick.

So ganz im Verborgenen, ganz unverfänglich für seinen Chef, dem Diplomingenieur Eberhardt, arbeitete Raúl an einem neuen Projekt. Er hatte sogar auf seinem Insel-Hochleistungsrechner, im Sinne der Geschäftsleitung, *die* Sicherungen eingebaut, die verhindern sollten, dass sich sogenannte Unbefugte ungebeten über seine Daten schlau machen konnten. Werksspionage war ein gefürchtetes, ein gar nicht so abwegiges Sachgebiet, für viele ein gefürchtetes Gespenst.

Trotzdem nahm er seine Daten jeden Tag mit nach Hause. Er hätte krank werden können, irgendetwas konnte passieren derart, dass er dann u.U. *seine* Sicherung hätte preisgeben müssen. Er wäre zumindest in einer etwas unbequemen Situation gewesen, hätte all das offenlegen müssen, was er gerade am entwickeln war. Bisher hatte seine persönliche Geheimnistuerei funktioniert. Folgenschwere Überraschungen ergaben sich nicht.

Auch in seinem Zuhause verwahrte er die Daten sachgerecht und, wie er glaubte, sicher.

Freilich lag die offizielle Sicherung in einem Panzerschrank der Geschäftsleitung. Aber dann gab es ja noch die persönliche Sicherung und dahinter hatte er seine Neuentwicklung verschanzt. Also doppelte Sicherung. Allerdings zu seinem Vorteil. Nicht so unbedingt zum Vorteil für die Firma.

Natürlich war seine Abteilung abgeschirmt. Sein Rechensystem als *Insel* ausgelegt. Alle in Räumen mit speziellen Vorkehrungen, die kein bekanntes Spionagesystem durchdringen konnte. Und im Internet arbeiten oder recherchieren war off Limits. Dazu gab es Rechner, die einerseits einer konstanten Kontrolle unterlagen und andererseits ständig von IT-Spezialisten auf Malware und Spione überwacht und gecheckt wurden.

Wenn der Dip. Ing. Eberhardt nachschauen, seinen Rechner auf die laufenden Arbeiten überprüfen sollte, würde er, anhand der internen Sicherung, *die* Daten finden, die über die hausinterne, normale Arbeit Raúls berichteten. Alles, was seine Neuentwicklung betraf, lag in einem versteckten Dateienblock. Nur ein gewiefter Fachmann hätte sich mit einem gewissen Aufwand Zutritt verschaffen können. Aber er war ja eine Vertrauensperson, Misstrauen durfte nirgendwo aufkommen.

Und dem Herrn Dipl. Ingenieur zeigte Raúl, legte ihm das vor, was dieser zu sehen wünschte. Und das war ja auch nicht wenig. Darauf achtete Raúl ganz besonders. Er tat also unter den Augen seiner Vorgesetzten seine Pflicht, vernachlässigte augenscheinlich nichts. Alles paletti.

Dahinter, quasi hinter einer Firewall, war das gewachsen, wofür Raúl den *ersten Preis* gewonnen hatte. Sein persönliches Startkapital. Ausgezahlt gegen die gewichtigen Bedenken des Herrn Bose, oberster Wächter über die Finanzen der Firma. Aber auch mit der Unterschrift des Herrn Dr. Wickert, die dieser ebenfalls nur unter starkem Bauchgrimmen geleistet hatte.

Er war es, der die Entscheidung vor der Konzernleitung in Übersee verteidigen musste. Er war sogar vollkommen von der positiven Entwicklung und der Tragweite der Erfindung überzeugt. Doch er wusste auch wie seltsam manchmal seine Ober-Macher tickten. Als Amis gingen sie an solche Probleme mit einer ganz eigenen Mentalität heran.

Seine Argumente überzeugten dann doch, so dass er sich wieder beruhigt nach Hause fliegen lassen konnte. Die Firma hatte immerhin ein Alleinrecht an einem sensationellen technischen System, das die nächste und wahrscheinlich auch die übernächste Generation der

Drucktechnik beherrschen würde. Im Großen und im Kleinen. Mittlerweile hatten es ihm auch die Strategen und spitzfindigsten Techniker im Konzern bestätigt.

Nur Eberhard war sauer, weil er sich mit einer zweitklassigen Belobigung begnügen musste.

Raúls privilegierte Position in der Entwicklungsabteilung hatte noch weitere Vorteile gehabt. So musste er mit den Spezialisten in der Abteilung für Tinte, den *Farbklecksern,* wie man die Entwickler gerne etwas abfällig bezeichnete, zusammenarbeiten. Es wurde aus seiner Sicht eine sehr fruchtbare Zusammenarbeit. Besonders mit einem sympathischen jungen Mann. Seines Zeichens Biochemiker. Ein relativ junger Beruf.

Es kam den Interessen der Firma entgegen, als Raúl eines Tages anregte eine *Biofarbe* zu mixen - wie sie beide feixend als Ziel festlegten. Wer weiß, die Biowelle konnte allen Ernstes auch auf die unschuldigen Drucker überschwappen. Sie könnte vielleicht aus der Sicht der Firma ein Verkaufsschlager werden. Jedenfalls würde der Besitz dahingehender Patente nicht schaden.

Biotinte! Damit war jedenfalls immer die nicht unbedeutende Tatsache verbunden, dass das *Zeugs* sich auf und davon machen konnte. Sich verflüchtigt, die ursprüngliche Farbe sich verändert, vielleicht fault, stinkt, sich zersetzt und letztendlich verschwindet. Was hätte eine solche Tinte für einen Sinn? Sie musste stabilisiert werden. Man würde bei der Notierung der Inhaltsstoffe vermerken müssen, dass hier auch E -soundso, E-soundso und E-soundso mit im Spiel sei. Das könnte allen Ernstes erforderlich werden, denn bei Biotinte, die dann ja auch keine mehr wäre, könnte trotzdem jemand auf die Idee kommen sie zu trinken. Daher auch die entsprechenden Warnhinweise über die zugesetzten Inhaltsstoffe. In den USA sowieso ein unbedingtes Muss. Denn ein fehlender, sachgerechter Hinweis auf den Chemiezusatz, das würden Fisimatentenanwälte bald als attraktive Einnahmequelle entdecken.

Tatsächlich war ihre Biotinte nicht stabil.

Der nächste Schritt war daher, Tintenarten zu vermischen, mit dem Nebeneffekt sie haltbarer zu machen. Die Biotinte also zu stabilisieren. Wieviel Stabilisator und welchen würde man benötigen? Bis hierher war es noch für beide, den Biochemiker und Raúl, eine Art Spass. Es standen hinter den Bemühungen keine ernsthaften Bedürfnisse oder auch nur Ansätze für eine Dringlichkeit in der Firma.

Zudem war noch keinerlei Druck, weder von der Politik noch von Verbrauchern gekommen, die Forschung und Entwicklung überhaupt zu betreiben.

Aber man hätte für Eventualitäten, z.B. ein plötzliches Muss, ein schönes Ass im Ärmel.

Rein zufällig kam man auf die Idee, eine in ihrer Lebensdauer genau begrenzte Tinte zu entwickeln. Sozusagen eine Tinte, einmal ausgedruckt, mit Haltbarkeitsdatum. *„Nach dem Öffnen für den alsbaldigen Verbrauch bestimmt. Einmal gedruckt, nur XX Tage lesbar."* Sie hatten ihren Spaß an dieser innovativen Phantasie-Produktlinie.

Beide stellten fest, dass bei Versuchen, unter bestimmten Umständen, ein Druckergebnis nach 6 Tagen, manchmal aber erst nach zwei Monaten verschwand. Dann nicht mehr da war. Raúl und sein Kumpel fanden, dass es an der Zeit war, sich den einen oder anderen Spaß zu erlauben. Man könnte es mal unter Freunden ausprobieren. Ein Brief, heute gedruckt, morgen erhalten, würde sich inhaltlich nach einigen Tagen in Nichts aufgelöst haben.

Sie entdeckten, wie sie das Haltbarkeitsdatum fast auf den Tag manipulieren und die Tinte entsprechend programmieren konnten.

Sie stellten dann einige Mengen der Biotinte in acht Farbtönen her. Sie selbst konnten, eben durch Zugabe der entsprechenden Chemikalien, die *Lebenszeit* der gebrauchten, der ausgedruckten Tinte bestimmen. Wie Lebensmittel ließ sich die Haltbarkeit der Biotinte im Kühlschrank verlängern. Im gefrorenen Zustand - fast - unbegrenzt haltbar machen. Interessant.

Als Toner, zum Drucken mit Laser, eignete sich das Produkt allerdings nicht. Noch nicht, würde der Wissenschaftler sagen. Dieser Meinung waren auch die beiden „verspielten" Jungwissenschaftler. Nachdem die Zeit der Spielerei abgelaufen war, kam auch das Thema immer seltener auf den Tisch der Entwickler. Doch vergessen hatte es Raúl nicht.

Er hatte auch im Verlauf seiner Ausbildung mit Hologrammen experimentiert. Die Erinnerungen an dieses Thema waren noch frisch. Es war für ihn ein sehr faszinierendes technisches Verfahren gewesen und schon von daher fest in seinem Gedächtnis verankert. Er kannte die dazu erforderliche Technik. Er kannte auch diverse Einschränkungen für den Vertrieb der geeigneten technischen Einrichtungen.

Er hatte es sich nicht verkneifen können schon bald, nachdem er eine bestimmte Höhe der Stufenleiter in der Entwicklungsabteilung erklommen hatte, auch mit dieser Technik zu experimentieren. Es gehörte ja in den Aufgabenbereich *seiner Entwicklungsabteilung.*

Um sich für experimentelle Zwecke die entsprechenden Gerätschaften anzuschaffen zu können, erfüllte die Firma in idealer Weise die Vorgaben. Das kam dann dem Spieltrieb Raúls einerseits und andererseits seinen zukünftigen Plänen oder privaten Interessen entgegen.

Nachdem die Anlage arbeitete und man sich an den Ergebnissen ergötzen konnte, fehlte trotzdem noch der letzte Pepp. In seiner Abteilung schafften sie es dann Zusätze zu entwickeln, die die Leistung sogar noch steigerten und das Ergebnis nocheinmal entscheidend verbesserten. Allerdings sah man noch keinen direkten Anwendungsbereich für Produkte, die sich jedermann im Supermarkt kaufen konnte. Bis nach ganz oben, in die Firmenleitung, waren diese Aktivitäten nicht vorgedrungen. Man wusste dort zwar, dass auch an sogenannten *Spielereien gewerkelt* wurde, man war sich aber auch bewusst, dass sich dadurch in der Vergangenheit manch schöne neue Geschäftsidee entwickelt hatte. Also stellte man sich bei der Bewilligung von Mitteln nicht quer.

Raúl bestellte über den firmeninternen Auftragsservice Ersatzteile für bestimmte Einrichtungen. Stück für Stück in möglichst unverfänglicher Art und Weise. Das eine oder andere Stück auch doppelt, damit keiner auf die Idee kommen konnte, dass hier in Wirklichkeit eine komplette neue Anlage nachgebaut werden sollte. Einige Teile ließ er im Betrieb selbst fertigen. Und es gelang ihm nach und nach die Einzelteile aus dem Betriebsgelände heraus zu bringen.

Klar! Es war nicht gerade eine lupenreine, gesetzlich und moralisch saubere Vorgehensweise.

Nun, der Zweck heiligt bekanntlich die Mittel. Immerhin, für Raúl eine nicht ganz neue Selbstverständlichkeit.

Doch, vergleichbar mit dem, was er und seine Familie unter dem Schreckensdiktat der Chilenischen Junta erdulden mussten, lediglich ein kleiner Schönheitsfehler. Er würde ein Leben lang mit diesem Trauma leben müssen.

Raúl hatte sich mit seiner finalen Löhnung, der Auszahlung bei seinem bisherigen Brötchengeber, ein schönes Heim gekauft. In diesem Haus entstand die neue Anlage.

Das verbliebene beachtliche finanzielle Polster würde ihm für den Rest seines Lebens ein gutes Auskommen sichern. Das, ohne dass er an seinen privatunternehmerischen Absichten und Plänen Abstriche machen müsste.

Natürlich besaß er, aufgrund seiner Vorbildung und Erfahrungen, auch die Fähigkeiten Präzisionsdruckerzeugnisse herzustellen. Jeder Geldfälscher würde sonst was dafür geben, sein Wissen, Können und technische Fähigkeiten zu besitzen. Zumal auch das Spezialgebiet des Wasserzeichens in seiner Studien- und Ausbildungszeit ausführlich behandelt wurde. Wie auch sonst, wenn man die Technik kannte, war auch dieser Teil nicht mehr im Bereich der Hexerei.

Doch die herkömmliche Technik, das ließ ihm keine Ruhe, sah er als überkommen an. Es müsste doch möglich sein, mit modernsten Erkenntnissen, elektronisch gesteuert, zu einem zumindest ähnlichen, aber doch auch gutem Ergebnis zu kommen. Und wie Raúls Veranlagung nun einmal war, konnte er ein einmal aufgegriffenes Thema so lange nicht ruhen lassen, bis er eine befriedigende Lösung, möglichst besser und besonders einfacher als die bestehende, gefunden hatte.

Über den Weg und der Grundlage des Ultraschalls fand er eine Lösung. Bei bestimmten Papiersorten konnte man keinen Unterschied zu den Zeichen in *echten* Geldscheinen feststellen - wenigstens nicht ohne genaueste Untersuchungen.

Was die ultravioletten Spiegelungen hervorrief, das hatte sein Freund, der außergewöhnlich talentierte „Farbkleckser", als lächerliche Sicherheitsbarriere bezeichnet.

Spätestens da reifte in Raúl ein Plan. Er wollte nicht unter die ordinären Geldfälscher gehen. Aber, aber... Da wollte er sich noch etwas einfallen lassen.

Die Frage nach dem geeigneten Papier, wollte man denn Fälscher werden, war schwer lösbar. Es gab da, jetzt gerade für die Euroscheine, eine bestimmte Papierzusammensetzung, die nur für diese Geldscheine produziert wurde. Mit einem vorbestimmten Prozentsatz Baumwolle, unter anderem, als Sicherheitsmerkmal. Raúl hatte sie kennengelernt, viele unterschiedliche Papiersorten. Man konnte sie für die Firma, für Proben und zu Versuchszwecken beschaffen, erhalten. Sogar mit den inhaltlich genauen Baumwollbestandteilen. Wenn man sehr ähnliche Papiere einer *Nachbehandlung* unterzog, wiesen sie die gleiche Griffigkeit, die Eigenschaften allgemein auf, wie sie die Euros besaßen. Sogar die Analyse der Asche eines verbrannten Geldscheines wies kaum verwertbare Unterschiede auf.

Raúl kannte die Bezugsquellen. Es war kein Problem diese Papiere auch einmal als Selbstabholer bei einer Spedition entgegenzunehmen. Besteller: Die eigene Firma. Zahlung: Prompt. Der Firma selbst war es so gut wie unmöglich die tatsächlich eingehenden Mengen unter Kontrolle zu halten. Da führte die Abteilung Raúls Buch.

Intern gab es so viele Möglichkeiten den effektiven Verbrauch und dadurch auch den Bedarf zurecht zu rücken.

Und mit der brandneuen Drucktechnik, deren Knowhow Raúl mit allen Rechten für gutes Geld an seine ehemalige Firma abgetreten hatte, war er ebenfalls ausstaffiert. Bisher hatte er sie, durchaus ein enormes Risiko, in seiner Mietwohnung gelagert. Schon deshalb durfte er keine Freunde bei sich einladen, geschweige denn Freundinnen haben. Es hätte unweigerlich zu viele peinliche Fragen geben können.

Mit dem neuen Haus wurde alles anders.

Er hatte sich eine voll funktionsfähige Einheit nach seiner Erfindung aufgebaut. Leistungsgrenze A3-Format. Er verbrauchte offensichtlich viel Forscherschweiß in den Mauern seines neuen Eigenheimes.

Jahrzehnte zurück hatte man in der Neubaufase eines Hauses noch mit sehr interessanten Zuschüssen aus Bundes- und Landesmitteln, einen sogenannten Schutzraum gegen Atombomben gebaut. Das war so in der, nicht unbegründeten, hysterischen Zeit.

Das Haus am Hang bot sich dazu direkt an. Daher gab es hinter dem Haus in den Sandsteinfelsen des Hanges, einen gut ausgebauten, nicht mehr genutzten Raum. Das Interessante daran war, wie er sich versichert hatte, dass er weder in den Akten des Katasteramtes noch auf dem Grundstücksamt der Gemeinde eingetragen war. Er existierte gar nicht. Besser konnte es für die zukünftigen Tätigkeiten Raúls gar nicht sein.

Der Ernstfall als Atomkrieg war bekanntlich glücklicherweise nicht eingetreten. So konsumierten die Vorbesitzer mit der Zeit die original eingelagerten Konserven. Der Raum wurde anderweitig verwendbar oder man hatte ihn sich selbst überlassen.

Für die Absichten Raúls, war dieser Raum wie geschaffen. Er beließ zwei übereinandergestapelte Pritschen an Ort und Stelle. Auch die Regale ließ er fast unverändert. Niemals zeigte Raúl jemandem diesen Raum, auch keinem Freund.

Raúl wollte, ja er musste allein sein. Für das, was er vorhatte, durfte er niemandem vertrauen. Das bedeutete auch für ihn ein Leben in Einsamkeit.

Wenn man Geld drucken wollte, durfte man sich sogar selbst nur unter Wahrung besonderer Disziplin vertrauen. Raúls Vergangenheit hatte die Voraussetzungen dafür geschaffen.

Er richtete sich mit immer mehr Aufwand und Akribie derart ein, dass der Eingang zum Schutzraum nur von ganz abgebrühten Spezialisten zu erkennen gewesen wäre. Von der Schließtechnik ganz zu schweigen. Da war er sich sicher, da kam keiner ran. Die würde keiner knacken. Es war, wie er es richtig bezeichnete, ein autonomes, kombiniertes pneumatisches und hydraulisches System mit einer raffinierten, im Grunde aber einfachen Technik.

Er war weder auf die öffentliche Stromversorgung noch auf Leitungswasser angewiesen. Ein Abfluss in den öffentlichen Kanal war allerdings vorhanden. Seinen Luftbedarf deckte er mit eigenen Einrichtungen. Er hätte mindestens zehn, wahrscheinlich bis zu zwanzig Tage unentdeckt darin ausharren und sogar arbeiten können.

Eines Tages war dann auch der Eingang ganz verschwunden. Auch wenn Raúl im *Atombunker* war.

Drinnen befanden sich jetzt auch, angefangen von Rechnern, eine Reihe von technischen Gerätschaften. Hin und wieder brachten Kurierdienste vorausbezahlte Aufträge. Der Atomkeller sog sie auf ohne Spuren zu hinterlassen.

3
Die neue Fälscherwerkstatt

Im Obergeschoß, unter einem Dach, in einem geräumigen Zimmer mit schrägen Wänden, hatte Raúl sein offizielles Arbeitszimmer. Ein neues und ein etwas älteres Rechnermodell standen hier. Drei verschiedene Drucker, sein Steckenpferd, dazu Scanner, Brenner, externe Geräte usw. Auf dem Tisch und in einem Regal Papiere. Das ganze Büro vermittelte den Eindruck, dass hier ein Schriftsteller arbeitete.

Dann gab es noch eine Couch, ein Sessel, zwei Stühle an einem größeren Tisch, der Fernseher und was man halt so *braucht* (oder nicht braucht) im elektronischen Zeitalter. Auf einem Tisch Papiere, viele Papiere und hinter einer Abtrennung sein Schlafabteil mit angeschlossenem Bad.

Hübsch hatte er es. Eine Glastür führte auf einen kleinen Balkon mit Blick über schmucke Einfamilienhäuser und gut gepflegte Gärten bis hinunter ins Tal. Dort wo sich die Gebäude nicht ins Grün duckten und weiter in die Höhe schossen.

Monate waren vergangen, seit er sein Leben begonnen hatte. *Sein Leben*, das wollte er betont wissen. Nach und nach kam er näher an die Details, dessen grober Plan schon seit Jahren in ihm geschlummert hatte. Den er jetzt verwirklichen konnte. Die Mittel und die Fähigkeiten dazu hatte er.

Er würde Menschen demaskieren. Einzelne Menschen und auch ihre Angehörigen. Er würde ihnen eine Schicksalsfrage stellen. Inkognito. In freier Willensbekundung sollten sie eine Chance bekommen, sich für den Untergang entscheiden, oder sie konnten auch starken Charakter zeigen. Das waren seine Ideen in grobem Raster. Diese Ideen ließen ihn nicht mehr los und eines Tages wusste er, dass er sie verwirklichen würde.

Jetzt war es so weit.

Mehr und mehr blendete er in den letzten Jahren *die* Vorstellungen und Planungen aus, bei denen er zwangsläufig und schnell mit dem Gesetz in Konflikt kommen würde, könnte oder auch wirklich kommen musste. Als Verbrecher wollte er sich keinesfalls sehen.

Er würde niemanden direkt auswählen. Die Menschen sollten sich selbst auswählen, ohne zu wissen, dass sie überhaupt vor einer Wahl standen. Sollten sie dies aber so verstehen, so erkennen, dann würden sie wirklich zeigen können, zu was sie fähig sind. Im Guten wie im Bösen.

Er war überzeugt vor dem Hintergrund seiner Vorhaben moralisch intakt bleiben zu können. Empfindsam, jedoch nicht unfehlbar, klar doch. Das folgerichtige *ABER* war offensichtlich vor dem Hintergrund seiner Enttäuschungen über bestimmte, allzu eigenmächtige, menschliche Institutionen zu sehen. Dabei standen an oberster Stelle die Machtorganisationen mit ihren geschichtlichen und immer noch und immer wieder andauernden Missbräuchen - weltlich, politisch, militärisch wie auch religiös verbrämt.

Daraus entwickelten sich die Triebfedern für sein Denken und Handeln.

War er ein neuer, vielleicht moderner Don Quichote? Robin Hood? Schinderhannes? Bei diesen Gedanken huschte ein Lächeln über sein Gesicht.

War er religiös? Wenn er sich selbst diese Frage stellte, verneinte er sie ziemlich kategorisch.

Ungerechtigkeiten verletzten ihn tief. Sie wühlten ihn auf. Das hielt dann längere Zeit an. Sie veränderten sein Fühlen und Denken nachhaltig. Dieses aufgewühlt sein war dann auch rein äußerlich für einen Außenstehenden erkennbar.

Er konnte die Ungerechtigkeiten dieser Welt nicht beseitigen oder ungeschehen machen. Und nun wieder das *ABER*: Aber er fühlte sich im Lichte seiner grausamen Erlebnisse in einer gewissen Pflicht - oder bildete er sich das ein? Er hatte die Möglichkeiten, sein Talent, seine Fähigkeiten, sein Wissen und Können einzusetzen. Mehr noch, vor einem imaginären Schöpfer sah er sich quasi in der Pflicht, eine Aufgabe entsprechend seiner ihm verliehenen Fähigkeiten und im Rahmen seiner Möglichkeiten zu übernehmen. Er wollte natürlich nichts Böses, aber - *ABER, da war es schon wieder* - bösen Charakteren sollte ein Spiegel vorgehalten werden. Den Spiegel sollten sich die Betroffenen selbst vorhalten. Vorhalten können.

Er würde dafür sorgen.

So weit war die Idee in der Theorie zumindest nicht verwerflich. Wo aber würde er sich selbst eine Linie ziehen müssen, die er nicht überschreiten durfte? *Schon wieder ein ABER* - wollte er das überhaupt?

Und wie würde die Praxis aussehen? Bis jetzt glaubte er alle Einwände entkräften zu können. Er glaubte an sich, an seine Lernfähigkeit und würde seine nächsten Schritte immer an den Erkenntnissen aus der Praxis messen.

Das große *ABER* unterdrückte er immer und immer wieder oder ließ es nur in winzigen Portionen in seine Gedankengänge einfließen.

Überschätzte er sich nicht maßlos? „Ausschließen kann ich es nicht", bestätigte er sich selbst die Berechtigung dieser Frage. Sich eine konkrete Antwort zu geben, vermied er aber dann doch.

War er zu egozentrisch, überschritt er tatsächlich nicht doch in seinen Gedankengängen die Grenzen zur Maßlosigkeit? An diesen Fragen hatte er schon länger herumgeknobelt. Allerdings vermied er immer wieder eine klare Stellungnahme und verdrängte denkbare Konsequenzen.

In solchen Momenten tauchten immer wieder die schrecklichsten Bilder der finstersten Stunden im Folterlager von Pisagua in der Wüste Chiles auf. Dort hatten die Schergen der Diktatur seine Familie vernichtet. Nicht direkt, aber folgerichtig verloren sie ihr Leben. Zunächst ihre Seelen, ihre Würde und dann alles - ALLES.

Zu viel möchte er gern von den Menschen einklagen. Allen voran von Pinochet und seinen Foltergenossen. Von scheinheiligen Freunden und Freundinnen. Von Kollegen, die jeden und alles verraten würden, nur um sich einen momentanen materiellen Vorteil zu verschaffen. Auch von gewissen Kumpels, für die er ein *Ausländer* war, was sie scheinbar oft gleichsetzten mit *Aussätzigem*. Von verlogenen Politikern, von Menschen, die sich, für das zivile Leben oder in religiöser Verbrämtheit, eine Uniform anzogen. Die sich dadurch berechtigt fühlten, über das Leben anderer Menschen zu richten und zu bestimmen. Oft skrupellos. Von Geistesgrößen und Wissenschaftlern, die sich *für ein paar Dollar mehr* prostituieren ließen und Machenschaften aussheckten gegen die Würde und Zukunft der Menschheit. Von Sozialbetrügern, von jenen, die auf den Lippen Worte für die Unterprivilegierten haben und im kalten Herzen nur Gier nach Macht als Ziel kannten. Von jenen, die den Begriff der *Menschlichkeit* wie eine Monstranz vor sich hertrugen, aber nur an sich und ihren Vorteil dachten.

Und er dachte auch an die Rechtschaffenen, die trotz allem noch an das Gute im Menschen glaubten.

Würde er dann doch handeln wie ein wiedergeborener Don Quijote, ein Robin Hood, ein Schinderhannes? Wie einer der unter Verfolgungswahn litt? Einer der glaubte, dass er trotz eines sicher gesetzlosen Handelns besser sei als der Rest der Welt? Ein Überüberheblicher, ein Oberoberschulmeister?

Trotzig antwortete er sich selbst: Na klar doch, das alles wird man mir vorwerfen können. Das Wagnis wollte er aber trotzdem eingehen. Auch angesichts der Gefahr, dass er, auch wenn er noch so gut war, entdeckt werden konnte. Dann halfen alle Vorsichtsmaßnahmen nichts. Man würde auch alle Verstecke finden. Kleinste Spuren von fast nichts würden gegen ihn sprechen. Er würde sich schuldig machen, weil er Scheinwerte, volkswirtschaftlich sehr schädliche Scheinwerte erschaffen würde.

Er würde aber keine Familie mitreißen, wenn ihn das Gesetz, der Zorn und die Wut der Staatsmacht treffen sollten.

Wenn das seine Eltern wüssten. Doch nach reiflichem Überlegen erteilte er sich Denkverbot in weiteren Richtungen. Der Plan schien ihm einfach zu attraktiv.

Raúl war in der Lage Geld, Euros oder auch andere Währungen in Papier nachzumachen.

<Wer Geld nachmacht... Nachgemachtes in Verkehr bringt ...> usw. - laut Paragraf ... wird mit Gefängnis nicht unter ..... bestraft.

Er wollte Geld machen, keinesfalls jedoch für sich selbst und ein Schaden konnte höchstens jenen entstehen, die ihn gewissermaßen verdient hätten. Die ihn sich selbst über das Mittel „fremdes Geld" selbst zufügen würden.

Schon wieder war er der Oberoberschulmeister - doch Schwamm drüber. --- So gab er sich letztendlich grünes Licht. Er hatte seine Einstellung. Sie verfestigte sich, sie entwickelte sich zu einer Automation. Alle Einwände kehrte er mehr und mehr unter den imaginären Tisch.

Er hatte den Plan entwickelt und jetzt verordnete er ihn sich.

Er wollte Geld machen, herstellen, gutes, ja perfektes Geld, aber garantiert mit Verfallsdatum. Der aufgedruckte Wert sollte sich in einem festgelegten Zeitrahmen kontrolliert und sicher in Nichts auflösen. In ein absolutes Nichts. Ein wertloses Stück Papier sollte nach einer vorbestimmten Zeit übrigbleiben.

Es wird also keine einzige Note im Verkehr bleiben und somit die Volkswirtschaft belasten. Sie würde nur zeitweise in Verkehr sein, aber sich selbst zurückziehen, wenn seine Zeit abgelaufen war. Übrigbleiben würde nur der Papierwert, als Notizblatt oder als Material für einen kleinen Papierflieger, wie er ihn als Kind zusammengefaltet hatte. Nein, der Volkswirtschaft sollte kein Schaden entstehen. Doch konnte er alle verschlungenen Wege bedenken oder vorauskalkulieren, die ein einmal in Gang gesetzter, wenn auch noch so kleiner und zeitlich kurzer Kreislauf, auslösen würde? Harmlos, alles harmlos?

War es trotzdem strafbar? Zumindest könnte es mildernde Umstände einbringen. Falschgeld würde es trotzdem sein, trotz aller Spitzfindigkeiten.

Das Geld sollte sich in nichts von dem guten teuren Euro unterscheiden. Äußerlich und zumindest auf den ersten Blick. Doch dann sollte man sich bei der Verwertung beeilen. Oder besser doch nicht?

Wie schon angedeutet, sollte das Euro-Leben auch verlängerbar sein, indem man es sozusagen *auf Eis legte*, in einem modernen Gefrierfach deponierte. Darin konnte es sich aber nicht vermehren und war so auch dem Kreislauf entzogen. Wie sagte man dazu so schön? <Totes Kapital>.

Was er bei der Übergabe der patentfähigen Unterlagen an den Herrn Dr. Wickert nicht übergab, waren die Details des Systems des Mehrschicht-Druckverfahrens im Zusammenhang mit dem kombinierten Tintenstrahl/Laserdruckverfahren. Es eröffnete die Möglichkeit in mehreren Schichten zu drucken, mit unterschiedlicher aber integrierter Technik. Wenn es sein musste auch mit unterschiedlichen Farb- und Tonermitteln. Farben und Druckmittel kombinieren zu können, das eröffnete wirklich ganz neue Perspektiven.

Regulierbar, fein einstellbar, konnte man dieserart dünne Farbschichten komplikationslos aufeinander bringen. Schicht für Schicht 2/1000 bis 6/1000 Millimeter. Eine Art Reliefdruck in feinster Ausführung konnte man damit erreichen und dazu noch Farbeffekte in einem sehr breiten Spektrum. Auch mit Teiltransparenz.

Richtig eingesetzt war es eine ideale Methode zum Geld drucken. Nicht einmal die Bundesdruckerei verfügte über eine solch fortschrittliche Technik. Und niemand außer ihm besaß, wenigstens für den Augenblick, diese Möglichkeit.

Und, wenn die Fahndungsspezialisten suchten, weshalb sollten sie bei ihm anfangen? Er war nicht einschlägig bekannt oder vorbestraft. Und wer wusste schon von der verwendeten Technik? In keinem Fachbuch war sie bisher beschrieben. Kein Hersteller pries sie an. Und in keiner Patentschrift tauchte er mit seinen persönlichen Daten auf.

Papier hatte er gehortet. Und auch in dieser Richtung tauchte nirgends sein Name auf.

Die Tinte bzw. Toner. Er würde die Tinte verwenden, deren Rezeptur von seinem Kollegen stammte. Biotinte. Die chemischen Zusätze für die Konservierung der Biotinte kannte er. Es waren Allerweltschemikalien. Und er hatte experimentiert, hatte die prozentualen Zusatzmengen herausgefunden, nach denen sich die Zeit der Haltbarkeit steuern ließ.

Potenziellen Fahndern könnte es schließlich passieren, dass eingezogene, verdächtige Scheine auf dem Dienstweg plötzlich keine Scheine mehr waren. Dass die Werte, wie von Zauberhand aus ihren Unterlagen verschwanden.

Und das Drucksystem erlaubte es in kürzester Zeit, vom modifizierten Scanner herunter druckfertig zu arbeiten. Vom Kopierer direkt auf den/die Drucker.

Das Wasserzeichen würde er problemlos herstellen können. Das Hologramm - eine Zusatzbeschäftigung, und einmal eingespielt, hätte es von Kindern bedient und erstellt werden können. Der Metallstreifen war bereits vom Papierhersteller eingearbeitet.

Dann noch die Bögen schneiden, den einen oder anderen Schein ein bisschen knicken, Gebrauch simulieren.

Und dann ab an die Adressaten.

Er würde einen fiktiven Abschiedsbrief eines Lottokönigs schreiben. In Schönschrift, per Hand. Immer mit Handschuhen. Er würde an eine fiktive Verwandte, immer eine Frau, am besten in den USA, adressiert sein. Amiland ist groß. Fiktive Anschriften schier unendlich verfügbar. Der Autor würde ankündigen, dass er sich bei Erhalt des Briefes nicht mehr am Leben befände. Dass er sein Vermögen an Arme verteilen würde, damit keine der unter sich zerstrittenen und sogar verfeindeten Familienmitglieder etwas davon bekäme.

Keiner der Nichten und Neffen, die ihn ausdauernd ansprachen, in den süßesten Tönen Lügen auftischten. Immer mit den angeblich besten Absichten, um dann doch nur ihren Ausschweifungen nachzugehen. Geld aus dem Fenster zu werfen. Seine Verwandte, *seine Tante in den USA*, solle Stillschweigen gegenüber diesen anderen „lieben" Verwandten in Old Germany einhalten.

Der Inhalt musste so gestylt sein, dass sich jeder Finder sicher sein musste: *Da kommt nichts mehr nach. Die Tante hat den Brief, und verhält sich still. Keiner der lieben Verwandten wird etwas erfahren. Nicht einmal, was aus ihrem plötzlich verschwundenen lieben Heinz, Otto, Richard oder Willi geworden war.*

Er würde den Absender auf dem Brief absichtlich *vergessen*. So war es den Zustellern, jedem Postler, unmöglich den Umschlag wegen *Unzustellbarkeit* an den Absender zurückzuschicken. Irgendwann würde er vernichtet werden, vernichtet sein. Keine Spur würde mehr zurückweisen an einen möglichen, eingebildeten oder wie auch immer gearteten Absender. Das müssten die Finder glauben, ernsthaft und fest glauben.

Er würde ein Bündel Geld, zusammen mit dem Abschiedsbrief in einer Brieftasche *verlieren*. Der Finder *musste* aufgrund der ihm bekannten wenigen Tatsachen, nämlich denen im Brief, mit dem unmissverständlichen Inhalt, fest davon überzeugt sein, dass es niemanden gab, der von dem Verlust etwas wusste. Auch dass es keine nachvollziehbare Spur zu dem *lebensmüden* Spender gab.

Er/sie musste sich als Finder/in in der Sicherheit wiegen können, dass es tatsächlich niemanden auf der Welt gab, der von jetzt an etwas über das Geld wusste. Niemand würde danach suchen oder es als verloren melden.

Raúl würde 4 oder 5 Tage einplanen, bis sich das Geld von selbst vernichtete. Geld mit Verfallsdatum aber ohne Aufdruck: *Mindestens haltbar bis...* montags würde er es *verlieren*. Eine Arbeitswoche, eine Bankwoche würde dem Finder oder der Finderin zur Verfügung stehen. Danach würde er/sie in einem Versteck, in seinem/ihrem ausgewählten Versteck für das Fundgeld, nur noch unbedrucktes Papier finden. Und das irgendwie scheußlich nach Katzenpisse roch. Stank. Soweit seine Erfahrung.

Es sei denn, man bewahrte die Druckerzeugnisse im tiefgefrorenen Zustand auf. Wie Lebensmittel würden sie sich dann farblich frisch halten. Mit denen sie ja auch irgendwie verwandt wären, wenigstens die Druckerfarben - als Biotinte mit Konservierungsmitteln.

Dann aber, kaum wieder an der <frischen Luft>, käme der Verfallsprozess wieder in Gang. Etwas schneller als vor dem Einfrieren. Aber das war ja auch bei aufgetauten *Lebensmitteln* bekannt.

Unterdessen hatte er in einigen großen deutschen Städten recherchiert. Speziell jeweils die Innenstadt ausgekundschaftet. Er hatte sich mit Einkaufsgewohnheiten vertraut gemacht. Die größtmöglichen Zusammenballungen von Verkehr und Fußgängern beobachtet. Raúl wusste, wo er mit seiner Aktion beginnen würde.

Für einen Wert von etwas mehr als 220 000 Euro hatte er Scheine gedruckt. Er hatte die 200-er Euroscheine ausgewählt. Die 200-er schienen ihm am unverfänglichsten. Man konnte einerseits eine Menge Geldwert zusammenpacken, ohne dass es ein übergroßer und unpraktischer Packen ergab. 500-er Scheine wären geeigneter, aber ...

Bei den 500-er Scheinen, würde es doch die eine oder andere Schwierigkeit beim Ausgeben oder Wechseln geben können. Nicht jeder Mensch kann seinem Aussehen nach mit 500-ern umgehen, ohne dass *liebe* Mitmenschen einen Anfangsverdacht bekommen mussten. Außerdem war die Hemmschwelle zum freien Ausgeben vielleicht zu hoch, die Angst aufzufliegen, zumindest unterschwellig vorhanden.

Alle bereits gedruckten Scheine waren noch druckfrisch im Gefrierfach seines Kühlschrankes untergebracht. Bei minus 20°C. Die laufende Verfallszeit war demnach gestoppt, unterbrochen.

Eines Montags im Mai war es dann so weit. Er hatte sich einen leichten. aber weiten Mantel zugelegt. Darunter konnte er praktisch und unauffällig eine etwas dickere Brieftasche verbergen und auch möglichst *abgeben*. Im Gedränge der Menschen auf einem breiten Gehweg würde er danach schnell verschwinden können, ohne dass vielleicht gleich einer hinter ihm herlief und rief: „Heh sie, sie haben ihre Brieftasche verloren, so warten sie doch!"

Alles würde eine Frage der Situation sein. Rasch den Mantel auszuziehen, ihn lässig über den Arm hängen und schon würde er ein anderer Mensch sein. In der Masse unterwegs, wie so viele von ihnen.

„Man" würde die Brieftasche finden - aufheben. Dann begann das Schicksal seinen Lauf zu nehmen. Die weiteren Ereignisse lägen nicht mehr in seiner Hand.

Allerdings würde er unbedingt versuchen den weiteren Werdegang des Finders mit seinem Spielgeld zu verfolgen und beobachten. Das wollte er mit allen ihm zur Verfügung stehenden Mitteln durchziehen. Auch gegebenenfalls helfend oder korrigierend eingreifen. Selbstverständlich, ohne sich selbst bloßzustellen. Was immer das im Einzelnen bedeuten sollte. Das würde sich von Fall zu Fall ergeben müssen.

So kam es, dass an einem freundlichen Montag, im Mai, kurz vor Mittag, der heruntergekommene, ausgeflippte Holger, der Fixer, Sozialhilfeempfänger, Gelegenheits- und ganz besonders Tage-Dieb, die Brieftasche mit 220 000 Euro fand.

Diesmal zunächst ohne Konsequenzen, von einem jungen Mann vor dem Tschiboladen beobachtet.

Nach Raúls Theorie hatte es den Richtigen getroffen. Raúls Plänen entsprechend den Richtigen.

2. Teil

Anpfiff, das Spiel beginnt

Die Spitze ihres Desighnerschuhes stieß gegen ein Päckchen. Erschrocken schaute sie nach ihrem kostbaren Stück Fußbekleidung. Doch hoffentlich keinen Kratzer.

Sie war, wie üblich montags, kurz vor Mittag, in der Einkaufsmeile unterwegs. Mit so vielen Geschäften, mit so vielen verführerischen, bewundernswerten und natürlich auch begehrenswerten Angeboten. Es war Entspannung pur nach der Theater-Vorstellung am Sonntagabend, bei der sie ihre Rolle einmal mehr glänzend ausgefüllt hatte. Wie üblich war die Fußgängerzone auch in dieser norddeutschen Großstadt stark belebt.

Nein, ihrem Schuhwerk war nichts passiert. Ihrer, in feinem Lackleder gefertigten Neuerwerbung.

Trotzdem ärgerlich. Was die Leute so alles wegschmeißen. Einfach ... nun ja, jemand konnte ja auch etwas verloren haben. Das war aber nun nicht ihr Bier.

Das getretene Päckchen hatte nach dem Tritt auf dem Pflaster einen Weg von ca. 2 Metern zurückgelegt. Es kam im Gesichtsfeld eines leicht gebeugt gehenden, jungen Mannes zum Stillstand.

Augenblicklich stoppte er in seinem erkennbar etwas müde und schleppenden Vorwärtsdrang. Nicht einmal eine Sekunde später bückte er sich nach dem Gegenstand. Dieser sah nach einer kleinen Mappe aus. Etwas größer als A6-Format. Sie, wenn es denn eine Mappe war, sah irgendwie prall aus, wie ausgestopft. Sofort verzauberte seine Fantasie das Fundstück in etwas Wertvolles. Einen Schatz. Er verschwendete keinen einzigen Gedanken daran, dass er ja keine Eigentumsrechte an diesem Päckchen besaß.

Ein junges Paar, sehr mit sich selbst beschäftigt, erkannte das Hindernis in Gestalt des gebückten Finders zu spät. Der Stoppversuch des Begleiters kam dadurch ebenfalls mit Verzögerung. Er fiel über den gebückten Körper und zog ungeschickterweise seine Angebetete mit sich. Hektisch bemühten sich die drei Betroffenen die Ausgangssituation wieder herzustellen, auf die Füße zu kommen.

In nicht mehr als 5 Meter Entfernung, auf der Schwelle des Tschiboladens, beobachtete ein großgewachsener, jugendlich aussehender Mann in modisch sportlicher Bekleidung die Szene. Es war Anfang Mai; seinen leichten Sommermantel hatte er gerade über den Arm gelegt. Jetzt hatte er sich eine Baskenmütze auf seine beinahe blauschwarzen Haare gesetzt. Auch für einen aufmerksamen Beobachter war er weiter nichts als ein Mitmensch, der sich eine Tasse Kaffee gegönnt hatte und nun kurz entspannte.

Dieser fiktive aufmerksame Beobachter hätte sich vielleicht an die neuesten Versionen und Ausdrucksweisen selbstsicherer Beamter erinnert. Er hätte erkannt, dass eben dieser Mann, er selbst, dem Klischee eines Bürgers mit *Migrationshindergrund* entsprach. Er war nicht schwarz. Er war aber als „Weißer" eben doch anders.

Dieser Bürger sah, wie das Mädchen mit anklagendem Blick auf ihren rechten Arm zeigte. Da schien ein Schaden entstanden zu sein. Ihr Partner schleuderte jetzt, mit grimmigem Gesichtsausdruck, dem Finder etwas entgegen. Verbal zunächst. Es mochten unsanfte Worte gewesen sein. Oder auch schmerzhafte Worte.

Sein Gegenüber erhob daraufhin den rechten Arm. An dessen Ende die geballte Faust. Der Beobachter sah nichts von dem Fundstück. Entweder es lag noch auf dem Boden oder der Kerl hatte es blitzartig in irgendeiner Textilfalte seiner Bekleidung in Sicherheit gebracht. Irgendwo in dem schmutzigen, altmodischen, zerknitterten Mantelumhang verstaut.

Die junge Frau stieß einen kurzen, schrillen Schrei aus. Zwei andere Kaffeetrinker wurden ebenfalls auf die Szene aufmerksam. Die übrigen Passanten interessierten sich entweder nicht für den Händel oder taten so wie üblich und schauten vorbei. <Nichts sehen, nichts hören, nichts sagen.> Einmischen bedeutete Scherereien.

Die Szene der Streithähne erstarrte zunächst. Scheinbar konnte sich keiner der Beteiligten entscheiden, wie es nun weitergehen sollte. Der Begleiter des Mädchens hatte in der rechten Hand einen Beutel und mit der linken hielt er sich an dem Mädchen fest - oder es war umgekehrt?

Jedenfalls hatte er gerade mal keine offensiven, schlagkräftigen Extremitäten für einen eskalierenden Energieaustausch frei. Das muss dann der Moment gewesen sein, als er sich entschloss dem Theater, mit einem unter Männern klassischen k.o. beizukommen. Ein Fußtritt nahe dem Unterleib, aber immer noch zwischen die Beine seines Gegenübers, ließ diesen auf den Bürgersteig niedersinken. In einer stark gekrümmten, verkrampft wirkenden Körperstellung lag er nun da.

Es sah danach aus, als sagte der Treter noch etwas. Seine Begleiterin zog ihn aber jetzt vom Tatort weg.

Alles hatte sich in Sekunden abgespielt. Kein großes Spektakel. Es gab keinen Menschenauflauf, keine nennenswerten Stockungen in der näheren Umgebung. Einige Passanten schauten flüchtig zum Tatort und dann wieder betont gleichgültig sonstwo hin. Wegschauen, dann bekam man auch keine Scherereien, so ist es doch! Zivilcourage zeigen bei einem Junkie? Sich die Hände schmutzig machen? Es gibt bessere Wege sich mit seiner Barmherzigkeit zu profilieren.

Ein älterer Herr mit weißem Backenbart blieb dann doch stehen, beugte sich vor und schien etwas zu fragen.

„Verpiss Dich, Grufti", keuchte der Lädierte von der Pflaster-
ebene her.

Der Angesprochene streckte sich, schien überrascht, drückte
sein Rückgrat durch und ging kopfschüttelnd seines Weges. Seinen
eleganten Hut zog er weiter in die Stirn.

Der Niedergestreckte bedachte noch eine offenbar besorgte
ältere Dame mit einem nicht zu überhörenden: „...verschwinde, blöde Kuh, alte Schabracke, was geht Dich .....", das Weitere war
unverständlich.

Er schien sich schließlich in der üblichen Karenzzeit von der
schmerzhaften Bekanntschaft seiner Männlichkeit, oder was er dafür
hielt, mit einem Männerschuh zu erholen. Er raffte sich auf und machte
noch zwei Verbeugungen, vielleicht waren es auch Entspannungs-
übungen, nestelte dann an seinem Gabardinemantel. Er schien jetzt
mit seinem Zustand zufrieden und begann vorwärtszutrotten.

Von dem Päckchen, es drehte sich um eine prall gefüllte Brieftasche, war nichts zu sehen.

„Schlawiner", murmelte der Beobachter.

Eben dieser Beobachter vor Tschibo, der hochgewachsene,
dunkelhaarige, junge Mann, folgte ihm. Er bemühte sich in einer
angemessenen Entfernung zu bleiben, um den „Schlawiner" einerseits
im Auge zu behalten. Er wollte andererseits aber auch nicht von ihm
als Verfolger erkannt werden.

Seine Statur erlaubte es den etwas kürzer geratenen Finder der
Brieftasche aus sicherer Entfernung im Blickfeld zu behalten.

2

Ein Fixerleben

Der weiterhin etwas gebeugt gehende junge Mann, der Finder, überquerte noch zweimal an einer Kreuzung die Fahrbahn. Dann bog er in der Nähe eines bekannten Theaters in einen recht breiten Treppenabgang ein.

Raúl versuchte als Neuling in Sachen Verfolgung und Beobachtung eine gute Figur zu machen und verordnete sich jetzt volle Konzentration. Er hatte das zwar bereits mehrmals geübt, indem er in einer Stadt willkürlich ausgewählten Personen nachgelaufen war. Aber jetzt der Ernstfall, das war doch etwas anderes. Es drehte sich nicht mehr nur um gefahrloses Nachlaufen. Er musste beobachten, durfte die Person nicht verlieren und durfte nicht dabei auffallen.

Bei diesem jungen Mann musste er versuchen in möglichst kurzer Zeit möglichst viel über ihn in Erfahrung zu bringen. Er durfte ihn im gegenwärtigen Stadium nicht verlieren und durfte aber auch auf keinen Fall auffallen. Wenn er erst einmal seine Wohnadresse kannte, würde er auch bald Namen, Alter, Arbeitsstelle, seine Vorlieben und auch über seinen Charakter erfahren können.

Immer wieder rief er sich in Erinnerung: Er würde eine Beziehung zu dem Verfolgten aufbauen müssen, ohne selbst in Erscheinung zu treten und er musste dabei anonym und unsichtbar bleiben. Damit er nicht als der ewig gleiche Kerl Verdacht erregen musste, hatte er sich bereits eine ganze Serie von Verkleidungen und Utensilien für eine Maskerade zugelegt und vorbereitet.

Der Finder hatte an diesem Morgen schon so ein gewisses auffallendes Gefühl in der Magengegend, als er, wie letzthin gewohnheitsmäßig, umständlich dabei war den Tag zu beginnen. Aber, sei´s drum, das Gefühl hatte er so oft. Und was ereignete sich? Nichts, nur immer derselbe Scheiß. Die anderen hatten Geld und er brauchte es. Und zwar dringend.

Seine Gesundheit war in letzter Zeit nicht gerade die beste gewesen. Er fror oft in seinem Mantel, auch an Tagen, an denen andere Menschen hemdsärmelig unterwegs waren. Oder in ihren Vorgärten im Unterhemd und kurzen Hosen den Rasen mähten und Blumen pflegten. Er brauchte seinen Mantel. Erbstück seines Vaters. Dem verschrobenen Alten.

Zuerst wollte er nichts von diesem, wahrscheinlich denkmalgeschützten Kleidungsstück wissen. Dann fand er ihn eines Tages wieder, gerade zur rechten Zeit. Damals, als sein Gesundheitszustand anfing unangenehme Überraschungen zu offenbaren.

Jetzt war er ziemlich abgemagert. Wollte sich selbst am liebsten nicht mehr im Spiegel sehen.

Das kam plötzlich, ohne Vorwarnung. Einen Arzt wollte er aber auch nicht aufsuchen. Unangenehme Fragen vermeiden. Diese Kurpfuscher finden doch immer was sie wollen. Irgendetwas, auf das man absolut keinen Bock haben konnte. Aber sein Drogenkonsum war seine ureigene Angelegenheit. Scheiß auf Besserwisser.

In letzter Zeit musste er sich stark einschränken. Die Lehre, die ihm sein Vater noch vermittelt hatte, schmiss er. Es war dann doch ein wenig schwierig das Geld zu beschaffen, das er eben brauchte. Der Dealer wollte immer Vorkasse. Jetzt bekam er öfter Zustände, in denen er am liebsten mit einer Pistole in eine Apotheke gelaufen wäre. *<Hilf mir! Koks her, oder es knallt>*. Das war unrealistisch, aber bei seinem Dealer konnte er sich eine Drohung schon besser vorstellen.

Dabei wusste er nicht einmal, ob ein Apotheker Kokain in seinen Giftschränkchen aufbewahrte. Und eine Pistole hatte er sowieso nicht. So weit so gut für Holger und auch für irgendeinen namenlosen Apotheker.

Jetzt steuerte er zielstrebig seine Lieblingsbedürfnisanstalt an. Sein Dealer davor würde ihn dann gleich anquatschen. Aber zunächst wollte er in einer Kackkabine nach <*seiner* Brieftasche> schauen. Er drückte sie mit seiner freien Hand fest an seinen Körper. Sie war prall gefüllt. Das konnte er jetzt auch fühlen. Sie hatte, neben dem beachtlichen Umfang auch Gewicht. Er spürte sein Herz stärker als sonst klopfen. Maßlos enttäuscht wäre er, wenn er nur Fotos oder irgendein anderer, für ihn wertloser Schnickschnack oder Beschiss fände. Sein Adlerblick hatte ihn doch hoffentlich nicht getäuscht. Vielleicht fand er Moos mit dem er dem Dealer, diesem Scheißfatzke, ein paar Gramm abluchsen konnte. Vielleicht würde dieser ihn beim Hineingehen auch noch mit seiner unnachahmlichen Redensweise verhöhnen: „Na, nix Kohle? Dann nix Schnee."

Die Gedanken überschlugen sich in seinem Kopf. Ist sicherlich eine schöne Summe drin - „ich hoffe es wenigstens" - sagte er beinahe zu laut vor sich hin. Und wiederholte es mehrmals gebetsmühlenhaft, wie eine Litanei.

Und wenn sie gespickt war mit Ausweisen, Kreditkarten, Führerschein, Fotos, anderen persönlichen Unterlagen? „Und? Na und", fragte er das Schicksal, ohne eine umgehende Antwort zu erwarten. Bald würde er es ja wissen. Da brauchte er das launische Schicksal nicht. Er beschleunigte seine Schritte.

Obwohl er entgegenkommenden Passanten mehr oder weniger unwirsch ausweichen konnte, sah er niemanden an. Seine Gedanken waren auf seine Beute fixiert, sein Blick nach innen gerichtet. Und wieder rammte er den ausgestreckten linken Ellebogen einem Mitmenschen in die Rippen. Er bekam irgendeine Bemerkung mit, vielleicht erleichterte sich so irgendein Idiot indem er ihm „kannste nicht aufpassen?" hinterherrief. Er war bereits auf dem Weg in eine andere Welt, zu einer für ihn besseren Welt. Gut, nicht in einer zufriedenstellenden Welt, dazu würde er noch die nächste Prise brauchen.

Wenn Kreditkarten drin sind ... nun ... dann werden wir sehen. Und wenn er eine Adresse finden sollte? ... Zurückgeben? Nee, das kam nicht in Frage. Dokumente vielleicht irgendwo hinschmeißen? Oder Geld dafür verlangen? Einen anständigen Finderlohn? Aber auch diesen Gedanken verwarf er schnell wieder. Nur nicht weich werden. Wer eine solche Brieftasche mit sich schleppt, so doof ist sie zu verlieren, der soll sehen, wo er bleibt. Mehr Schwierigkeiten als er selbst erleiden musste, würde der kaum haben oder bekommen.

Er steigerte sich bereits hinein in wahnhafte Vorstellungen mit grell leuchtenden Bildern.

Wieder ein kurzer Gedanke: Aufs Fundbüro tragen? Er lachte hysterisch auf. „Also so naiv bin ich nicht. Nicht mehr", sagte er halblaut vor sich hin.

Ein älteres Ehepaar, das vor einem Schaufenster stand, glaubte sich angesprochen, drehte sich erstaunt um. Doch sie sahen und erkannten auch den Fixer. Armer Teufel. Das war von beiden gedacht. „Wird auch bald über'n Jordan gehen", sagte dann doch der Mann.

„Rede nicht so respektlos über das Leben", wies ihn seine Frau zurecht. Doch das erreichte nicht die Ohren Holgers.

Noch ein paar Dutzend Meter, dann bin ich vielleicht eine Menge Geldsorgen los, wenigstens für eine Zeitlang. Er schaute kurz nach oben, in den jetzt mit Wolken verhangenen Himmel, und murmelte vor sich hin: „Gott, wo du auch bist, du Scheißwolkenschieber, jetzt hast du deine Chance mir zu helfen. Stell dich nicht so an und lass es einfach so sein, dass diese Brieftasche mit guten Scheinchen gefüllt ist. - Und nicht mit irgendeinem, für mich nutzlosem Dreck," ergänzte er nach einer kleinen Pause noch.

Das war sein Gebet, seine Art Gebet, in Abwandlung dessen, was ihm seine vertrottelte Mutter als Kleinkind abends beigebracht hatte. „Du musst den lieben Gott nur schön um etwas bitten, dann bekommst du es auch!"

Er wiederholte diesen Spruch und versuchte es mit der Imitation ihrer Stimme. Lächerlich!

Blöde Alte, dann hat sie bekommen, was sie gerade nicht wollte. Jetzt sitzt sie in einer Nervenheilanstalt.

Und ihm hatte dieser gütige Gott noch nicht einen einzigen Gefallen getan. Er wollte ihn nicht ausschimpfen, zumindest jetzt nicht, in diesem Moment, noch nicht. Vielleicht war ja doch etwas dran, dass er hilft. Jetzt hatte er seine Chance, sagte sich Holger Steinebrey, „Jetzt kannst du auf einen Schlag alles gutmachen, was du bisher verkuhwedelt hast. Du musst doch zugeben, dass du mich bisher überhaupt nicht wahrgenommen hast. Du hast mich hängen und treiben lassen. Hast du mir auch nur *eine* Bitte erfüllt? Stell dich nicht taub!", forderte er seinen Gott auf.

Wieder sahen ihm Menschen nach, Holger nach, der so geistesabwesend, mal murmelnd, mal halblaut vor sich hinredete. Ein unglücklicher junger Mann, in einem nicht gerade modischen und auch nicht sauberen Gabardinemantel. Ein Mensch, der rasch und sichtbar leicht wankend lief, mit gesenktem Kopf.

Da war aber auch schon die städtische Bedürfnisanstalt. Und den Dealer konnte er auch drüben an der Ecke erkennen. Das Unschuldslamm, machte als lese er die Morgenpost, dabei kann der Typ sicher überhaupt nicht lesen. Zumindest nicht in Deutsch.

Holger kramte in einer seiner Taschen nach einem Geldstück für den Klo. „Verdammt", murmelte er, hier kann nichts drin sein, da ist ja das ewige Loch im Taschenfutter. Schließlich fand er was er brauchte in der Innentasche und strebte seiner Lieblingskabine zu. Hinten am Ende, die letzte.

Nun kurz das Unschuldslamm spielen, sich umschauen, ob da nicht doch jemand steht, der nur darauf wartet Schwierigkeiten zu machen. Der ihn vielleicht belehren will, derart dass Drogenkonsum nicht das richtige Mittel sei das Leben zu meistern. Diese Arschlöcher und idiotischen Besserwisser gab es überall und auch noch zu viele davon.

Woher wissen die Kerle eigentlich, oder woran sahen sie nur, dass er abhängig war? Das fragte er sich, als er sich in den anderthalb Quadratmetern gefliestem Kämmerchen einmietete.

Verschließen. Und - hopp, hopp, hopp - er konnte es jetzt fast nicht mehr erwarten. Seine Hand zitterte, als er die Brieftasche hervorzog, von diesem Augenblick sein uneingeschränktes Eigentum. Schon bei seinem ersten Blick sah er, dass er das große Los gezogen hatte. Die Kloschüssel verschwamm für einige kurze Augenblicke vor seinen Augen. Da war viel drin. Sehr viel. Und noch mehr.

Da war Kohle drin und ein Briefumschlag. Verschlossen. Sonst war nichts drin. Nur jede Menge Zaster und der Briefumschlag.

Das mussten mehrere tausend sein, die er da in seinen Händen hielt. Ach was, eine Menge Tausender. Sein nächster Gedanke: Da konnte er sich auch mal das teure Crack leisten. Da war er schon lange scharf drauf.

Der Briefumschlag rutschte aus seinen zittrigen Händen und fiel auf den Boden, saugte rasch einige Spritzer Urin auf, die ein Vorbesucher dieses stillen Örtchens nicht gezielt in die Tasse verbrachte.

Holger schaute nach oben, nicht um seinem Gott zu danken. Daran verschwendete er jetzt keine Zeit mehr. Er hatte jetzt das, was er brauchte. Ob es von Ihm kam. Ob er seine Hand im Spiel gehabt haben mochte? Das war jetzt Nebensache - nein: Scheißegal. Echt Scheißegal.

Er hatte mehr ängstlich und misstrauisch nach oben geschaut, ob nicht doch jemand auf die Idee gekommen war Spanner zu spielen. Oder ob da nicht doch eine versteckte Kamera auf ihn gerichtet war?

Draußen hörte er Wasser laufen. Da wusch sich aber einer ausdauernd. Hat´s vielleicht nötig.

Holger versuchte sich zu beruhigen, zu konzentrieren, schaute wieder auf das Geldbündel. Alle Scheine schienen den gleichen Wert zu besitzen. Ziemlich neu. Waren sicher gerade von der Bank abgehoben.

Komisch die Farbe. Von der hatte er noch nichts in seinen Händen.

Falschgeld! - schoss es ihm durch den Kopf. Spielgeld?
Wieder schaute er nach oben, diesmal allerdings wieder auf der
Suche nach einer Verbindung mit seinem Gott.

„Verzeih mir, das mit dem Scheißwolkenschieber, du hast mir
das hier geschenkt, geschickt, nun hilf mir auch, dass es kein Falschgeld ist. Oder Spielgeld." Das war´s. Ein klärendes Wort oder
eine Antwort kam nicht. Still unterdrückte er den fast übermächti-
gen Wunsch hinauszuschreien: „Scheißwolkenschieber!"

Aber wer weiß? Vorerst galt es noch sich mit ihm gut zu stellen.
Zumindest so lange, bis zweifelsfrei feststand, dass er wirkliches Geld
in rauen Mengen in der Hand hatte.

Wie anstellen, um es herauszufinden. Da musste ihm noch etwas
einfallen.

Er zog ein kleineres Bündel Scheine heraus, zählte sie, es waren
lauter 200-er Scheine. Was er jetzt gerade so in der Hand hatte,
waren schon 2 200 Euro. Er schätzte jetzt das Ganze auf mindestens
200 000 Euro - und da sollte er nicht falsch liegen.

Wie war das mit den Merkmalen für Falschgeld? Wie konnte
man es erkennen? Da ... ach so, ja, ein Wasserzeichen, das man
sehen sollte, ja musste, wenn man die Note gegen das Licht hielt.
Es kostete ihn ein paar Fingerübungen, um einen einzelnen Schein
aus dem Bündelchen zu lösen. Schon war er im Begriff seine Finger mit der Zunge zu befeuchten, dann - igitt, durchfuhr es ihn.
Wie unhygienisch, den Schein konnten doch schon viele Leute vor
ihm in ihren dreckigen Händen gehabt haben. Dann tippte er sich
kurz mit der Faust an den Kopf. <Blödmann, das sind doch alles
druckfrische Papiere. Sozusagen noch klinisch sauber, hygienisch
einwandfrei.>

Der Schein, den er gegen das Licht hielt, hatte sein Wasserzeichen, ein Wasserzeichen, ja, das musste es sein, ganz klar und
deutlich. Also kein Falschgeld. Bevor er sich in einem inneren
Jubel einfand, entglitt ihm schon wieder sein Optimismus. Es konnte
trotzdem Falschgeld sein.

Wie in Gedanken versunken steckte er das kleine Bündelchen

Scheine mit seltsam langsamen Bewegungsabläufen zurück in die Brieftasche.

Noch ein letzter Blick darauf und dann verstaute er das Ganze wieder im Innenteil des Mantels. Das Kleidungsstück erwies sich unter den gegebenen Umständen als außerordentlich praktisch. Jetzt zog er die Brieftasche doch wieder heraus und untersuchte zunächst die Manteltasche auf mögliche Löcher, durch die er den Schatz wieder verlieren könnte. Das müsste aber schon ein recht großes Loch sein, für so eine fette Beute - und Holger fand, dass dies doch bereits ein recht vernünftiger Gedankengang war.

Dann sah er den Briefumschlag auf dem Boden. „Muss ich mitnehmen, könnte sich ja ein anderer unter den Nagel reißen und da stehen vielleicht Sachen drin ...", sagte er sich, beendete aber den Satz nicht.

Dann hob er ihn auf.

Also wollte er den Brief zu der Brieftasche stecken. Da fielen ihm die Urinflecken auf. Kurz schaute er den Brief an - sollte er ihn zerreißen, ihn in den Strudel der Klospülung schmeißen?

Mit einer schnellen Bewegung wischte er ihn schließlich an seinem Mantel ab.

Dann aber: Jetzt hast du wahrscheinlich weit mehr als 200 000 Euro und hättest dich beinahe wegen ein paar Pissflecken aufgeregt. „Holger, Mann, ich kauf dir einen neuen Mantel, ach was, ich kauf dir die schicksten Klamotten. Den nach Pisse stinkenden Mantel schenk ich dann den Armen", so munterte er sich auf, schmunzelte über seinen vermeintlichen humorvollen Geistesblitz und steckte den Brief zur Brieftasche. Den Armen würde er etwas Gutes tun. Genau! Er fand diesen Gedanken rundum genial, dabei grinste er wieder maliziös.

Dann holte er die Brieftasche doch wieder hervor, „ich werde mir einen Schein genehmigen, für den Dealer. Der wird Augen machen."

Aber, Vorsicht, denk dran Holgerchen, wenn du dem Falschgeld andrehst, drehen dem seine Kumpel dir den Hals um. So rief er sich zur Ordnung.

Ja das wäre das Allerletzte!

<Scheiße>, entfuhr es ihm einmal mehr,< jetzt haste Geld, du bist reich und trotzdem nicht zufrieden.> Und nochmals: <Scheiße>! Kurz spielte er aufs Neue mit dem Gedanken wieder einmal nach oben, ganz oben zu schauen - aber was soll das bringen? Dieser Wolkenschieber ... das *Scheiße* ließ er diesmal weg.

„Eine neue Situation? Wenn schon. Aber damit werde ich mich beschäftigen, wenn es so weit ist. Dann werde ich sehen, wie es weitergehen soll. Vielleicht verschwinde ich dann einfach, nehme das nächste Flugzeug." Er machte sich Mut. Und fiel dann gleich wieder in dieses tiefe depressive Loch: Ein Flugzeug? Aber wohin? Mit welchen persönlichen Dokumenten? Und dann? Auch sonst wo würde man echte von falschen Fuffzigern unterscheiden können. Er stockte in seinem Bewegungsablauf - „... sind ja Zweihunderter!"

Noch wälzte er seine Überlegungen und Gedankensplitter einsam auf engstem Raum in seiner Lieblingstoilette. Irgendwo rauschte Wasser. Er nahm einen neuen Anlauf.

Zunächst könnte er es auf einer Bank probieren: „*Ach bitte Fräulein, ich habe da einen 200-er Schein bekommen. Könnten Sie bitte nachsehen, ob er auch echt ist?*"

Blödsinn. Und wenn er wirklich nicht echt ist, dann sitze ich in der Tinte. Bullen, Verhöre, und die Scheine wäre ich dann auch los. Und dann? Wer würde mir in meiner Aufmachung glauben, dass ich da *so einen 200-er Schein* bekommen habe; so einfach bekommen habe. Die würden doch sofort glauben, dass ich von einer Geldwäsche profitieren wollte. Drogengeschäfte. Ganz heimlich würde das Fräulein auf einen Knopf drücken. Mindestens zwei nette Herren würden ihn ganz *unauffällig* bitten, doch einfach mal *ganz unauffällig* mit ihnen zu kommen.

Der Mann, der sich so andauernd und hingebungsvoll die Hände wusch, hörte <seinen> Mann kurz aufstöhnen.

Es gibt doch auch Geschäfte - spann Holger den Faden weiter. Die könnten doch auch ... „Komm hör auf mit dem Stuss", flüsterte er sich immerhin fast lautlos zu. „Das Risiko ist zu groß. Wenn es denn Falschgeld ist, nun, dann muss ich mir etwas einfallen lassen, um doch gebührend davon zu profitieren. So einfach werde ich es nicht aus der Hand geben, so mir nichts dir nichts. Für nichts und wieder nichts. Nein! Ich würde, er verbesserte sich, werde dann schon etwas draus machen. Ich muss einfach etwas daraus machen."

„Ich könnte ja auch einkaufen", sagte er sich. Ich könnte für kleinere Beträge einkaufen und bekomme echtes, gutes, wahrhaftiges Geld zurück. Doch auch diesen Gedanken verwarf er. Die haben sicherlich auch Geräte, mit denen sich Echtes vom Falschgeld unterscheiden lässt. Und außerdem: Er müsste ja hunderte von Geschäften abklappern, immer mit der gleichen Masche. Irgendwann würden ihn die Geschäftsleute wiedererkennen. Denn *die* saßen ja letztendlich in der Kacke. Sie würden die Scheine auf ihrer Bank einzahlen - nun, und diese würden schon nach dem Rechten schauen.

Oder ich könnte einfach jemanden bitten: „Könnten sie mir bitte diesen Schein wechseln?"

„Blödsinn", rief er sich zum wiederholten Male zur Ordnung. „Dreh nicht durch! Lass deine grauen Zellen in Ruhe nach der Lösung suchen."

Geldwechselautomaten soll es geben. In einem Automaten ließe sich doch sicher feststellen, ob mein Reichtum echt ist. Diese Geräte müssten doch Einrichtungen haben, die zweifelsfrei feststellen konnten, was echt und was gefälscht ist. Wenn sie es nicht könnten, dann wären sie ja die reinsten Selbstbedienungsläden - für Geldfälscher.

Bloß, wo war sowas? Noch niemals hatte er sich mit dieser Idee beschäftigt. Beschäftigen müssen. Wieso auch? Wenn er Geld hatte, waren da niemals große Scheine darunter. Er war also noch niemals in der Verlegenheit zu große Geldscheine zu besitzen. Und sie kleinmachen zu müssen.

Aber ich brauche eine Prise. Ich kann kaum noch klar denken.

Jetzt wo er Geld hatte, schien die Gier nach dem weißen Pulver schier übergroß.

Ich muss zu einer Bank, zu einer großen Bank, sagte er sich dann doch. Dort gibt es bestimmt einen Wechselautomaten. Die wollen doch heute keine Leute mehr beschäftigen, die sich mit dem unfruchtbaren Vorgang *Geld wechseln* beschäftigen.

Nochmals versicherte er sich, dass die Brieftasche gut saß und wollte sich zur Tür umdrehen.

Da erinnerte er sich, dass es nicht gut aussehen kann, wenn er die ganze Brieftasche vor dem Geldwechselautomaten aus dem Mantel ziehen würde. Das Pech könnte es so wollen, dass da der Verlierer zufällig stand und seine Brieftasche wiedererkannte. Eine Horrorvorstellung. Die reinste Katastrophe wäre das.

Wieder holte er das Geldbündel hervor. Er entnahm einen Schein, steckte den in Leder steckenden Schatz wieder an seinen Platz. Auf der anderen Seite des Mantels schob er vorsichtig, beinahe ehrfürchtig, ohne zu knittern, den 200-er Schein hinein.

Verdammt, rief er sich zur Ordnung, noch die Spülung drücken. Die sollte man hören. Er hatte sein Geschäft beendet und würde jetzt herauskommen.

Draußen lief immer noch Wasser. Ist doch normal, beruhigte sich Holger.

Nachdem er die Tür geöffnet hatte, zögerte er noch einen Augenblick hinauszugehen. Es war jetzt ein empfindlicher Moment. Jetzt hätte ein möglicher Verfolger, nach einem solchen hatte er vergessen sich umzusehen, die beste Chance die Tür mit einem kräftigen Schub einzurammen. Er könnte ihn zwischen Tür und Wand so gut wie zerquetschen. Alle machen. Aus der Traum.

Nichts geschah. Er trat hinaus, ging an zwei Typen vorbei, die gerade urinierten. Ein weiterer, groß gewachsener Mann, beschäftigte sich weiter vorne vor dem Spiegel gerade mit seiner Nase. Schien einen Pickel ausdrücken zu wollen. Sein Gesicht hinter den beiden Händen war nicht erkennbar. Keiner von den Besuchern bemerkte, dass da gerade ein Neureicher die öffentliche Bedürfnisanstalt verließ.

Draußen, auf der Treppe, im Tageslicht, vermied er den Dealer anzusehen und verdrückte sich schnell nach der anderen Seite, dort wo dieser ihn nicht vermutete.

Holger, der Neue Reiche, kramte in seinem Gedächtnis, auf der Suche nach einer möglichst großen Bank.

Oh ja, die Größte sollte es sein. Die befand sich mit einer Hauptniederlassung sicher im Zentrum - also nicht weit von hier.

Er fand sie.

Im Eingangsbereich, nachdem er an hohen Säulen vorbeigeschritten war, fand er auch bald den Geldwechsler.

„Nehm dich zusammen, Holger", mahnte er sich, „benehme dich wie ein schlichter Geschäftsmann, dem das Kleingeld ausgegangen ist." Bei diesem Gedanken musste er grinsen. Dann drückte er noch sein Rückgrat durch, jedenfalls glaubte er das zu tun, Geschäftsmann! Geschäftsmann? Ja, doch, das werde ich bald sein. Mit einem guten Grundstock als Kapital. Seriös und geachtet.

Also bemühte er sich möglichst unauffällig den Schein herauszuziehen und - „Halt", rief er sich zu. Was mache ich, wenn Alarmglocken anfangen zu schrillen, die Bullen mit Schießprügel auftauchen? Wenn Sirenen heulen, wenn sich schießwütige Beamte auf mich stürzen wollen?

„Das muss ich mir zuerst überlegen", und er entfernte sich wieder von dem Automaten. Er sah sich jetzt, wie er glaubte ganz unauffällig, nach Fluchtmöglichkeiten um.

Es gab regen Publikumsverkehr. Dabei begegnete er einem salopp gekleideten, großgewachsenen, jungen Mann, mit einem Trenchcoat über dem linken Arm - nicht. Das heißt, er achtete nicht auf ihn. Was wieder den Absichten des betreffenden jungen Mannes entgegenkam.

„Ach, scheiß drauf", redete er sich Mut zu. Wenn etwas Unpassendes passiert, dann verschwinde ich einfach unerkannt in der Menge der Leute, die sich in ständigem Fluss durcheinander bewegten.

„Also, Geldwechsler, ich komme." Und so stand er wieder vor dem schrankgroßen Gerät. Immer noch zögernd. Die folgenden Sekunden könnten sein zukünftiges Leben bestimmen.

Jemand tupfte ihn auf die Schulter. Beinahe wäre Holger in die Knie gegangen, so wie vor einer halben Stunde, als er den Tritt in die Eier bekommen hatte und er nur an eines dachte: <Die Brieftasche in Sicherheit bringen, festhalten, komme was da wolle.> Er erinnerte sich noch kurz an die Pein, die aus der Leistengegend gekommen war.

Langsam, wie in Zeitlupe drehte sich Holger um. Es war ein freundlicher älterer Herr, mit weißen Haaren und einem gestutzten Kinnbart, der in einem Streifen bis zu den Schläfen verlief. Freundlich fragte er, ob er sich denn jetzt seinen Geldschein wechseln lassen könne.

Holger, plötzlich ganz Kavalier, deutete eine leichte Verbeugung an und sagte, eine Spur zu erschrocken, „aber bitte sehr, nach ihnen, mein Herr.“

Der Herr schob einen 500-er in den Schlitz und bekam eine handvoll anderer bunter Scheine. Holger achtete auf den technischen Ablauf und die Geräusche, die die Maschine von sich gab. Im Grunde ein Kinderspiel.

So einfach ist das, dachte er bei sich, man muss nur Routine haben und die werde ich auch bald haben.

Der freundliche Herr sagte noch einmal „danke“ und ging seiner Wege.

Hinter einer Panzerglasscheibe verfolgte der sportliche Mann mit dem Trenchcoat diskret und unauffällig jede seiner Aktivitäten.

Holger nahm sich zusammen und schob seinen Geldschein in den Schlitz. Jetzt jede Aufregung vermeiden, versuchte er noch zu denken, als auch der Schein schon wieder draußen war.

Sein erster Reflex war, sich den Schein grabschen und nix wie weg.

Es war ein Frauchen mit Gehstock hinter ihm, die ihm zuflüsterte, „den Geldschein umdrehen!“

Dann sah Holger auch das leuchtende Schriftzeichen vor ihm flackern. Klar konnte er nicht mehr sehen. Seine Knie zitterten jetzt recht kräftig und er hoffte nur, dass man diese starken Schwingungen nicht an seinem Mantelsaum erkennen würde.

Holger führte den Schein wie angezeigt ein und gleich darauf hörte man das Geräusch, dass die Maschine jetzt das Geld abzählte, das sie ihm gleich ausspucken würde. Und so war es. Eine kleine Weile starrte Holger auf das Bündelchen, dann griff er zu, drehte sich um und machte seinen ersten schnellen Schritt.

Doch er stockte, drehte sich zu der Dame um und sagte: „Danke für ihre Aufmerksamkeit, danke!"

Das hatte Holger bereits eine Ewigkeit nicht mehr über seine Lippen gebracht. Auch nicht mehr gefühlt. Dankbarkeit war mit seinen Illusionen verschwunden, als er mit seinem gescheiterten Leben willenlos immer weiter, mehr abstürzte, als abwärts trudelte. Vor der Perspektivlosigkeit blieb ihm nur noch Hass auf die Gesellschaft. Auf alle und jeden. Und auf so Vieles.

Die Dame schaute ihn zwar etwas mehr verwirrt als verwundert an, aber sie nickte dann leicht. Sie hatte das Dankeschön angenommen. Sie wunderte sich für einen Moment und fasste ihre Gefühle zusammen: Wie war es wohl gekommen, dass ein so höflicher und offenbar gebildeter Mensch sein Äußeres so vernachlässigte. Was mochte ihm wohl Schlimmes widerfahren sein.

„So macht man das halt, wenn man Geld hat", sagte sich der ein*gebildete* Holger. Gutes Geld. Ein neuerlicher Schuss von Hochgefühl durchlief seinen Körper.

Jetzt ran an den Koks und bei diesem Gedanken beschleunigte er seine Schritte in Richtung seines Dealers.

Er nahm drei Briefchen. Schob das Geld unauffällig wie üblich in die fordernde Hand.

Vor einem Schaufenster in der Nähe studierte ein hochgewachsener, dunkelhaariger Mann, mit einem Trenchcoat über dem linken Arm, aufmerksam die Auslagen.

„Reich geworden?", frage der Dealer noch hinterher. Holger stoppte seinen Abgang, drehte sich um und fragte: „Nimmst du auch 200-er Scheine?"

„Angeber, Großkotz", antwortete dieser, „wo willst du herneh-men, Scheißfixer?"

Holger machte wieder einen Schritt auf ihn zu und schaute ihm einen Augenblick in die Augen. Der Dealer hielt abgebrüht seinem Blick stand. Dann besann Holger sich, dass er mit dem Packen Geld in der Brusttasche nicht in der Lage war eine Prügelei anzufa-chen und dann auch noch erfolgreich abzuschließen.

Er würde es ihm heimzahlen. Er würde bei nächster Gelegenheit ihm mit zwei, drei Scheinchen unter der Nase herumwedeln und sich dann einen neuen Dealer suchen. Einer, der ihm mehr Respekt ent-gegenbringen würde.

„Wer der nächste Angeschissene sein wird, wird sich noch zei-gen", das sagte schließlich Holger, wobei er versuchte, einen harten Gesichtsausdruck aufzusetzen. Dann hob er noch seine rechte Hand, fuhr seinen Zeigefinger aus und machte eine Bewegung als wollte er seinen Gegner aufspießen. In seiner Hochstimmung hätte er gerne noch einen draufgesetzt und zumindest geknurrt wie ein Tiger.

Der Dealer grinste provokativ.

Holger war sich in diesem Moment dem Nachhall seiner dro-henden Worte nicht bewusst. Er konnte noch nicht ahnen, dass ihn dieser Satz, dieser unterschwellig aggressive, herausfordernde Satz und obendrein seine aggressive Geste noch verfolgen und prak-tisch einholen würde.

Er wollte zu seiner Behausung schnüren als er sich besann: „Du hast Geld, nimm dir ein Taxi."

Allein diese Idee weckte ein neuerliches Hochgefühl in ihm und ein nochmals gestiegenes Verlangen auf die nächste Prise.

Er konnte sich auch erinnern, wo er die nächste Taxisammelstelle gesehen hatte. Also auf!

Der ausgewählte Taxifahrer schaute ihn zwar etwas seltsam an. Doch Holger kam zu dem Schluss, dass dieser Mann sicher kein Mafioso war, der ihm seinen Reichtum wieder wegnehmen wollte.

Hinter ihm bestieg ein weiterer Fahrgast ein Taxi. Dieser gab Anweisung, dem vor ihnen fahrenden Kollegen zu folgen.

Der Fahrer bemerkte trocken: „Immer zu Diensten, wenn es denn der Gerechtigkeit dient."

Der gutaussehende Mann antwortete nicht. Der Fahrer bemerkte mit Sachkenntnis, dass sein Fahrgast keine Unterhaltung wünschte und schwieg nun konsequenterweise.

In einem Außenbezirk bog das vorausfahrende Taxi in eine Seitenstraße. Als die Fahrstrecke überschaubar war, sahen sie, dass es angehalten hatte.

„Stopp, halten Sie hier", befahl der Fahrgast.

„Wie sie wünschen." Mehr kam nicht von dem Taxifahrer.

Der Fahrgast des ersten Taxis stieg aus und verschwand rasch in einem mehrstöckigen, nicht gerade gepflegten, älteren Wohnhaus.

Der Fahrer dieses, etwas vergammelten Fahrgastes, wunderte sich dann doch sehr, als er ausgerechnet von diesem ein schönes Trinkgeld erhielt.

Ein Schein im Wert von fünf Euro. Er nahm sich vor seine Weiterfahrt etwas zu verzögern. Er wollte sich das Haus merken, in dem sein Fahrgast verschwunden war. Vielleicht hatte der Typ gerade eine Bank überfallen oder jemanden ausgeraubt. Typen mit diesem Aussehen ...?

Dann fragte er per Funk in der Zentrale an, ob es vielleicht Nachrichten über ein Verbrechen gäbe, bei dem Geld entwendet wurde, jemand beraubt wurde.

Man wisse nichts von einem solchen Vorfall. Der Raub vor drei Tagen sei ja ein alter Hut. Die beiden Täter, schon wieder Albaner, säßen ja bereits fest. Bei ihresgleichen. Familientreffen im Knast. - Albaner-, das Fräulein betonte es nochmals.

Auch das nachfolgende Taxi hielt gleich danach vor der gleichen Adresse. Niemand stieg aber aus. Und die Fahrt wurde bald fortgesetzt.

Der Fahrgast sprach mit leiser Stimme in ein kleines Diktiergerät. Alles Ohrenspitzen reichte dem Taxifahrer nicht aus, um etwas verstehen zu können. Es war ja auch spanisch.

Der Fahrgast bat, ihn wieder im Stadtzentrum abzusetzen.

Er ging in sein nahe gelegenes Hotel, bestellte sich im hoteleigenen Speiseraum ein vegetarisches Mittagessen, trank dazu ein Weißbier und suchte anschließend sein Zimmer auf.

Dort schloss er seinen Laptop an und ging ins Internet.

In der Adressenverwaltung fand er die Straße, in der der Finder in einem Haus mit der Nummer 28 verschwunden war.

In dem Haus wohnten verschiedene Parteien.

Es gab eine Frau Elisabeth Kirchner, pensionierte Krankenschwester.

Da war eine Familie Karl-Heinz Jülg, Postbote, ebenfalls pensioniert.

Bei einem Herrn Alfred Kronenburg stand *Services*, sonst nichts.

Da war aber auch ein Gewisser Holger Steinebrey, ohne Berufsbezeichnung - das musste er sein.

Und da war noch Hermann Ackermann, Bibelforscher, das konnte der Typ auch nicht sein.

Bei Holger Steinebrey stand eine Telefonnummer. Er wählte die Nummer, aber es gab kein Freizeichen.

„Wahrscheinlich die Rechnung nicht bezahlt", murmelte der junge Mann und legte auf.

Nun denn Holger, so werden wir uns auf eine andere Weise näherkommen, dachte er noch und fuhr seinen Laptop herunter.

Dann ließ er sich von der Reception ein Mietauto, einen VW-Golf, reservieren. Der Wagen wurde 20 Minuten danach angeliefert. An einem Ecktisch wurden die persönlichen Daten in den Vertrag eingetragen. Der Tank ist gefüllt, bitte bei der Rückgabe füllen, dann die aktuelle Kilometerzahl, danach Datum, Versicherungsbedingungen, zwei Unterschriften und der Mietwagenkunde war mobil.

Er fuhr los und parkte in der recht breiten aber wenig befahrenen Einbahnstraße, etwa 15 Meter vor dem Haus Nummer 28. Er stand nun auf der gegenüberliegenden, linken Straßenseite. Er suchte im Autoradio nach dem Programm für klassische Musik. Dann stellte er auf eine mäßige Lautstärke und behielt die Eingangstür von Nr. 28 im Auge. Entweder der Typ würde das Haus verlassen oder, wenn er unterwegs war, würde er ihn beim Zurückkommen erkennen.

Raul hatte Zeit, seine Fantasie blühte.

Holger schloss seine Wohnungstür auf.

Beim Eintreten in seine Behausung stockte er dann doch einen Moment, was keinesfalls auf die stickige Luft in seiner Behausung zurückzuführen war. Schlagartig überfiel ihn vielmehr die Erkenntnis, dass er doch recht schäbig wohnte - lebte. „Das wird sich ändern, Holger", sagte er nun halblaut vor sich hin.

Für eine Weile schaute er wie verträumt auf dies und das in seiner Bude. Er schaute sich um, nahm aber in Wirklichkeit nichts wahr. Bis ihm beim Betrachten seiner Wohnungstür etwas auffiel. Dann bemerkte er doch, mit einem Anflug von Verstimmtheit, dass er leichtsinnigerweise diese nicht geschlossen hatte. Mit dem rechten Fuß gab er ihr einen Schwung. Die Tür fiel geräuschvoll ins Schloss.

Er ermahnte sich für die Zukunft zu mehr Aufmerksamkeit. Nicht auszudenken, wenn sich denn plötzlich jemand für seinen Reichtum interessieren würde.

Schon wieder in Gedanken verloren, setzte er sich auf die verschlissene Polsterbank. Die Träumerei verflog aber dann doch rasch. Seine ihm wohlbekannte Unruhe ergriff wieder Besitz von ihm.

Aber, statt sich nun den lang ersehnten Strich mit dem weißen Pulver einzuziehen, stand der Geldhaufen im Vordergrund.

So wurde er aktiv und zog die Fundsache hervor.

Nach einer Weile saß er immer noch im Mantel in seiner Bude und zählte das Geld. Es funktionierte aber nicht so richtig, er brauchte also etwas für die Nerven. Erst jetzt lenkte er seine Aufmerksamkeit von den vielen Scheinen weg. Rasch und eingeübt bereitete er wie üblich das weiße Pulver vor und zog es sich hinein.

Bald würde er sich leichter fühlen, beschwingt. Dann würde er wieder ans Geldzählen gehen. Vielleicht musste er es mehrere Male zählen - oder würde es wollen. „Das macht geil", sagte er sich.

Da fiel ihm der Brief wieder ein. Die Pisseflecken nahm er schon nicht mehr wahr. Mal sehen, was darinsteht.

Er las zunächst die Anschrift. An Frau *Margot Jonathan*, eine Zahl und dann New York, Brooklyn, USA. Absender? Fehlanzeige. Keiner. Vielleicht befand er sich im Innern. Nur so ..., dachte sich Holger.

Dann öffnete er vorsichtig den Briefumschlag. Er war handgeschrieben - hui, wer macht denn sowas noch heutzutage, dachte sich Holger.

Auch hier kein Absender.

Er begann zu lesen.

Liebe Tante Margot,

wenn Du diesen Brief erhältst, bin ich nicht mehr unter den Lebenden.

Seit ich im Lotto gewonnen habe, ist es mit der Einigkeit in unserer Familie vorbei. Niemand scheint es mehr abwarten zu können, dass ich meinen Hintern für immer zukneife. Ich kann es nicht mehr mit ansehen.

Nur Du hast Dich an den hässlichen Ereignissen nicht beteiligt. Nur Du erhältst diese Nachricht.

Alle anderen sollen sich mit den Behörden herumstreiten, wenn es darum geht nach meinem Verbleib zu fahnden oder auch nur feststellen zu lassen, dass ich tatsächlich tot bin. Sie werden mich mit höchster Wahrscheinlichkeit nicht finden.

Vor meinem Abgang werde ich mein Vermögen an die Armen und Bedürftigen verteilen. Ich habe meine Konten aufgelöst. Nichts werden sie finden. Meine alten Anzüge und meines Vaters Kriegsstiefel können sie zu Geld machen. Das muss reichen.

Ich mache absichtlich auf den Briefumschlag keinen Ab-
sender, damit der nicht aus irgendeinem dummen Grund zu-
rückkommt und den Aasgeiern in die Hände fällt. Behalte
diesen meinen Brief als Dein Geheimnis. Lass alle schmoren.
Es tut mir leid. Ich habe Dich immer gerngehabt.
Bleib gesund und pass auf Deine Kinder auf.

Das war alles andere als eine Offenbarung für Holger. Er begann nochmals zu lesen, kam bis ungefähr in die Mitte des Briefes und begann plötzlich laut zu lachen. Dann sprang er auf, startete ein Tänzchen, soweit es die Platzverhältnisse und der Mantel in seiner chaotischen Bleibe zuließen.

Dann schnappte er sich den Brief noch einmal, hielt ihn weit von sich und begann tänzelnd wieder mit dem Lesen.

Er streifte den Mantel ab und ließ ihn nach gewohntem Muster fallen.

„Liebe Tante Margot", fing er an laut zu lesen.

„Liebe Tante Margot", jetzt trällerte es hinaus und gab nochmals jubelnd hinterher: „Liebe Tante Margot".

Und nach einer Weile des Stillstands und jetzt mit scheinheiliger Inbrunst: „Liebe Tante Margot, ich liebe Dich, ich verehre Dich, Du bist ein Gottesgeschenk!"

Er stutzte kurz, dann schaute er nach oben an die schon vor langer Zeit weiß gewesene Zimmerdecke und murmelte zunächst: „Das hast du in deinem Himmelszelt fein gemacht, Alter. Hast mir endlich das gegeben, was mir als Deinem treuen Diener seit eh und jeh zusteht."

Dann schüttelte er sich vor Lachen. Bis das Lachen dann von einem Hustenanfall unterbrochen wurde. Danach keuchte er eine Weile vor Anstrengung, um dann schließlich ein paarmal tief durchzuatmen.

Jetzt begann er sich wieder tanzend zu drehen, bis ihm schwindlig wurde. Dann ließ er sich auf das fallen, was zu seiner Zeit als Sofa gut durchgehen konnte. Canapé, hatte es seine Mutter bezeichnet.

Jetzt lag er auf diesem Canapé und hatte das glücklichste Gefühl aller Zeiten.

Er erinnerte sich wieder an seinen Gott. Richtete in Scheinheiligkeit, mit grotesk gespielter Demut sein Gesicht nach oben. Als zusätzliche Geste legte er seinen Kopf noch leicht schräg, so wie es die frommen Tanten tun, dachte er.

Er erleichterte sich lautstark.

„Ha", sagte er in ziemlich triumphierendem Ton, „hörst du es? Die Stimme meiner ebenso erfreuten Seele!"

Er suchte jetzt nach Worten, um auf seine Art und Weise, und der gegenwärtigen Stimmung angepasst, mit seinem Gott Verbindung aufzunehmen.

Seine Stimmung schlug um. Es wurde wieder nichts als Unflätigkeit.

„Scheiße", brüllte er, „so lange hast du mich darben lassen und jetzt kippst du das Glück gleich kübelweise über mich. Du bist doch ein scheinheiliger Oberpriester, du geiziger Wolkenschieber. Ich wäre beinahe vor die Hunde gegangen", die letzten Worte schrie er zornig so laut, als sollten sie wirklich in einem weit entfernten Himmel gehört werden, „du hättest mich beinahe verrecken lassen. Dann ist dir die Hand ausgerutscht, hast etwas zu tief in die Keksdose gelangt und einfach mal so 200 000 locker gemacht."

Dann hielt er inne. 200 000, er hatte ja noch nicht einmal alles gezählt.

„Es reicht", sagte er sich jetzt halblaut. „Zunächst muss ich einmal die Glückskeule verdauen, die mich getroffen hat." Damit nahm er ein kleines Bündel Scheine, legte sich auf den Rücken, zog sein Hemd nach oben und drapierte damit seinen nackten Bauch.

Er löste nun auch den schäbigen Gürtel, der ihm bis jetzt die schlotternden, mittlerweile viel zu große Hose ungefähr in Hüfthöhe hielt, zog sie nach unten. Die bleigrauen Unterhosen folgten in derselben Richtung, dann bewegte er sich auf die Seite und klemmte sich einen Schein zwischen die Pobacken. Das hatte er einmal vor langer Zeit in einem Gangsterfilm gesehen. Das hatte ihm imponiert und hatte sich unauslöschlich in sein Gedächtnis eingebrannt.

„Ich habe jetzt so viel davon, dass ich mir damit meinen Allerwertesten abputzen könnte", jubelte er. Dann erinnerte er sich daran,
dass er seine Lautstärke etwas zügeln musste, es gab in dem Gebäude ja noch Mitbewohner.

Dann zog er den Schein wieder nach vorne, machte es sich wieder
auf dem Rücken bequem, betrachtete den 200-er und murmelte gekünstelt: „Nee, das kann ich mit dir nicht machen, du bist ja viel zu
steif. Das kratzt und knistert ja, wenn ich dich durch die Falte ziehe."

Er drehte sich und versuchte sich mit einem Ruck aufzusetzen.
Die Scheine purzelten davon. Erst als er sich die Hose wieder
nach oben gezogen hatte, konnte er sich aufsetzen - unter ihm knisterten die schönen Scheine.

Der Brief! Er versuchte sich zu einer Meinung darüber zu zwingen.

Aber es fiel ihm nicht viel mehr ein als - „Margot, du bist die
Schönste im Amiland. Bleibe dort, hier in Deutschland ist es viel zu
garstig." Er fühlte sich sehr wohl und fand, dass er mit dieser Art
Witzelei noch stundenlang würde fortfahren können.

So setzte er nochmals an: „Margot, was bist ....."

Nein - der Spaß war dann doch für den Moment vorbei.

„Scheiß auf Margot, ich brauche einige Antworten auf den Briefinhalt."

„Also", startete Holger wieder in diesmal recht leisem Selbstgespräch, „da schreibt einer, dass er sich umbringen wolle und
dass er den Hintern zugekniffen habe, bis der Brief den Empfänger
bzw. die Empfängerin erreicht. Dann macht er sich auf den Weg,
um sein Geld von der Bank zu holen. Vielleicht hatte er es schon
vorher geholt und jetzt will er Arme und Bedürftige damit glücklich
machen. Auf dem Gang und auf der Suche nach diesen Unglück-
lichen, verliert er leider seine Brieftasche, mit allem. Mit dem ganzen schönen Zaster der Erbschaft."

Holger versuchte nachzudenken. Dieser Vorsatz schmerzte in

seinem Kopf. Aber er wollte es jetzt trotzdem durchziehen.

„Verdammt, er hat leider seine Brieftasche verloren - *leider*", wiederholte er, kicherte zunächst kindisch und bekam dann wieder einen Lachkrampf. Der dann auch wieder in einem Hustenanfall endete.

Nachdem er sich beruhigt hatte, wandte er wieder den Blick zur Zimmerdecke: „Der alte Wolkenschieber gab dem schrägen, selbstmordgefährdeten Alten einen Wink, der nur so verstanden werden konnte: *Lass doch das Päckchen einfach für den Bedürftigsten von allen, den lieben Holger, fallen.*"

Ja, so musste es gewesen sein. „Gut gemacht, Alter", sprach er in die abgestandene, miefige Luft über ihm.

Der Brief, der Brief, rief er sich wieder krampfhaft in Erinnerung.

Der Brief regelt alles für mich, alles zu meinen Gunsten. Ich kann sicher sein, dass es kein Falschgeld ist. Keine Mafia wird mich verfolgen. Keine Steuerbehörde eine Beteiligung verlangen. Niemand wird eine Beteiligung verlangen können.

„Niemand!", schrie er so laut er konnte. Wieder stockte er. „Ruhig Junge", sagte er leise zu sich. Irgendeine Nachbarschaft könnte auf den Gedanken kommen, dass ich verrückt bin und die weißen Männer rufen, die nach dem x-ten Anfall auch seine Mutter geholt hatten. An die herausgequollenen Augen konnte er sich noch erinnern.

Dann würde ihm auch das ganze Geld nichts nutzen. „Also Holger, sei ein braver Junge und raste jetzt nicht aus", sagte er halblaut vor sich hin und ergänzte: „Setz dein Glück nicht leichtsinnig aufs Spiel."

Ein paar tiefe Atemzüge sollten eine Entspannungsübung vortäuschen. „Holgerchen wird sich jetzt wie ein wohlerzogener, braver Junge benehmen", flüsterte er sich dann noch zu.

„Den Gesichtsausdruck muss ich im Spiegel sehen, ich muss dich sehen, liebes Holgerchen", wiederholte er und schwang sich, fast sportlich, vom Canapé. Neben dem Eingang zu seiner Dusche hing im DIN-A4 Format ein randloser Spiegel. Von den Außenmaßen her stumpf, wie von den Motten angefressen. Da stellte er sich davor. Er schnitt einige Grimassen, von denen er glaubte, dass sie zu einem <lieben Holgerchen passen könnten>, aber keines der Bilder gefiel ihm.

Er wandte sich wieder ab, sagte „scheiß drauf", und setzte sich auf den nicht mehr standfesten Stuhl vor dem Tisch, auf dem noch die Hauptbeute seiner Glückssträhne lag.

„Wollen wir nochmals zählen, Holgerchen", versuchte er sich zu überzeugen. „Was schätzt du, was da rauskommen wird? Wetten, dass es mehr als 200 000 sind. Nein, der liebe Holger wird diese Wette nicht verlieren."

Und er begann zu zählen. 199 600. Das gibt es nicht, Holger kann nicht verlieren, der hat heute seine Glückssträhne. Er zählte nochmals - 199 600. Dann fiel ihm ein, dass er ja schon einen Schein gewechselt hatte, sein Gesicht hellte sich wieder auf.

„Aber dann sind es immer noch nicht 200 000", jammerte er vor sich hin.

Schon wollte er sich abfinden mit dieser verlorenen Wette, beschloss dann doch wütend zu werden. Da erhellte sich sein Gemüt. Auf dem Canapé und natürlich teilweise auch auf dem Boden lagen die anderen Scheine, die er vermisste. Die er brauchte er, um seine Wette zu gewinnen. Dort war auch der Schein, den er sich zwischen die Pobacken geklemmt hatte.

Den griff er sich jetzt als ersten - „so das wären jetzt 200 000 und, meine Damen und Herren, Geld stinkt nicht. Auch wenn ich es mir direkt aus dem ungewaschenen Allerwertesten ziehe."

Holger machte jetzt einige Verbeugungen, theatralisch, vor einem unsichtbaren Publikum.

„Und da hätten wir noch so ein paar zerstreute Tausender", dabei sammelte er die losen Scheine vom Canapé auf.

Es waren tatsächlich insgesamt, mit dem Wechselgeld aus dem Automaten, 220 000. Ein Vermögen, ganz für ihn allein. Ohne Gefahr. Ohne Mafia. Ohne Steuerbehörde, was ja im Grund auf das Gleiche hinauslief - meinte er feststellen zu müssen. Und grinste.

Ja, so ist das im Leben. Der gute Onkel ist tot - oder zumindest unbekannt verzogen", dabei platzte er wieder mit einem Lachanfall heraus.

„Tante Margot wird von dem guten Neffen niemals wieder hören. Wie heißt der denn", fragte er sich. „Ich habe seinen Namen nirgends gesehen." Holger überfielen ein paar beunruhigende Sekunden. Dann war er wieder da.

„Ich pfeif doch auf seinen Namen. Dafür kann ich mir gar nichts kaufen", vermerkte Holger, wieder nicht ganz so ruhig und leise, wie er sich vorgenommen hatte.

Plötzlich, in einem dieser unberechenbaren Stimmungsumschwüngen, fühlte er sich wieder quietschvergnügt: „Ich werde ihn Gustav nennen. Gustav, mein Gönner, ich taufe dich auf den Namen - apropos taufen. Habe ich noch was zu trinken in meiner Bude?"

Alkoholisches nicht. Und Wasser aus der Leitung war Holger für diesen festlichen Taufakt nicht standesgemäß. „Ich werde mir was kaufen gehen, bei dem alten Jud' da an der Ecke. Den feinsten Whisky werde ich mir anschaffen. Der Jud' wird Augen machen. Anschreiben wollte er mir nichts mehr, dieser Drecksgeier. Ob der auch Schampus hat, echten Champagner? Der entspricht doch mehr den Ereignissen. Champagner wird es sein - muss es sein. Hast du gehört Gustav, es wird Champagner sein. Mit dem werde ich dich auch gleich taufen. Und mich ebenso, als neugeboren. Dann feiern wir zusammen, du und ich, Gustav, du und ich. Hast du gehört?"

Das Spielchen hatte Holger nun genossen. Doch da fiel ihm wieder der Brief ein.

„Ich könnte ihn ja gefahrlos Tante Margot schicken, das wäre eine Gaudi, Tante erhält einen Brief aus dem Jenseits."

Holger bog sich jetzt vor Lachen, erschrak dann, horchte, rundum war alles ruhig. „Ob die jetzt vor meiner Eingangstür hocken und warten bis ich aufmache, um dann über mich herzufallen? Nachbarn oder die Herren in Weiß?"

Es war ihm jetzt doch recht mulmig zumute.

Mit weit aufgerissenen Augen näherte er sich auf Zehenspitzen der Tür. Er presste sein rechtes Ohr an die Füllung. Nichts. „Ist da jemand?", rief er zunächst im Flüsterton, dann halblaut. Und nochmals, ein bisschen lauter. Insgesamt aber hatte er ein Gefühl als wäre sein Hals wie abgeschnürt.

„Ich muss auf Nummer Sicher gehen", flüsterte er sich zu.

Ganz langsam drehte er den Schlüssel, zögerte, zog dann aber doch die Tür zu sich heran und spitzte durch die sich weitende Spalte. Dann zog er sie mit einem Ruck ganz auf und machte einen raschen Schritt auf den Flur.

„Niemand, es ist niemand da", sagte er in normalem Tonfall und fühlte sich für den Moment sehr erleichtert. Im nächsten Moment fühlte er sich auch schon wieder stark. Und trieb es nach einem tiefen Atemzug auch schon wieder auf die Spitze. „Ich möchte euch auch nicht geraten haben, hinter der Tür auf mich zu lauern." Diese Drohung war wieder an ein unsichtbares Publikum, sein Publikum gerichtet.

Dann fielen ihm die vielen Geldscheine wieder ein, die da so offen auf dem Tisch herumlagen. Schnell verschloss er wieder die Tür, nahm den zweiten Stuhl, befreite ihn von einem Topflappen und einer Pfanne. Und ausgerechnet fiel ihm jetzt ein, dass er die schon so lange einmal wirklich wieder säubern wollte. Nach dem raschen rettenden Griff nach der Suppenkelle, die sich selbständig machen wollte, störte nur noch der Handbesen das Idyll. Er drückte und klemmte die Stuhllehne unter den Drehknopf der Tür. Das hatte er bereits in Filmen gesehen.

„Aber, was haben *die* für Scheiße gebaut? Was soll das helfen. Seine Haustür hatte doch gar keinen Drehknopf. Da hilft doch ein Stuhl nicht als zusätzliche Einbruchsicherung. Oder doch?" Holger stieß einen Laut der Verachtung aus.

„Arschlöcher", murmelte er dann, ließ aber den Stuhl trotzdem stehen.

Keiner konnte ihm also das Geld streitig machen, sinnierte er wieder und da fiel ihm auf, dass er einen sicheren Aufbewahrungsort benötigte.

Wenn er es auf die Bank brachte, das wusste er, würde man bei einer solchen Geldmenge darauf bestehen zu erfahren, woher die Summe kommt. *Man*, das wären zwar keine Herren in Weiß, aber in blauen Uniformen. Also?

Also Bank kam nicht in Frage.

Bahnhofschließfach? „Bist du blöd?", rief er sich selbst zur Ordnung.

Bankschließfach? „Na, dann musst du zunächst mal den feinen Pinkel heraushängen. Sonst kommst du gar nicht mal bis zur Empfangsdame." Er glaubte dieser, seiner intelligenten Argumentation.

Ich werde es überschlafen, dachte er und schon gähnte er. „Doch vorher muss ich das Geld verstauen, das kann ich nicht so offen herumliegen lassen", erzählte er sich.

Er schaute sich um. Viele geheime Plätze gab es nicht. Gasherd - „Idiot", beschimpfte er bereits zum soundsovielten Mal sich selbst.

Gangster verstauen solche Wertsachen schon mal in einem Wasserkasten der Toilettenspülung. Nun ja, die Idee könnte brauchbar sein, wenn man die Scheinchen gut wasserdicht verpackte.

Holger lief zur Toilette, doch alles, was er sah, war ein breiter Druckknopf, der aus der Wand herausragte.

„Dreimal scheiße, da komm ich nicht ran", war seine Erkenntnis, halblaut vor sich hingemurmelt.

Der Kleiderschrank, die Matratze, das Kopfkissen, vielleicht das Rohr des eisernen Bettgestelles oder...?

„Da sucht oder vermutet keiner etwas, das Gefrierfach seines Kühlschrankes, das ist *die* Idee", sagte er sich im Brustton der Überzeugung. „Mein höchst privates, gut gekühltes Gelddepot! Schimmelig kann es dabei sicher nicht werden."

Aber, da war fast alles vereist. Zudem schloss das kleine Klapptürchen nicht mehr, eine schwarze, klebrige Substanz war der Hinderungsgrund. „Geduld, Holger", sagte er sich, „lass das Türchen offen, das Eis wird dann von allein verschwinden. Das schwarze Klebrige, nun das ist vielleicht gerade ideal. Wer würde es schon wagen dort hineinzulangen?"

Zunächst lege ich mich aufs Canapé und klemme fürs erste die Scheine in den Schlitz zwischen Lehne und Sitzbank.

Holger hatte jetzt seine Ruhefase.

3
Schwelgen in Fantasien

Holger erwachte, als es bereits dunkel war. Durstig und benommen wie er war, erinnerte er sich zuerst wieder an Champagner. Wo würde er um diese Uhrzeit noch etwas zu trinken bekommen? Der Gedanke daran verursachte eine Art Panikstimmung. Fast automatisch griff er in seine Hosentasche nach Kleingeld, als ihm sein Reichtum im Versteck einfiel. Rasch tastete er die betreffenden Vertiefungen seines Canapés ab. Es war noch alles an seinem Platz, so wie er es hineingesteckt hatte. Kurz überlegte er. Wieso auch nicht? Er hatte ja auf dem Canapé geschlafen, sozusagen auf einem Haufen Geld - seinem Haufen Geld. Ohne ihn zu wecken oder von seinem Schlafplatz zu entfernen, konnte niemand zugreifen.

So saß er eine weitere Weile auf der Kante des Canapés, versuchte zu denken. „Ja", sagte er zu sich selbst, in der angewöhnten Alleinunterhaltung, „Hunger habe ich auch."

Er atmete tief ein und seufzte.

Jetzt weglaufen, etwas zum Essen besorgen? Seine Beine sagten *nein*. Sein Magen spornte aber Holgers verbliebene Geistestätigkeit an, doch in dieser Konfliktsituation schleunigst eine Lösung zu finden.

Also, er hatte jetzt Geld. So langsam reichte diese Erkenntnis ihn wieder euphorischer zu stimmen. Das Wort oder auch Begriff <Geld> assoziierte er prompt mit Koks - den konnte er sich jetzt leisten. „Zack-zack, Holger, genieße das Leben. Ich zieh mir erst mal eine Prise, dann entscheide ich ob und wohin ich eventuell meine vier Buchstaben bewege, mir etwas zum Kauen besorge. Die Scheißreste im Kühlschrank vergesse ich lieber."

Dann fiel ihm ein, dass er sich jetzt hundert Prisen erlauben könnte, wenn ihm danach wäre. Sein Reichtum verschaffte ihm jetzt Freiheiten, nach denen sich jeder Abhängige die Finger lecken musste. „Und essen kann ich auch - wann ich will", und nach einer Weile setzte er hinzu: „...und so viel ich will. Na und, klar, auch was ich will." Fehlte nur noch die Klärung des Wann. Das verschob er zunächst.

Er saß aber immer noch eine Weile auf der Kante des Canapés. „Also, wie war das? Zuerst was für die Nase. Das hilft Papas Ältestem wieder auf die Beine."

So war es dann, als er plötzlich die Prozedur unterbrach. „Ein Geistesblitz, Mensch Holger, du hast einen Geistesblitz. Nun mach schon", sein Zustand besserte sich bei diesem letzten Selbstgespräch von selbst.

Dann wieder weiter im Selbstgespräch, diesmal höhnisch: „Holgerlein, du wirst dir eine Pizza bestellen. Der Bursche kann gleich eine Flasche Rotwein mitbringen. Ach, scheiß drauf, mindestens zwei Flaschen. Ich hab´ noch was zum Feiern."

Er würde .... „Komm hör auf", sagte er sich, „willst du dem Pizzabursche die Gelegenheit geben deinen Reichtum zu erfühlen, zu erahnen? Der wird doch glatt auf die Idee kommen können, ich hätte durch eine krumme Sache Kasse gemacht. Dann rennt dieses Arschloch zu den Bullen, den Rest kannst du dir denken, Holgerlein. - Holgerlein, sei auf der Hut! Benutze deine Intelligenz, dann lebst du länger."

„Also, klar, du wirst ihn draußen im Flur abfangen, aber vorher verstaue ich den Kies - wo wollte ich nur. Ich...?"

Dann kam er wieder drauf. Das Gefrierfach. Ja.

Doch was war das vor dem Kühlschrank? Eine Wasserlache. Wo kommt die denn her? Sie hatte sich bereits ausgebreitet bis unter ein Stück teppichähnlichem Bodenbelag, den er mal bei Nacht und Nebel aus einem Sperrmüllhügel gezogen und hier ausgebreitet hatte. Damit hatte er seinerzeit eine ganze Menge von festgetretenen Essensresten bedeckt. So sparte er sich die Fußbodenreinigung.

„Aus den Augen, aus dem Sinn", murmelte er guten Gewissens, und von seinem klugen Trick überzeugt, vor sich hin.

Doch das war eine schöne Bescherung. Der Kühlschrank war also jetzt abgetaut. Mit der Fußspitze hob er die angefeuchtete Stelle des Teppichs an. „Igitt", entfuhr es ihm.

Dann: „Scheißkühlschrank, auf den Abfall sollte ich dich schmeißen. Verdammte Schrottkiste. Wie kommt die ausgerechnet auf diese Idee, genau im unpassendsten Moment." Er war bereit seinen Zorn noch lautstärker hinauszuposaunen - konnte sich aber gerade noch rechtzeitig zurückpfeifen.

Gute Idee, dachte er nun doch weiter und auch gleich wieder lauter: „Gute Idee, ich werde mir einen neuen bestellen. Funkelnagelneu. Holger, du hast gute Ideen."

„Jetzt geh´ ich erst mal telefonieren", nun hatte er sich nicht mehr als eine dritte Person im Blickpunkt. Er redete direkt mit sich selbst. Hatte sich selbst eine Anweisung gegeben.

Sein Telefon war seit Monaten abgestellt. Es stellte sich also die Frage des *wo* telefonieren. Das Geld dafür müsste er mitnehmen.

Die Klappe für das Gefrierfach hatte er zwar geschlossen, aber es würde eine Weile dauern, bis sich die Minusgrade wieder eingestellt hätten. Das war ihm klar. Danach würden die Geldscheine hineinkommen.

„Dann werde ich mir das eine oder andere kaufen, den Gefrierraum zustellen und dahinter das Geld deponieren." Er war wieder mit sich und seiner Kombinationsgabe zufrieden.

„Ein Telefon. Verdammt, weshalb habe ich kein Telefon?" Er schrie jetzt beinahe wieder.

„Holger, morgen schon gehst du zur Post oder wer da auch immer zuständig ist, und lässt dir dein Telefon wieder anschließen. - Stopp Holger, du bist doch ein Blödian; Wozu gibt es Handys? Du wirst dir das schickste, kleinste, gewiefteste Handy der Welt anschaffen. Telefonzelle ade, ich will nichts mehr mit dir zu tun haben." Wie hatte er das wieder gelöst? Er war in diesem kleinen Augenblick wieder ausgesprochen zufrieden mit sich selbst.

Doch mit der Pizza wollte er nicht bis morgen warten. Er stopfte die Geldscheine wieder in die Brieftasche, schob diese in eine Innentasche seines Mantels und machte sich auf den Weg. Die Nacht war angenehm warm, ein schöner Frühlingsabend.

„Abend?" Ich habe keine Ahnung wieviel Uhr es sein könnte, fiel ihm ein. Pizza werd´ ich schon noch kriegen, redete er sich Mut zu.

An der Telefonzelle, vorne bei dem etwas heruntergekommenen Schuhgeschäft, stoppte er, kramte nach seinen Münzen - doch, was war das? Das Telefon war auf Karte umgestellt worden. Es konnte keine Münzen mehr annehmen. Holger schaute sich hilflos um. „Scheiße, Scheiße, was mach ich nun?", murmelte er vor sich hin.

Dann sah er das Schild: **Gasthaus zur Sonne** - *gut bürgerliches Essen*. Geld haste, dachte er sich, warum nicht?

„Nun mal los", trieb er sich an.

An der Tür hing ein Schild *Heute Ruhetag*.

„Das darf doch nicht wahr sein, jetzt habe ich Geld und keiner gibt mir was zu essen." Holger fand das gar nicht mehr lustig. Aber was tun? Er hatte sich nun mal in den Kopf gesetzt seinen Hunger zu stillen, aber...

Ein Bulettenbrater, der mit dem großen <M> fiel ihm ein. Nur fünf Straßenblöcke.

„Auf Holger, das schaffst du", sprach er sich Mut zu.

Dort war man bereits beim Aufräumen. Kunden waren keine mehr da, aber wie selbstverständlich bekam er noch so ein dickes Ding. Und eine Cola. Eigentlich wollte er Wein. Den hatten sie aber nicht oder wollten keinen mehr rausrücken. Er bezahlte mit einem Zehneuroschein und ließ großzügig das Wechselgeld auf dem Tellerchen liegen.

Danach schnürte er wieder seinem Heim zu. „Vielleicht ist unterdessen die Sauerei mit dem Schmelzwasser aus dem Gefrierfach verdunstet", sagte er wieder halblaut und allzu optimistisch. Ein eng aneinandergeschmiegtes Pärchen schaute ihn besorgt an. Offensichtlich war er zu laut mit sich selbst gewesen. „Scheiß drauf" sagte er genauso laut. „Ich kann mit mir reden so viel ich will", und etwas leiser, „Ihr Arschlöcher! Wenn Ihr wüsstet!"

Im Gefrierfach war es bereits gut kalt. Er zählte noch einmal genüsslich die Scheine durch. „Sind nicht mehr geworden", murmelte er, „ich dachte solche Summen würden Zinsen bringen." Er war wieder in Stimmung laut zu lachen. Was war er doch für ein aufgewecktes Kerlchen - so oder so ähnlich philosophierte er vor sich hin.

Dann steckte er die Brieftasche mit dem Geld in die hinterste Ecke des sehr kalten Fachs. Oh Scheiße, das sah aber jetzt gerade nicht nach einem Versteck aus. Dann sah er den schmutzigen Kochtopf und hatte aus seiner Sicht mal wieder eine geniale Idee. Er steckte das Geldbündel in den Topf und stellte diesen in das Gefrierfach. Fort was das Geld, neugierigen oder auch kriminellen Augen entzogen.

Morgen wollte er kaufen gehen. Das nahm er sich vor. Klamotten, Schuhe, auch die Unterwäsche würde er ersetzen, die schmutzige einfach wegwerfen. Sowieso alles wegwerfen, neu anfangen. „Auch einen neuen Gabardinemantel werd´ ich mir leisten."

„Brauch ich überhaupt einen?"

Nach einer kurzen Reaktionszeit hatte er es sich aber anders überlegt. Nein, einen Gabardinemantel werde er sich nicht mehr leisten. „Nein!", rief er laut. Dann etwas leiser: „Damit läuft doch kein Mensch aus dem Geldadel herum. Du musst jetzt ein bisschen mehr auf dein Äußeres achten", und dann nach einer kleinen Kunstpause: „Holgerlein!" Und nach einer weiteren Pause: „Keiner soll sich mehr nach mir umdrehen, nur weil er sich als ein besserer Mensch glaubt."

Der Gabardinemantel lag wieder in der Ecke. Holger sah sich nochmals gemächlich in seiner Behausung um. Morgen werde ich mir überlegen müssen, was ich aus dieser Bude mache. Mir was anderes suchen? „Stopp", sagte er zu sich halblaut. „Du wirst kein Idiot sein, Holgerlein", fügte er noch hinzu.

Dann, nach einer weiteren Weile grunzte er mehr, als er es aussprach: „Der Fatzke auf dem Sozialamt würde dahinter kommen. Dann muss ich endlose Erklärungen abgeben - vergiss es", beschloss er dann. Aber etwas müsste er anstellen, damit man die Bude angemessener auch als Wohnung bezeichnen konnte.

„So, Holger, jetzt wird geduscht", sagte er sich am nächsten Morgen - oder war es bereits gegen Mittag? „Du wirst fein eingekleidet, aber in einem Modeschuppen kannste nicht als Holger Saftarsch aufkreuzen. Also putz dich gefälligst."

Das war nun wirklich leichter gesagt als getan.

Die Dusche - es war ihm gar nicht mehr aufgefallen. Es gab überall schwarze Ränder. Schmieriges Zeugs. Den Duschvorhang musste er an einigen Stellen auseinanderziehen, er war klebrig, zusammengepappt oder zusammengewachsen. Die Duschwanne an sich war dunkelgrau beschichtet - nicht so von Natur aus oder gar von Villeroy und Boch.

„So jetzt schönes warmes Wasser" - da war der Wunsch der Vater des Gedankens. Er wartete eine Weile, ließ ablaufen. Nichts. Da fiel ihm ein, dass vielleicht der Gashahn geschlossen war.

Nackt lief er nachschauen. Alles o.k.

„Ach so", murmelte er vor sich hin. „Die haben mir ja den Saft abgestellt und ich hab´ noch nicht auf dem Sozamt reklamiert. Dann muss es eben so gehen, spielst halt mal den Helden."

Das war wieder leichter gesagt, denn getan. Aber er erreichte, dass er nass wurde. Nicht gleichmäßig. Aber trotzdem ganz schön nass.

„Das muss für heute reichen. Mit abtrocknen bringe ich schon meine zarte Haut wieder zum Vorschein." Er musste lachen über seinen Witz. Dann schüttelte er sich, „hu, schnell ein Badetuch - wo steckt denn das Scheißding?"

Er fand es neben der Kloschüssel in der Ecke. Es hatte noch die

Form eines Badetuchs, doch die Farbe war undefinierbar. Jedenfalls war die Originalfarbe nicht mehr zu erkennen. Das fiel aber Holger im Moment nicht auf. Interessierte ihn auch herzlich wenig. Einwickeln, das war jetzt das wichtigste und fest reiben, damit mir wieder warm wird.

„Ich kann mir doch keine Erkältung leisten, jetzt wo das schöne Leben anfängt."

Bei C & A kaufte er von der Stange was ihm gefiel. Von den Socken, Unterwäsche, Hemd, ein Anzug, bis zu den Schuhen und ein paar Taschentüchern, alles. Ach, er hätte noch viel mehr kaufen wollen. Anprobieren? Reine Zeitverschwendung. Holger wollte jetzt schnellstmöglich in neue Klamotten, dann zum Dealer, der würde Augen machen.

Die Schuhe hatte er anprobiert, Größe 42, die passten immer noch. Also wird sich mit der Konfektionsgröße auch nichts geändert haben. Größe 50 hatte er, war ja leicht zu behalten. Hemden *Medium*, das klappte auch, also wirklich, in die Umkleide? Da standen und saßen andere Kaufwillige auf Wartepositionen.

An der Kasse zog er fünf neue Scheine hervor. Das hatte er noch zu Hause geübt. Scheine hervorholen, die würden Augen machen an der Kasse, und auch die Umstehenden. Schade jedoch. Keiner, niemand schien beeindruckt. Er erhielt sein Wechselgeld. Und obwohl er nochmals demonstrativ in seiner halb geöffneten Hand die Restscheine offen zeigte, die Kassiererin sagte höflich *Danke* und war schon mit dem nächsten Käufer beschäftigt.

Was Holger nicht bemerkt hatte, war, dass die Kassenfrau jeden der hingereichten Geldscheine unter eine ultraviolette Lichtquelle gelegt hatte. Diese signalisierte: *Alles in Ordnung.*

Holger strebte mit seinen Neuanschaffungen rasch seinem Heim zu. Er hatte ja heute noch was vor. Da weckte eine Auslage seine Aufmerksamkeit. Uhren. Noch und nöcher.

„Holger, jetzt leistet du dir mal wieder einen Zeitmesser", erschrocken schaute er sich um, ob ihm jemand zugehört haben konnte.

Für einen kurzen Augenblick streifte er das Thema seiner Selbstgespräche. Ob er die wohl abstellen sollte? Oder überhaupt konnte? Doch dann kam er zu dem Schluss, dass es damit keine Eile hatte. Darüber konnte er - würde er - ein anderes Mal nachdenken.

Kurz entschlossen betrat er das hell erleuchtete und recht luxuriös ausgestattete Geschäft - *<Juwelen und Uhren>*.

Er bemerkte nicht, oder wollte er es nicht bemerken, dass er in dem Laden argwöhnisch beäugt wurde. Schon seit er die Türschwelle überschritten hatte.

Eine Verkäuferin näherte sich. Sie schien nicht begeistert und war wahrscheinlich vom Chef gedrängt den Kundenkontakt aufzunehmen. Er würde genau beobachten, kontrollieren, was sich da entwickelte. Er stand auch nahe am Alarmknopf, seine Finger ertasteten ihn.

Dass Holger bedient wurde, hatte er überhaupt nur dem Umstand zu verdanken, dass er die verbliebenen 200-er Scheine sichtbar in einer Hand trug. Nach kurzen Blicken auf die Auslage in einer Vitrine, zeigte er auf ein Modell.

Die Verkäuferin murmelte so etwas wie: „Da haben Sie gut gewählt", und brachte das ausgesuchte Stück zur Kasse. „Bezahlen Sie bitte an der Kasse", zwitscherte die junge Dame noch gekünstelt und wandte sich rasch anderen Abwechslungen zu.

Er hatte das gute Gefühl, dass er sich Respekt verschafft hatte und die Dame, die Verkäuferin, war doch recht liebenswürdig und aufmerksam. Er fühlte sein Hochgefühl steigen. So konnte es weitergehen in seinem neuen Leben.

Holger zog mit seinen auffallenden Plastiktaschen weiter.

Er fühlte sich jetzt schon halb Lebemann. Eine schöne Uhr für schlappe 180 Euro am Handgelenk. Jetzt konnte er in kurzen Zeitabständen durch prüfende Blicke feststellen, ob das Ding auch wirklich lief. Natürlich auch mit dem Hintergedanken, dass bei dieser Streckbewegung des Armes das gute Stück ebenso von anderen

Menschen bewundert werden konnte. Zufrieden konstatierte er, dass er ja zwei Jahre Garantie hatte. Großartig. Kurz meditierte er zu diesem Thema. Zwei Jahre schienen ihm eine angemessene Zeit. Andererseits aber auch so etwas wie eine kleine Ewigkeit.

Als er die Tür zu seiner Wohnung aufschloss, schien ihm als hätte sich etwas verändert.

Zunächst blieb er auf der Schwelle wie angewurzelt stehen.

Ein Schauer lief ihm den Rücken hinunter. Seine Nackenhaare schienen sich aufzustellen. War da jemand hier gewesen? Doch dann:

War das überhaupt seine Wohnung? Kaltmiete 320 Euro. Das Wohnungsamt zahlte auf Anweisung des Sozialamtes.

Da fiel ihm auf, was sich verändert hatte. Nämlich gar nichts. Er hatte sich verändert. Er hatte seine neuen Kleider noch nicht angezogen, da fühlte er bereits, dass dieses Interieur nicht mehr zu ihm passte.

„Alles neu macht der Mai", sagte er sich frohgemut und in einem kindlich-kindischen Anflug, „passt doch."

Ich werde alles dem Sperrmüll übergeben, dachte er, diesmal lautlos und ohne seine Gesichtsmuskeln und Stimmbänder in die Meditation einzubeziehen. Aber gleich darauf zuckte er zusammen. Was würden die vom Sozialamt sagen, wenn die dahinterkämen? Er staffiert sich mit neuen Möbeln aus, und das von der bisschen Stütze, die er bezog? Immer das Scheißsozialamt. Immer wieder dieser Scheißfatzke. Macht der niemals Urlaub? Sollte er jetzt, da er doch reich war auf die Stütze pfeifen? „Soll ich jetzt auf die Stütze pfeifen", fragte er sich überflüssigerweise, diesmal auch noch laut. „Nee, nie und nimmer", sagte er jetzt wieder etwas kontrollierter halblaut. „Die quetsche ich weiter aus. Die sollen blechen, ha."

Nach einer kleinen Pause.

„Sei´s drum", ermunterte er sich, „irgendetwas wird mir schon einfallen."

„Jetzt wird erst mal umgezogen", befahl er sich, „und ab mit den ollen Lappen in die Mülltonne."

„Halt", rief er sich zu, „nicht zu plötzlich, Holgerchen überleg doch mal, wie willst du denn auf dem Sozialamt erscheinen? Frisch gewichst und gewienert? Du hast sie nicht mehr alle! Dort wirst du brav in deinen verkommenen Sachen deine Stütze abholen."

„Immer wieder dieses Sch...-Sozialamt", fluchte er.

Holger stand dann doch eine Weile da und versuchte angestrengt nachzudenken. „Und wenn", sagte er sich, „wenn ich die Stütze gekürzt kriege, wen schert´s. Ich habe es ja."

Dann kamen ihm aber doch Zweifel.

„Ich werde später darüber nachzudenken haben", beschloss er.

Die Socken passten - welch ein Gefühl. Die Unterhosen passten, das Unterhemd schlug einige Falten - „was soll´s, ist ja modern", flötete Holger in bester Laune.

Das Hemd, nun ja, vielleicht hätte ich doch -S- nehmen sollen. Aber mit offenem Kragen würde das nicht auffallen. Für den Winter gedachte er sich neue zu kaufen und eine Krawatte dazu, dann würden sie ihn in den feinsten Restaurants nicht mehr abweisen können.

Mit dem Anzug stimmte etwas nicht. Er schaute nochmals auf die eingenähte Größe: 50. Nanu, haben sich wohl in der Etikette geirrt. Das ging noch lautlos durch seinen Kopf.

Aber dann: „Da würde ja beinahe noch ein Holger reinpassen. Ein Anzug für einen doppelten Holger." Das kam ihm lustig vor und der aufkommende Ärger war fürs erste gestoppt.

Um vier Minuten vor fünf war er wieder bei C & A, er verifizierte sein Zeitgefühl. Mit der Uhr konnte nichts mehr schief gehen.

Im zweiten Stock steuerte er auf einen Verkäufer zu, einen den er schon vor ein paar Stunden zwischen den Ständern mit den Anzügen wandern sah.

Ohne große Vorrede zeigte er in seine Original C-A Tasche: „Da ist eine verkehrte Etikette auf dem Anzug."

Der Verkäufer zog pflichtbewusst die Augenbrauen hoch und meinte: „Da wollen wir doch mal sehen, junger Mann." Das war ja sehr freundlich.

Holger war auf Streit eingestellt, war aber bereits jetzt schon mehr oder weniger beruhigt. Den Ollen würde er bei Bedarf abbürsten. „Haben sie den Anzug für sich gekauft?", fragte der Verkäufer.

„Jedenfalls nicht für meine Mutter", schon konnte Holger sich nicht mehr beherrschen.

„Aber junger Mann", sagte in aller Güte und vielleicht auch mit einer für Holger ungehörigen Portion Mitleid in der Stimme, was ihm nicht entging, „sie haben doch niemals die Größe 50. Ich kann ihnen versichern..."

Weiter kam er nicht. Holger baute sich mit seiner dürren Silhouette vor ihm auf und unterbrach den braven Mann und erfahrenen Verkäufer für Herrenoberbekleidung.

„... Es ist mir schnurzegal was du digit ..diagundso...äh, feststellst. Ich bin erwachsen und werde doch wohl über mich selbst Bescheid wissen. Und jetzt Alter, mach nicht lang rum und tausch um. Ein bisschen dalli ..., wenn ich bitten darf." Die letzten Worte waren schon beinahe versöhnlich im Vergleich zu dem ersten Anschnauzen. Holger glaubte, dass jetzt ein breites, siegesgewisses und zufriedenes Lachen in seinem Gesicht angebracht wäre. Was er aber wirklich mit seinen verzerrten Gesichtsmuskeln erreichte, wäre geeignet gewesen an Halloween Kinder zu erschrecken.

Der routinierte Verkäufer konnte sich jedoch beherrschen. Er hatte sich allerdings so weit aufgerichtet, dass es den Anschein hatte, als würde er bald nach hinten umfallen. „Aber das ist doch eine Selbstverständlichkeit, junger Mann, wenn wir uns in der Etikette geirrt haben, dann steht ihnen natürlich der kostenlose Umtausch zu."

Mit sicheren, nicht zu hastigen Schritten steuerte er auf die Stange zu, auf der Anzug neben Anzug aufgereiht war. Er würde auch diese blöde Attacke dieses Bürschchens überleben. Es würde nur ein paar Momente dauern, dann würde er wieder er selbst sein - selbst sein können. Nicht ein angefressenes, innerlich aufgewühltes Bündel Mensch, das er in Wirklichkeit war. Er würde sich beherrschen und seine Arbeitsstellung nicht in Gefahr bringen. *In meinem Alter,* dachte er und dann noch dazu: *Pass auf deinen Blutdruck auf!*

Mit geschickter Hand bewegte er zunächst einige Anzüge aus der Ruhestellung und dann wieder einen heraus, der in seiner Stoffmusterung und auch im Preis dem Anzug Holgers fast gleich war. Somit wird es in dieser Richtung keinen weiteren Ärger geben.

„Darf ich ihnen diesen einmal um die Schulter legen?"

Warum nicht, dachte Holger.

„Junger Mann, passt wie angegossen, probieren sie ihn an. Dort sind die Umkleidekabinen."

„Ich kann lesen und ich kann ihn auch hier anprobieren."

„Wie der Herr wünschen", antwortete beherrscht der psychologisch geschulte HOB-Spezialist.

„Hmm", brummte Holger, „passt, warum nicht gleich so. Könnten ruhig 'n bisschen besser aufpassen, welche Etikette sie Ihren Produkten verpassen."

Der gute Verkäufer versagte sich eine Replik auf diese Anmaßung. Stattdessen sagte er: „Passt hervorragend zu ihnen, darf ich ihnen helfen", und er streckte die Arme aus, um den Sakko wieder in Empfang zu nehmen. Geschickt schnitt er mit flinker Hand die eingenähte Etikette mit der Größenangabe ab. Als Fachmann hatte er sofort die richtige Größe für den *hochverehrten Kunden, den jungen Mann* erkannt und hervorgeholt.

„Ist die Hose auch dabei, hast Du die auch umgetauscht?", fragte Holger. „Ich will nicht nochmals meine Zeit vergeuden und wieder herlaufen müssen."

„Sie werden zufrieden sein und nicht mehr unnötig Zeit verlieren müssen. Darf ich sie zur Kasse begleiten, um den Umtausch zu bestätigen?"

„Tu was de nicht lassen kannst." Nur raus hier, dachte Holger.

Zu Hause, wieder in seinen vier Wänden kleidete er sich und schaute sich nach einem Spiegel um. „Beschiss, nicht mal einen gescheiten Spiegel haste. Holger, wenn die Scheiße nicht bald besser wird, muss sie aufhören." Holger lachte über den in seinen Augen vermeintlich gelungenen Scherz.

Jetzt fiel ihm auf, dass er keinen passenden Gürtel zu den Hosen hatte. Trotzdem, ins Rutschen kam die Hose vorerst nicht. Das würde sich aber ändern, wenn er in Bewegung war. „Sind beinahe wie Maßarbeit. Klar Holger, für dich ist das Beste gerade noch gut genug."

Von allein hielten die Hosen trotzdem nicht. Nachdenklich betrachtete er sie und entdeckte zu seinem nicht geringen Ärger eine Etikette mit einer Größenangabe, die weit weg war von der Ziffer 50. Er griff zum Sakko - doch dort war gar keine Etikette mehr. Herausgeschnitten!

„Verdammte ... Scheiße", brüllte er, „jetzt hat mich dieser gottverdammte Alte doch gelinkt."

Nach diesem Wutausbruch mit dem gewohnheitsmäßigen, diesmal wieder überlauten Fäkalienausdruck, fühlte er sich erleichtert.

„Ich will´s vergessen", murmelte er dem Echo hinterher.

Es dauerte etwas, bis ihm der Krawattenknoten zu seiner Zufriedenheit gelang. Die ungewöhnlichen und zeitraubenden Umstände schob er dem halbblinden Spiegel zu. „Aber, andererseits, ich bin ja auch aus der Übung", entschuldigte er sich vor dem Spiegel.

Er drehte sich um und setzte die Unterhaltung fort. „Aber Spieglein, wenn ich mir das so recht überlege, ich habe verdammt selten eine Krawatte getragen. Wann überhaupt?", fragte er sich.

Nach einer kleinen Weile: „Heute geh ich schick essen, und ich verspreche dir Holgerchen, ich trete jedem arroganten Kellner in den Allerwertesten, wenn er mich auch nur schief anschaut."

Nach einer kurzen Weile und in bester Laune: „Werd´ mir noch ein bisschen Kleingeld mitnehmen. <Kleingeld>, Holger grinste bei diesem Gedanken. Gut gekühlt. Mit dem, was ich noch bei mir habe, kann ich zwar noch viel mehr bekommen als ich essen kann. Aber es macht sich doch bestimmt gut, wenn ich ´nen 200-er raushole." ..."So lässt sich´s leben", murmelte er noch hinterher.

Mit den kleineren Scheinen, sein bisheriges Wechselheld, formte er eine Rolle. Das macht Eindruck und spart eine Geldbörse, sagte er sich optimistisch.

„Jetzt noch ´ne Prise. Dann kann der Abend kommen. Achtung Leute, aufgepasst, Holger kommt."

Er würde sich ein Lokal aussuchen, das er zu seinem Stammlokal machen und wo er dann bei weiteren Besuchen bevorzugt auch seinen Stammplatz bekommen müsste. Nach ein paar saftigen Trinkgeldern würden sich die Kellner um ihn prügeln. *Hier kommt Herr Holger, vielleicht auch Herr Steinebrey, würden sie raunen, heute bin ich aber dran ihn zu bedienen.* Er malte sich seine Erfolge aus. Damit sich keiner vordrängeln konnte, würden sie Buch führen über die Tage an denen sie ihn bedienen durften.

Seine ungepflegten Hirnreste gaukelten ihm die schönsten Bilder, gepaart mit wundersamen glückseligen Gefühlen vor.

Seine Wahl fiel auf einen feinen Schuppen, den er von seinen Gängen zum Dealer an der Bedürfnisanstalt wahrgenommen hatte. Der wird es sein, dachte er - diesmal für sich.

„Für eine Person", fragte ihn ein etwas zu adrett gekleideter junger Mann.

„Sehe ich aus wie die personifizierte Mehrzahl?"

Holger lachte in sich hinein, über diesen spontanen, gelungenen Scherz. Sie würden ihn eine Klasse höher einstufen, dorthin, wo er mit seiner Bildung auch hingehörte - meinte er - wollte er nur allzu gerne glauben. Morgen würden sie ihn nicht wieder fragen. Morgen würde dieser kleine Scheißer ihn zu seinem Platz geleiten. Inklusive Verbeugungen.

Der Livrierte winkte einem anderen sonderbar Berockten, sagte - nein, er flüsterte irgendetwas Geheimnisvolles und der Berockte fragte Holger, mit auch weiterhin unbewegtem Gesichtsausdruck, ob er ihm denn nicht folgen wolle? Er war sehr höflich. Holger konnte sich für diese auserlesene Höflichkeit sofort begeistern. Und natürlich wollte er ihm gerne folgen. Welche Frage.

Das fing ja gut an.

Er holte ein zusammengerolltes Bündelchen Geldscheine aus der Innentasche seines Sakkos, öffnete es, zog einen 10-Euroschein heraus und hielt ihn dem Empfangschef, so würde er ihn nennen, hin.

„Nun greifen se doch zu, brauchen sich nicht zu genieren, es gibt noch mehr davon."

„Ich, eh ...", begann etwas verlegen der Chefempfänger.

Etwas lauter übernahm Holger wieder das Wort: „Ist es nicht genug? 10 Euro ist doch eine gute Gabe. Morgen kriegen se wieder so einen Schein."

Holger schaute sich kurz um, ob auch wirklich jemand zugehört hatte. Tatsächlich. Köpfe hatten sich gereckt. Holger war zufrieden. Der Empfangshäuptling stand verdutzt da, den Schein in der Hand. Dann steckte er ihn mit eingeübten Bewegungen blitzschnell weg.

Holger folgte dem Pinguin. So würde er ihn von nun an nennen, seinen neuen Freund, den Pinguin. Der Chefplatzanweiser.

„So mein Herr, dieser Tisch ist für Sie. Ich hoffe Sie fühlen sich wohl bei uns."

Der Lakai wollte sich entfernen. Holger rief ihm nicht gerade behutsam nach: „Nicht so schnell junger Mann, sie kriegen auch ´nen Zehner."

Verlegen stoppte der Bedienstete.

„Nun kommen se schon näher, oder soll ich ihn Ihnen nachtragen?" Auch das war in seiner Lautstärke nicht nur für den Empfänger der Botschaft gedacht. Wieder hatten sich Köpfe bewegt. Mit Zufriedenheit nahm es Holger zur Kenntnis.

Und er spürte, wie die Euphorie in ihm wuchs, er war jemand. Andere Gäste schauten auf ihn. Nicht wie auf einen Ausgestoßenen. Sie schauten verwundert. Bewunderten ihn, vielleicht beneideten sie ihn. In diesen Kreisen wollte er sich wohlfühlen.

Ein Kellner, muss wohl einer sein, dachte Holger, brachte eine dicke, in Leder gebundene Mappe mit vergoldeten Lettern auf dem Umschlag. „Die Speisekarte für den Herrn", sagte er höflich und deutete eine Verbeugung an. „Wenn der Herr doch bitte wählen möchte. Die Bestellung nimmt dann der Maitre entgegen. Sie brauchen nur ein Zeichen zu machen, wenn Sie Ihre Auswahl getroffen haben und bedient werden möchten. Wir sind gerne für Sie da."

Das alles sagte er weder flüsternd noch laut. Er hatte es in irgendeinem unerklärlichen Zwischenton so gebracht, dass es gerade Holgers Ohren erreichte. Und es war ja auch nur für seine Ohren gedacht. Holger wollte schon einwenden, dass er mit ihm nicht zu flüstern brauche, es drehe sich ja nicht um ein Staatsgeheimnis. Aber dann drängte sich doch wieder sein Hochgefühl in den Vordergrund. Diesmal schwieg er.

Ha! Donnerwetter, dachte Holger, die haben es aber schnell geschnallt. Die reißen sich jetzt schon um mich. Was so ein paar Scheinchen doch für eine Wirkung haben können.

„He, junger Mann", rief Holger dem sich entfernenden Kellner nach, „können sie mir auch so eine Zigarre bringen, in der Größe, wie sie der Herr da drüben an dem Tisch qualmt?"

Und wieder schauten Gäste nach ihm. Er war jemand.

Der Kellner beschied leise, aber bestimmt: „Darf ich sie bitten die Bestellung bei unserem Maitre aufzugeben. Er wird sie sofort bedienen, sobald er frei ist." Er hatte es wieder in dieser nicht einzuordnenden Lautstärke gesagt. Und wieder irritierte es den neuen Gast.

Holger schaute in die Speisekarte und staunte. Was es da zu essen gab interessierte ihn wenig, mehr die Preise in der letzten Reihe. Er fuhr mit dem Finger entlang. „Das ist zu billig", murmelte er halblaut. Dann schaute er auf, ob die paar Worte nicht doch wunschgemäß zu dem einen oder anderen Gästeohr durchgedrungen waren.

Er blätterte weiter. Da war etwas. Anständig teuer. Shirloin, oder so was.

Da wollte er zuschlagen. Seinen Einstand als Stammgast geben.

Und da stand er auch schon. Es musste der angekündigte Maitre sein. Im Frack, festlich gekleidet. Noch näher verwandt mit einem Pinguin. Aber er würde ihm einen anderen Namen, ein anderes Peusdo ... oder Akro -Akron ..., ach scheiß auf die verdammten Fremdwörter ....

An einem kleineren Tisch, in der Nähe einer Fensternische und links von ihm, nahm ein sympathischer, groß gewachsener, gut gekleideter Mann Platz. Dunkle Haare, braune Augen. Geschmackvoll, nicht übertrieben modisch gekleidet. Wie schon vorher Holger, wurde auch er von dem Pinguin gesteuert und geleitet. Er gab kein Trinkgeld. Holger hatte ihn nicht bemerkt.

„Hat der Herr gewählt?"

„Letztes Mal war´s die KPD! Kleiner Scherz. Hahaha."

Der Maitre lachte nicht.

„Im Ernst. Ja, ich will das da, für 38,oo Euro." Und Holger hoffte wieder, dass er es laut genug gesagt hatte, um wenigstens die Gäste an den nahen Tischen zu beeindrucken.

„Sehr wohl, der Herr. Möchten sie es durch, medium oder blutig?"

„Was soll denn das schon wieder heißen, blutig?"

„Blutig", sagte der Maitre, „und als Beilage, darf ich ihnen vielleicht etwas empfehlen?"

Holger hatte den Faden verloren.

„Nun, dann empfehlen sie mal!" Holger hatte keine Ahnung, was der Lackaffe mit Beilagen meinte.

„Kroketten, junges Erbsengemüse und feine Möhrchen, dazu eine gedünstete Ananasscheibe. Natürlich eine feine Sauce, wie sie für heute der Chef empfiehlt. Als Dessert wäre dann ein flambiertes Eis ein ehrlicher Abschluss."

Ehrlich klang gut. „Nun, dann machen sie mal. Aber etwas Feines zum Trinken, vergessen sie mal nicht."

„Möchten sie einen exquisiten Rotwein, vielleicht einen Bordeaux? Soll es ein etwas älterer Jahrgang sein? Etwa von Rothschilds Lagen?"

„Ich glaube, das ist genau das richtige. Ja, in dieser Reihenfolge." Holger hatte ein gutes Gefühl, nein jetzt hatte er ein echt großartiges Gefühl.

„Haben sie recht herzlichen Dank. Ich hoffe, dass wir sie zu Ihrer vollen Zufriedenheit bedienen werden."

Und gleich darauf kam wieder ein anderer. Den hatte er in dem ganzen Aufmarsch noch nicht gesehen. Der hatte ein Schürzchen an - war das nicht ein Lederschürzchen? Nu schau mal, dachte sich Holger, bin mal gespannt ob dann nicht auch noch der Pfarrer mit Weihwasser kommt. Dies, um wenigstens tröstende Worte zu sagen, wenn mir trotz des ganzen Gedöns der Appetit entfleuchen sollte.

Eines der Gläser auf dem Tisch, aus der umgestülpten Gläserbatterie, stellte der Clown feierlich auf den Fuß. Dann hielt er Holger eine Flasche vor das Gesicht.

Holger schaute zuerst die Flasche, dann den Komiker an.

„´N bisschen sauberer könnte die Flasche schon sein. Es soll aber auch keine Beleidigung sein."

Der Kellermeister mit dem glänzenden, leicht grünlich schimmernden Lederschürzchen verzog fast unmerklich das Gesicht.

„Nun mach schon auf oder soll ich sie köpfen?" Holger glaubte einen Bediensteten aus den unteren Rängen vor sich zu haben.

Der Schürzenmann schaute überrascht. Blieb aber bei den ausgesucht höflichsten Gesten. Schließlich wollte er wegen dieses Rüpels seine Stellung nicht aufs Spiel setzen. Und sein Chef hatte seine Augen stets überall.

Für Holger hatten die bestens einstudierten und bedachten Bewegungen des Bediensteten etwas Provokatorisches.

Feierlich, ein Tuch um den oberen Teil der Flasche gewickelt, goss er eine fingerdicke Schicht in das langstielige Glas. Dann bewegte er seinen Oberkörper zurück und schaute den Gast berufsmäßig erwartungsvoll an.

Jetzt würde er das Glas schwenken, es angeberisch gegen das Licht halten, eine kleine Schnute machen, mit einer großen Geste daran riechen, die Stirn ein wenig in Falten legen, den Kopf fast unmerklich hin- und herbewegen, dann würde er noch einen längeren Kennerblick auf das Etikett der Flasche werfen ... dann eine etwas wichtigtuerische Miene aufsetzten, er würde ihn anschauen und durch Schürzen seiner Lippen eine Anerkennung ausdrücken. „Ja, ja", würde er sagen, „das ist genau der richtige."

„Mein Gott, was träume ich denn", rief sich der routinierte Kellermeister zur Ordnung? Er hatte auf das übliche Ritual gesetzt. Einfach so. Automatisch. Und er war jetzt in Versuchung sich mit der flachen Hand vor seine Stirn zu schlagen. Hielt sich aber nobel zurück.

Holger schaute auf das Glas, dann auf den Bediensteten, dann wieder auf das Glas. Schließlich ließ er Dampf ab.

„Ist das alles? Darf es auch ein bisschen mehr sein?", fragte er bissig und nicht mal leise. Eine aufgedonnerte Dame am Nachbartisch zerknüllte eine Serviette und knallte sie auf den Tisch.

„Oh bitte entschuldigen sie mein Herr, es war selbstverständlich nicht meine Absicht, ich dachte der Herr ...."

„... Geh zum Denken sonst wo hin, aber den Wein lass hier." So, dem hatte er es gesteckt. Dem würde er in Zukunft keine Anweisungen mehr zu geben haben. Der würde jetzt wissen, was sich gehört.

Der Diener hätte selbstverständlich am liebsten kehrt gemacht,. Eine derartige Entehrung einer solch ehrwürdigen Flasche hatte er noch nicht erlebt. Er entschloss sich aber die Zähne zusammenzubeißen und den Gast nicht weiter mit Höflichkeiten zu belästigen. Er goss das Glas beinahe randvoll. <Hoffentlich hatte das der Chef nicht bemerkt.>

„Ist es so recht?", fragte er dann doch den ehrenwerten, jungen, erkennbar unterernährten Gast. Es war reine Routine und mehr so herausgerutscht.

„Warum nicht gleich so? Geht doch!"

Dann schnappte sich Holger das Glas und trank es in langen Zügen leer. Der Kellermeister, der gerade die Flasche abgestellt hatte und schon gehen wollte, blieb wie angewurzelt stehen.

Holger wischte sich mit dem Handrücken über den Mund.

„Iss was, Opa?", sagte er, „nun mach, mach, nachgießen!"

„Sehr wohl", stammelte der Keller-Meister, und goss wieder voll. Holger zuckte zusammen. Ein Schluckauf überraschte auch ihn.

„Nicht schlecht, ich glaub´, dass es bei dieser einen Flasche nicht bleiben wird. Stell schon mal die nächste kalt."

Das war starker Tobak für den altgedienten Weinspezialisten. Er wurde aufgefordert eine erlesene Flasche Rotwein kalt zu stellen. Ein unerhörtes Sakrileg. Aber doch, er brachte noch eine Verbeugung zustande und entfernte sich - wortlos.

„Hör mal!"

Er wusste, dass es sein Gast war, der nach ihm rief. Das konnte nur er sein. Doch er zwang sich stehen zu bleiben und sich auch umzudrehen. Das bedeutete für ihn eine beinahe übermenschliche Kraftanstrengung. Doch auch das meisterte er und dachte, dass es ja in ein paar Stunden wieder vorbei sein würde. Dann ... Dann würde er wieder der geachtete Weinfachmann in einem der feinsten Lokale der Stadt sein, und der Typ eine verdammte Weinleiche. Das würde aber bei Feierabend nicht vorbei sein.

„Sollst nicht leer ausgehen. Hier ein schönes Trinkgeld", und etwas leiser, so als hätte er schon die Regeln des guten Benehmens begriffen, fügte er hinzu, „einen Zehner. Ich behandle alle gleich, auch wenn sie dich nur im Bockschürzchen und Arbeitsklamotten hergeschickt haben."

Jetzt war der Kellermeister doch einer Ohnmacht nahe. Holger interpretierte seine Empfindlichkeit aber als Rührung vor so viel Mitgefühl und Aufmerksamkeit. Jedenfalls hatte es gewirkt, Er sah wieder Augenpaare auf sich gerichtet, wahrscheinlich jene, die viel zu geizig waren, dem Alten mehr als das Pflichtgemäße zukommen zu lassen. Die werden sich umstellen müssen, wenn sie weiterhin im Vergleich zu mir willkommene Stammgäste bleiben wollen. Dieser Gedanke hatte sich unauffällig in Holgers Gehirnresten entwickelt.

Der Kellermeister aber murmelte mehr: „Später!" Und entfernte sich jetzt rasch, entschlossen schwerhörig zu sein, wenn der Bengel nochmals nach ihm rufen sollte.

Holger kippte auch sein zweites Glas hinunter. Nach einer Weile rief er einen vorbeikommenden Kellner.

„Heh Mann, wann krieg ich denn mein Futter?"

„Kollege kommt sofort", antwortete ihm höflich der Kellner. Das dauerte dann doch ein Weilchen mehr als sofort. Aber andere Kellner machten immer einen großen Bogen um seinen Tisch, so dass er keinem ein Bein stellen konnte.

Dann kam doch sein Essen. Gleich von zwei Typen begleitet. Einer fuhr eine Art Einkaufswagen. Dieser war nur mit einem blütenweißen, fleckenlosen Hemd und tadellos gebügelten schwarzen Hosen bekleidet. Er fuhr den Wagen Holger gegenüber. Der zweite Ankömmling hatte eine lächerlich kleine schwarze Weste über einem ebenfalls tadellosen Hemd. Er schaute Holger an. Und Holger verfolgte mit seinen überraschten Blicken dem Getue.

Feierlich, wie bei einer religiösen Zeremonie, hob der Begleiter einen silbernen Deckel. Dies aber nur ein Stück weit, derart, dass nur Holger zunächst einen Blick auf das darunter Versteckte werfen konnte.

Holger schaute verblüfft auf ein Häufchen dampfendes Etwas. Schaute wieder den Diener an und dann platzte es auch schon aus seiner vorlauten Futterluke: „Ich soll wohl vom Wohlgeruch und Anschauen satt werden. Was iss, geht´s voran?"

Der Diener selbst schien zunächst etwas unschlüssig. Begann dann aber doch den Teller Holgers mit eingeübtem Feingefühl zu beladen. Etwas dürftig, wie dieser fand, doch er hielt sich diesmal mit einem Kommentar zurück. Holger goss sich unterdessen das Glas wieder mit seinem Rotwein voll. Fast wäre es übergelaufen. Noch einmal, dann würde die Flasche leer sein.

Dann starrte er auf seinen Teller. Wegen diesem bescheidenen Stückchen Fleisch machen die so ein Geschiss. Holger hatte aufgrund des Preises mit einem mindestens pfundschweren Brocken gerechnet. Anstatt dass der gesamte Teller von einem Fleischflappen überdeckt war, so hatte er es sich ausgemalt, dieses armselige ... Er hatte zunächst keine Worte mehr. Was ja recht selten bei ihm vorkam.

Eine Spur roter Fleischsaft hatte sich um das braune Muskelstückchen gesammelt.

„Und ich soll das essen? In der Zeit, die ihr gebraucht habt, hättet ihr es auch ruhig durchbraten können!"

Der Diener nahm einen Zettel vom Lieferwagen, schaute und wandte sich dann wieder dem verehrten Gast zu. Leise bemerkte er: „Sie hatten *blutig* gewünscht."

„Ich?" Eine Spur zu laut. Schon wieder, könnte man sagen. Holger machte große Augen. „Ach ja, stimmt, perfekt, ganz wie ich es liebe!"

Der Diener packte ihm noch mit geschickt bewegten Löffeln Beilagen dazu.

„Sparsam mit dem Zeugs", bemerkte der seltsame Gast Holger. Irgendwann winkte er einem Kellner: „Die nächste Flasche. Schmeckt ganz gut. Könnt´ mich dran gewöhnen." Dann goss er sich den letzten Rest ein und bemerkte noch: „Hier, die können sie gleich mitnehmen, ist leer."

Holger irritierte noch, dass er etwas später, nachdem er Fleisch und Beilagen vertilgt hatte, Eis bekam. Natürlich bedienten ihn wieder zwei vorzüglich standesgemäß Gekleidete. Die Portion war vergleichsweise gewaltig.

Er war nicht gerade satt geworden. Mac Donalds bringt mehr für den Magen, dachte er. Eine Flasche Kognak wurde ihm in das Gesichtsfeld geschoben. Er wusste noch, dass er die Annahme verweigerte. Wunderte sich dann noch, dass einer ein Streichholz anriss, über dem Eis gab es eine Stichflamme. Aber Holger war bereits in einem Zustand, wo ihm sowieso alles egal war. In seinem körperlichen Zustand hatte der Alkohol schnell seine Sinne, zwar noch nicht benebelt, aber die allgemein bekannte Wirkung hatte eingesetzt. Die Synchronisation seiner Bewegungen ließ bereits arg zu wünschen übrig. Trotzdem konstatierte der Bedienende *große Augen* bei seinem Gast, beinahe erschrocken.

Die Flamme war erloschen. Holger schlürfte das Eis. Eine weitere Flasche Wein wurde gebracht. Er goss oder schüttete weitere Gläser davon in sich hinein.

Holger bemerkte, dass die anderen Gäste nicht mehr da waren.

Das heißt, sie waren da, aber er sah sie nur noch wie durch einen Schleier. Wie in einem sehr unscharfen Film. Einem sehr unscharfen Film mit total verwischten Bildern. Die Bewegungen, die er wahrnahm, liefen dazu noch wie in Zeitlupe ab. Gesprächsfetzen drangen zu ihm, manchmal wie aus weiter Ferne und manchmal schlagartig, fast explosionsartig.

Er wollte wieder etwas Lustiges sagen, seiner Ansicht nach etwas Lustiges. Aber seine Mundbewegung, in Koordination mit der Zunge, war wie gelähmt. Vielleicht hatte er auch die Luft für die Stimmbandaktivierung nicht parat, falsch berechnet. Was dann aus seinem Mund wirklich kam, drang nicht mehr in sein Bewusstsein, vielleicht noch in seine Ohren, die aber den Schall nicht mehr zur Verarbeitung weiterleiteten. Es wäre auch sinnlos gewesen, denn der übliche Adressat, sein Gehirn, hatte bereits mit hochprozentigen Giftstoffen zu kämpfen. Eine großräumige Verwirrung hatte in der bescheidenen Ansammlung seiner verbliebenen grauen Zellen eingesetzt.

Das System Holger litt unter progressivem Versagen.

Plötzlich hörte er, wie ihn jemand fragte: „Darf es zum Abschluss eine gute Tasse Kaffee sein?" Dass der Diener bereits zum dritten Male gefragt hatte, war Holger nicht mehr bewusst.

Er glaubte zu vernehmen, dass er verneinte und auch noch eine Bemerkung fallen ließ: „Du siehst doch, dass ich Wein trinke. Und zum Wein trinke ich niemals Kaffee." Es war jedenfalls sein Wunsch, seine Absicht gewesen, das zu sagen. Der Kellner schüttelte den Kopf und ging.

Eine Weile später, die Zeit spielte jetzt für den Gast keine Rolle mehr, saß er in einem Auto. Verschwommen nahm er zur Kenntnis, dass da vor ihm das Wort TAXI leuchtete.

Der Fahrer wollte wissen, wohin er fahren solle. Machte dann aber eine Handbewegung, die unter seinesgleichen so viel wie „scheiß drauf, ist doch wurscht" bedeutete.

Hinter diesem Taxi bestieg ein junger Mann ein anderes Taxi. Er wollte den gleichen Weg wie das voranfahrende Taxi nehmen. „Folgen Sie bitte Ihrem Kollegen."

Dann war Holger eingeschlafen. Als er wach wurde kündigte sich der neue Tag an. Er saß, angelehnt an einen Maschendrahtzaun, im Gras. Hinter ihm eine große Fläche mit Markierungen. Parkplätze. Dann erkannte er die Silhouette des Stadions. Wie war er nur hierhergekommen? Was war passiert?

Er hatte klamme Finger. Er suchte Wärme in seinen Taschen. Es knisterte, er zog ein Papier heraus und sah mit Verwunderung, dass es eine quittierte Rechnung war. Sumasumarum 326,oo Euro, inklusive Mehrwertsteuer.

War er legal ausgeplündert worden? Doch langsam kam die Erinnerung.

„Ich brauche eine Prise", murmelte er.

4
Holger, der Lebemann

Holger hatte einen weiten Weg vom Stadion bis zu seinem Wohn-sitz - seiner Bude. Sein dröhnender Kopf ließ ihn die vor ihm lie-gende Wegstrecke mindestens dreimal so lange erscheinen. Die Prise! Ein Briefchen musste er noch haben. Panik kam in ihm hoch. Hatte er oder hatte er nicht? Und wenn ja, wo?

Der Scheiß muss aufhören - dachte er sich, wobei jedoch keineswegs an ein Ende mit dem Koksen gemeint war. Nein, mit *dem Scheiß* meinte er nicht etwa seinen Kokakonsum. Ganz im Gegenteil. Er wollte sich so viel Vorrat anlegen, dass er sich das Zeugs reinfahren konnte, wann immer er wollte und auch so viel er wollte bzw. vertrug.

Mit *dem Scheiß* meinte er schlicht und einfach, dass er bisher einfach jedem Gramm hinterherlaufen musste, von der Hand in den Mund leben musste. Und mit dem Scheißtypen an der Öffentlichen in Kontakt treten musste. Der ihn immer anmachte. Ihn immer so von oben herunter behandelte. Dieser Sch...ausländer. Dieser Sche...zigeuner. Kanake. Holger hatte einen Sch...zorn. Dies rea-listisch so kräftig ausgedrückt, um in Holgers Jargon zu bleiben. Wo ohnehin seine Ausdrücke allzu oft mit Fäkalien zu tun hatten, ja davon geprägt waren.

Am besten wäre es, selbst zu dealen, somit, mehr oder weniger nebenbei sein Kapital zu vermehren. Das war die Idee überhaupt und die Euphorie gewann wieder einmal, wenigstens für einen kürzeren Zeitabschnitt, die Oberhand. Geld hatte er ja. Nur an die Vertriebsstelle, den Großhändler musste er rankommen. „Das schaff ich auch noch. Holgerlein, mit Geld kommst du überall durch", sagte er sich, schon wieder recht vorlaut. „Das überlegst du dir, wenn du wieder klar denken kannst." Diese Vorgabe verordnete er sich selbst und war überzeugt, dass das Tief in seinem Kopf und Gemüt die alleinige Schuld an seiner gegenwärtigen Misere hatte.

Wie hatte er nur im Restaurant bezahlt? Seine Transportkosten bis zum Stadion? Diese Frage stellte er sich zur Abwechslung einmal lautlos. Wie kam er überhaupt zum Stadion? Jetzt fiel ihm *sein Geld* ein. Geld befand sich in der Innentasche seiner Jacke. Wieviel? Zu Hause würde er zählen. „Ach kack drauf, ich hatte ja einen schönen Abend."

Holger war plötzlich stehengeblieben. Er neigte den Kopf etwas zur Seite, drehte ihn etwas nach links und schloss die Augen. So konnte er zwar nicht schmerzfrei denken, aber er fühlte sich leichter.

„Hatte ich wirklich einen schönen Abend?", fragte er sich, versuchte sich zu konzentrieren und kam ins Grübeln, das er aber alsbald einstellte. Denn das bekam seinem (Sch...) schmerzenden Kopf im gegenwärtigen Zustand überhaupt nicht gut.

Jetzt besann er sich seines Magens. Der war merkwürdig still. Verlangte angenehmerweise nicht nach einer gewaltsamen Entleerung. Er stand jetzt wieder mit geöffneten Augen da und schaute, zunächst ausdruckslos, auf irgendeinen unbestimmten Punkt in der Ferne.

Jetzt bemerkte er, dass bereits verschiedene Passanten, auch zwei Jogger, die ihm entgegenkamen, ihre Blicke auffallend lang auf seine Schrittgegend hefteten.

„Ach du große Ameise!", entfuhr es ihm, diesmal kein Sch.... als er an sich herunterschaute. Es sah aus, als hätte er sich in die Hosen gepisst. „Das gibt´s doch nicht. Ich piss mir doch nicht in meine eigenen Hosen. Wer kann das nur gewesen sein? Wer macht denn sowas?"

Und er meinte das bitterernst, wenigstens für den Moment, in diesem seinem prekären Zustand. Andere mussten an dieser Schweinerei schuld sein.

Es waren gottseidank in der Frühe noch nicht allzu viele Leute unterwegs. Aber gerade kamen wieder zwei jüngere Frauen, sie hatten es eilig, erkannten aber trotzdem seinen Zustand sofort. Eine sagte etwas, dann lachten sie. Lachten sie über ihn? Wehe, wenn er das herausbekommen sollte. Aber vorerst zog er es vor, sich einer Hauswand zuzuwenden, tat so als studiere er aufmerksam die Hausnummer, oder die Qualität der verarbeiteten Bausteine.

Wieder schaute er an sich hinunter. Oh jeh. Von den Knien abwärts große Dreckflecken mit grün durchmischt. Grün? Gras! Er saß im Gras. Da musste das herkommen. Der schöne neue Anzug. Zorn stieg in ihm hoch. Aber an wem konnte er ihn auslassen. Wer hatte ihm das eingebrockt?

Er holte tief Luft, wollte seine Frustration hinausbrüllen, brach dann aber doch sein Vorhaben ab.

Er wollte sich keine Schuld eingestehen und zog es daher vor den (Sche...) Zorn zu verschieben. Letzten Endes gab es noch mehr (Sch...) Anzüge. Vielleicht ließ sich das Ganze in einer Reinigung beheben. Aber auch dann musste er einen neuen Anzug haben. Was von seinen alten Klamotten noch existierte, würde er schnellstens entsorgen.

Diesmal endgültig.

Ach, dieser Döskopf! *Wie soll man mit so einem Brummschädel klar denken können?*

„Holger, schaff dich nach Hause", gebot er sich.

15 Schritte vom Haus entfernt stand ein VW-Golf. Ein sportlich gekleideter Mann studierte einen Stadtplan.

Zu Hause angekommen, zog er sich begierig den Inhalt des letzten Briefchens rein. Trank dann Leitungswasser.

Dann legte er sich auf sein Canapé. Warten bis der Brummschädel nachlässt. Das dauerte dann doch ziemlich lange.

Nachmittags war es so weit. Er hatte einen Mordshunger. Und Durst. Er schaute sich den Anzug an. Die übliche Reaktion: „Sch... und nochmals Sch....!" Eine demütigende Erinnerung quälte ihn jetzt: Dann lautlos: *In die Hosen pissen, ich doch nicht! Über das Alter bin ich raus. Aber, wer denn sonst?* Das beunruhigte ihn ernsthaft. Welcher Sch...kerl, welcher *Sch...pisser* würde so etwas tun? Ernsthaft! Ihn anpissen. Vielleicht ein Hund. Dieser Gedanke hatte für Holger allerdings schon etwas mehr Tröstliches.

Der Fleck war jetzt nicht mehr nass, mit seiner Körperwärme hatte er alles getrocknet. Aber es hatte sich ein Rand gebildet, grau-weiß, hässlich. Die dunkle Grundfarbe seines Anzugs unterstrich das wirkliche Geschehen, ja sie hob dieses Fleckengebilde regelrecht hervor.

Plötzlich waren ihm die Flecken, der Hund, oder wer immer ihm an seine Hosen gepisst haben mochte, schnurzegal. Etwas anderes rumorte in ihm.

Hunger? Ach was, ich brauche Schnee. Und zwar hurtig.

So entschloss sich Holger nochmals den alten Mantel überzuziehen. Wieviel Geld sollte er mitnehmen? Ich zähle mal 1000 ab. Oder doch besser 2000? So viel hat der Dealer doch nicht bei sich, erkannte er schon etwas realistischer und war auch sofort desillusioniert. Stoff für 2000?

„Holger, 1000 reichen für heute." Er überzeugte sich unüblich rational. Die anderen Scheinchen wieder in die Kälte? Das hatte er nicht laut gesagt, es könnte ja jemand mithören. Die Scheine waren steif, sie knisterten unüblich laut. Holger hatte das Gefühl, dass sie vielleicht zerbrechen könnten. Das wäre die größte anzunehmende Sch ... Schweinerei. Aber wohin sonst?

Wenn ich sie in der Spalte zwischen Lehne und Sitz des Canapés hineinschiebe, ganz unten reinschiebe, wer sollte auf diese verrückte Idee kommen, dort Geld zu suchen? Es wäre jedenfalls eine brauchbare Alternative.

Er erinnerte sich, dass er schon irgendwann, wenn er sich hin- und her wälzte, mit einer Hand dort hineingeraten war. Und, dass er sie hektisch, wie angeekelt wieder rasch herausgezogen hatte. Da musste sich ein Haufen Unrat angesammelt haben. Einen alten Reichspfennig hatte er auch schon gefischt, und ein ausgetrocknetes Kondom, zufällig, wie er sich selbst schnell versicherte. Ansonsten habe ich da unten nichts verloren und nichts zu suchen. Ein gutes Versteck für die Scheine wäre es aber trotzdem. Er verstaute den immer noch sehr stattlichen Rest in der Brieftasche. Da sah er den Brief. *Verdammt*, murmelte er, d*er wird jetzt entsorgt.* Die Brieftasche schob er in der Mitte des Canapés so tief wie es ging nach unten. „Schlaf gut und lauf mir nicht weg", flüsterte er.

Den Brief drückte er zusammen. Schlüpfte in seinen alten Mantel. Schob das Bündelchen Papier in die Außentasche. Holger nahm sich vor diesen Briefrest in einem Abfalleimer verschwinden zu lassen.

Jetzt ging es erst einmal darum, so schnell wie möglich an Koks zu kommen.

Sein Dealer stand nicht am angestammten Platz.

„Himmelherrgottnochmals, verdammter Mist, was soll denn das wieder?" Er dachte daran zum Bahnhof zu laufen. Dort hatte er sich auch zeitweise versorgt. Doch dann wurden einige Typen aus dem Verkehr gezogen. Seither ließ er sich dort nicht mehr blicken. Aber was sonst tun?

Vielleicht hat er nur seinen Stammplatz geändert. Er lief eine Runde, ein Stück Richtung Karstadt, dann bei Mac Donalds vorbei.

Dort saß sein Dealer, zermalmte eine Boulette.

„War doch logisch, der muss sich doch auch hin und wieder etwas zwischen die Kiemen schieben", das sagte Holger beinahe fröhlich halblaut vor sich hin.

In seiner Nähe sprach jemand mit näselnder Stimme: „Ich habe sie nicht verstanden, wie bitte!"

„Geht dich auch einen Hundedreck an", grunzte Holger, der nur noch den Dealer sah. Dem schien jetzt ein Teil seiner guten Laune wie weggeblasen.

Holger lief gut zwei Schritte vor dem Kokshändler vorbei, versuchte seinen Blick zu erhaschen. Wollte nichts riskieren. Sollte eventuell der Dealer unter Beobachtung stehen? Doch der winkte ihn jetzt herbei - „setz dich alter Kumpel. Ich spendier dich eine Boulette. Wenn du willst?"

Holger war von diesem Empfang angetan. Er sagte nicht nein. Holte sich sein Futter und bezahlte. Dass der Dealer die Rechnung übernehmen wollte, war ihm schon entfallen. Er hatte eine andere Idee. Hier und jetzt war der perfekte Ort und Moment um aufzutrumpfen. Eine größere Bestellung Koks aufzugeben. Und, wenn er es geschickt anstellte - ach, scheiß drauf, jetzt nicht. Damit verwarf oder verschob er diesen Gedanken.

Holger verlor keine Zeit, nachdem er an den Tisch zum Dealer zurückgekehrt war.

Am Tisch daneben, in Hörweite, setzte sich ein sportlich gekleideter Mann. Er hatte einen Teller Salat mit Streifen von Hähnchenbrust mitgebracht.

Der Dealer quatschte als erster, nicht einmal gerade leise: „Wie geht's denn so Alter? Oh, der Herr in Maßzug - Maßanzug", verbesserte er sich. „Was iss draus geworden? Hast wieder auf, wie sagt man, auf ... auf Mistkaut gepennt."

Holger ärgerte sich. Hatte er es doch tatsächlich vergessen die Hosen zu wechseln.

Nach dem zweiten Bissen konnte Holger antworten. Der Heißhunger hatte seinen Tribut gefordert.

„Gut geht's. Sag mal, wieviel kannst du heute liefern?" Holger kam ohne weitere Zeitverschwendung zur Sache.

Stell dich nicht so ann, du bist doch immer klamm", konterte der Dealer.

Holger zerkleinerte zwei weitere gewaltige Bissen und drückte die Klumpen in Richtung seines Magens. Dann: „Pass auf, Brüderchen, ich brauche 50."

„50 was", fragte der Dealer scheinheilig zurück. „50 Euro?", setzte er nach.

Wieder mampfte Holger zwei weitere Bissen, doch bevor der letzte drunten war versuchte er bereits zu sprechen und verschluckte sich. Hustete, krächzte, es sah aus, als pfiffe er auf dem letzten Loch.

Der junge Mann, der Nachbar, schaute besorgt nach seinem Opfer. Er hatte die nicht gerade leise geführte Unterhaltung verfolgt.

„Sag ich, du hast schwache Lunge. Ich sorge misch."

Holger hatte sich wieder erholt, hatte aber immer noch einen feuerroten Kopf und japste mit leichten Pfeifgeräuschen nach Luft.

„Das ich dir sage, mit 50 iss nix drin!"

Holger ruderte hektisch mit den Armen. Schlug dann mit der Handfläche mehrmals hintereinander auf den Tisch. Gleichzeitig versuchte er seinem Gegenüber, dem Herrn Dealer, klarzumachen, mit der freien Hand fuchtelnd, dass er warten, sich ein wenig gedulden solle.

Dann musste Holger noch dreimal ansetzen, bis er wieder den richtigen verständlichen Ton hervorbrachte. In der jüngsten Vergangenheit hatte er nur seinen Mund röchelnd auf- und zugeklappt.

„Du bringst mich noch um mit deiner vorlauten Schnauze, kannst du nicht sehen, dass ich beinahe erstickt wäre."

Der Dealer konterte: „Dich als Kunden verlieren macht misch nicht arm, warum also ich Sorge, also was willst du?"

„50 Päckchen."

Der Dealer schaute Holger jetzt mit zusammengekniffenen Augen an. Mit seinem Gesichtsausdruck hatte er jetzt auf feindselig geschaltet. „Bist du übergeschnappt." Das war keine Frage, sondern eine trockene Feststellung. „Brauchst wirklich frische Luft. Du und 50. Kommst im deine dreckige Mantel und verschmierte, verpisste, verschissene Hosen stinkend daher und verlangst 50. Pass auf, verarschen kann misch ich selbst."

Holger biss wieder einen Happen ab, langte dann ins Innere seines wirklich dreckigen Mantels und zog die Scheine nur so weit heraus, dass der Dealer sie erkennen konnte.

Aber am Nebentisch erkannte dies auch der junge Mann.

„Hey", sagte der Dealer, „bin ich Geschäftsmann. Aber keine Kriminaler. Wo und wem hast du gestohlen?"

„Kriminaler! Keine Sorge Alter, ich bin sauber, die Scheine sind sauber, ich will sie eintauschen gegen Koks. Willst du mein Geschäftspartner sein? Wenn nicht, suche ich halt einen anderen der hungriger ist nach Knete, keinen Krauter wie dich."

Das passte dem Dealer offenbar auch nicht: „Hast eine lockere Zunge Junge, pass auf, dass sie nicht mit Hundefutter endet. Aber, Spaß beiseite, du willst wirklich Funnfzisch?"

„Mensch bist du schwer von Begriff." Holger spielte den Gönner und schlug mit kleiner Geste dem Dealer herablassend, gönnerhaft auf den Arm.

„Hör mal Kumpel, wie sieht´s aus. Noch ne Boulette? Diesmal lade ich dich ein".

Jetzt war es am Dealer sprachlos zu sein. Ein hundsgewöhnlicher, beschissener Fixer, einer seiner miserabelsten Kunden, ausgerechnet der lud ihn zum Essen ein. Wenn da mal alles mit rechten Dingen zuging.

Der zusammengeknüllte Brief fiel unbemerkt aus Holgers Mantelinnenteil.

Der junge Mann am Nachbartisch machte keine Anstalten in irgendeiner Weise darauf zu reagieren. Er konnte sich aber jetzt denken, dass der Fixer ihn gelesen hatte.

„Nu, was ist mit meiner Einladung", setzte Holger nach, als auch nach langen schweigsamen Sekunden der Dealer noch nicht geantwortet hatte.

Mit lauerndem Gesichtsausdruck sagte der Dealer schließlich langgezogen: „O.K. Aber das sag ich disch, wenn du misch reinlegen willst, bist du tot. Bist du jetzt gekauft? Haben disch die Bullen umgedreht?" Er schaute sich vorsichtig im Lokal um, entdeckte aber keine außergewöhnlichen Umstände. „Hol die Bouletten!"

Als Holger zurückkam schaute der Dealer ihm in die Augen und fragte mit leiser, gedehnter Stimme: „Und du bist sischer, du willst 50?"

„Hast du das Geld nicht gesehen, ich kann sie sogar bezahlen.

Wenn du willst im Voraus. Was sagst du jetzt? Kommen wir endlich zu Potte mit dem Geschäft?" Holger spielte jetzt ein wenig den Beleidigten.

„Isch gebe dir acht, mehr hab isch im Moment nischt bei mir." Der junge Mann am Nebentisch sah im Gegenlicht wie es vor dem Mund des Dealers bei jedem Zischlaut sprühte. „Morgen zehn Uhr. Wo immer der Rest. Aber Vorauskasse Freundchen. Es gibt noch Leute, die gerne sischer gehen, dass kein Falschgeld in die Finger kommt, angedreht kriegen."

Holger fingerte an seinen Scheinen unter dem Mantel, zog die nach seiner Erfahrung ausreichende Summe heraus und rollte sie geschickt mit einer Hand zusammen. Während er mit der rechten Hand die Boulette zum Mund führte, schob er mit der Linken die Rolle in die bereitgehaltene Hand des Dealers. Unterdessen knabberte und kaute dieser ebenfalls lange an seiner Boulette. Dabei bewegte er die Augen flink und geübt über den dicken Boulettenrand, die Umgebung beobachtend. Nein, dachte er, nix iss. Keiner hatte etwas gesehen.

Und doch war das nicht die Realität.

Gleich darauf, beide hatten wieder zugebissen, wechselten kleine Briefchen mit weißem Pulver in transparentem Plastik den Besitzer. Hand in Hand. Für heute war Ende der geschäftlichen Transaktion.

Auch das wurde am Nebentisch bemerkt.

„Hör mal Kumpel", sagte Holger zwischen den Zähnen durch und mit vollem Mund, „ich möchte etwas Geld anlegen. Könnteste nicht mal ein Wort bei deinen Zulieferern einlegen?" Jetzt war's raus.

Der Dealer kaute fertig.

„Morgen", sagte der Dealer. Stand plötzlich auf und verschwand grußlos eilig. Holger aß dann noch den vom Dealer liegen gelassenen Boulettenrest auf.

Gerade als er den letzten Bissen verdrückt hatte, raunte ihm von hinten jemand ins Ohr: „Wieviel?"

Ohne sich umzudrehen, Holger hatte die Stimme erkannt, sagte er: „Hundert. Hundert von der gleichen Sorte."

Dann hatte er das Gefühl, dass der Dealer verschwunden war. Bald verschwand auch er, er musste etwas in die Nase bekommen. Aber nicht hier bei Mac Donalds, das war zu riskant. Vielleicht würden sie ihn rausschmeißen und Lokalverbot erteilen. So weit konnte er noch räsonieren. Dann eilte er zu seiner Stammtoilette. Nachdem der Schnee in seiner Nase verschwunden war, ging er nach draußen, um sich, wie nach einem großen Geschäft die Hände zu waschen. Da sah er im Spiegel wieder die versaute Hose. *Wer hat...?* war wieder seine erste Reaktion - *Denk lieber darüber nach, wie du aus der misslichen Lage, aus diesen verpissten Hosen herauskommst.* Diese Aufforderung hatte er zwischen den Zähnen, mehr in das eigene ungepflegt sprießende Barthaar gezischt. Niemand sonst konnte ihn gehört haben, er war allein.

Zu C+A gehen? Keine gute Idee Holger. Diese Genugtuung, ihn so zu sehen, die sollte der Alte nicht haben. Aber.... Es fiel ihm ein, dass es ja einige andere Geschäfte für Herrenoberbekleidung in der Umgebung gab. Er hatte sie auf seinen Märschen durch die Stadt nur sehr flüchtig wahrgenommen. Weshalb auch, er hatte niemals die Absicht etwas davon zu kaufen. *Womit auch?* - murmelte er noch.

„Aber jetzt Holgerchen", es durchströmte ihn ein warmes Gefühl, er sah seine Geldscheine vor seinem inneren Auge tanzen, „jetzt kaufst du dir die schönste Hose, die dir am Wegesrand entgegenwinkt. Zuerst aber hole ich mir beim Türken dort drüben Gemüse - irgendetwas, und wenn ich es später wieder wegwerfe. Aber ich brauche eine Plastiktüte, etwas drin und die halte ich dann strategisch so, dass keiner die versaute Hose sehen kann." Das war eine lange Rede von Holger zu Holger. Er hatte wieder die Oberhand über das Leben gewonnen. Er konnte, dank seines neuen Reichtums, wieder die Initiative ergreifen.

So kaufte er sich ein paar verwelkte Lauchstengel und ein Bündel Karotten, die dagegen noch erstaunlich frisch aussahen. Befriedigt dachte Holger noch eine ganze Weile an das verdutzte Gesicht des Türken - *ich bin sicher, dass es einer ist* - als er einen 200 Euroschein hervorzog. Irgendetwas hatte der Mann mit dem großen schwarzen Schnurrbart noch zu einer unsichtbaren Person gesprochen. Hinter dem Vorhang hatte daraufhin jemand gelacht.

<**Herrenausstatter**>, der Hinweis fiel ihm praktisch in die Augen. Ach, gegenüber, auf der anderen Straßenseite war noch einer: <**Herrenmode**>, verhieß dieses Firmenschild.

„Holgerlein, jetzt hast du die Qual der Wahl. Ich glaube, ich muss eine Münze werfen, um festzustellen, wem ich die Ehre erweise." Holger bemerkte nicht, dass er, wie er so vor sich hinsprechend auf dem Bürgersteig stand, von Passanten erstaunt angeschaut wurde.

Ein anderer Passant schien sich darüber nicht zu wundern. Für ihn war das seltsame Verhalten dieses jungen Mannes schon beinahe vertraut. Er wusste, dass er es mit einem Fixer zu tun hatte. Er wusste bereits darüber Bescheid, dass sich dieser Drogenkonsument in seiner physischen und psychischen Existenz stark geschädigt hatte. Dass der schon lange nicht mehr Wert auf ein gepflegtes Äußeres legte. Der Typ war heruntergekommen. Statt das neue Geld zu nutzen, um seinem Leben eine positive Wende zu geben, würde der noch weiter absacken. Um das vorauszusehen war keine prophetische Gabe erforderlich - konstatierte der junge Mann.

Er war sich nun auch sicher, dass dieser Mensch nicht einmal den Versuch machen würde, das gefundene Geld in eine bessere Zukunft zu investieren. Möglichweise, nein, mit ziemlicher Sicherheit würde es seinen Untergang noch beschleunigen. Er hatte erkannt, dass der in einem ständigen Wechselbad von Gefühlen von einem Extrem ins andere verfiel. In jedem Fall zeigte er Verachtung, ja oftmals einen tiefen Hass auf seine Mitmenschen.

Soziale Bindungen an andere Menschen konnte der Beobachter nicht entdecken. Er würde also kaum in der Lage sein jemanden mit sich in den Abgrund zu reißen. Was er bei Mac Donalds mitbekommen konnte, war, dass er sich in die absolute Sackgasse begeben wollte, nämlich in den Drogenhandel. Fixen und mit dem gleichen Stoff handeln, das war ein fataler Mix.

Holger entschloss sich, es zunächst beim *Herrenausstatter* zu versuchen. So hatte er sich, wie bereits einige Male geübt, die Plastiktasche auf den linken Unterarm gehängt, die Hand verhakte er in der Innentasche seines - nun ja - leider alten Mantels. Darin fühlte er sein Geschirr, das er zum Naschen seiner Schneeportionen brauchte. Derart waren die verräterischen Spuren auf seiner Hose verdeckt und man konnte, wenn man wollte, glauben, dass er seinen linken Arm aus irgendwelchen Gründen schonen müsste.

Kaum war er durch den weit offenstehenden Eingang in den Laden gegangen als auch schon ein Verkäufer auf ihn zueilte. Der verzögerte dann doch seinen Schritt, stoppte kurz, um dann schließlich doch langsam auf den neuen Kunden zuzusteuern. Bevor er seine einstudierte höfliche Frage, bei gerümpfter Nase, loswerden konnte, kam ihm Holger zuvor: „Ich brauch eine Hose. Größe 50."

„Sehr wohl. Ist die Hose für den Herrn gedacht", fragte der Verkäufer.

„Immer diese saublöden Fragen. Für wen denn sonst?" Holger kam diese Frage so überflüssig vor wie ein Kropf.

„Entschuldigung - ich, äh, ich dachte nur." Der Verkäufer war in keiner Weise mehr die übliche Selbstsicherheit in Person. Vielleicht verharrte er auch einige Sekunden zu lange auf der Stelle, ohne sich zu rühren. Jedenfalls ergriff Holger wieder die Initiative: „Und wenn's geht heute noch!"

„Oh, entschuldigen Sie, an welche Farbe oder Muster hätten sie gedacht?"

„Such mir was Schönes aus, es darf ruhig was kosten." - „Aber Größe 50", setzte Holger noch hinzu.

„Da hätten wir", flötete der Verkäufer einige Tonlagen zu freundlich, „da hätten wir das geschmackvolle Schottenmuster auf einer sportlich geschnittenen Hose."

„Sportlich finde ich gut", gab Holger zurück, „aber mit den Schotten habe ich nichts am Hut - oder an der Hose", setzte er noch hinzu. Der Witz gefiel ihm. Doch der Verkäufer verzog keine Miene zum Lachen. Ihm war auch nicht nach Lachen zumute. Vielleicht hätte ihn im Moment und unter diesen Umständen nicht einmal ein preisgekrönter Witz lachen lassen.

Pflichtgemäß zwang sich der Verkäufer doch noch zu einem leicht schiefen Mund. Das musste als Reaktion reichen. „Das ist gut", sagte er beiläufig, gut einstudiert, „andererseits denke ich, dass dem Herrn eine Hose aus feinster Schurwolle bestens anstehen würde. Sie" - er zögerte einige Momente - „Sie bemerkten doch als Kenner, dass es, äh, nun, *etwas kosten* könne, wie sie sagten."

Künstlicher konnte nun wirklich kein Verkäufer stottern und trotzdem höflich bleiben.

„Schurwolle", wiederholte Holger. „Das ist immer etwas Feines", bemerkte er noch, zwar etwas zögerlich, aber das Zaudern war dem Verkäufer nicht entgangen. *Also der Typ hat, wie ich erkannt habe, keine Ahnung. Damit gewann seine Selbstsicherheit wieder an Boden.*

„Schurwolle", flötete er, beinahe in verschwörerischer Stimmlage, „es gibt natürlich nichts Besseres. Ewig elegant und man sieht es dem Stoff an, dass er wertvoll ist".

Damit hatte der Verkäufer die richtige Stelle von Holgers abgestumpfter Seele getroffen.

Der Verkäufer wollte weiterreden, so wie man ihn gelehrt hatte - „Natürlich nicht zu vergleichen mit den Kunststoffen, Polyester, Acetat" - weiter kam er nicht. „Ich bleibe bei Schurwolle", unterbrach ihn Holger.

„Braun, mit einem leichten Einschuss von beige. Ich denke, dass es dem Herrn bestens stehen müsste, da kann ich mich eigentlich nicht täuschen. Aber mit der Größe", ... Auch hier zerschnitt er bei Holger eine gespannte Saite und die Unterhaltung nahm eine fast feindselige Wende. Natürlich vom Verkäufer registriert.

„Ich wollte nur bemerken, der Herr, dass dies eigentlich so hinkommen müsste, aber, ..."

„Es gibt kein Aber, bring doch mal das gute Stück an, oder soll ich mich auf die Suche machen?", das war wieder Holger der (Scheiß)-Ungeduldige.

Nach diesem erfolgreichen Kauf hatte Holger nun eine zweite Plastiktüte und strebte seiner Behausung zu. Sie war schön teuer, die Hose, damit konnte er angeben. Er hatte an der Kasse gesehen, wie die Dame den 200 Euroschein von zwei Seiten mit einer leicht bläulichen Farbe anleuchtete und ihn dann in der Kassenschublade verschwinden ließ.

„*Die* sind echt", hatte er noch fröhlich gemeckert. Was die Dame aber nicht sonderlich störte; das heißt, sie reagierte nicht einmal auf den Einwurf. Aber was ihn dazu bewogen hatte zu sagen: *die* sind echt", das versuchte er jetzt bei sich herauszufinden. Es war doch nur *ein* Schein. Das altbekannte Ergebnis seiner Denkarbeit endete wie bekannt mit - „Verdammt, iss doch nicht mein Problem!"

Doch nach der Anprobe *zu Hause* hatte er wieder das bereits bekannte Problem. Die Hose war zu groß, zu weit und auch zu lang. Jetzt legte Holger noch ein paar *Scheiße* dazu. Aber umtauschen? Also, *die* Genugtuung wollte er dem Verkäufer nicht zukommen lassen.

„Holger", sagte er zu sich im Kommandoton, „die wird jetzt so angezogen, wie sie ist. Und was ist schon dabei, das ist doch modern - hab´ ich gehört, Schlabberlook".

Bei den Mitbewohnern im Haus waren die allgegenwärtigen Fäkalienausdrücke Holgers schon längst kein Unterhaltungsthema mehr, geschweige denn Grund sich aufzuregen. Man hatte sich mit dem armen Spinner abgefunden, mit seinen Redensarten und Ausdrücken arrangiert. Und man kommentierte höchstens mal, dass es mit diesem jungen Mann einmal ein schlimmes Ende nehmen werde. Ansonsten, da war man sich auch einig, ignorierte man ihn so gut es ging. Alle versuchten es so einzurichten, damit es im Treppenhaus zu keinem Zusammentreffen kam.

5
Feierabend bei McDonalds

Zur Zeit der allabendlichen General-Reinigung bei Mac Donalds, fand man einen zusammengeknüllten Bogen Papier. Wie es das Schicksal so will, wurde er als Brief erkannt und gelesen. Zuerst vom Reinigungspersonal reihum, dann von der Aufsicht, der Kassiererin und schließlich dem Geschäftsführer. Der entschied die Übergabe an die Polizei. Das entschied er rasch, denn wenn da ein Menschenleben in Gefahr war, vielleicht konnte man da noch etwas machen.

Bei der Polizei war man hilflos. Per Boten ließ Wachtmeister Frederik Lamotte das Schreiben an den Staatsanwalt, Herrn Dr. Füger Klaus überbringen.

Doch wie weiter verfahren?

Es war ja kein Absender auf dem Abschiedsbrief. Der potentielle Selbstmörder war anonym.

Da gab es die Anrede: <Liebe Tante Margot.>

Aber wo auf der Welt sollte man *diese* Tante Margot ausfindig machen.

Ein gewisser *Heinz* hatte unterschrieben. Der möglicherweise bereits seine Selbstmordabsichten verwirklicht hatte. Es war also kaum daran zu denken einen Heinz ausfindig machen zu können, der dann auch wirklich der Gesuchte sein würde. Und wenn, dann würde er es doch sicher nicht zugeben - „ja, ich bin der ..." Er wollte doch dergestalt aus dem Leben scheiden, damit jeder in der buckligen Verwandtschaft vor einem Rätsel stehen sollte. Wo sollte, wo konnte man also eine Suche ansetzen?

Dr. Füger ließ sich die letzten Erfassungen von Selbstmördern vorlegen. In seinem Bezirk gab es in den letzten sieben Tagen sowieso nur weibliche Personen, die freiwillig aus dem Leben geschieden waren. *Die Obduktionen seien noch nicht abgeschlossen,* so war es vermerkt. Dr. Füger dachte noch, dass die Ergebnisse in diesem vorliegenden Fall sowieso irrelevant sein würden.

Der einzige Bezugspunkt war ein angesprochener Lottogewinn. Man wusste aber nicht einmal annähernd welches die Summe des Gewinnes war. Wo ansetzen, um ein Menschenleben zu retten? Retten und schützen, das war zwar auch die Aufgabe der Polizei, aber in diesem Fall hätte man gerne konkret gewusst, wen es zu schützen galt.

Was könnte *noch* weiterhelfen?

Da gab es die Handschrift. Doch, das sah Dr. Füger, sowie die zwei hinzugezogenen Beamten von der Kripo bald ein, die konnte nicht weiterhelfen. Zu allgemein war sie. Auf den ersten Blick sah sie wie von einem naiven Menschen stammend aus, kindlich, untere Bildungsstufe. Möglicherweise absichtlich verstellt. So viel verstand auch er von Grafologie, da brauchte er keinen Spezialisten.

Man würde diesen Brief ggfs. im Labor auf Fingerabdrücke untersuchen lassen. Dazu Papier und Kugelschreiber technisch beschreiben. Und untersuchen, wann dieser Brief geschrieben wurde. Dann ab zu den Akten.

Sie waren sich einig. Keiner der Beamten hatte auch nur die geringste Hoffnung, dass man den Autor jemals würde ausfindig machen können. Sie waren sich schließlich auch noch einig, dass sie, wieder einmal, auf die Mithilfe des Kollegen „Zufall" hoffen mussten.

Mehr aus Routine denn aus ermittlungstechnischen Gründen, hatten sie noch die Liste der als vermisst gemeldeten Personen durch den Computer laufen lassen. Nichts. Man hatte alle im Hause bekanntgewordenen Todesfälle nach einem Zusammenhang durchgesehen. Nichts. In keinem Krankenhaus war ein verhinderter Selbstmörder eingeliefert worden, der auch nur irgendwie in einen Zusammenhang hätte gebracht werden können.

Später würde das Labor in einem knappen Bericht mitteilen, dass der Brief vor ca. 8-10 Tagen mit einem *normalen Kugelschreiber* geschrieben wurde. Dass das Papier in jedem Schreibwarengeschäft erhältlich sei. Dass keine Spur von verwertbaren Fingerabdrücken gesichtet wurden. Und auch keine mikroskopisch feine Partikel von Hautabschürfungen gefunden werden konnten.

Alle Erkenntnisse und das Korpus delicti verschwanden, mit einigen Vermerken versehen, in der Ablage.

Hatte sich da vielleicht ein Spinner wichtigmachen wollen? „Wir haben bei der Polizei Wichtigeres zu tun!"

6
Holger, der Unternehmer

Holger holte sich bei seinem Dealer die restlichen 42 Briefchen Koks ab.

„Und ... und?" Holger platzte bald vor Spannung. Er konnte sich denken, dass ihn der Kerl auf die Folter spannen wollte. Der würde sich jetzt ins Fäustchen lachen, wenn er seinen Kunden vor Neugierde und Ungeduld zappeln sah.

Ohne Holger anzusehen, teilte der Dealer dann Holger kurz und knapp mit: „Da läuft was."

Holger hatte seinen alten Mantel nicht angezogen. Allerdings, das hatte er in Ermangelung eines geeigneten Spiegels nicht ganz mitbekommen. Er sah nämlich in seinen übergroßen Hosen und dem gut angepassten Sakko des Anzugs, wie eine Vogelscheuche aus dem Katalog aus.

Er hatte sich aus dem Vorrat in den Eingeweiden des Canapés eine kleine Sammlung Scheine in die inneren Jackentaschen eingesteckt. Dazu die Utensilien, die er für seinen Kokakonsum benötigte.

„Mensch, hast dich verändert, siehst aber trotzdem aus wie Scheiße." Das waren die geschäftlich aufmunternden Empfangsworte des Dealers. Er hatte es *auch* gerne mit Fäkalienausdrücken zu tun. Eine Art Markenzeichen bei Fixern und Dealern? Hatten die in ihrem Gehirn nur noch das, wovon sie ständig verbal Gebrauch machten?

„Alles neu, mein Freund. Wäre aber *auch* nicht schlecht, wenn Du im kommenden halben Jahr einmal daran denken würdest dein T-Shirt zu waschen oder wechseln würdest. Der strenge Geruch übertrifft sogar noch deinen sonst charmanten Knoblauchduft."

„Hast Du freches Maul heute. Pass auf, dass du keine Klatsche darauf bekommst", meinte der Dealer Ibrahim, den Holger nur als *Ibbe* kannte. Wären da nicht seine neuen Geschäftsinteressen, er hätte rabiater regiert. Diese, so hoffte er seit der *Besserstellung* seines Kunden, befanden sich nun auf einem zukunftsträchtigeren, solideren Boden.

Für die rabiaten Abstrafungen hatte Ibbe *seine Jungs.* Die hatten gerade vorige Woche einen säumigen Zahler recht unsanft an seine Zahlungsverpflichtungen erinnert. Der würde mindestens für einige Wochen nur Flüssignahrung zu sich nehmen können - wenn überhaupt.

Hier und jetzt konnte allerdings ein Beobachter den Eindruck gewinnen, dass sich die beiden über absolut belanglose Themen unterhielten.

Da hatte Ibbe als kleiner Dealer gerade jetzt zur Zentrale einen besonderen Faden gesponnen. Wenn das mit dem *groß Einsteigen* dieses Holgers klappte, konnte er womöglich mit einer Sonderstellung im Vertrieb rechnen. Er würde nicht mehr das letzte Rädchen in dieser Organisation spielen müssen.

Also beschloss Ibbe die Zähne zusammenzubeißen, statt sie zu fletschen oder gar damit zuzubeißen. *Sonríe,* sagte er zu sich. Eines der ganz wenigen Worte, die er von einem Kumpel, einem Südamerikaner gelernt hatte. Sonríe, *lächle* Ibrahim. Und bleib geduldig - er suchte in seinen vertrackten Hirnwindungen nach einem anderen spanischen Schlagwort, das für Geduld stand. Er kam nicht drauf. Den Holger würde er sich für ein anderes Mal aufsparen. Für später. Da kündigte sich für die Zukunft Ärger an. *Bei meiner Großmutter!*

Jetzt grinste er Holger an und sagte: „Hör zu kleiner Scheißer.

Im Auqarium - weißt Du überhaupt, was das ist? Ist ein Teil von Zoo. Ein Uhr mittags. Heute. Bei Piranhas. Kannst Du das merken? Piranhas! Einmal weniger schniefen und Du hast Eintrittspreis frei. Aber Du hast ja jetzt Knete."

Holger hatte jetzt noch so viele Fragen. Z.B. auch, wie er den Richtigen oder vielleicht die Richtigen erkennen sollte. Oder, ob das auch wirklich der Boss sei, usw. Aber Ibbe machte eine wegwerfende Handbewegung und zischte: „Halts Maul und verschwinde. Du weißt jetzt, was Du wissen musst - Scheißer", giftete er ihm noch zu und drehte sich von Holger weg.

Beide, Händler und Kunde-Konsument, hatten sich ihr Leben auf der Fäkalienstraße zurechtgemacht. Da stand keiner dem anderen nach.

Gegen halb zwölf war Holger bereits im Zoo.

Er machte einen Gang zu den Giraffen. Sie beeindruckten ihn nicht besonders. In Gedanken war er bereits ganz woanders.

Nicht weit von Holger entfernt interessierte sich ein gutaussehender Mann, mittleren Alters, ohne Begleitung, intensiv für diese exotische Tiergattung.

Dann zu den Elefanten, dort stoppte er. Etwas hatte sein geschwächtes Gedächtnis spontan aufgemischt - *Mann o Mann*, dachte Holger sich, so eine Nase und dann Koks reinziehen. Diesen Spaß hatte er irgendwann, irgendwo gehört. Jetzt, im Angesicht dieser langen und muskulösen Luftröhren, entkrampfte sich sein verkniffener Mund und ein schwaches Lächeln zeigte sich in seinem Gesicht.

Um zwölf hatte er das Aquarium gefunden und auch die sympathischen Fischlein entdeckt. Eine Beschreibung mit Bebilderung erklärte einige wissenswerte biologische Details.

Er entschloss sich noch einen Spaziergang zu machen und fand sich bei den Reptilien ein. Das mochte Holger aber gar nicht. Er schüttelte sich leicht, als ihm eine Gänsehaut den Rücken hinablief und beschleunigte seine Gangart.

Dann kam er zum Papageienhaus. Das war ihm zu laut. So ging er zurück ins Aquarium.

Dass in kurzer Entfernung ein einsamer, gut gekleideter Mann offenbar zeitgleich die gleichen Interessen hatte, bemerkte er nicht, immer noch nicht. Und dieser junge Mann schien ein tiefergehendes Interesse an der Biologie zu haben, denn er machte sich öfters Notizen auf einem kleinen Block.

Er gehörte bestimmt nicht zu denen, die sich mit ihm treffen wollten.

Holger schaute sich jetzt öfters verstohlen um. Er dachte, dass man ihn doch sicher bereits beobachten würde. Er, beziehungsweise sie, mussten in der Nähe sein.

Inzwischen hatte er sich ein Bild geformt, wie so ein Großhändler in Sachen Drogen auszusehen hatte. Der sportlich gekleidete Mann mit dem Notizblock, den er jetzt zum ersten Male bewusst wahrnahm, nein, der konnte es nicht sein. Der passte absolut nicht in sein Klischee. Oder war es vielleicht ein Überwacher? Ein Späher, das Vorauskommando? Ach was. Auch die sehen anders aus, meinte er zu wissen. Zudem, der drückte sich die Nase platt an einer Scheibe und machte sich Notizen. Ist sicher einer, der einmal was werden will oder noch mehr werden möchte. Irgend so ein Streber. Schrieb vielleicht ein schlaues Buch und betrieb Recherchen.

Unruhig lief Holger in dem schwach erleuchteten, lang-gezogenen, leicht geschwungenen Raum hin und her. Fast jede Minute schaute er auf seine Armbanduhr.

Dann, wie aus dem Nichts, hörte er eine Stimme direkt hinter sich: „Großmäulige Tierchen" und sofort ergänzte der Unbekannte „nicht umdrehen, schau sie Dir an - Du solltest Dir auf keinen Fall einbilden, dass Du auch so einer bist. Großes Maul, gierige Zähnchen und schmachtender Arsch. Dreh Dich bloß nicht um."

Die Stimme war so ruhig und doch so bestimmend. Gedämpft aber doch eine Kommandostimme. Keinen Widerspruch duldend. Es fehlte nur noch, dass diese Stimme in gleicher Weise ruhig

gesagt hätte: *Zuwiderhandeln wird augenblicklich bestraft.*
Ja, und sie hatte einen kleinen fremdländischen Einschlag. Woher auch immer. Holger gehorchte, nicht einmal widerwillig. Seine Beine zitterten ein wenig.

„Du willst also ins Geschäft einsteigen."

Holger wollte sich umdrehen.

„Schau auf die Piranhas", herrschte ihn die Stimme mit einer bemerkenswerten Schärfe an. Er sprach nicht gerade laut, aber respekteinflößend. Oder verursachte sie vielleicht Angstgefühle?

„Ich kann nur hoffen, dass du weißt, wie das so läuft. Dazu einige Regeln, die Dir bereits bekannt sein müssten. Regel Nr. eins: Du musst dir deinen eigenen Markt aufbauen. Deine Kundschaft. Suche sie Dir gut aus. Die Bullen sind nicht mehr so dumm, wenn Du weißt, was ich damit sagen will. Regel Nr. zwei: Komme keinem unserer etablierten Verteiler in die Quere. Das würde schlecht für Dich enden. Und wenn ich schlecht sage, dann meine ich es auch. Kapiert?"

Holger nickte, er war tief beeindruckt. Der Wunsch sich jetzt spontan umzudrehen war riesig, aber letztendlich siegte doch die Angst, eine unbestimmte, aber doch sicher berechtigte Angst. Er senkte den Kopf noch etwas tiefer, was von einem aufmerksamen Betrachter wie eine Demuts- oder Ergebenheitsgeste interpretiert worden wäre.

„Und die Regel Nr. drei: Den Stoff beziehst Du nur von uns. Keine Konkurrenz, das könnten die Bullen sein. Dann die Regel Nr. vier: Den Preis bestimmen wir. Was Du dafür nimmst, ist uns piepegal. Kapiert?"

Holger nickte wieder.

„Wenn Du uns reinlegen willst, musst Du sehr früh aufstehen und wir kriegen Dich doch am Arsch. Wenn Du uns linken willst, nur zu. Tu Dir keinen Zwang an. Solche Mätzchen hat bisher noch niemand bei Laune oder bei guter Gesundheit gehalten. Kapiert?"

Holger wagte nun den ersten respektvollen Ton, nickte und sagte halblaut „*Ja.*"

„Soweit zu den allgemeinen Geschäftsbedingungen. Kauf Dir unter falschem Namen ein Handy. Mit aufladbarer Kontokarte. Steck Ibrahim Deine Nummer. Wir rufen Dich an und geben Dir einen Kontakt an. Stell niemals Fragen am Telefon. Nenn keine Namen. Hast Du kapiert? Auch Deinen nicht. Wir wissen immer Bescheid, wenn Du in der Leitung bist. Keine Orte. Keine Zeit. Wenn Du eine Bestellung hast, sag einfach eine Zahl aber niemals Gramm oder so was. Kapiert? Erwähne niemals das Wort Koka oder so was. Ist das klar?" Und dann noch eine Tonlage härter und gedehnt: „Ist - das - klar?"

„Wir setzen uns mit Dir in Verbindung. Wir finden Dich. Immer. Dann erfährst Du, wo das Geschäft abgewickelt wird. Niemals am gleichen Ort und niemals zur gleichen Zeit. Kapiert?" Diesmal wartete der Unbekannte Holgers Antwort nicht ab und sprach sofort weiter.

„Wenn Du nicht pünktlich bist, dann brauchst Du einen sehr guten Grund."

„Ich sage Dir das alles nur einmal. Wenn Du nicht kapiert hast, hast Du keine Zukunft. Das Leben geht so schnell vorbei. Sind wir uns darin einig? Nur nicken, wenn Du es kapiert hast."

Holger nickte. Hatte er wirklich alles kapiert oder nickte er nun nur, weil es sein eingeschüchterter Instinkt forderte?

Seine Gefühle spielten jedenfalls jetzt mit ihm Achterbahn.

Der eifrige Wissenschaftler, zwei Schaugläser weiter, war sehr in seine Beobachtungen vertieft. Konzentriert beäugte er das Leben hinter der Scheibe. Es schien wenigstens so. Er erweckte immer noch keinen Verdacht. Unter den gegebenen Umständen konnte das auch leicht einer Höllenfahrt oder einem Todesurteil gleichkommen.

Allerdings schätzte er die Situation komplett so ein, wie sie auch war.

Trotzdem filmte er mit einer versteckten Miniatur-Kamera den Vorgang. Die Aufnahmen in den abgedunkelten Räumen würden zwar schlecht sein, aber für seine Absichten durchaus brauchbar. Unter seinem linken Unterarm war ein Richtmikrofon befestigt. Eingeübt hielt er deshalb mit seiner linken Hand seinen Notizblock so, dass dieses Mikro möglichst optimal auf Holger und seinen neuen Freund ausgerichtet war. Auf seiner analogen Armbanduhr bewegten sich die Zeiger etwas nervös. Vielleicht war sie beschädigt und sie konnte die Zeit nicht mehr anzeigen. Nichts dergleichen. In Wahrheit war sie aber ein gut getarntes Potentiometer. Derart ausgerüstet, zeigte sie ihm die Intensität der eingehenden Audiosignale.

Während er für einen Beobachter die Fische studierte und sich Notizen machte, war seine volle Aufmerksamkeit auf die Szenen gerichtet, die sich zu seiner Linken abspielten. Dabei hoffte er, unter anderem, dass sich keine weiteren Besucher dazwischenschoben. Was aber zu dieser Tageszeit, Mittagessenszeit, nicht sehr wahrscheinlich war. Wenn doch, dann würden die Herren sowieso unbedeutenden Quatsch miteinander reden. Wenn überhaupt. Das würde er dann bei der Weiterverarbeitung herausschneiden.

Er hatte schließlich auch festgestellt, dass der Herr bei Holger nicht allein war. War auch zu erwarten. Auch ohne größere Konzentration konnte er feststellen, wer von den Besuchern zur besonderen Interessengruppe, möglicherweise Drogenmafia dazugehörte.

Raúl hatte sich erstklassige Beobachtungstechnik besorgt, das Beste, das auf dem freien Markt erreichbar war, modern und leistungsstark. Es war zwar etwas aufreibend seine verdeckten Beobachtungen durchzuführen, sozusagen *am Ball* zu bleiben. Dafür konnte er aber sicher sein, dass er auch unter schwierigsten Bedingungen brauchbares Material erhalten würde.

Die momentanen technischen und räumlichen Vorbedingungen ließen zwar zu wünschen übrig. Was ihm aber immer noch zu schaffen machte war, dass er mehr als eine halbe Nacht in der Nähe Holgers, bei dem Stadion ausgeharrt hatte. Das steckte ihm offenbar immer noch in den Knochen.

Dort hatte er Stellung bezogen, nachdem ihn sein Taxifahrer

weisungsgemäß an der Kreuzung hinter dem Stadion abgesetzt hatte.

Dabei hatte er dem Taxifahrer das Imitat einer Polizeimarke kurz unter die Nase gehalten und ihn zu Stillschweigen verdonnert. „Verdeckte Ermittlungen, Sie verstehen?"

Dann saß auch er, wie Holger, in dem feuchter werdenden Gras. Er bewachte Holger. Er hatte auch mitgekriegt, dass sich Holgers Taxifahrer bei seinem Fahrgast bediente. Seine Jacke filzte. Sich offensichtlich den Fahrpreis holte. Vielleicht auch mehr. Und sah, dass er Holger wieder etwas in die Jackentasche zurücksteckte. Also mochte er doch annehmen, dass er dem bewusstlos Besoffenen nicht seine ganze Barschaft abgenommen hatte. Raúl notierte sich die Nummer des Taxis.

Er sah, wie Holger bei anbrechendem Tageslicht zu sich kam.

Dass er sich verpisst hatte, sah Raúl nicht - noch nicht.

Er war dann Holger zu Fuß bis zu dessen Wohnung gefolgt. Dann rief er per Handy ein Taxi und ließ sich ins Hotel zurückbringen. Er duschte, frühstückte ausgiebig. Er hing vor seiner Zimmertür den Hinweis: <Bitte nicht stören.> Dann stellte er den Wecker für die Mittagszeit und legte sich zum Schlafen. Er war sich sicher, dass dies auch Holger tun würde, würde tun müssen. Der musste einen Brummschädel haben - so wie der sich bei seinem Galaabendessen mit Wein zugeschüttet hatte!

Um Viertel nach 12 Uhr bestieg er in der Hotelgarage seinen gemieteten VW-Golf und fuhr bis kurz vor die Wohnung Holgers. Raúl bezog Stellung auf seinem, jetzt fast Stammplatz, ca. 15 Schritt vom Hauseingang entfernt. Dann vertiefte er sich in den SPIEGEL. Immer auf der Hut und buchstäblich mit einem Auge auch die Haustür beobachtend. Kurz vor ein Uhr kam eine ältere Dame heraus. Mühsam bewegte sie sich vorwärts. Sie stützte sich dabei auf einen Stock. Es musste die pensionierte Krankenschwester sein. Lange würde sie es in diesem Haus nicht mehr allein aushalten, würde sich in ein Altersheim mit betreuter Pflege einweisen müssen.

Nach einer guten halben Stunde kam sie wieder zurückgehumpelt. Die Anstrengung war ihr anzusehen. Aus einer Plastiktüte lugten Sellerie und Lauch.

Direkt an der Haustür traf sie offensichtlich auf andere Hausbewohner. Es war ein älteres Ehepaar, das sich vielleicht in dem nahe gelegenen Gasthof ein Mittagessen leisten wollte.

Es lohnte sich nicht die Kamera einzuschalten.

Es war eine kurze Unterhaltung. Elisabeth humpelte ins Haus. Das Ehepaar auf dem Bürgersteig kam in seine Richtung, auf ihn zu. Aber sie bemerkten ihn nicht einmal, als sie nur einen Schritt weit an seinem Auto vorbeigingen.

Es war gegen halb drei, als das Ehepaar wieder zurückkam. Er vermutete wenigstens, dass sie es waren, der Postbeamte mit Gattin. Sie betraten das Haus Nummer 28. Raúl kämpfte mit dem Schlaf.

Doch dann verordnete er sich erhöhte Aufmerksamkeit. Es war nun schon viertel nach vier, als Holger auftauchte.

Drei Straßenblöcke fuhr Raúl ihm mit großem Abstand hinterher. Dann war er sicher, dass Holger seinen Dealer suchen würde. Also war er zum Hotel gefahren und hatte seinen Wagen in der Tiefgarage abgestellt.

Danach machte er sich auf den Weg zur bekannten Öffentlichen. Er sah gerade noch, wie der Dealer seinen Platz verlassen hatte und in Richtung Mac Donalds unterwegs war. Holger musste sicher ebenfalls dorthin kommen.

Raúl holte sich einen Salat und setzte sich so, dass er mit seinen Geräten den Dealer und eventuell auch Holger links von ihm beobachten bzw. die Unterhaltung aufnehmen konnte.

Dann kam Holger und Raúl konnte letztendlich fast störungsfrei mithören, dass Holger tatsächlich ins Drogengeschäft einzusteigen beabsichtigte. Und er hatte von seiner Verabredung im Aquarium Kenntnis.

Nach dieser kurzen Rückblende kommen wir wieder zu Raúl und seinen Beobachtungen. Er war gut ausgerüstet, um vor den Aquarien Holger als den kommenden Einzelhandelsgeschäftsmann in Sachen Kokain auszuspionieren.

Holgers Hintermann in den Katakomben des Aquariums im Städtischen Zoo, sprach jetzt vor den Piranhas in ruhigem Tonfall weiter: „Ich werde Dir bald ein Zeichen geben, wann Du Dich umdrehen kannst. Wenn Du Dich dann umdrehst, gib mir die Hand wie einem alten Bekannten, gib Dich überrascht mich *auch* hier zu sehen. Hör zu, was ich Dir noch zu sagen habe: Wir sind niemals allein. Es gibt noch eine Reihe anderer Augenpaare, die sich für Fische interessieren. Das ist auch zu Deiner Sicherheit. Du stehst so lange unter unserem Schutz, als Du Geschäftspartner bist. Bist Du es nicht mehr. Na, dann wirst Du Bescheid wissen. Aussteigen nach Belieben gibt es nicht in diesem Geschäft - aber das weißt Du ja selbst. Und wenn ich Dir noch einen guten Rat geben darf, den Du nicht ausschlagen solltest, hör auf zu koksen. Das könnte uns eines Tages lästig werden. Und wenn Du auf der Abschussliste stehst - nun ja, was soll ich dann noch großartig Erklärungen abgeben."

Holger hörte nur das, was er hören wollte. Er war nun ein Mitglied dieses Vereins. Er hatte die Lizenz zum Geld drucken. Er wurde beschützt und hatte ansonst freie Hand Geschäfte zu machen. Er würde sein Kapital ordentlich und in kurzer Zeit vermehren.

Die Stimme fuhr nach einer kleinen Pause wieder fort: „Ich habe eine kleine Plastiktasche aus einem Kosmetikladen. Du bekommst sie und ich erhalte das Geld. So unauffällig wie möglich. Kapiert? Wir zählen später. Wenn es zu viel ist, hast Du was gut. Wenn fehlt, melden wir uns. Kapiert? Und jetzt dreh Dich langsam um und wundere Dich, mich, Deinen guten Freund, hier und heute zu sehen."

Holger tat wie geheißen. Allerdings aufgrund fehlender Übung viel zu theatralisch, gekünstelt. Den bisher unsichtbaren, breitschultrigen Mann schien das nicht weiter zu stören. Er gab sich leutselig, angenehm überrascht, Holger hier zu sehen. Holger dagegen war sich nicht so sicher, ob er seinen Part gut spielte. Er war nämlich dann doch ein wenig erschrocken. Der Kerl war beinahe einen Kopf größer als er. Und viel breiter. Trotzdem bekamen beide eine annehmbare Aktion hin und Holger hatte irgendwie einen Plastikbeutel aus einem bekannten Kosmetikladen am Arm.

In der ständigen Bewegung konnte er sich immer noch kein abgerundetes Bild seines neuen Geschäftsfreundes machen.

Der Kerl schlug ihm auf die Schulter, griff ihm unter die Achseln, als wollte er ihn schütteln. Er nahm Holger am Arm, man ging einen Schritt zur Seite, dann drehte sich Holger zusammen mit dem Ungetüm wieder den Piranhas zu. Der Riese fragte nach seiner Schwester, ob sie immer noch auf den Strich ginge.

Das überraschte Holger dann doch ein wenig, aber diesmal begriff er schnell und machte gute Miene zum bösen Spiel. Was insofern nicht allzu schwer war, da er gar keine Schwester hatte.

„Nein, sie hat doch vor kurzen geheiratet", sagte er, „so einen kräftigen Kerl, ja, so einen Typen wie Dich. Der Arme hat keine Ahnung, was er sich da geangelt hat oder von wem er da geangelt wurde."

Der Fremde hatte verstanden und knurrte: „Halt Dein Maul im Zaum, blähe Dich nicht weiter auf." Dann wieder etwas leutseliger: „Das ist nicht gut für Deine Gesundheit. Sagte ich doch schon."

Er drehte jetzt Holger, wie mit einer freundschaftlichen Geste, zu sich um. Holger hatte nun die Chance sein Gegenüber noch näher kennen zu lernen. Bisher war man fast ununterbrochen in Bewegung gewesen. Er dachte schon, dass ihm jetzt ein unangenehmer Mundgeruch entgegenströmen würde. So wie der aussah, befürchtete er das Schlimmste. Vielleicht Knoblauch. Aber er hatte keinen Mundgeruch, wenigstens keinen unangenehmen. Holger strömte ein Schwall kräftig parfümierter Luft entgegen. Nicht unsympathisch.

Der Bär redete auf ihn ein.

Holger wunderte sich jetzt, dass sein neuer *Freund* eine große Sonnenbrille trug. Wie ein kleines Fahrrad ohne Speichen, bemerkte er für sich. Der musste Katzenaugen haben, dass er durch diese dunklen Gläser noch etwas sah, trotz der Düsternis in den Katakomben des Aquariums.

Er hatte einen Gesichtsbart, ornamental, dekorativ, im wahrsten Sinne des Wortes. Gepflegt, nicht wie bei Holger mussten seine Stoppeln vielleicht 8 oder mehr Tage alt sein. Auf dem Schädel waren die Haare kürzer als im Gesicht. Dicke, fleischige Lippen. Im schwachen Licht wirkten sie wie geschminkt, rot, glänzend. Seine äußerlich haarlose Nase war keine Zier. Sie ragte, ziemlich groß, nach vorne gebogen und zur Seite krumm in Richtung seiner rechten Gesichtshälfte. Sein linkes Ohr schien viel kleiner als das rechte, oder war es nur noch ein Rest. Hatte der Kerl einen dicken Hals! Und Goldzähne blitzten in seinem parfümierten Mund.

Der neue Freund schien seine Beobachtungen zu bemerken und so sagte er: „Mach deine Futterluke wieder dicht. So siehst Du ja wie Vollidiot aus."

Holger merkte jetzt auch, dass er sein Gegenüber wieder mit offenem Mund angestarrt hatte. Plötzlich fiel ihm ein, dass er ja noch nicht bezahlt hatte.

„Das Geld", sagte er, „ich muss ja noch bezahlen." Sein Gegenüber grinste. Sicher hatte er auch darauf gewartet. Dann griff Holger in die Innentasche seines Jacketts - und ins Leere. Zuerst wollte er sich totstellen, einfach umfallen, die Augen zumachen, nicht mehr atmen. Spontan brach Schweiß auf seiner Stirn aus. *Verloren - ausgeraubt - vergessen*? Alle Möglichkeiten huschten vor seinem geistigen Auge vorbei.

Das war das Ende. Sein Gegenüber aber grinste immer noch. Bald wird dem das Grinsen aus dem Gesicht fallen, dachte Holger. Und mir erst? Er wollte nicht weiterdenken. Ein unverzeihlicher Fehler, gerade im schönsten Augenblick seines zukünftigen selbstbestimmten Geschäftslebens.

Der Kerl grinste weiter, zeigte nicht die geringste Spur von Nervosität oder Ungeduld. Der grinste nur.

Holger ließ die Arme sinken. Der Kerl erhaschte die Plastiktüte, bevor sie aus Holgers Arm vollkommen herausrutschen konnte. Und grinste immer noch. Und sagte schließlich: „Mach Deine Futterluke wieder zu. Ich sagte Dir doch, du siehst so beschissen aus, das sagte ich Dir doch schon mehrmals."

Holger tat, wie von ihm verlangt. Wollte dann etwas sagen. Der Hals war aber wie zugeschnürt. Kein Ton kam heraus. Nur sein Mund schien sich zu bewegen. Wie würde er jetzt enden? Er musste sein Gegenüber mit weit aufgerissenen Augen angeschaut haben. Das Grinsen wurde bei dem Kerl noch breiter. „Suchst du nach Deinem Geld?"

Holger befiel wieder so etwas wie ein Schwächeanfall. Wer von den *unauffälligen* Besuchern in der Passage würde jetzt näherkommen und ihn *sehr freundlich bitten* ihm oder ihnen zu folgen. Er meinte bereits jetzt ein spitzes Messer zwischen seinen Rippen zu spüren.

Und er stotterte: „Ich... ich. ..." Weiter kam er nicht. Und der Kerl grinste nicht mehr. Er lachte jetzt ein heißeres, kehliges Lachen. Holger konnte jetzt gelbliche Zähne neben einigen Goldbeißerchen erkennen.

„Kannst wohl nicht bezahlen", sagte er zwischen Lacher. Er schlug Holger derart auf die Schulter, dass dieser beinahe zu Boden gegangen wäre.

Und der Kerl lachte noch mehr.

Holger hatte jetzt Mitleid mit sich selbst. Viel Mitleid.

Dann sagte sein neuer Freund: „Wir prüfen immer alle Scheine, das ist Dir doch bewusst?"

Holger machte den Mund weit auf, wollte so etwas wie Protest anbringen: „Aber ... Ich ... Die sind .... Ich habe kein Falschgeld." Jetzt war es heraus.

„Ich ..." Weiter kam er nicht.

Der Kerl lachte jetzt wieder lauthals, krächzte und bekam einen Hustenanfall. In einem völlig veränderten Tonfall, beinahe lallend presste er dann heraus: „Mierda, maldita mierda."

Eigenartig.

Dann beugte er sich nahe zu Holgers Gesicht und sagte, jetzt wieder im bekannten ruhigen Tonfall: „Und Du willst nichts gemerkt haben?"

Holger bezog die Frage auf den Umstand, dass man ihn beklaut haben musste und wollte bejahen.

Doch der Kerl fuhr fort: „Ich habe mir erlaubt zu kassieren, sozusagen Vorauskasse anzunehmen."

Und lachte wieder, verzog sein Gesicht zur Fratze. Jedenfalls kam es Holger so vor.

„Du hast also mein Geld?" Holger stieß diese Worte hervor. Er hätte jetzt gleichzeitig vor Glück flennen und auch dem Kerl an die dicke Gurgel fahren können. Seine Gefühle wechselten rasch und am Ende blieb ihm nur noch Ärger in der Kehle stecken. Ärger über die Frechheit des Kerls, der sich einfach das Geld geholt hatte und noch mehr Ärger über seine Unachtsamkeit, seine Blödheit, sich einfach sein Geld aus der Tasche ziehen zu lassen. Instinktiv ballte er die Hände zu Fäusten.

Dabei hätte er sich beinahe in die Hosen gemacht.

Er sah aber schnellstens das Absurde in seinen Absichten und Vorstellungen ein. Gegen dieses Bollwerk aus Muskeln und Knochen kam er bei weitem nicht an. Und die anderen? Wo waren sie? Also beschloss Holger wenigstens gute Miene zum Spiel machen. Das war jetzt die Devise. Er lebte noch und hatte sogar Zukunftsaussichten.

Der Kerl setzte dann zu so etwas wie einer Abschiedsrede an: „Mein Freund, mach keine Fehler, sonst passt du in keinen Sarg mehr. Stell dir das Schlimmste vor, das wäre dann immer noch wie ein Geschenk des Himmels."

Scheinbar herzliches Händedrücken zwischen zwei Freunden, die sich lange nicht gesehen hatten, leiteten die Abschiedszeremonie ein.

„Und grüß mir Dein holdes Schwesterlein", rief der Kerl noch Holger über seine Schulter zu.

Holger war sich sicher, dass *sie* heute noch seine Scheine auf Echtheit überprüfen würden. Freundschaft und Vertrauen gab es in diesem Geschäft nicht. Da konnte er aber beruhigt schlafen, er wusste ja, dass das Geld gut war.

Raúl hatte ebenfalls ein gutes Gefühl. Nicht aber was die Zukunft Holgers betraf. Die sah eher noch düsterer aus als bisher von ihm eingeschätzt. Aber er hatte wertvolles Material aufgenommen und gespeichert.

Eine Weile widmete er sich noch seinen Studien der seltsamen Fische, schien sogar noch konzentrierter als vorher. Man konnte niemals sicher sein. Möglicherweise stand er unter Beobachtung und einige Kerle warteten nur auf einen Fehler.

Also weiter beobachten und Notizen machen. Holger würde nicht verloren gehen. Der würde jetzt schleunigst nach Hause eilen, sich seinen Schatz ansehen, nämlich eine Menge Kokain. Er würde euphorisch sein. Pläne schmieden. Und er würde der Versuchung nicht widerstehen können von dem weißen Pulver zu naschen. Auf seine Weise.

Bis zu Holgers nächstem Schritt würde Raúl wieder 15 Schritte von der Nummer 28 auf Posten sein. In dieser Straße gab es keine Parkplatzprobleme.

7
Aller Anfang ist schwer

Holger krallte sich mit seiner linken Hand in den Griff der Plastiktüte. Sein Schatz. Ein Riesenschatz. Er würde hiermit seine Existenz auf eine gute, solide, kaufmännische Basis stellen können. Kunden gab es genug. Dessen war er sich sicher. Schließlich konnte er sich auch selbst Konsumenten heranziehen. Mal hier eine Gratisprobe, mal dort ein Schnupperpäckchen - „das ist gut, Schnupperpäckchen" sagte sich Holger halblaut und lächelte. „Das ist gut", wiederholte er.

Er sah in seiner Fantasie bereits Schulen mit offenen Türen. Mit jungen Menschen, die etwas erleben wollten. Der Nachwuchs würde ihm den guten Stoff aus den Händen reißen. Ja, er hatte in diesem Moment einen guten Vorsatz. Er wollte den Schnee nicht strecken. Er wollte ehrlich arbeiten, mit guter Qualität. Ein ehrlicher Geschäftsmann sein. Einer, den man respektierte. Den man empfehlen konnte. So z.B.: „Geh zum Holger, der hat gutes Zeugs, erste Sahne, Spitze."

Und er bemerkte so nebenbei, dass er sich einen Alias zulegen wollte - musste. Einen Künstlernamen.

Er würde etwas in die Werbung, in die Zukunft investieren müssen. Gratisproben. Schnupperproben. Holger musste wieder darüber lachen. <Schnupperproben>. Genau so wollte er sie bezeichnen, <Holgers Schnupperproben>.

Wo könnte er da überall aktiv werden? *Schulen, na klar. Das hatte ich bereits,* sagte er sich. Doch da waren noch Hallenschwimmbäder, Tanzschulen, Discos - stopp, gebot er sich: *Holger, da ist doch sicher bereits alles in fester Hand. Sei vorsichtig, pfusche keinem Kollegen ins Handwerk, besser gesagt, ins Geschäft. Denk an die Konsequenzen.*

Holger versuchte nun seine einigermaßen intakt verbliebenen grauen Zellen anzuspornen, doch er sah nicht mehr weiter. *Ich brauche eine Ration, dann geht alles besser.* Im gleichen Moment erinnerte er sich an die Mahnung des Kerls im Aquarium, dass er sich von eigenem Konsum fernhalten solle.

Abrupt blieb er stehen. Er musste nachdenken. Das heißt, er wollte nachdenken. Weit kam er nicht. Da war etwas, das ihn von innen heraus aufwühlte. Er war nicht imstande einen Gedanken anzugehen, geschweige denn ihn festzuhalten und ihn weiterzuentwickeln.

Wie soll ich mich denn da konzentrieren können?

Er begann seine Situation zu bejammern. Im Moment tat er sich selbst leid. Und, ganz schlimm, das Gefühl verstärkte sich. *Wenigstens ein bisschen werde ich zu mir nehmen, damit ich wieder in Fahrt komme,* sagte er zu sich.

Und wenn an den Schulen auch bereits ein Kollege tätig ist? Dieser Gedanke als Fragestellung, ließ seinen Geschäftsoptimismus senkrecht abstürzen. Doch nach einer recht kurzen Weile: *Nun, Holgerchen, wir werden sehen. Jetzt gehst du schön nach Hause, nimmst eine Prise und dann läuft alles wie geschmiert. Morgen werden wir an die Arbeit gehen. Es gibt ja nicht nur eine Schule. Und alle werden sie wohl nicht belegt sein.* Er war dann der Meinung sich und seine Zukunft wieder im Griff zu haben, sie in den Griff zu bekommen. In seiner Euphorie war er wieder ganz oben angekommen.

Und dieser Gedanke, dieser Vorsatz mit der erstklassigen Qualität? Nun, das würde sich auch noch überdenken lassen - müssen. War er zunächst, in seiner ersten Reaktion von einer geschäftlich hohen ethischen Warte ausgegangen, zerbröselte diese zusehends. Der Zenit seiner Euphorie war auch schon wieder überschritten, es ging wieder talwärts.

Die Werbekosten müssten sich jedenfalls in Grenzen halten - müssen. Was hatte er da schon gehört? Puderzucker - schadet ja niemandem. Aber Waschpulver? Kartoffelstärke? Was ist das überhaupt? Tapetenkleister? Nun, giftig wird das Zeugs ja wohl nicht sein. Er würde jedenfalls sowas nicht in seinen Blutkreislauf schießen. Nein! Nein! Aber die Anderen - die anderen? Er machte eine wegwerfende Handbewegung, blies die Backen auf und entließ ein Schwall gepresster Luft aus seinen Lungen.

Wenn andere, jetzt seine Kollegen, ihre Geschäftsergebnisse mit den verschiedenen Zusätzen verschönten, *kann ich ja schlecht zurückstehen. Oder?* Die Messwerte seines persönlichen Moralbarometers fielen jetzt mit hoher Geschwindigkeit.

Nun denn, die Entscheidung war auch hier gefallen. Es blieb nur noch die Frage nach der Auswahl der Zusatzstoffe.

Natürlich genehmigte er sich, *zuhause* angekommen, ein halbes Briefchen. Schon wollte er sich zurücklehnen, um einen Stimmungswandel mitzuerleben, als seine Gedanken doch wieder auf die Reinheit seines bisherigen Stoffs zurückkamen. *Und wenn der auch bereits verschnitten war?* Und er glaubte plötzlich zu spüren, wie wenig wirksam die eingezogene Menge zu sein schien. Es dauerte nicht lange bis dieser Gedanke zu einer reinen Obsession wurde. Was wohl dieser Drecks-Ibbe bei ihm untergemischt hatte?

Jedenfalls hilft mir ein halbes Briefchen nicht weiter. Und so nahm er den Rest auch noch zu sich.

Statt sich aber jetzt erwartungsgemäß zu entspannen, steigerte sich seine innere Unruhe bis hin zu einer gefühlt beschissenen Stimmungslage. Dann explodierte er und schickte wortreich nacheinander diesen Dealer zum Teufel, auf den Mond, in die Hölle oder in die Hände von erfahrenen, sadistischen Folterknechten.

Dann war sein Pulver verschossen. Er beruhigte sich wieder - vielleicht war die Prise doch nicht von schlechten Eltern.

Bald florierten die Gedanken wieder, seine Fantasie flackerte und irrlichterte. An einem Gedankenfetzen konnte er sich schließlich festhalten. Kinder als zukünftige Konsumenten - Klienten - Kunden heranziehen. Da führte kein Weg daran vorbei. Er hatte als Jugendlicher den Weg zum Glück gefunden. Aber, den Grundstein für ein gut florierendes Geschäft musste man viel früher legen. Kinder, besonders Jungens, wollen bekanntlich so schnell wie möglich jugendlich werden. Sie wollen für voll genommen werden. Partys feiern. Mit Mädchen.

Mit alkoholischen, berauschenden Getränken, das ist so eine Sache. Man wird auch high. Aber, solange man seine Grenzen nicht kennt, besäuft man sich. Und wer im Übergang vom Kind zum Jugendlichen kennt schon seine Grenzen? Um in diesem Zustand dann, vielleicht halb besinnungslos, die Mädchen zu begrapschen und zu befummeln. Das war´s dann.

Nun, daran hatte er keine guten Erinnerungen. Wenn diese Erlebnisse auftauchten, machte er schnell einen großen Bogen um sie herum.

Ja und dann ... das Kopfweh, kotzen, Kater. Ach ja!

Nein, die Kids mussten über die Vorzüge einer Hochstimmung durch den Schnee aufgeklärt werden. Damit kann man gar nicht früh genug anfangen. Dann sind auch die Mädchen glücklich und nicht so frustriert über die Sex-Stümper aus der eigenen Klasse.

Gerne würde er sich jetzt wieder aus diesen Gedankengängen ausklinken, aber so einfach war das nicht. Er gab auf, nicht ohne sich vorher zu versprechen seinen Aktionsplan weiterzuentwickeln. Im Moment wollte er die Musik genießen, die er von irgendwo her zu hören glaubte.

Als er wieder mehr oder weniger klar sehen konnte, fühlte er sich erschlagen. Müde und leer. Ausgebrannt. Die Musik war verschwunden. Dann sah er die Plastiktüte, zog sie heran, presste sie fest an seine Brust und legte sich wieder auf sein Plätzchen auf dem Canapé.

Morgen, morgen beginnt die Arbeit, da musst du ausgeschla-

fen haben. Erst mal erkunden, wann denn heutzutage die Schulen beginnen. Dann versank er in einen tiefen Schlaf.

Am folgenden Morgen kreisten seine Gedanken um eine Prise. *Holger, wer würde schon ohne Frühstück zur Arbeit gehen?* Nichts deutete in dem durchweg schmutzigen Durcheinander seiner Küche auf irgendeine appetitliche Form von Essbarem hin. So war es nur logisch, dass seine Sehnsucht nach dem weißen Pulver übergroß wurde. Ganz rasch ergab sich aus diesem Bedürfnis, aus dem Verlangen eine Art Obsession. Er hatte doch das Material. Es war doch nicht so, dass er Verzicht üben musste. Wie in letzter Zeit immer öfters. So gesehen erkannte er noch ein Bedürfnis nach ausgleichender Gerechtigkeit, es gab etwas nachzuholen.

Er überzeugte sich schließlich viel zu schnell, dass es eben absurd wäre, wenn er jetzt auch noch fortfahren würde sich zu quälen, sich selbstquälerisch einzuschränken. Er hatte doch alles - und davon sogar reichlich. Und, wie sollte er vernünftig arbeiten, mit Lust und Liebe arbeiten, wenn er keine Rücksicht auf seine ureigenen Bedürfnisse nahm? Der Erfolg seiner Bemühungen, im Hinblick auf seine neue, sorgenfreie, freiberufliche Existenz, hing doch in hohem Maße von seiner körperlichen Konstitution ab. Ach was: Alles hing davon ab. Wer würde dir etwas abkaufen, wenn du missgelaunt bist? Wenn ein potenzieller Käufer dir ansieht, dass du gestresst bist, dass du übellaunig wirkst. Nein, soweit durfte es nicht kommen.

Ein Strahlemann ist gegenüber einem Miesepeter der bessere Verkäufer. Also ....

Wenigstens ein halbes Briefchen. Mehr stehe ich dir im Moment nicht zu. Ernsthaft. Den Gedanken an seine Schwäche von gestern Nachmittag, nach dem Genuss einer halben Portion, verdrängte er.

Tatsächlich ließ er es aber diesmal bei einem halben Briefchen bewenden. Jetzt wollte er sich beweisen, dass er ein Mann war. Mit Respekt vor sich selbst. Allerdings ...! Schnell versuchte er die aufkommende Versuchung zu unterdrücken.

Dann machte er sich auf zur Arbeit, seine Absatzmärkte zu erkunden. Beobachten, das Gelände von Schulen ringsum zu sondieren, kennenzulernen.

Auf der Treppe begegnete er grußlos dem alten Kauz, den er schon verschiedene Male im Haus gesehen hatte. Mit <Lahmarsch> bedachte ihn Holger lautlos.

Dann befasste er sich wieder mit seinen „Arbeitsplanungen". Am Nachmittag würde er mit dem Abpacken des Stoffs beginnen. Dieser Schwall von vermeintlichen Entschlüssen, interpretierte er als wahre Mannhaftigkeit, ja sogar als echtes Durchsetzungsvermögen, wie es einem erfolgreichen Unternehmer eigen sein sollte. Ja, so würde, so musste es sein. Selbstbewusstsein und die richtige Ware, das war die Kombination zum Geschäftserfolg, zu seinem Glück. Nicht lang labern müssen. So würde ihm der Erfolg zufliegen. Adieu alter Grieskrämer.

Scheiße ... da fiel ihm ein, dass er dazu ja auch die entsprechenden Verpackungen benötigte. Vielleicht wird da auch eine Briefwaage erforderlich sein. Das Gewicht des Inhaltes musste ja stimmen. Dann auch etwas, um die Plastiktütchen zu verschließen - eventuell zu verschweißen, und eine Schere. Hui, Holgerchen, da musst du doch noch ein wenig üben, lernen und investieren. Aber jetzt wollte er mindestens zwei Schulgelände abklappern. *Danach sehen wir weiter.*

Er aß dann um die Mittagszeit dicke Bouletten bei Mc Donalds. Dann kam Ibbe ins Lokal. Holger sah ihn sofort. Ibbe brauchte eine Weile, um ihn auszumachen. Danach sah es wenigstens aus.

Er schaute Holger kurz an, drehte sich um und verschwand wieder. Holger wollte ihn einladen, ja echt, das hatte er vor. Warum hatte sich dieser Scheißer so schnell verdrückt? Noch sah er, wie dieser, bereits draußen, sich ein Handy ans Ohr drückte.

Dann ging er weiter, als wäre dies nach dem Blickkontakt die normalste Sache der Welt.

Nun, der hat gerade eine Nachricht bekommen, soll vielleicht eine

Bestellung frei Haus liefern, dachte Holger und erinnerte sich, dass er ebenfalls ein Handy kaufen sollte. Das erledigte er dann komplikationslos am Nachmittag, was ihn aber ebenfalls wieder die Zeit kostete, die er eigentlich zum Verpacken seiner Ware einsetzen wollte.

Dass er unter falschem Namen kaufen sollte war ihm entfallen. Er reichte dem Verkäufer seinen Personalausweis.

Dann schaute er sich noch nach geeignetem Plastikmaterial um. Eine Art Schlauch schien ihm geeignet. Den konnte er portionsgerecht auseinanderschneiden. Verschweißen musste mit einem Bügeleisen gehen. Schon fühlte er sich wie ein Erfinder. Schon wieder war er ganz oben. Ein fantastisches Gefühl.

Ein Teelöffelchen.

Ein Bügeleisen.

Eine Briefwaage.

Eine Schere.

Investitionsgüter!

Steuernummer? Quittungen? Rechnungen fürs Finanzamt? - Na, soweit käme es noch.

So auf Einkaufstour, wurde es dann doch viel später als gedacht, bis er wieder zu Hause war.

Bezahlt hatte er alles mit Wechselgeld. An keinem Platz holte er einen 200-Euroschein ins Tageslicht. Hätte er dies aber zum gegenwärtigen Zeitpunkt getan, hätte er sich womöglich, mit ein bisschen Glück bzw. Unglück, viel zukünftiges Ungemach ersparen können. Je nach Sichtweise. Und er hätte kein Bügeleisen und keine Rolle Plastikschlauch nach Hause zu schleppen brauchen. Die Polizei hätte ihn sicher rücksichtsvoll behandelt. In einem Verhör, wegen dem Besitz von gefälschten Banknoten, wäre er sogar mit *Sie* angeredet worden. Er hätte unter dem Schutz der Menschenrechte gestanden. So aber sah es für Holger nicht besonders gut aus. Von wegen Menschenrechte erst recht nicht.

Er wusste es nur noch nicht. Holger hatte noch eine Frist, in der sein Leben noch als solches bezeichnet werden konnte, trotz seines mehr und mehr verpfuschten Daseins.

Bereits seit den frühen Morgenstunden hatte wieder der VW-Golf auf seinem Stammplatz gestanden. Raúl hatte seinen Beobachtungsposten bezogen. Mit einem komplett neuen Outfit. Sogar einen Schnurrbart hatte er sich aufgeklebt und eine Baskenmütze aufgesetzt. Holger sollte nicht entdecken, vielleicht durch einen dummen Zufall, dass ihm seit einigen Tagen immer wieder die gleiche Person begegnete. Dass er demnach höchstwahrscheinlich beschattet wurde.

Er folgte Holger zu Fuß bis zum Mac Donald und sah auch, dass sich der bekannte Dealer ebenfalls einfand. Ihn hatte Raúl bereits auf seinen Videos eingeordnet und kannte seine Stimme und sprachweise. Und er bemerkte etwas überrascht, dass sich der Dealer nicht mit Holger zusammen sehen lassen wollte. Mit einem Handy am Ohr verschwand er.

Raúl fand es logisch, dass sich Holger daraufhin auf Einkaufstour machte, um Utensilien für die Umpackerei aufzutreiben. Der musste jetzt die Verwandlung vom Großeinkäufer zum Einzelhändler im Straßenverkauf vollziehen.

Konnte er diesem Kerl noch helfen? Sollte er ihm überhaupt helfen? Ihm eine Chance geben bzw. würde das Holger selbst wollen? Höchstwahrscheinlich nicht. Lebte dieser Holger doch bereits gefährlich, begab er sich nun direkt in das Auge des Orkans.

Raúl beschloss trotzdem, schnellstens etwas zu unternehmen.

Aber welche Optionen hatte er? Welches Ziel mit einer Erfolgsmöglichkeit strebte er an? War er auf der Höhe der Ereignisse überhaupt noch in der Lage ein Ziel zu formulieren, ein realistisches Ziel wohlgemerkt? Es rächte sich, dass er bis jetzt nur Zuschauer war, ohne ein Konzept, ohne über das „wie weiter" nachzudenken. Er verfügte jetzt über Daten, hatte sich in das Leben eines anderen Menschen eingemischt, er hatte seine Erkenntnisse wohlgeordnet.

Es wurde ihm etwas mulmig zumute.

So war es Raúl nicht entgangen, dass sich Holger auffallend lange in der Nähe des *Gustav-Heinemann-Gymnasiums* herumgetrieben hatte. Die Lage schien klar. Sein „Opfer" befand sich dicht davor Straftaten zu begehen. Er war jetzt sicher kein Opfer mehr im strengen Sinne, sondern mutierte gerade zum Täter, zum Straftäter. Auf keinen Fall wollte es Raúl so weit kommen lassen, dass aus seinem nicht zu Ende gedachten Spiel, tödliche Gefahr für Kinder heraufbeschworen wurde.

Holger wurde, mehr als bisher, zu einem Dreh- und Angelpunkt. Wenn er ihn stoppen konnte, würde er vermutlich die eine oder andere menschliche Tragödie verhindern. Das wäre jedenfalls seine Pflicht. Raúl bemerkte, dass ihm das Schicksal dieses Holger nicht so nahe ging, als der Gedanke an verführte Kinder. Aber, wenn er Kinder retten wollte, musste er bei Holger anfangen, ob ihm das jetzt passte oder nicht. Er musste schnell einen Entschluss fassen.

So konnte er z. B. zur Wohnung von Holger gehen. Vielleicht als Techniker von Telecom verkleidet. Etwas von einer Störung des Telefons als Vorwand nehmen und dann direkt Holger vor den Ereignissen der allernächsten Zukunft warnen. Er erkannte, dass das aber bereits daran scheitern musste, dass er seinen Beobachtungsposten aufgeben und sich eine glaubhafte Verkleidung hätte beschaffen müssen. Dadurch wäre auch die direkte Verbindung zu Holger abgebrochen und wer weiß was dieser in der Zwischenzeit alles unternehmen würde.

Zudem kam jetzt die kritische Phase. Das Geld würde so langsam wertlos werden, sofern es nicht in einem Tiefkühlfach aufbewahrt wurde. Holger würde in Panik verfallen. Das Gleiche galt für seine Geschäftspartner. Nur hatten die wesentlich mehr Möglichkeiten zu reagieren. Holger hatte so gut wie keine. Holger käme in eine ausweglose und alternativlose Opferrolle.

Sollte er Holger anrufen, mit ihm sprechen? Aber das hatte er doch bereits einige Male mit der ausgesuchten Nummer probiert. Das Telefon musste abgeschaltet sein.

Direkt zu Holger gehen und ihn ansprechen, persönlich ansprechen? Das war mit viel zu vielen Unbekannten behaftet. Da konnte so manches außer Kontrolle geraten. Und er zwischen alle Fronten. Keiner der Betroffenen würde ihm seine Intervention, seine Einmischung in fremde Angelegenheiten danken. Im Gegenteil. Nein und nochmals nein. Das geht nicht, sagte sich Raúl. Er könnte mit seinen Kenntnissen und Fähigkeiten in Teufels Küche - sprich in verdammt unangenehme Kreise der Unterwelt gelangen.

Ich könnte einen Brief schreiben, ihn unter der Wohnungstür durchschieben. Ihn damit auf die Gefahrensituation aufmerksam machen. Das schien Raúl praktikabel. Gleichwohl kam ihm sehr rasch die ernüchternde Erkenntnis, dass sich Holger, um in seinem Jargon zu bleiben, einen Scheiß um jede, auch noch so ehrliche und gut formulierte Warnung scheren würde.

Polizei! Polizei? Raúl schob diesen Gedanken rasch beiseite. Bei allem guten Willen brächten sie diesen Holger sicher nicht aus der Gefahrenzone. Im Gegenteil, auch die gelackmeierten Ganoven, seine mit Falschgeld bezahlten Lieferanten würden Verrat vermuten und sich an ihm in besonderer Weise rächen.

Aber versuchen musste er eine Rettungsaktion. Er wollte wenigstens vor sich selbst in dem (Ge)Wissen dastehen, etwas getan zu haben. Etwas versucht zu haben, diesen Menschen vor dem direkten und kürzesten Weg in ein totales Unglück gewarnt zu haben. Raúl trieb sich zur Eile an. Die Minuten und die Stunden verrannen und jede einzelne war nun kostbar.

Auch Holger war ein Mensch, wenngleich ihn eine Menge Leute wohl lieber in der Hölle sehen würden und nicht als lebender, bodenlos gewissenloser Gemeingefährlicher, der ihre Kinder vergifteten wollte.

Also einen Brief, wenigstens eine Notiz und unter der Türe durchschieben.

Raúl fand ein geeignetes Stück neutrales Papier, ein Rest seiner *Studien* im Aquarium und beschrieb es.

Raúl wollte bereits dreimal mit Schwung beginnen. Jedes Mal stockte er. Sollte er mit der Tür ins Haus fallen oder zunächst versuchen das Vertrauen Holgers zu gewinnen?

Er kam zu dem Schluss, dass dieser Mensch kaum noch gewisse Sensibilitäten entwickeln konnte - würde. Dem muss man die Wahrheit *vor den Latz knallen*, hart und unmissverständlich. Und trotzdem würde nur eine geringe Chance bestehen ihn zu überzeugen.

So schrieb Raúl:

Holger, ich kenne Dich. Du bist ein Fixer und willst dealen. Du hast eine Menge Geld gefunden und denkst, dass Du jetzt reich bist.

Das Geld ist Falschgeld, auch wenn es nicht den Anschein hat.

Das werden Dir Deine Geschäftspartner, besonders der Große mit dem dicken Hals und der großen Sonnenbrille nicht verzeihen. Sie werden Dich gnadenlos umlegen, beseitigen, wenn Du Dich nicht <u>sofort</u> aufmachst und das Zeugs, das Du im Aquarium gekauft und in der Plastiktüte in Deine Wohnung geschleppt hast, zurückbringst. Wie, das kann ich Dir nicht sagen. Nutze Deine Verbindungen.

Deine Lage ist sehr ernst. Tu diesen Brief nicht als bösen Scherz ab.

So, das musste reichen. Mehr kann nur weniger wirksam sein. Der Inhalt sollte wachrütteln, vielleicht war das unter den gegebenen Umständen doch noch möglich.

Allerdings, das sah Raúl realistisch, es müsste schon ein kleines Wunder geschehen. Und wundergläubig war Raúl nicht. Trotzdem ...

Raúl faltete das Papier, fand eine Heftklammer im Handschuhfach, mit der er es zusammenklemmte. Einen Umschlag hatte er nicht zur Verfügung.

Weiter vorne schaute eine grauhaarige Dame aus dem Fenster im ersten Stock. Sonst war niemand in dem Straßenzug zu sehen.

So ging Raúl in das mehrgeschoßige Wohnhaus. Gleich rechts, in einem kurzen Flur, war eine Wohnungstür. Er sah flüchtig hin und erkannte den Namenszug Elisabeth. Also weiter.

Er stürmte eine Treppe höher, gleich links war eine Tür ohne Namensschild.

Auf der anderen Seite des Flurs, weiter hinten, hier ein Namensschild, Jülg.

Schon wollte er weiter, die nächste Treppe nehmen, als er sich erinnerte, dass etwas auf die vorletzte Tür geschmiert war. Also zurück. Er fand es, das was er auf den ersten Blick fast nur im Unterbewusstsein mitbekommen hatte.

Mit Bleistift stand gekrakelt: Holger Steinebrey. Etwas darüber mit Kugelschreiber: Holg..., das weitere war nicht mehr lesbar. Da hatte der Kugelschreiber seinen Dienst versagt. Daher der Namenszug mit Bleistift geschrieben.

Raúl spitzte einen Moment die Ohren, aber es war nichts zu hören.

Er schob das Briefpapier unter der Türe durch und entfernte sich rasch nach draußen.

Dann fuhr er mit seinem Golf weiter, drehte ein Runde durch verschiedene Straßen, kam zurück und parkte wieder auf seinem Stammplatz.

Die grauhaarige Frau zog sich in diesem Moment von ihrem Fenster zurück.

Dann nahm er seine Beobachtungsposition wieder auf.

Weiter vorne, links von ihm, schüttelte jemand im dritten Stock vor einem Fenster ein großes Tuch aus. Es mochte ein Tischtuch mit Kuchenkrümel oder vielleicht auch ein Betttuch sein. Aha, jetzt war es klar, es war also ein Tischtuch mit Kuchenkrümel, denn wie gerufen kam ein halbes Dutzend Tauben angeflogen und gingen auf dem Bürgersteig nieder

Sonst blieb es in der Straße zunächst weiter ruhig. Noch einige Minuten. Weiter hinten, dort in der Nähe seines Stammparkplatzes begann eine Frau mit einem Besen den Bürgersteig zu kehren.

Und in diesem Augenblick kam Holger aus der Haustür gerannt. Stoppte dann aber mitten auf dem Bürgersteig. Wie gehetzt schaute er nach links und rechts.

Irgendetwas schien er der Frau mit dem Besen zuzurufen. Diese machte, mit dem Besen in der Hand, eine wegwerfende Bewegung und verschwand im Haus.

Holger machte einige hastige Schritte in Richtung Raúl. Dann stoppte er wieder, schlug dann die Gegenrichtung ein. Er blieb aber wiederum nach höchstens 20 Schritten stehen, schaute sich wieder unschlüssig um. Dann ging er zum Hauseingang zurück. Verschwand darin, war aber nach 3 Sekunden wieder auf dem Bürgersteig, schaute nochmals nervös nach links und rechts. Er verharrte dann noch eine kleine Weile auf der Stelle, dann verschwand er wieder im Hauseingang.

Raúl wollte jetzt gerne glauben, dass der Brief seine Wirkung getan hatte. Hatte er auch, aber nicht in der wohl wünschenswerten Richtung.

Holger hatte sogar bemerkt, dass da ein Papier unter seiner Tür durchgeschoben wurde. Er erschrak nicht, war zunächst erstaunt, dann nahm er es an sich.

Zunächst drehte er es hin und her, dachte, dass dies vielleicht ein Hinweis von den Mitbewohnern im Haus sein sollte. Vielleicht wurde er auf seine Pflichten das Treppenhaus zu putzen hingewiesen, was er noch niemals gemacht hatte. Oder .... *Nun Holger, lies mal, was die lieben Nachbarn dir mitzuteilen belieben und sich nicht getrauen es dir ins Gesicht zu sagen.* So faltete er das Papier auseinander und war dann doch in höchstem Maße erstaunt. Zunächst wirklich erstaunt, dass er sich hinsichtlich des vermuteten Absenders geirrt hatte.

Das Erste, was ihm entfuhr, natürlich ging es wieder um Stoffwechselprodukte: *Verdammte Sch..., welcher Idiot kommt auf solche Gedanken? Wer spioniert mir nach?*

Dabei hatte er das Schreiben noch nicht zu Ende gelesen. Er begann nochmals von vorn. Las diesmal bis zu Ende.

Dann ließ er sich auf sein Canapé fallen. Las nochmals.

Jetzt grabschte er nach seinem Geld. Nach den Scheinen.

Fächerte hastig einige auseinander. Sie waren unverändert. Trotzdem roch es etwas unangenehm aus dem Versteck. Was auch nicht verwunderlich war, denn da unten gab es Rückstände von Jahrhunderten - *nun ja, Jahrhunderte ist wohl etwas übertrieben*, ließ sich Holger von seinen faden Gedankengängen treiben, aber ...

Was soll dieser Stuss bedeuten? Wer ...?

Er stand rasch auf und rannte zur Tür, wollte sie aufreißen, schauen, ob er noch den Schreiber oder die Schreiberin sehen konnte. Doch dann hielt er inne. Vielleicht wollte das genau der Schreiber. Dass er seinen Kopf rausstreckte, um ihm eins über die Rübe zu braten. Man hörte ja so manches von Raubüberfällen. Das war die Kehrseite des Lebens, wenn man reich war.

Er hatte den Brief wieder in der Hand. Begann nochmals zu lesen. Unterbrach sich dann aber und murmelte: *Wer wollte ihn damit wohl verscheißern?* Denn nur darum konnte es gehen, das waren nun seine ersten hektischen Gedanken.

Wer und dann natürlich auch warum? Wer konnte ein Interesse haben? Aus welchem Grund? Wer wusste von dem Geld? Der Begegnung im Zoo? Von der Plastiktüte und dem Typen mit der großen Sonnenbrille - ach ja, und auch dessen dickem Hals?

Bei den Aquarien war ja zunächst niemand außer ihm. Dessen war er sich - äh ... dessen wäre er sich gerne sicher gewesen. Aber vielleicht gab es noch ... aber natürlich, fiel ihm ein. Das konnte nur Ibbe sein. Der spekulierte auf sein Geld. Nur er konnte imstande sein zwei und zwei zusammenzuzählen. Der Gedanke schnürte ihm etwas die Brust zusammen. Und er ärgerte sich - *kaum steht man auf soliden Füßen, hat ein bisschen Geld, schon kommen die Neider aus ihren Löchern gekrochen.*

Nur der konnte auch Bescheid wissen über diesen - wie steht da geschrieben? - <*der Große mit dem dicken Hals und der Sonnenbrille*>.

Es war Ibbe, der ihm seine neue Position neidete. Der ihm sein

Geld abluchsen wollte. Der ihm sein Glück nicht gönnte. Nur so konnte es sein.

Aber, Holger besann sich wieder, Ibbe hatte den Geschäftskontakt aufgebaut. Wenn er ... ja, wenn er gegen Holger etwas unternehmen sollte, würde er ja gegen die Interessen seiner Großhändler handeln ... also das geht nicht so ...

Ach was - dann schlug er diese Gedanken in den Wind. Wollte sie abhaken.

Doch es rumorte doch noch in ihm völlig irrational weiter. Der beschissene Ausländer will an mein Geld. Dann macht der sich selbständig. *Nicht mit mir*, sagte Holger halblaut vor sich hin. Aber ...

Dann müsste der Kerl noch in der Nähe sein. Holger riss nun ohne weitere Vorsichtsmaßnahmen die Wohnungstür auf. Es war niemand da. Der Feigling ist abgetaucht. Holger rannte die Treppe hinunter und machte auf dem untersten Tritt kehrt.

Der Typ konnte das auch in seine Überlegungen einbezogen haben. Steht wahrscheinlich ein Stockwerk höher und wartet nur darauf, dass der Bewohner aus der Haustür rennt. Dann würde er in Holgers Wohnung gehen und sich das Geld nehmen. *Nicht mit mir*, sagte Holger nochmals, ein bisschen außer Atem. Und mit gewissen Angstgefühlen.

Er schloss jetzt die Tür von außen ab, schaute kurz nach dem oberen Stockwerk und sauste wieder nach unten und ins Freie. Dort war er dann von Raúl gesichtet.

Nun war Holger wieder in seiner Wohnung.

Er setzte sich erneut auf sein Canapé, holte nochmals den einen und anderen Schein, hielt ihn gegen das Licht, griff darüber, starrte sekundenlang darauf. Ihm fiel nichts auf.

Das kann nur ein billiger Trick sein, und von wem denn sonst, als von diesem Ibbe? Alle seine vorangegangenen kombinatorischen Überlegungen waren bereits wieder vergessen. Er sah jetzt diesen Dealer wie unter einem Brennglas. Und verrannte sich total in diese Vorstellung.

Ich werde es Dir zeigen, murmelte er vor sich hin. *An meine*

Kohle kommst Du nicht ran!

Aber woher weiß der, dass ich sie gefunden hab? Das brachte Holger wieder aus der Fassung und ins Grübeln. Dann gab er sich selbst die Antwort: *Er hat es einfach erraten. Nachdem für ihn feststand, dass ich keine Bank ausgeraubt hatte, ich auch sonst selbstsicher aufgetreten bin, dann konnte ich es nur gefunden haben. Ibbe, Du Arschloch* - das sagte er fast in normaler Tonlage.

Der will mir Angst machen. Ich soll in die Hosen scheißen vor Angst. Den Stoff zurückgeben - ha. Vielleicht auf ein Fundbüro schleppen. Genau das will der sicherlich. Hat wohl Schiss vor der neuen Konkurrenz? Weiter dachte Holger nicht.

Mit was auch, wie auch, die meisten seiner grauen Zellen waren schon lange arg ramponiert.

Er zerknüllte das Schreiben und warf es von sich. Dann stockte er, suchte das Schreiben doch wieder, faltete es auseinander, glättete es ein wenig.

Ich brauche das vielleicht doch noch als Beweisstück. Seine neuen Geschäftspartner würden sicherlich die Handschrift wiedererkennen.

So verrann für Holger wertvolle Zeit.

Raúl blieb unterdessen eine kleine, vage Hoffnung, dass Holger vielleicht doch die Kurve kriegen könnte.

8
Holgers Geld auf Zeit

Nachdem <der Kerl> im Aquarium die Plastiktüte an Holgers linken Arm gehängt, ihm die Taschen untersucht und auch das Geld an sich genommen hatte, nachdem er sich an der Unbeholfenheit Holgers geweidet, ihm gehörig Angst eingejagt hatte, rottete sich die Gruppe wieder so zusammen, wie sie gekommen waren.

Einer hatte unweit auf einer Bank gesessen und aufmerksam das *Handelsblatt* studiert. Vielleicht die Aktienkurse. Oberhalb und weiter unten studierten Studenten älterer Semester das Leben der Fische, Anemonen und Schildkröten.

Diese vier entfernten sich nun, ohne weiteres Interesse an der Fauna, dem Aquarium und dem Zoo. Sie stiegen in einen luxuriösen Geländewagen und fuhren in Richtung ihres Geschäftssitzes, in einem bekannten Vergnügungsviertel. Im Hof eines dreistöckigen Gebäudes, das scheinbar noch aus der Gründerzeit zu stammen schien, parkten sie.

Die mit Lamellen verzierten Fensterläden der zwei oberen Geschoße waren schon seit Jahr und Tag nicht mehr geöffnet worden. Ihre Grundfarbe war nicht mehr zu erkennen. Das Haus schien auf den ersten Blick nicht mehr bewohnt. Wenn nicht im Erdgeschoß eine von der Mundpropaganda lebende und gut frequentierte Bar Nacht für Nacht Stammkundschaft angezogen hätte, dann wäre die Idee eines Abrisses wohl ernsthafter in Betracht gezogen worden.

So aber kündete ein bescheidenes Schild mit dem Schriftzug **Bar** und eine in Umrissen erkennbare, liegende, nackte *Dame*, dass hier etwas besonders Prickelndes geboten wurde.

Genau zu diesem Zweck hatten die Eigentümer, eine im weitesten Sinne auslegbare Familienclique aus dem Nahen Osten, die Innereien des gut 20 Meter langen Baues nach ihrem Gusto und den Bedürfnissen sowie Wünschen der Zielgruppe Nachtschwärmer ausgebaut. Nach außen bescheiden aber drinnen recht orientalisch. Innen hui, außen ziemlich pfui. Sie hatten allen Grund tiefzustapeln. Nicht alle Geschäftszweige waren im Handelsregister eingetragen.

Die liegende <Dame>, stilvoll eine entsprechend zurechtgebogene Leuchtstoffröhre verdeutlichte die Darbietung und war bei Tageslicht praktisch gar nicht auszumachen. Ein Zugeständnis an mögliche Empfindlichkeiten und die besonderen Lebensauffassungen der Bewohner in der Nachbarschaft. Doch, die ganz Empfindsamen hatten sich im Laufe der Jahre aus dem Staub gemacht. Die Mieten waren zwar sensationell niedrig, trotzdem zog es auch Alteingesessene woanders hin. Wenngleich es sich dort nicht so preisgünstig leben ließ. Die persönliche Sicherheit und die Nachtruhe forderten eben ihren Preis.

Die Nachtruhe wurde zwar kaum getrübt, durch das was die Bar selbst war. Aber die lauten Unterhaltungen auf der Straße, bis zum Gegröle in der Nacht, das Zuschlagen von Autotüren, das Aufheulen von getunten Motoren, Streitereien und Prügelszenen, die des Öfteren von mit Sirenengeheul herbeieilenden Polizisten geschlichtet oder beendet werden mussten. Nun ja, das ging halt so manchem empfindsamen Mitbürger verständlicherweise auf die Nerven.

Das alles war auch im Sinne der Neuunternehmer. Wen wunderte es?

Die Bewohner des Etablissements selbst bekam man nur selten zu Gesicht. Hinter dem Gebäude waren in offenbar ehemaligen Stallungen, etliche Autos untergebracht. Die Sicht auf die Rückseite des Gebäudekomplexes wurde von einem alten Pappelbestand fast ganz zugestellt. Tagsüber wurde nur selten eines der Autos bewegt. Darunter befanden sich protzige Amischlitten, Porsches und dicke BMWs. Da hielten sich die Besitzer zurück. Verständlich, denn ihre Geschäftstätigkeiten fanden sowieso durchweg in der Dunkelheit der Nacht statt. Allerdings fuhren zu unregelmäßigen Zeiten ein großer Geländewagen und ein Chrysler Truck vom Gelände.

Gerade waren wieder vier Männer mit dem Geländewagen angekommen, in den Hof gefahren und im Hintereingang verschwunden. An den auch hier permanent geschlossenen Fensterläden konnte man nicht ersehen, zu welchem Gebäudeteil sie unterwegs waren. Zwei von ihnen verblieben im unteren, rückwärtigen Teil. Auch ihnen, wie den anderen beiden, konnte man ansehen, dass sie gut durchtrainiert waren. Schon am breitbeinigen Lauf, den kurz schlenkernden, ständig etwas abstehenden Armen, konnte man erkennen, dass die Muskelpakete einem lockeren, leichtfüßigen Lauf entgegenstanden. Sie schienen vor Testosteron schier zu platzen.

Jeder hatte, von vorne gesehen, einen breiten Halsansatz. Die Rückseite wurde von einem gewaltigen Stiernacken abgerundet. Und natürlich trugen sie kurze Haare, gepflegte ein cm lang.

Lediglich bei unangenehmem Wetter trugen sie Lederjacken. Sonst Seidenhemden mit kurzen Ärmeln. Dann konnte man umfangreiche Tätowierungen sehen oder auch bewundern - je nach Geschmack.

Dunkel gerahmte Sonnenbrillen schienen Pflichtzubehör, auch bei Schneetreiben, so als gelte es sich hierzulande gegen eine grelle Äquatorsonne oder blendenden Sand in einer Wüste zu schützen.

Im ersten Obergeschoß blieb auch der dritte Begleiter auf dem Treppenabsatz stehen. Nur der verbliebene *Kerl* ging in ein Zimmer ohne anzuklopfen und hatte eine kurze Unterredung mit einem Kleiderschrank von Mann. Er hatte sogar im Gesicht Tätowierungen. Der *Kleiderschrank* drückte einige Knöpfe auf einer Gegensprechanlage. Dann wischte er sich über seinen kahlen, glänzenden und ebenfalls tätowierten Schädel und sprach einige Worte. Er drückte einen Knopf fester in sein rechtes Ohr und schaute wie nachdenklich Richtung Boden, doch nicht lange. Jetzt winkte er den Angekommenen in Richtung einer schweren Eichentür.

Wieder drückte er einen Knopf, es klackte irgendwo und der *Kerl* konnte die Tür an einem Bügel aufziehen. Eine Klinke war nicht zu sehen. Die direkt dahinter liegende Tür war eine schlichte, metallene, feuerfeste, die sich leicht öffnen ließ. Er kam in einen hell erleuchteten, größeren Raum, gemütlich und doch auch modern eingerichtet.

In einem breiten Ledersessel lümmelte ein braun gebrannter junger Mann, dessen besonderes Kennzeichen ein winziger Schnurrbart und ein ebenso winziger, schmaler Kinnbart waren. Beide wirkten wie aufgemalt. Die Beine lagen auf einem ansonsten leeren Schreibtisch. Er sprach mit einem gut aussehenden, modern gekleideten Typ, den man mit Scheich anzureden hatte. Ob er wirklich einer war, wusste in der Umgebung kaum jemand. Er sah jedenfalls so aus, wie man sich einen orientalischen Lebemann vorstellte.

Sein Harem setzte sich aus im Hause beschäftigten Damen zusammen, das war bekannt und respektiert. Aber, im Gegensatz zu einem eifersüchtig gehüteten, wirklichen, orientalischen Harem, war es hier bei seinen „Damen" gern gesehen, ja sogar Pflicht, sich für alle denkbar sündigen Dienstleistungen bereitzuhalten. Besonders für die zahlungskräftigen Kunden mit Sonderwünschen.

Der *Kerl* ergriff sich einen Sessel und setzte sich unaufgefordert. Man war ja als Familie unter sich. So entwickelte sich auch das Gespräch. Für einen nicht sprachkundigen Einheimischen ein fürchterliches Kauderwelsch mit vielen Kratzgeräuschen, die aus der Kehle kamen. Teilweise redeten alle drei gleichzeitig.

Dann legte der Kerl ein Bündelchen Banknoten auf den Tisch und gab ihm einen Schubs. Sein halbflach liegendes Gegenüber fing die Scheine geschickt ab, fächerte sie mit einer geübten Handbewegung und stellte eine Frage. Die Antwort schien ihn zu befriedigen. Zunächst. Dann stellte sich oberhalb der Augen eine Falte ein. Seine Augen verengten sich beinahe zu Schlitzen. Dann machte er mit der flachen Hand eine Bewegung in der Luft, die ein Unbeteiligter wie einen Freibrief deuten konnte: *O.k., du weißt, wie das Geschäft läuft.*

Es ging scheinbar noch um ein paar neue Witze, sie lachten. Wieder redeten manchmal alle drei durcheinander. Dann holte der Erstgenannte seine Füße vom Schreibtisch, schnappte sich das Geldbündel, ging zu einem Wandschrank, der sich plötzlich von seinem Platz bewegte. Er steckte eine Plastikkarte in einen Schlitz, tippte eine Nummernserie ein, wartete, legte seine Hand auf eine schwach erleuchtete Fläche und dann ging eine geheimnisvolle Tür auf. Die Geldscheine wurden in ein Fach geschoben, ein Knopf wurde gedrückt, die schwere Tür bewegte sich langsam, bis sie den Tresorraum wieder verschlossen hatte. Die Plastikkarte wurde herausgezogen, der Wandschrank wanderte fast geräuschlos auf seinen ursprünglichen Platz zurück.

Noch ein bisschen Stimmengewirr, man lachte und unser *Kerl* nahm den Weg, den er gekommen war.

Zwei Tage später: Kurz vor Mittag, die Nacht war wie üblich recht lang aber auch wieder recht lukrativ, wurde der Geldschrank wieder einmal geöffnet. Es war eigentlich kein richtiger Geldschrank. Es war in Wirklichkeit ein komplett gepanzerter Raum, ein Tresorraum. Voll begehbar. Viel Platz für viel Geld. Feuersicher - auch wenn der ganze Baukomplex abgebrannt wäre, der Inhalt hätte die Flammen unbeschadet überstanden.

Geldbündel wurden herausgenommen, auch ein Rechner mit einer Papierrolle, Kassetten und eine Geldzählmaschine. Alles landete auf dem Schreibtisch. Bald war kein Platz mehr für erholungsbedürftige Füße. Die Buchhaltungsperiode hatte scheinbar begonnen. Gestern kam er nicht dazu.

Er hatte Besuch von einem Vetter aus dem Libanon und die Nacht wurde zum Tag und der Tag zur Nacht. Es gab viel zu besprechen. Ein Transportkanal war ausgefallen. Neue Wege mussten immer sehr gut überlegt werden. Es galt empfindliche neue Organisationsmechanismen aufzubauen. Man konnte so etwas nicht einfach per

Fax, E-mail oder per Brief erledigen - oder gar per Telefon. Nicht einmal per Boten. Dazu waren die auszuhandelnden und festzuklopfenden Absprachen und Vereinbarungen viel zu sensibel.

Mit geübter Hand schob der *Herr* ein Bündel nach dem anderen in die Zählmaschine. Machte sich Notizen. Alle Geldbündel waren penibel markiert. So kam auch das gekennzeichnete Bündelchen von Vorgestern an die Reihe, die 200-Euroscheine.

Er schmiss sie, wie üblich, mit geübter Hand, in die Geldzählmaschine, griff aber schnell wieder danach. Er erreichte sie auch bevor sie in dem kleinen Schacht verschwanden und bevor das hektisch ratternde Zählwerk mit dem Durchlauf beginnen konnte. Dann hielt er mit seinen wie eingeübten Händen inne. Etwas hatte seine Aufmerksamkeit erregt. Noch wusste er nicht genau, was es gewesen war.

Nochmals: Er legte die 200-er Scheine wieder in den Schacht der Maschine. Da wusste er, was es war.

Die waren so ekelhaft blass. Und irgendwie staubig. Er blies darüber, vielleicht in der Hoffnung, dass sich die Staubschicht entferne und die wirklichen, schönen, leicht verdienten Euros darunter wieder sein Herz erfreuen konnten.

Doch diese taten ihm nicht den Gefallen. Ganz langsam, bedächtig und vorsichtig langte er wieder nach dem Bündelchen und führte es näher an seine Augen heran. Ein plötzlich aufkommender Schreck, verbunden mit einem explosionsartig einsetzenden Zorn, durchwanderten nacheinander stoßweise seinen Körper von ganz unten nach ganz oben. Als dieses Ungemach oben angekommen war, meinte er zu spüren, wie sein Kopf immer dicker wurde. Er glaubte, dass er jeden Augenblick platzen müsse.

Vor allem aber wurde ihm immer heißer. Und es stank nach Katzenpisse. Abscheulich.

Er stieß einen unartikulierten, langgezogenen Urschrei aus. Dann knallte er das Geldbündelchen auf den Tisch. Eine kleine Staubwolke verteilte sich über dem Aufschlagplatz. Langsam stellte er sich auf seine Füße. Jetzt stützte er sich mit zu Fäusten geballten Händen auf die Tischplatte. Grimmig schaute er den unschuldigen Tisch an. Dann griff er mit der rechten Hand unter die Platte, drückte langanhaltend einen Knopf, hob seinen Schädel in Richtung Decke und brüllte wieder etwas Unartikuliertes, Unverständliches.

Sekunden darauf öffnete sich die Tür, der <Kleiderschrank> stürzte herein, erhielt kurze Anweisungen und verschwand wieder.

Nach nicht einmal einer Minute kam er in Begleitung des <Kerls> zurück. Dieser konnte sofort erkennen, dass etwas Schreckliches passiert sein musste. Er bekam ein Zeichen mit dem winkenden Zeigefinger. Der zeigte dann gleich darauf auf ein Häuflein Geld - sofern man davon überhaupt noch von Geld sprechen konnte.

Wortlos hob der *Kerl* das Bündelchen hoch und schaute dann ungläubig auf den - sagen wir Familien- oder Clanvorstand, von allen nur Pat gerufen.

Dieser sagte einige, jetzt tatsächlich sehr kontrollierte Worte. Dann hob der das Bündelchen hoch und warf es mit Wucht auf die Tischplatte. Einer kleinen Explosionswolke gleich, schwach sichtbar, stob der Staub in alle Richtungen. Der Geruch nach Katzenpisse verstärkte sich.

Der *Kerl,* bekannt als Huss, riss seine Sonnenbrille herunter, die er sonst nur beim Boxtraininig und zum Schlafen absetzte. Man munkelte, dass er sie sogar beim Duschen nicht abnahm. Und auch beim Sex nicht. Jetzt stemmte er seine Fäuste in die Hüften und präsentierte sich mit weit aufgerissenen, übergroßen dunklen Augen. Man konnte Huss regelrecht ansehen, dass es in seinem Oberstübchen heftig durcheinander ging. Dass er stinkesauer war. Dass er jeden Augenblick wie ein Vulkan explodieren konnte.

Der *Familienvorstand* selbst hatte, wenn er mit Geld zu tun hatte, niemals eine Sonnenbrille auf. Geld zählen war wie ein zeremonieller Vorgang, wie eine religiöse Zeremonie, etwas Geheiligtes, durch nichts durfte der Ablauf entwürdigt werden. Geld durch eine Sonnenbrille anzuschauen war wie blind zu sein vor den wirklichen Schönheiten dieser Welt. Geld zählen hatte bei ihm den Stellenwert von gutem Sex.

Er war jetzt erstaunlich ruhig. Huss atmete tief ein und blies dann die Luft mit einem Geräusch ab, das nichts Gutes verhieß.

Dann machte er vor seinem Bauch, von unten nach oben, mit halb geöffneter Hand eine Armbewegung, so als wollte er an einem übergroßen Griff einen Reißverschluss zuziehen. Die Brüder oder Cousins schauten sich eine lange Weile in die Augen. Dann zog Huss verächtlich den rechten Mundwinkel nach oben, nickte kurz und verließ wortlos den Raum.

Das Familienoberhaupt sammelte die ominösen Scheinchen ein und schaute, nun zwar immer noch angeekelt, aber doch mehr interessiert, nochmals den einen und anderen genauer an.

Einige Farben waren ganz verschwunden. Wenn er drüber wischte, verschwanden weitere Farbtöne und vereinzelte Druckflächen. Der Silberstreifen war noch da. Ebenso die Teile des Hologramms. Er hob einen Schein gegen das Licht: Auch das Wasserzeichen existierte noch. Ansonsten waren die Stücke nur noch Papier. Lausiges Papier, und doch, das musste er spontan zugeben - allerdings doch auch gutes Papier. Er ließ den einen oder anderen Fetzen durch seine erfahrenen Finger gleiten. Es war wirklich gutes Papier. Es mochte das einzig Echte an dem geheimnisvollen Vorgang sein. Er hatte das Geld entgegengenommen. Es war durch seine Finger gegangen. Vom Gefühl her hatte er nichts Außergewöhnliches bemerkt. Was konnte da geschehen sein?

Eine furchtbare Ahnung durchzuckte ihn. Nein, es waren zwei Ideen.

„Nun mal langsam, schön der Reihe nach", sprach er zu sich selbst. Der Kleiderschrank schaute zur Tür herein. Er bekam ein Zeichen zu verschwinden.

Im Geldschrank konnte nichts passiert sein, sonst wären die anderen Scheine ja auch betroffen. Oder doch?

Hatte die Polizei die Scheine präpariert? Hatte ihn die Polizei hereingelegt? Er legte seine Stirn in Falten und verschloss für einen kurzen Moment die Augen. Er versuchte klar zu denken. Die <rote Linie> zu erkennen. Dann wanderten seine Gedanken wieder weiter.

Wie dem auch sei, sagte er zu sich, der Scheißtyp, der die Scheine übergab, steckte bei dem Deal zumindest dazwischen. Ein Spitzel? Ein Undercover? Richtig war es deshalb, dass ihn sich Huss nun vorknöpfte. Man würde bald mehr wissen.

Wenn die Polizei dahintersteckte, dann würden sie nach Abschluss dessen, was getan werden musste, ihren Spitzel nicht wiedererkennen. Nicht mal seine eigene Mutter würde ihn wiedererkennen. Da kannten seine Leute keine Gnade, kein Fitzelchen Mitleid würden sie haben - konnten sie sich erlauben zu haben.

Nur seltsam, dass er keinen Hinweis zugesteckt bekam. Sonst waren sie doch immer präpariert, wenn mal wieder eine Aktion gegen ihre Geschäftsinteressen lief. Ihnen standen die bestmöglichen Beziehungen zur Verfügung. Direkt aus dem Herz der Polizeiorganisation. Ein nützlicher Idiot war seiner Spielleidenschaft erlegen. Wobei die Betonung auf dem geldwerten *nützlich* lag. Der *Idiot* war nur noch der wertlose Titel.

Schnell raffte er jetzt die herumliegenden echten Scheine und Bündel zusammen und schob sie in das Geldverlies. Voller Hektik, so schnell es ging verschloss er ihn. Die Geldzählmaschine, Zettel, Kassetten usw. blieben auf seinem Tisch.

Ebenso die wertlosen Papierscheine.

Dann setzte er sich und legte die Beine auf den freien Platz des Tisches. Er verschränkte die Hände vor dem Gesicht, es sah aus, als würde er beten. Doch er betete nicht. Er war in Wirklichkeit weit davon entfernt zu beten.

Der Chrysler und der BMW-Geländewagen fuhren vom Hof. Der BMW hatte dunkel getönte Scheiben. Zusammen bildeten die Insassen eine hochkarätige Besatzung, einer Rotte Raubtieren ähnlich. Und um dieses Bild zu ergänzen, hatten sie aus einem Zwinger einen Rottweiler geholt, der nun mit einem Maulkorb im Chrysler-Van mitfahren durfte. Und der seiner Freude darüber lebhaft Ausdruck verlieh.

Auch sonst waren die *Jungs* nicht schlecht bewaffnet. Die durchtrainierten jungen Menschen und ihr Arsenal hätte ausgereicht einen mittleren Fan-Club bis zur Unkenntlichkeit auseinanderzunehmen. Wären sie in eine Polizeikontrolle geraten, es wäre zumindest sehr schwer gewesen, die Aufrüstung zu erklären.

Auf der gleichen Seite des Hauses 28, etwas unterhalb, aus der Sicht Raúls, stellten sie die Wagen ab.
Entgegen den Versicherungsbedingungen schlossen sie die Wagen nicht ab. Jeder halbwegs erfahrene Automarder musste das berufsspezifische Wissen besitzen, dass auf das unbefugte Nutzen dieser besonderen Art *Schlitten* die Todesstrafe stand.

In Gruppen von zwei mal zwei und mit etwas Abstand ein weiterer mit einem Hund an der kurzen Leine, gingen sie gemächlich in das Haus, so als wollten sie die liebe Großmutter besuchen. Sie stiegen die Treppe hoch, schauten sich auch noch im Treppenhaus ein Stockwerk höher um. Sie waren sicher, dass sie nicht aufgefallen waren. Es gab nun ein bisschen Gedränge im Treppenhaus. Aber sie wussten auch was zu tun war, sollte jemand irgendwo seinen Kopf herausstrecken, seine Nase in etwas stecken, das ihn nichts anging. Barsch klopften sie gegen die Wohnungstür.
Niemand lud sie ein einzutreten.
Kein Geräusch drang aus der Wohnung Holgers zu den unerwünschten und gefährlichen Besuchern. Auch ein wiederholtes Klopfen brachte kein anderes Ergebnis als Stille.
Einer machte eine Geste, die für ein gewaltsames Aufbrechen stand. Ein anderer schüttelte stumm den Kopf. Wortlos kehrten sie um. Sie würden in ihren Autos warten.

9

Koks in Tütchen

Vorgestern war Holger tatendurstig mit Bügeleisen und anderen erforderlichen Investitionsgütern in seine Behausung gekommen. Er ging an die Arbeit. Päckchen mit dem weißen Pulver mussten abgefüllt und versiegelt bzw. das Plastikmaterial verschweißt werden.

Er versuchte sich vorzustellen, wie er vorgehen würde. Den Küchentisch würde er zu seinem Arbeitstisch umfunktionieren. Sollte er den ganzen Kram, der da z.T. kunterbunt lag oder auch gestapelt war, teilweise ordnen, beiseitelegen? Oder doch gleich alles? Er versuchte es mit ein bisschen Ordnung, das eine oder andere Teil irgendwo sonst hinzubefördern. Dieses Vorhaben erwies sich alsbald als undurchführbar. Es mangelte einfach an Ausweichmöglichkeiten.

Holger wurde ungeduldig und irgendwann fasste er bündelweise *das Zeug*s und stellte bzw. legte es auch auf den Boden. Zum Teil neben und zum Teil unter den Tisch. Dies aber so, dass ihm noch eine gewisse Beinfreiheit blieb. Er wollte schließlich im Sitzen arbeiten.

Bevor er mit dem serienmäßigen Verschweißen begann, wollte er einige Versuche machen, um die praktische Durchführbarkeit des Arbeitsganges zu testen.

Das Bügeleisen hatte einen Teflonbelag bis an die schwach gerundeten Ränder. Das müsste funktionieren. Das Plastikmaterial würde mit dem Teflon nicht verkleben. Aber als Unterlage, da musste ihm noch etwas einfallen. Und so kam er auf die Idee seine etwas ramponierte Teflonpfanne zu benutzen. Wo war sie?

Wohl fand er sie, aber in einem von Essensresten verkrusteten Zustand.

„Nein Holger", sagte er zu sich halblaut, „auf die Hygiene musst du schon auch achten."

Der nächste Gedanke belustigte ihn: „Die Gesundheitsbehörden könnten mir ja sonst den Laden dicht machen." Ha, ha, ha. Endlich hatte er einen Beruf, der auch Spaß machte.

So wusch er das Innenteil der Pfanne. Die Verkrustungen am äußeren Pfannenkörper würden ja nichts ausmachen.

Er stellte fest, dass er beim Verfüllen des Pulvers noch etwas Praxis brauchte. Zuviel verstreute sich auf dem Tisch. *Das ist Verschwendung von Ressourcen und Kapital*, rief Holger sich in Erinnerung und damit zur Ordnung. Wie er so das weiße Pulver in kleinen Resten und auch sonst zerstäubt in dünnen Schichten auf dem Tisch liegen sah, kam ihm ein Gedanke. Aus seiner Sicht ein guter Gedanke.

Um den Abfall kümmere *ich* mich.

Gesagt getan, ohne weiter darüber nachzudenken, begann er mit seinem kleinen Röhrchen zu inhalieren. Das tat gut. Er beglückwünschte sich zu dieser Idee. So geht wenigstens nichts verloren - redete er sich verblödet ein.

Ach, die Kleinigkeiten schaden niemandem. Holger fühlte sich immer sicherer und immer mehr Koks ging daneben.

Er erwachte dann am nächsten Tag, musste wohl eingenickt sein. Es war ihm unwohl. Hatte er etwas Verkehrtes gegessen? Hatte er gesoffen?

Da lagen auf dem Tisch Plastikstreifen, weißes Pulver, die Schere, das Bügeleisen war ganz heiß - und es kam die Erleuchtung.

Seine Stimmung tendierte gegen Null und so beschloss er seine Inspektionen der Schulhöfe auf den nächsten Tag zu verschieben. Es musste sowieso heute zu spät sein. Aber auf seine wertvolle Uhr wollte er auch nicht schauen. So ein bisschen spürte er sein Gewissen, diesmal ein schlechtes Gewissen. Solche Leichtsinnigkeiten durften nicht einreißen.

Er legte sich trotzdem hin und schlief bald wieder ein.

Raúl hatte den ganzen Tag vergeblich auf ihn gewartet. Er hatte zwar ausreichend zum Trinken dabei. Aber er war völlig ausgehungert. Mit einer solch langen Sitzung hatte er nicht gerechnet. Vor allem nicht mit einer solch unfruchtbaren Sitzung.

Zurück im Hotel beschloss er sich einen schönen Abend zu machen. Nach dem Duschen suchte er den *feinen Schuppen* auf, den er durch Holgers Größenwahnsinn kennengelernt hatte. Er genehmigte sich auch einen chilenischen Rotwein vom Weingut La Torre aus dem Valle Central.

Um neun Uhr, am folgenden Vormittag, war Raúl wieder auf Position bei Nummer 28.

Holger nahm an diesem Tag einige Briefchen mit Kokain und verstaute sie in seiner Anzugsjacke. Kein Mantel mehr.

Er wollte versuchen sich, wie geplant, an zwei weiteren Schulen ein Bild zu machen, um die Geschäftsmöglichkeiten auszuloten.

Das Ergebnis war unbefriedigend.

Er leistete sich ein ausgiebiges Mittagessen beim Boulettenbrater, trank danach noch zwei Flaschen Bier und trollte noch unentschlossen zum Gymnasium und einer Mädchenschule. Aber auch hier empfand er es als Niederlage - er wusste nicht wie und wo er anfangen sollte. *„Nun ja, Holger, aller Anfang ist schwer.“* Er tröstete sich, dass das ja allgemein bekannt war. Er war ja kein Einzelfall. Ein Lichtblick war ihm dabei geblieben. Er hatte bei der Mädchenschule einen Hinterausgang entdeckt.

Von dort aus trottete er mehr frustriert nach Hause.

Es war Spätnachmittag als Holger dann endlich vor seiner Wohnung auftauchte. Er schien in bedrückter Stimmung, wie Raúl feststellte. Und dachte noch, dass sich diese Stimmung sicher in der nächsten halben Stunde auch nicht aufhellen würde - nicht aufhellen konnte.

Inzwischen waren zwei Typen aus ihren Autos gekommen, standen auf dem Bürgersteig und rauchten.

Holger erreichte dann sein Zuhause gegen halb sechs Nachmittags. Die in der Nähe, zwischen einigen anderen Fahrzeugen geparkten großen Autos, das eine mit den dunklen Scheiben, fielen ihm nicht auf. Auch zwei kräftige junge Männer, diesmal ohne Sonnenbrillen, passten mehr unauffällig ins Straßenbild.

10

Die Geschäftspartner sind sauer

Raúl hatte seit etwa einer dreiviertel Stunde an *seinem Platz* gestanden.

Kurz nach Mittag, nachdem er etwa zwei Stunden gewartet hatte, kam Holger aus der Tür. Schon bald nach Aufnahme der Verfolgung, war sich Raúl sicher, dass Holger zu einem Mittagessen beim Boulettenbrater unterwegs war.

Er musste etwas entfernt parken. Als er zum Mac Donalds kam, saß Holger an einem Tischchen und verdrückte einen Burger. Auch eine Flasche Bier war vor ihm aufgebaut.

Raúl suchte sich einen Salat, den er aber nicht mehr fertig essen konnte. Irgendwann hängte sich Holger die Flasche an den Hals und trank sie leer. Dann nahm er den Boulettenrest und trabte davon.

Er musste an ihm dranbleiben, denn aller Wahrscheinlichkeit nach müssten spätestens heute seine Lieferanten von den schönen Blütenträumen erwacht sein. Er glaubte zwar nicht, dass die Bestrafung auf offener Straße stattfinden würde, aber sicher konnte man da nicht sein. Der entsprechende Zorn der Gelinkten musste riesig sein. Raúl hielt seine kleine Digitalkamera diskret unsichtbar, aber einsatzbereit.

Holger ging unterdessen an einem Gymnasium vorbei. Dann steuerte er eine Schule an. Wie Raúl dann feststellte, war es eine Mädchenschule.

Holger hatte sich in das Innere begeben und war auch nach mehr als 20 Minuten nicht mehr erschienen. Raúl schloss daraus, dass Holger auch einen anderen Ein/Ausgang ausbaldowern würde und durch diesen die Schule verlassen haben musste. Auf keinen Fall, so glaubte er, würde Holger jetzt da drinnen stehen und seine Briefchen verteilen. Nein, so einfach war dann dieses Geschäft auch wieder nicht.

Was tun? Er entschloss sich zur Wohnung von Holger zu fahren und dort auf ihn zu warten. Er rief ein Taxi und fuhr zum Parkplatz seines Autos. Dann auf dem kürzesten und schnellsten Weg zum Haus Nr. 28 - wie er es nannte.

Raúl war etwas beunruhigt. Es dauerte. Holger konnte den Fußweg inzwischen noch nicht geschafft haben. Trotzdem bestand ein gewisser Unsicherheitsfaktor, ob denn Holger trotzdem bereits im Haus war. Hatte er eventuell ein Taxi benutzt? Es gab keine einfache Möglichkeit dies festzustellen. Sollte er den Showdown verpasst haben?

Dann kam auch schon der Moment. Da waren sie, eine Rotte gebündelter Aggressivität. Die waren sich ihrer Sache sicher und stellten sich hier und jetzt als die seriösen Passanten dar, die ganz zufällig hier unterwegs waren.

Raúl hatte bereits beim Anrollen der Kolonne mit den auffälligen, teils verdunkelten Fahrzeugen, die Kamera in seinem Wagen auf Aufnahme geschaltet. Er beobachtete, wie sie an den Rand des Bürgersteigs heranfuhren, die Wagen abstellten. Er betätigte noch den Zoom, optimierte den Bildausschnitt.

Zu ungewöhnlich war der Trupp. Einen O-Ton brauchte er hier nicht - im Moment wenigstens noch nicht. Es wäre auch zu auffällig und damit zu gefährlich gewesen. Andererseits, in der Öffentlichkeit würden sie kaum etwas Kompromittierendes von sich geben. Sie würden zunächst sowieso die seriösen und braven Jungs spielen. Ja nicht auffallen. Vielleicht glaubten sie selbst unauffällig zu sein. Jedem, der jetzt gespeicherten Akteure, sah man jedoch auch auf die

Entfernung seine potenzielle Gewaltbereitschaft und -erfahrung an. Auch ihre Sonnenbrillen würden sie nicht vor Enttarnung schützen.

Für einen Moment spielte Raúl mit dem Gedanken, war in Versuchung, die Polizei anzurufen. War Holger überhaupt im Haus? Wenn ja, würden die Akteure mit hoher Wahrscheinlichkeit jedoch ihr schmutziges Geschäft vor dem Eintreffen der Staatsmacht erledigt haben. Und wenn Holger nicht im Haus war? Was würde die Polizei dann finden? Zwei Autos zu parken war nicht verboten. Hier nicht.

Und zudem, ohne richterliche Anordnung einfach so auf Verdacht in ein Haus eindringen - das würden sie sicher nicht tun. Und die Voraussetzungen für „Gefahr im Verzug" waren offensichtlich nicht gegeben. Sie würden nur hier sein, weil sie einer Anzeige gefolgt wären - und was hätte Raúl als Begründung angeben sollen? *<Da wird jemand ermordet, da wird jemand zusammengeschlagen, belästigt oder ...?>*

Weshalb sollte er also die Polizei rufen? Mit welcher Begründung? Raúl überlegte und kam zu dem Schluss, dass er sich mit einem kleinen bisschen Pech selbst in die Schusslinie bringen würde. Und angenommen, die Polizei würde, wie auch immer, einen toten Holger finden. Sie würden alles dransetzen auch ihn zu finden, den, der die Polizei gerufen hatte. Er würde zur Schlüsselfigur aufrücken. Er konnte leicht zwischen Hammer und Amboss geraten.

Zumindest hätte man ihn in einen unangenehmen Zusammenhang mit der ganzen Geschichte gebracht. Mit einer umfangreichen Geschichte wäre er auch sicher, durch wen und was auch immer, den Brutalos bekannt geworden. Diese Burschen hatten doch in der Regel immer ihre Beziehungen in den Sicherheitsapparaten. Nicht selten mitten unter den Polizisten. Mit unabsehbaren Folgen. Auch für ihn. Gerade für ihn.

Die Polizei hätte seinen Standort und natürlich auch den Besitzer des Handys ausfindig gemacht. Auch über die Autovermietung gab es Möglichkeiten ihn ausfindig zu machen.

Nein, so konnte es nicht gehen. Den Gedanken musste er verwerfen. Zu viele Fragen würden gestellt werden. Und wenn er auch mit heiler Haut aus den Verwicklungen herauskommen würde, eine Akte Raúl Rivera würde fortan existieren. Auf einer Polizei-Festplatte gespeichert, würde er immer wieder in einem gewissen Raster auftauchen. Mit der Zeit einige Male zu viel. Er würde öfter als ihm lieb wäre als Verdächtiger gelten. Irgendwo, irgendwie. Mit allen Folgen.

Bald würde er nicht einmal mehr unbehelligt durch eine Verkehrskontrolle kommen.

11

Es kommt dicke für Holger

Die beiden rauchenden Kerle vor dem dreistöckigen Wohnhaus waren dem erfolglos, heimkehrenden Holger nicht aufgefallen. Weshalb auch? Es war ja nicht verboten auf dem Bürgersteig zu rauchen. Wahrscheinlich wären ihm auch ein Dutzend rauchende Kerle mit umgehängten Revolverhalftern nicht aufgefallen. Er war einfach zu viel mit sich selbst beschäftigt. Er trug jetzt eine Menge Frust mit sich herum.

Raúl sah, dass die beiden Holger direkt ins Haus folgten. *Der muss doch etwas merken>* dachte Raúl noch.

Dann kamen auch schon die anderen „Freunde" aus ihren Autos und nahmen den gleichen Weg. Einer davon lief auffallend steif. So als hätte er etwas mit dem Rückgrat. Etwas dahinter folgte dann der Typ mit dem Hund.

Wie stets, etwas vertrottelt, kramte Holger im Treppenhaus nach seinem Schlüssel. Weitere Hausbewohner machten sich hinter ihm bemerkbar. Offenbar. Er dachte an nichts Böses.

Die einmal geöffnete Eingangstür konnte er nicht mehr hinter sich schließen. Auch sonst hatte er keine Zeit seine Plastiktasche „ordentlich" abzustellen. Sie fiel ihm aus der linken Hand, als einer der nun wirklich ungebetenen Gäste ihm ruck-zuck ein breites

Klebeband über seinem Mund befestigte.

Beide griffen ihn unter den Armen und schon war er recht unsanft, nach einer kurzen Flugstrecke, mit dem Gesicht nach unten auf seinem Canapé gelandet. Das alles in erschreckend wenigen Sekunden. Zudem waren seine Arme und Hände jetzt schon gefesselt. Einer zog ihn am Kragen hoch - Holger hatte daraufhin wieder eine sitzende Stellung.

Er sah einen der Jungs mit einem Handy am Ohr, in das er schließlich nur einen einzigen Laut eingab.

Dann vergrub er das Gerät wieder in der Außentasche seiner langen schwarzen Lederjacke. Holger bemerkte noch, dass beide Sonnenbrillen trugen. Beide hatten dunkle, aber sehr kurze Haare. Er kam aus dem Staunen noch nicht heraus. Er hatte auch noch keine Zeit dazu gehabt. Und für weitere geistige Sammlungen blieb ihm ebenfalls keine Zeit mehr.

Gerne hätte er gefragt, was das alles soll, aber sein Mund war wie zugeklebt. Was er in Wirklichkeit auch war. Er wollte jetzt in einem Anflug von Panik Scheiße brüllen. Seine Standardaussprache. Eine Art Stöhnen war alles, was er selbst zu hören bekam.

Wie unter einem Blitzlicht erschien vor seinem inneren Auge der Brief, der ominöse Brief vor ein paar Tagen, der unter der Tür hereingeschoben worden war. Doch lange Zeit blieb Holger nicht, um über Inhalt und die angedeuteten Konsequenzen nachzudenken.

Einer der beiden Unsympathischen schälte sich aus seiner Lederjacke und suchte, wie gelangweilt nach einem Platz, wo er sie ablegen konnte.

Nackte muskelbepackte Arme, großflächig tätowiert, schauten nun unter den kurzen Ärmelchen seines Sporthemdes hervor. Auf einem Kragen war etwas aufgestickt oder -geklebt. Das erlebte Holger tatsächlich.

Die tätowierten Oberarme des Kerls waren so dick wie Holgers Oberschenkel, vielleicht eher noch dicker. Ein Baseballschläger, der ihm bis unter die Achseln reichte, steckte in seinen Hosen. Die

Lederjacke hängte er an einen Haken hinter der Tür, nachdem er das bisher daran hängende Sammelsurium in Richtung einer Ecke des Raumes geworfen hatte.

Jetzt zog er, weiterhin mit bedächtigen Bewegungen, den Baseballschläger aus hellem, poliertem Holz aus einem Hosenbein heraus und lehnte ihn gegen die Wand.

Holger wurde es jetzt rasch heiß. Vorahnungen trieben ihm zu Recht den Schweiß auf die Stirn. Er verspürte einen starken Harndrang, er müsste jetzt unbedingt pissen.

Durch die angelehnte Tür vernahm er vom Treppenhaus her Bewegungen. Gottseidank, das mussten Nachbarn sein, die ihn sicherlich durch den Türspalt in seiner misslichen Lage sehen würden. Holger schöpfte einen Funken Hoffnung. Für einen sehr kurzen Moment kam ihm der Gedanke, dass es in seiner jetzigen Lage vielleicht doch von Vorteil wäre, wenn er in der Vergangenheit den einen oder anderen Mitbewohner wenigstens gegrüßt hätte. Doch das war nur ein Funke in dem Film, der gerade ablief und den er nicht imstande war zu stoppen.

Dann ging die Tür auf und die Zwillingsbrüder der beiden anwesenden Athleten kamen herein. Dann kam noch einer, einer mit einem sehr hässlichen Hund mit Maulkorb. Die Tür wurde vorsichtig lautlos geschlossen, so als wollten die Jungs betont vorsichtig mit dem guten Stück umgehen. So würden sie auf keinen Fall Aufsehen bei den Mitbewohnern des Hauses erregen.

Es wurde in dem Raum etwas eng.

Alle, bis auf einen, legten sie ihre Lederjacken ab und beschlossen scheinbar die Dinger in der Ecke hinter der Tür auf einem Haufen zu platzieren. Keiner hatte bisher ein Wort gesprochen. Sie verstanden sich blind. Man sah, dass dies nicht ihr erster *Einsatz* war.

Es gab dann doch eine kurze Unterhaltung worauf sich zwei wieder ihre Lederjacken fischten und geschmeidig zur Tür hinausschlüpften. Keine Chance für Holger aus der Unterhaltung etwas Verständliches herauszuhören.

Auch ein Blinder hätte erahnen können, dass die Verbleibenden mehr Bewegungsfreiheit haben wollten. Und zu dem eingepackten Würstchen vor ihnen, da waren sie mit drei kräftigen, tätowierten Kerlen immer noch in mindestens zehnfacher Übermacht. Auch wenn sich eben dieses Würstchen, entgegen aller Wahrscheinlichkeiten, von seiner Fesselung würde befreien können.

Der Hundeführer mit dem Rottweiler blieb auch. Der Köter, an einer sehr kurzen Leine, hatte bisher noch kein Knurren von sich gegeben. Abwechselnd schaute er seinen Führer und dann wieder Holger an. Holger begann zu zittern, so als hätte er einen Malariaanfall.

Der mit dem quadratischen Bärtchen, er hatte seine Lederjacke noch nicht abgelegt, ging auf Holger zu. Er schaute ihm lange in die fiebrigen Augen. Holger ging ein Licht auf. Das war der Kerl, der ihm die Knete aus der Jackentasche gefischt hatte. Der hatte sich einfach die Stoppeln, bis auf den quadratischen Rest am Kinn, abrasiert. Holger wusste nun mit Sicherheit, dass etwas schiefgelaufen sein musste. Oder wollte man ihn schlicht ausrauben?

Dann sagte der alte Bekannte, beinahe schon im vertrauten Tonfall: „Schweinchen, wir werden dich schlachten. Ich hatte dir doch hoch und heilig versprochen, dass dir etwas zustoßen würde, schlimmer als die Hölle, wenn du uns linken solltest. Und was machst du? Du konntest es gar nicht erwarten. Nun bist du dran."

Die letzten Wörter hatte er in einem beinahe singenden Tonfall halblaut gesprochen. Und in einer Betonung, wie sie vielleicht ein fürsorglicher Vater gegenüber seinem Sohn benutzt hätte, um diesen auf die sanfte Tour darauf hinzuweisen, wie wichtig doch die Schule für seine Zukunft sei.

Der Kerl, scheinbar doch der Chef, machte eine Pause. Holger bewegte sich heftig. Er hätte doch gerne seine Unschuld beteuert, erklärt, dass es sich um ein Missverständnis handeln müsse. Er hatte ja noch nicht einmal die Geschäftstätigkeit, den Verkauf aufgenommen, also konnte er doch auch keinem anderen der Organisation in die Quere gekommen sein. Somit auch keine Scheiße gebaut haben konnte. Und mit der Polizei hatte er doch wirklich nichts am Hut. Was könnte ihn dann sonst in diese missliche Lage gebracht haben? Es fiel Holger nichts mehr ein. Es hätte die Situation doch nicht verändert.

Aber er hatte ja auch keine Stimme.

In der gleichen Position fuhr dann der Chef fort: „Es sei denn, du kannst deinen Fehler wieder gut machen. Dann brechen wir dir nur die Beine."

Ein anderes Scheusal ergriff sich den Baseballschläger und kam einen Schritt auf Holger zu.

„Jungchen", fuhr der unerbittliche Chef fort, „du hast uns reingelegt. Das passiert uns sehr selten. Alle Urheber, alle ohne Ausnahme ruhen in Frieden. Du weißt, was ich dir damit sagen will. Hast du was zu sagen?"

Holger nickte heftig.

Der Chef drehte sich zu den Kumpanen um und sagte immer noch auf Deutsch: „Er ist verstockt. Stumm wie ein Fisch. Ohne Reue. Wie soll man so etwas verstehen?"

Alle grinsten hämisch. Nur der Hund nicht.

Dann sprach der Chef wieder zu Holger: „Ich frage jetzt und du antwortest mit deinem Kopf. Du weißt, wie das geht. Also, hast du Hintermänner?"

Holger schüttelte energisch den Kopf.

„Arbeitest Du mit der Polizei zusammen?"

Wieder Kopfschütteln, ebenso energisch.

„Hast du noch mehr von dem Geld, das du uns angedreht hast?"

Holger wartete mit dem Kopfschütteln einige Sekundenbruchteile zu lange. Der Fragesteller erkannte selbstverständlich Holgers Dilemma und dass die Antwort nicht der Wahrheit entsprechen konnte. Er drehte sich leicht um die eigene Achse und urplötzlich, wie ein Blitz aus heiterem Himmel, hatte Holger einen flachen, behaarten Handrücken im Gesicht. Der kam so schnell, dass er ihn gar nicht kommen sah. Nur der jetzt stechende Schmerz war beständig.

„Nun, sagt dir diese Handschrift etwas? Wollen wir jetzt bei der

Wahrheit bleiben? Nichts als der Wahrheit?"

Es war die Handschrift des Chefs. Die zwei athletischen Zwillinge grinsten weiterhin unverschämt. Etwas Warmes lief unter Holgers rechtem Auge Richtung Kinn. Die Haut musste irgendwo in dem gewaltigen Schmerzbereich geplatzt sein. Dann stoppte das warme Gefühl seinen Verlauf, doch bald darauf spürte es Holger wieder, weiter unten am Kinn. Auf seinem Marsch über den Klebestreifen hatte er den Lauf nicht spüren können.

„Wir müssen uns wie Freunde unterhalten", sagte der Chef ruhig. „Dürfen wir dir die Mundbinde abnehmen?"

Holger nickte, so gut es durch den Schmerz ging.

Ganz die Höflichkeit selbst, fragte der Chef noch: „Wir rechnen damit, dass du nicht schreien wirst. Wir sind doch zivilisierte Menschen." Wieder war die Stimme väterlich warmherzig und beinahe flehend.

Holger nickte zuerst, dann stockte er und schüttelte energisch den Kopf.

„Gut so", sagte der Chef gedehnt und gab einen Wink.

Der mit dem Rottweiler blieb im Hintergrund. Das andere Muskelpaket stellte sich links von Holger vor das Canapé. Der Chef, auf der rechten Seite, nickte seinem *Mitarbeiter* zu und der riss das Klebeband aus dem Gesicht Holgers. Der wollte laut aufschreien, doch er sah einen Zeigefinger vor dem Mund über dem Quadratbärtchen. Holger hatte das Gefühl, als hätte man ihm die Gesichtshaut mit abgezogen.

„Können wir sprechen?", fragte der Chef wieder liebenswürdig und Holger schöpfte Hoffnung, dass sie es vielleicht doch nur bei Ermahnungen bewenden lassen würden.

Der Schläger links von Holger spreizte nun ein wenig die Beine, seine Hände formten sich langsam zu Fäusten, die Arme standen noch etwas weiter vom Körper ab.

Dann griff er sich den Baseballschläger, drehte diesen mit beiden Händen waagrecht vor seiner Brust, so als wollte er sich eine gigantische Zigarette drehen. Und grinste.

„Wo hast du die Scheine her?"

Holger setzte ein paarmal stotternd an, um schließlich mit der Wahrheit herauszurücken. Das war nach seiner Überzeugung das Beste, was er machen konnte.

„Gefunden!" Das war dann auch wirklich das Dümmste, was er sagen konnte.

„Da geht man gemütlich die Fußgängerzone rauf und runter und stolpert über zigtausende von Euro. Dann ruft man laut, „hat jemand ein paar tausend Euro verloren? Aber keiner will das Geld verloren haben und so nimmt es der liebe Holger schweren Herzens mit nach Hause. Hast du noch mehr davon?" Mit Ausnahme der Frage hatte der Kerl mit einem überbetonten höhnischen Tonfall gesprochen.

Holger schüttelte energisch den Kopf. Dann sagte er noch mit großer Bestimmtheit: „Nein!"

Der Chef, erfahren im Verhören, dachte mehr mathematisch - zweimal verneint ergibt ein *Ja*.

„Wo?"

„Ich, ich habe keine mehr!"

Holgers Stimme wurde immer leiser.

„Frisch ihm sein Gedächtnis auf", das war eine Aufforderung an den anderen Muskelprotz. Und schon donnerte eine Faust in Holgers Magengegend.

Der Chef hob die Hand. Holger sackte vornüber. Der Sportler hatte sich wieder den Baseballschläger gegriffen und schlug sich damit leise einen Takt in seine linke geöffnete Hand. Der Hund knurrte jetzt vernehmlich, offenbar ungeduldig und aus Erfahrung erwartungsfroh.

Der Schläger packte nun Holger hinten am Kragen und hob ihn wie ein Päckchen zurück auf das Canapé. Da lag nun das Häufchen Elend.

„Können wir die Unterhaltung fortführen?", fragte der Chef wiederum höhnisch und im jetzt schon gewohnt leisen und sehr höflichen Ton.

Der Schläger packte Holger an den Haaren und riss ihn ein Stück weit aus seiner wieder nach vorne zusammengerollter Position. „Antworte gefälligst, wenn du gefragt wirst!"

Das war ein Befehlston, nicht laut, aber sehr eindringlich.

Holger versuchte seinen Kopf in die Richtung des Chefs zu drehen. Gerne würde er jetzt kotzen, aber sein Magen war leer.

„Setz dich anständig hin", fuhr schließlich der Chef fort. Es war so etwas Ähnliches, wie ein freundschaftlich gemeinter Befehl - wenn es unter den gegebenen Umständen so etwas überhaupt geben sollte. Der Chef hatte es drauf.

Holger versuchte sich im doppelten Sinne des Wortes zu entwinden. Schließlich erreichte er eine halbwegs sitzende Position. Er hatte das Gefühl, dass er seinen Urin nicht mehr länger zurückhalten konnte. *Aber doch nicht jetzt* - bat er seine Blase flehentlich.

„So, und jetzt noch einmal langsam, damit es auch in deinen verlogenen Schädel eindringt. Hast du noch mehr davon? Und ich rate dir auch gleich kundzutun, wo es sich befindet. Auf der Bank wirst du es ja kaum haben. Oder irre ich mich?" Holger musste jetzt in Anbetracht der ruhigen Sprechweise verwirrt sein. Es musste ihm vorkommen, als wäre man in einem Konferenzraum und würde über den Import von Kaffee oder Spielzeug reden - plaudern, auch ein bisschen pokern.

Da Holger nicht gleich antwortete, riss ihm der Modellathlet wieder an seinen Haaren den Kopf hoch. „Schau uns in die Augen, wenn wir mit dir reden."

Holger liefen jetzt Tränen über die etwas grau gefärbte Restfläche seines Gesichtes. Teilweise vermischten sie sich mit seinem Blut.

„Schau", sagte gutmütig der Chef, „wir wollen dich nicht totschlagen wegen so ein paar Scheinen. Davon haben wir genug. Aber uns interessiert, wer dich beauftragt hat uns die Scheißscheine anzudrehen. Der muss aber mit der Todesstrafe rechnen."

Der Chef machte eine Pause, um die Wirkung seiner Worte zu verfolgen. Die war dann doch ein wenig verblüffend. Holger riss die

Augen weit auf. Sein Gesichtsausdruck wäre unter anderen Umständen bemitleidenswert gewesen. Denn er begann etwas zu ahnen. Und auch wieder ein bisschen zu hoffen. Sollte das der Rettungsanker sein?

Der Chef fuhr fort: „Die Scheine sind, äh, waren wie echt. Verdammt gute Arbeit. Wir haben sie geprüft und prüfen lassen. Es war nichts an ihnen auszusetzen. Du hast also einen Goldjungen in deinem Gefolge. Und den wollen wir kennen lernen. Ach was, den wollen wir doch nicht umlegen, wie stellst du dir das vor? Man schlachtet doch nicht das Huhn, das goldene Eier legt. Wir wollen mit ihm ins Geschäft kommen. Du hättest dabei sogar eine Chance mit im Geschäft zu bleiben. Du bekommst Prozente. Wie das so üblich ist im serösen Geschäftsleben. Damit kannst Du doch leben. Das siehst du doch ein? Oder bist du so egoistisch und willst allein davon profitieren?"

Dieses ganze Gerede war natürlich im besten Falle warme Luft. Für den Autor, für den Chef stand fest, dass es hinter Holger jemanden, vielleicht sogar eine Organisation gab, die es fertigbrachte, perfekte Blüten herzustellen. Der oder die darüber hinaus noch in der Lage waren Geld zu machen, das sich auf Wunsch in nichts auflöste. Sozusagen auf Knopfdruck. Wie denn sonst? Seine hirnrissige Vorstellung war, dass die Farbe der Scheine auf eine bestimmte Wellenlänge von Radiowellen reagierte. Diese reagierten dann angeregt mit den Farben, die sich daraufhin verflüchtigten.

Für den Chef stand dieser Vorgang als Tatsache fest. Die Idee kam ihm, als sie vor der Wohnung Holgers auf ihn gewartet hatten. Und nun hätte er wetten mögen, dass dem so war. Also, welch ein Gedanke, würde man mit diesem Menschen oder mit dieser Organisation in Verbindung kommen, dann konnte die - kriminelle - Zukunft nur noch rosiger werden.

Er war auch zuversichtlich, dass er die Wahrheit aus diesem Kleinganoven herausbekommen würde. Ach was Kleinganoven, verbesserte er sich, diesem Möchtegern von Miniganoven. Da hatte er schon ganz andere Dinge gedreht, schon ganz andere Kaliber weichgeklopft. Im wahrsten Sinne des Wortes. Dagegen war dieser Holger das reinste Kinderspiel.

Aber Holger schüttelte wie in Trance langsam den Kopf.

Das konnte den Chef aber offenbar immer noch nicht aufregen. „Oder sollten wir uns dermaßen getäuscht haben und du bist am Ende der Fälscher höchstpersönlich?" Diese erbarmungslose Höflichkeit dieses Herrn - Holger wollte es einfach nicht fassen.

Der Chef grinste wieder hämisch. Der Hundeführer lachte kurz auf. Es hörte sich mehr an wie eine schlechte Imitation von Gackern.

Holger wollte sprechen, aber seine Stimme versagte noch immer den Dienst. Verzweifelt suchte er in seinen verbliebenen Hirnwindungen nach einer Möglichkeit die Idee, die dieser Typ in den Raum gestellt hatte, für sich und die Verbesserung seiner Lage zu nutzen. Aber wie sollte er jetzt, gerade jetzt einen solch perfekten Geldfälscher auftreiben, hervorzaubern. Dann brachte er schließlich doch einige Töne hervor.

„Bitte nicht schlagen", er hauchte es mehr, als dass er klar artikulierte. „Ich will alles sagen. Aber bitte sagen Sie mir" - er redete den Chef jetzt per *sie* an, eine Wende in Holgers Leben, wahrscheinlich aber zu spät - „sagen Sie mir was denn überhaupt los ist?"

Der Muskelprotz hob die Faust, ließ sie aber auf einen kurzen Wink des Chefs wieder sinken.

Gewiss, sie wollten ihn nicht unbedingt totschlagen. Zumindest nicht nach dem gegenwärtigen Stand der Dinge. Sie wollten hinter das Geheimnis kommen, hinter das Geheimnis des guten, allem Anschein nach perfekten aber für sie manipulierten Falschgeldes. Denn um solches musste es sich drehen, auch wenn die Untersuchung auf der Bank die Scheine als absolut echt ergeben hatte. Das heißt, gerade deshalb glaubten sie sich auf einer heißen, einer sehr heißen Spur.

Zumindest der Chef gelangte mehr und mehr zu der festen Überzeugung, dass es in der Angelegenheit einen Trick geben musste. Wenn man allerdings dahinterkommen könnte, verdammt nochmals, das wäre ein Geschäft. Echte falsche Banknoten zum Nulltarif. Da musste er jetzt zunächst einmal „zärtlich" mit dem Opfer umgehen.

Dieses begann klarer zu sehen, bzw. seine Ahnung nahm mehr und mehr an Gewissheit zu. Der Briefinhalt schwebte wieder vor seinen inneren Augen vorbei. Er hatte offensichtlich Falschgeld. Hatte mit diesem seinen Stoff bezahlt und die Kokaunternehmer kamen dahinter. Trotz aller Beteuerungen und Qualitätsbürgschaften von Fachleuten. Jetzt wollten sie den Typen, der das Falschgeld herstellte. Sie wollten sich noch reicher machen, als sie ohnehin schon sein mussten. Denn wer mit Drogen in einem solchen Umfang handelt, der musste gut bei Kasse sein. Und das in Verbindung mit Geld drucken!

Eine endlose Flut von goldenen Geschäftsaussichten erstreckte sich bis zum Horizont des Wortführers.

So schnell wie sich die Hoffnung bei Holger aufgebaut hatte, schwand sie wieder. Wie und was sollte er zur Lösung dieser Vorgänge beitragen? Er kam so weit, dass er begriff, oder bereit war zu glauben, dass er in diesem Gemisch von bösen Spielen nur ein Opfer war. Dass er möglicherweise missbraucht worden war. Nun ja, das war nicht die ganze Wahrheit. Sein Restverstand gab ihm kurz und bündig zu verstehen, dass er ja nicht gezwungen wurde Geld in Rauschgift zu investieren. Die Einsicht kam zu spät, das bedauerte er jetzt sogar aufrichtig. Es hätte so viele andere Möglichkeiten gegeben das Geld zu verwenden - oder auch nicht zu verwenden. Denn es war ja nicht sein Geld. Er hatte es sich angeeignet, gegen Gesetz und Ordnung angeeignet. Statt aufs Fundbüro .... Aber das war jetzt alles nicht mehr relevant.

„Es tut mir leid", sagte Holger ganz leise.

„Was tut dir leid?", frage der Chef.

„Ich habe das Geld wirklich gefunden. In einer Brieftasche. Ich weiß nicht, wer dahintersteckt."

„Du lügst also weiter", sagte der Chef mit seiner sympathischsten Stimme, die er unter diesen Umständen aufbieten konnte. Oder bewusst wollte.

„Nein", hauchte Holger, dem unterdessen auch bewusst wurde, dass er in akuter Lebensgefahr schwebte. Und er konnte sich vorstellen, dass es außerordentlich schwer und schmerzlich sein würde, sein Leben zu beenden. „Ich kann doch nicht etwas erfinden, damit Sie zufrieden sind. Ich habe es wirklich gefunden." Seine Stimme war in der Tat sehr schwach, hoffentlich hatten sie ihn verstanden.

Sie hatten.

„Dann helfen wir deinem Gedächtnis nochmals etwas nach." Er winkte dem Hundeführer.

Grinsend kam der näher.

„Nimm den Maulkorb ab."

Von diesem befreit, schien der Hund auch seine Zurückhaltung aufgegeben zu haben. Er fletschte die Zähne. Die Lefzen begannen zu triefen. Ein tiefes Grollen war zu hören.

Das wirkte auf Holger. „Ihr könnte alles haben", flüsterte er. „Es ist hier hinter mir, im Canapé."

„Na aaalso, geeeht doch", sagte der Chef mit sonderbaren Betonungen, „wehe, wenn du uns weiter an der Nase herumführst!"

Genau diese Verhaltensweise wollte Holger jetzt unter keinen Umständen mehr an den Tag legen. Und er begann zu ruckeln, um den Mittelteil des Canapés freizugeben. Er drehte langsam den Kopf nach links hinten und sagte: „Hier im Schlitz."

Der Modellathlet zu seiner Linken beugte sich über ihn und begann seine Hand in den Zwischenraum zu versenken.

Bald hatte er etwas ertastet und zog es hervor.

Es war tatsächlich die Brieftasche, immer noch mit vielen Scheinen.

Holger ließ den Kopf hängen. Hier ging sein neuer Reichtum hin. Das schöne Geld. Auch seine neue Einsicht in die Fehler, die er gemacht hatte, war dahin.

Die Brieftasche wanderte in die Hände des Chefs. Dieser blätterte wie gelangweilt in dem Bündel Papier. Denn mehr als das war es auch hier nicht mehr. Und es stank nach Katzenpisse.

So schmiss er die Brieftasche mitsamt Scheinen auf das Canapé.

Einige Scheine flatterten heraus. Staub wirbelte. Kam er aus dem Sofa/Canapé? Aus seinem nach unten geneigtem Blick erkannte Holger *seine* Banknoten nicht wieder. Was hatten die da herausgezogen? Das konnte doch nicht *sein Geld* sein. Die wollten ihn doch nur reinlegen. Wo war der Trick?

Hatte der Modellathlet ...? Wie kam der zu diesen stinkenden und staubigen Papieren in seinen Händen? Wie hatte der das ...? Steckte er mit dem Chef unter einer Decke und war das geplant? Hatten die das abgekartet? Oder wurde gerade, auf seine Kosten, der Chef von einem eigenen Kumpel hereingelegt?

Er schaute langsam zum Chef auf. Der hatte mittlerweile seine Hände an den Hosen abgewischt und sie dann in die Hüfte gestemmt.

Holger schüttelte fast unmerklich immer wieder den Kopf. Was da ablief konnte nur seine entartete Fantasie sein, die ihm abscheuliches Theater vorspielte. Nein, das war zu viel. Wie kamen nur diese Papiere in sein Versteck? Und sie stanken auch wirklich noch. Das war keine Einbildung. Er schwor sich, wenn er aus dieser Situation herauskommen sollte - nie wieder Koks.

„Auch gut", sagte der Chef, und nochmals: „Auch gut! Du willst uns also nicht sagen mit wem du zusammenarbeitest. Du hast es so gewollt! Pass gut auf, was ich dir noch zu sagen habe. Wir ziehen dir jetzt die Hosen aus, dann hast du nochmals eine Chance deine Gedanken aufzufrischen." Der Chef machte eine kleine Pause und ergänzte dann: „Fiffi wird deine Eier fressen. Der freut sich schon darauf, wie du siehst. Dann gehen wir und du wirst elend verrecken. Verbluten. Oder ... du erzählst uns die Wahrheit, dann werden wir dir nur ein paar Knochen brechen. Wir rufen einen Krankentransport, damit du wieder zusammengeflickt werden kannst. Also?"

„Ich sage alles, was Sie wollen ..." Holger bettelte.

„Nicht was ich will, sondern die Wahrheit." Der Chef bellte es jetzt förmlich heraus. Er hatte jetzt jede Silbe knallhart betont. Allerdings auch nicht so laut, dass die Nachbarn hätten alarmiert werden können. Seine ganze Höflichkeit war verschwunden.

Holger hechelte mit dem letzten Funken Hoffnung: „Ich habe das

Geld in dieser Brieftasche in der Fußgängerzone, gegenüber vom Tschiboladen gefunden. Es war ein Brief dabei, dass es einem Selbstmörder gehöre, der zu dieser Zeit nicht mehr am Leben sein wollte. Ich schwöre, das ist die Wahrheit. Ich habe das Geld prüfen lassen. Es war echt."

Wo hast du es prüfen lassen", fragte der Chef in rauer Verhörmethode.

„Ich war auf der großen Bank und habe einen Schein in einem Automaten wechseln lassen."

„Auf welcher Bank?"

„Ich ... ich ... ich weiß den Namen nicht." Das war jetzt wiederum verdächtig.

Der Chef kniff die Augen zusammen, was Holger aber wegen der aufgesetzten Sonnenbrille nicht sehen konnte. Hätte er es sehen können, wären ihm definitiv die letzten Hoffnungen abhandengekommen. Nämlich, dass diese Zusammenkunft doch noch ein glückliches Ende haben würde.

„Ich glaube es war die ..." Holger suchte nach einem Namen, einer Bezeichnung. Und fand keine.

„Und mit gutem Geld kannst du deine Schulden auch nicht bezahlen?"

Dies war vom Chef ganz und gar nicht als Frage gestellt. Trotzdem ergriff Holger die Satzstellung als letzten Strohhalm.

Holger drehte den Kopf, wollte in Richtung des Drogenverstecks zeigen. „Ich kann ..." Das konnte er noch stammeln, dann hatte er wieder ein Klebeband vor dem Mund. Er ließ nun seinem Urin freien Lauf.

Jetzt wollte er laut aufbrüllen, aber sein Stöhnen erreichte als Geräusch gerade mal die Türinnenseite, dazu auch noch stark abgeschwächt. Draußen hätte niemand etwas hören können. Und der Posten vor der Tür hörte auch wirklich nichts. Ganz zu schweigen von dem, der im Haus, unten, in der Nähe der Haustür postiert war.

Während die beiden Typen ihm die Hosen herunterrissen, hörte er den Chef noch sagen: „Wir finden dich immer, verpisstes Mist-stück. Denk daran. Wir finden dich überall, weil du als Krüppel nicht mehr weit kommst. Und wenn du geredet hast, wenn du uns die Bullen auf den Hals hetzt, dann verspreche ich dir, dass das, was dir jetzt widerfahren wird, als der reinste Kuraufenthalt in deiner Erinnerung bleiben wird."

Holger hörte noch das Krachen der Knochen nach dem ersten Schlag mit dem Baseballschläger gegen ein Knie. Er hörte es, als wäre es irgendein Knie, ein Knie, das jedenfalls nicht zu ihm gehör-te. Eine Kniegegend, aus der spitze Knochenstücke herausragten.

Gnädigerweise spürte er keine Schmerzen, auch nicht als seine Schienbeine zertrümmert wurden. Er bekam es nicht mit, als man ihm die Handfesseln durchschnitt. Auch nicht bewusst, dass er jetzt auf dem Boden lag und sowieso nicht, als seine rechte Hand zu Brei zerstoßen wurde. Der gezielte Schlag ins Gesicht erreichte ihn bereits in totaler Ohnmacht. Die Tritte in seinen Unterleib waren nur noch als gelungene Abrundung gedacht.

„Schluss jetzt", sagte der Chef halblaut, jetzt in einer fremden Sprache, so als wollte er den *netten Holger* nicht aus seinem tiefen Schlaf aufwecken.

„Das war´s, schade dass Fiffi nicht auf seine Kosten kam." Das sagte er in Deutsch. Vielleicht, damit der Hund ihn verstehen konn-te, sein Bedauern mitbekam. Er hätte ihm das Vergnügen gegönnt.

Er drückte einen Knopf auf seinem Handy, sagte ein einziges Wort und drückte wieder einen Knopf.

Die *Mannschaft* machte sich zum Aufbruch bereit. Es ging wie eingeübt, so als würden sie jeden Tag eine solche Strafaktion durch-führen.

Der eine wischte an Holgers herumliegender Hose die Blutspu-ren vom Schläger ab und verstaute ihn wieder in seiner eigenen Hose. Das dünnere Ende reichte wieder bis fast in seine Achselhöhle.

Fiffi bekam wieder seinen Maulkorb. Jeder fischte sich seine Lederjacke und man war bereit zum Gehen.

Einer fragte noch etwas leise in der fremden Sprache. Alle schauten dann nach dem Canapé, dort wo die Papiere lagen. Der Chef steckte sich ein paar in die Tasche. Dann machte er die Tür auf, gab leise ein kurzes Kommando zu dem Türsteher.

Aus der Haustür gingen sie in kleinen Abständen, einmal zu zweit und dreimal allein. Sie liefen ohne Hast zu den Autos, nur beobachtet von einer Oma, die im ersten Stock, schräg gegenüber aus dem Fenster schaute. Sie hatte ihre Arme auf einem Kissen verschränkt, die immer noch beachtlichen Brüste Richtung Hals verschoben.

Im Näherkommen und vor dem Einsteigen auf der Fahrerseite sagte der Chef, nein er flötete es beinahe: „Schöner Tag heute, nicht war gnädige Frau."

Dann blieb er stehen. Schaute der Frau in die Augen und zischte gut vernehmlich: „Scher dich weg vom Fenster du verschrumpelte Mumie, schließ es und ziehe die Vorhänge zu. Wenn ich erfahre, dass du etwas gesehen haben willst, schneide ich dir eigenhändig die vertrocknete Kehle durch. Hast du verstanden?"

Die letzten Worte bekam die Dame so gut wie nicht mehr mit. Sie hatte sich aufgerichtet, die Brüste rutschten nach unten, sie hatte ihr Kissen gegrabscht und schnell die Fensterflügel geschlossen. Tatsächlich zog sie auch noch die Gardinen zu.

Die schweren schwarzen Wagen fuhren davon, ohne dass andere scheinbare oder mögliche Zeugen sie gesehen hatten und als verdächtig melden konnten. Jedenfalls, das dachten sie.

Der Chef wählte im fahrenden Auto eine kurze bekannte Nummer in seinem nicht registrierten Handy: „Im 2. Stock, Neuer Heuweg Nummer 28, liegt ein Schwerverletzter."

Dass die Stimme noch nach seinem Namen fragte, hörte er schon nicht mehr. Er hatte die Verbindung bereits unterbrochen.

12
Heimat der schweren Jungs

Der Beobachter
Raúl saß in seinem gemieteten Golf in der Einbahnstraße Neuer Heuweg auf der Höhe der Hausnummer 17. Die schweren Autos der mindestens ebenso *schweren Jungs* standen schon eine Weile am Bürgersteig in Wartestellung.

Ein roter Kleinwagen, ein älteres Modell Ford Fiesta, kam und wurde direkt vor dem Golf geparkt. Die Fahrerin, eine etwas übergewichtige jüngere Frau packte zwei prall gefüllte Plastiktaschen, verschloss den Wagen und ging in das Haus Nr. 17.

Raúl musste seinen Golf etwas zurücksetzen, damit er mit der Beobachtungskamera den optimalen Blick auf den Eingangsbereich des Hauses Nr. 28 behielt. Ein Kerl entstieg dem schwarzen Van und schaute die Straße hoch, in Raúls Richtung.

Raúl fragte sich schon, ob seine Mission aufgeflogen war. Das Zurücksetzen seines Autos war womöglich den sicher wachsamen Augen in den dunklen Autos nicht entgangen. Sie würden misstrauisch werden. Sollte er sich ducken, verstecken, tun als ob er schliefe? Diese Idee verwarf er schnell. Denn wenn sie auf ihn aufmerksam geworden waren, dann, weil er zurückgesetzt hatte. Also war jemand im Auto. Auch gelangweilt Zeitung lesen würde jetzt auffällig sein.

Der Kerl aus dem Van war bereits bis auf etwa zehn Schritte nahegekommen. Er schaute zwar nicht zum Auto herüber, mehr tat er so, als wolle er sich ein wenig die Beine vertreten, schaute die

Straße entlang, zog an einer Zigarette.

Jetzt wird es Zeit, dachte Raúl.

Kurz entschlossen stieg er aus, schloss mit ausholender Geste mit der Fernbedienung die Wagentüren. Dann lief er etwas zurück, bis er die Hausnummer 15 vor sich hatte. Er trat an den Rand des Bürgersteigs, stellte sich mit dem Rücken zur Straße und schaute an dem dreistöckigen Bau hoch. Dann ging er, wie kurz entschlossen auf die Eingangstür zu. *Auf keinen Fall nach dem rauchenden, verdächtigen Burschen schauen*, dachte Raúl.

Neben der Eingangstür befand sich eine Gegensprechanlage mit sechs Klingelknöpfen. Er wählte die oberste und drückte sie. Nach einer Weile wiederholte er diesen Vorgang, drückte wesentlich länger, drückte dann mit Intervallen noch einige Male.

Dann sagte er in einer Lautstärke, dass es auch von einer Person auf der gegenüberliegenden Straßenseite vernommen werden konnte: „Mach schon auf."

Dann, nach einer kleinen Weile: „Nun mach schon, ich weiß, dass Du da bist. Verdammt nochmal, das kann doch nicht ewig so weitergehen, ich habe ein Recht darauf meine Tochter zu sehen."

Dann wartete er weiter etwa eine halbe Minute. Dann trat er wieder an den Rand des Bürgersteigs, schaute wieder nach oben und sagte wieder, mehr zu sich selbst aber wieder in der vorher belegten Lautstärke: „Ich weiß, dass Du da bist, ich sitz doch hier schon zwei Stunden."

Dann einige Tonlagen tiefer: „Blöde Zicke!" Eben etwas leiser, denn die Nachbarn mussten ja nicht alles mitbekommen. Dann wieder etwas lauter: „Ich bleibe hier, und wenn es die ganze Nacht sein muss."

Er ging nochmals zu den Klingelknöpfen und drückte wieder langanhaltend. (Hoffentlich kam unterdessen Holger nicht nach Hause - dachte Raúl.)

Dann drehte er sich, ging langsam, mit leicht gesenktem Kopf, wie frustriert zu seinem Wagen. In einem Augenwinkel konnte er feststellen, dass der Bursche wieder zurückgewandert und bereits wieder beinahe an dem ersten Van angekommen war.

Huch, das war knapp. Natürlich hatte er den Klingelknopf nicht wirklich gedrückt. Und hatte immer gehofft, dass nicht wirklich jemand das Fenster öffnete und nach seinem lächerlichen Begehren fragte.

Langsam öffnete er die Tür seines Wagens, blieb dann nochmals stehen und schaute wieder hoch zu den Fenstern im dritten Stock des Hauses Nr. 15.

Dann stieg er sorgsam bedächtig in seinen Wagen.

Vorne, bei den dunklen Autos war niemand mehr im Freien.

„Aber Achtung", ermahnte er sich selbst.

Bereits kurz nach seiner Ankunft an seinem Stammplatz, hatte er die kleine Videokamera in die vorbereitete Position gebracht. Dazu hatte er den Innenspiegel abmontiert und eine selbst gebastelte Haltevorrichtung an seiner Stelle angebracht. Die Kamera passte genau hinein, konnte auch innerhalb bestimmter Grenzen in der Aufnahmerichtung verändert werden.

Das Ganze sah dann im Betrieb so aus, als hätte er in diesem Auto einen etwas sonderbaren Spiegel - aber sowas sollte es ja heutzutage geben.

So konnte er über eine Fernbedienung den Zoom verstellen. Die Aufnahmeschärfe regulierte sich von selbst. Den Fahrersitz hatte er etwas nach hinten verstellen müssen, so konnte er bequem den gewünschten Bildausschnitt auf dem kleinen Monitor beobachten.

Für den Fall, dass er den O-Ton benötigte bzw. wünschte, so war dies schon etwas schwieriger. Ursprünglich hatte er das nicht vorgesehen. Er hatte jetzt dafür das Fenster auf der Fahrerseite geöffnet und bei Bedarf würde er das leistungsstarke Richtmikrofon nach draußen halten. Er hatte es ausprobiert und es fiel auch weiter gar nicht auf. Besonders auf eine Entfernung von vielleicht 20 bis 30 Schritten.

Die Kabel lagen verdeckt und waren von außen nicht wahrzunehmen.

Die Kamera hatte einen frischen Akku und einen großzügigen

Speicher. Gefilmt hatte Raúl bereits die Ankömmlinge mit ihren dunklen Autos und ihren Einmarsch ins Haus Nr. 28. Dann war festgehalten, wie sie wieder zurückkamen und in ihre Autos stiegen. Wegen deren getönten Scheiben konnte Raúl leider nicht mitverfolgen, ob sie ihn, bzw. die Umgebung streng beobachteten. Er war sich jetzt sicher, dass dies aber der Fall war.

Was Raúl nicht wissen konnte, war, ob sie jetzt auf seinen Trick hereingefallen waren oder nur einen geeigneten Moment abwarten wollten, um ihm *zu nahe zu treten.*

Dann kam endlich Holger. Raúl schaltete wieder die Kamera ein. Langsam steckte er das Richtmikrofon nach draußen, hielt die Hand hinter den Außenspiegel, kontrollierte mit dem kleinen Stecker im linken Ohr die optimale Richtung bzw. die bestmögliche Aufnahme. Das Potentiometer brachte ihm jetzt keinen Vorteil, da er mit der Beobachtung der Szene beschäftigt war. Er hatte sich jetzt so weit zurückgelegt, dass er eigentlich nicht mehr hinter dem Lenkrad wahrgenommen werden konnte.

Tatsächlich schauten zwei Typen in seine Richtung, schienen sich aber zufrieden zu geben. *Der Kerl in dem Golf schien sich auf eine lange Nacht eingestellt zu haben.*

Raúl ließ die Kamera laufen, auch nachdem die Typen in dem Haus 28 hinter Holger verschwunden waren.

Nach einer geschätzten Viertelstunde, es kann auch etwas länger gedauert haben, erschienen die Burschen wieder. Nicht direkt hintereinander, sondern etwas zeitversetzt. Einer lief wieder auffallend steif, er hatte sogar Schwierigkeiten in das Auto zu steigen. Man könnte direkt Mitleid mit dem Kerl bekommen, dachte Raúl.

Raúl hörte die Unterhaltung mit der alten Dame in dem Fenster gegenüber. Die Audio-Aufnahme war brauchbar. Und die gegen sie gerichtete kaum versteckte Drohung.

Dann war es vorbei.

Die beiden Wagen fuhren jetzt weg. Weniger als eine Minute später, war alles wieder so in der Straße, wie es eben sonst immer war.

Ja, was jetzt", dachte Raúl für einen Moment? Er hatte zwar einige Gedanken gewälzt - was wäre oder ist, wenn? Aber irgendwie hatte ihn dieser Moment doch überrascht. Sollte er jetzt schnellstens in die Wohnung gehen, sehen was mit Holger geschehen war, ihm eventuell Hilfe leisten?

Zunächst muss ich auf weitere Überraschungen gefasst sein. Es könnte sogar sein, dass sie etwas vergessen hatten. Wiederkamen, in der Einbahnstraße aus derselben Richtung. Vielleicht aus irgendeinem anderen Grund zurückkamen, vielleicht sogar wegen ihm. Sie würden ihn dann genau auf dem Weg zu Holger erwischen oder bereits bei ihm.

Das konnte nicht gut sein für sein eigenes Wohlbefinden.

Er nahm die Kamera aus der Halterung, wechselte den Akku und legte als Vorsichtsmaßnahme einen neuen Speicher ein.

Gerade als er die Kamera wieder in ihre Position gebracht hatte hörte er das Martinhorn. Der Notarztwagen stoppte auf dem Platz, den die dunklen Autos geräumt hatten. Zwei Helfer verließen den Wage und verschwanden im Haus 28. Jeder trug eine große Tasche. Raúl ließ die Kamera laufen.

Er war der Frage *hineingehen oder nicht entledigt? Helfen? Schauen? Retten usw.* entledigt.

Da mussten doch die Burschen noch den Rettungsdienst angerufen haben. Oder waren es Mitbewohner des Hauses? Mitbewohner, die vielleicht das Drama mitbekommen hatten. Sich nach dem Verschwinden der Übeltäter nach dem Opfer umschauten?

Diese Frage braucht mich im Moment nicht zu quälen, dachte sich Raúl.

Dann kam ihm doch der Gedanke, dass die Kerle vielleicht sein Autokennzeichen notiert hatten. Er verwarf allerdings wieder diese Möglichkeit. Wenn sie ihn ernsthaft verdächtigt hätten, dann wäre er kaum noch freiwillig von seinem Parkplatz weggekommen. Diese Kerle pflegten ein Problem nicht auf die lange Bank zu schieben. Es könnte sich ja auswachsen. Zumal das Kennzeichen auf einen weit entfernt liegenden Standort, den Hauptsitz des Vermieters hinwies.

Raúl beglückwünschte sich zu seinem Einfall den geschiedenen oder getrenntlebenden, beleidigten oder empörten Ehemann zu spielen, der seine Tochter sehen wollte. Dazu war er aus einer ganz anderen Gegend Deutschlands angereist. Das Kennzeichen bewies es.

Der Fahrer des Rettungswagens war mittlerweile ebenfalls in das Haus gegangen. Ein Helfer kam zurück, ging mit einigen Gegenständen im Laufschritt wieder in das Haus.

Zu zweit holten sie nach einer Zeitspanne, die Raúl wie eine kleine Ewigkeit vorkam, eine Trage.

Wieder dauerte es lange, recht lange, was Raúl nervös machte. Andererseits tröstete er sich, dass unter diesen gegebenen Vorgängen Holger wenigstens noch am Leben war. Sie bereiteten ihn für den Transport vor. Wäre er nicht mehr lebendig, sie wären längst resigniert wieder aus dem Haus gekommen und hätten möglicherweise einen Leichentransport geordert. Oder die Spusi einbestellt, dachte Raúl.

Dann erschien einer der Helfer vor der Haustür, drehte sich auf der Schwelle um, schaute nach innen, dann erschien der zweite Helfer rückwärtsgehend. Schließlich sah Raúl die Trage, auf der ein Bündel festgeschnallt war. Das Bündel hing an einem Tropf.

Raúl atmete auf. Seine Mission würde bald beendet sein. Unglücklich für Holger, aber es bestand Hoffnung, dass er weiterhin leben konnte. Vielleicht ein besseres Leben beginnen konnte. Die Täter wollten offenbar Holger ebenfalls eine Chance pro vita geben.

In einem kurzen Moment des Aufatmens registrierte Raúl, dass mit diesem Ende womöglich Kinder vor dem Einstieg in ein Drogenleben bewahrt wurden. Es war die positive Seite einer vorläufigen Bilanz. Er würde sich aber noch detailliert mit der Aufarbeitung befassen. Raúl registrierte dann doch in seinem Körper ein beklemmendes Gefühl.

Er filmte auch noch die Abfahrt des Rettungswagens, er nahm auch das Tatütataa auf und schaltete dann die Kamera und das Micro aus.

Jetzt würde er Morgen den Innenspiegel wieder ordnungsgemäß anbringen, würde sich nach dem Gesundheitszustand Holgers erkundigen und sicherlich die Heimreise mit der Bahn antreten können.

Die neu erworbenen technischen Spielereien für verdeckte Beobachtungen, konnte er womöglich auch in Zukunft gut gebrauchen.

Was er mit den Aufnahmen, sowohl im Aquarium als auch im Neuen Heuweg anfangen würde, das würde er später in aller Ruhe überdenken.

Möglich, dass Holger lediglich eine Lektion erhalten hatte. Sozusagen einen Schuss vor den Bug seines Lebensschiffes. Dass der Vorgang lediglich eine ernste Warnung war doch sofort einen neuen Kurs einzuschlagen. Dann würde es wahrscheinlich Holger mehr nutzen, wenn die Polizei keine Einzelheiten und Hintergründe von dem Geschehen erfuhr.

Wenn aber doch, dann würden sie den schweren Jungs das Leben schwer machen - müssen. Und diese würden zwei und zwei zusammenzählen. Sie hätten dann sicher sein können, dass Holger, trotz entsprechend angekündigter Strafen, geplaudert hatte. Das würde wiederum Konsequenzen nach sich ziehen. Ausschließlich zum Nachteil Holgers.

Dass die Polizei alle Schurken hinter Schloss und Riegel stecken konnte, sozusagen auf einen Schlag, war unwahrscheinlich. Es würden immer noch genug im freien kriminellen Verkehr bleiben, um allerlei Unheil anzurichten, Rachegelüste auszuleben.

Aber, diese Gedankengänge waren müßig. Um schlauer zu werden, würde Raúl jetzt zunächst die Lage, die Ist-Situation peilen müssen.

Dann kam doch noch so ein neuer Gedanke auf: Sollte er vielleicht Holger ausführliche Dokumentationen der Vorgänge, beispielsweise einen gut geschnittenen Film, zukommen lassen? Sozusagen als Entscheidungshilfe. Könnte das eine Hilfe, eine Unterstützung für Holger sein, derart, dass er daraus lernen konnte und ein neues Leben beginnen würde?

Aber zunächst musste er feststellen, inwieweit die Verletzungen Holgers reichten. Wegen ein paar Kratzer und einem kurzen stationären Aufenthalt würde der niemals seinen Lebenswandel aufgeben. Da musste schon etwas Schlimmeres vorfallen. Doch wiederum entschied sich Raúl für das Abwarten. Er würde das Krankenhaus kontaktieren müssen, in das Holger eingeliefert wurde. In welches? Das dürfte nicht allzu schwierig sein, in Anbetracht der überschaubaren Zahl in der Stadt.

Endlich konnte Raúl wieder ausschlafen, kein Zeitdruck und keine Verpflichtung. Trotzdem schlief er schlecht. Das konnte aber auch von dem ausgiebigen und guten Abendessen gekommen sein.

Am nächsten Vormittag rief er im städtischen Krankenhaus an und traf auf Anhieb ins Schwarze. Er fragte nach Holger Steinebrey und bekam die Bestätigung, dass er gestern zwischen sechs und halb sieben eingeliefert wurde. Ja Herr - wie war noch ihr Name? Aber weitere Auskünfte dürfen wir nicht geben, das verstehen Sie doch, bitte.

Raúl verstand und beschloss als ein Familienmitglied im Krankenhaus aufzukreuzen. Dann konnte er sicherlich mehr über den Zustand Holgers erfahren.

13
Gewaltspirale

Das Geländefahrzeug blieb im Hof, der Van kam in eine Scheunenbox. Sofort kam der Hund wieder in den Zwinger. Der Chef für Außeneinsätze beeilte sich zum Familienoberhaupt/ Generalmanager/Direktor/Boss/Anführer zu kommen. Der legte diesmal seine Beine nicht auf den Schreibtisch. Der Ärger bzw. die Spannung war jedoch immer noch groß. Die Art der Dinge aber, wie sie gerade erledigt worden waren, nahm schon längst nicht mehr in jedem neuen Fall seine Zeit und Aufmerksamkeit voll in Anspruch.

Die Unterhaltung fand in einem Idiom statt, das die Lebensläufe der beiden jungen Männer noch mehr in ein mysteriöses Licht rückte.

Zuerst warf Huss, der Chef, seine Lederjacke über einen Sessel.

Dann warf er ein Bündel Papiere auf den Tisch. Sie sahen nach nichts aus. „Das haben wir Dir mitgebracht. Er hatte es in einem alten Sofa versteckt, dieser Schwachkopf. Und stellte sich auch noch vor, wir wären so dämlich und kämen nicht hinter seine Schliche. Mann ist der Kerl ein ausgewiesener Huevón."

„Das heißt", unterbrach der Pat den Redefluss Huss´, „er ist noch am Leben." Es war keine Frage.

Er benötigte und bekam auch keine Antwort. Denn er hatte sich unterdessen einige der ominösen Papiere im Format von Geldscheinen vom Tisch gegriffen. Was offenbar seine Aufmerksamkeit voll in Anspruch nahm. Huss enthielt sich - noch - jedes Kommentars.

Der Clanchef Pat roch an den gewesenen Geldscheinen und bemerkte absolut richtig: „Die stinken genauso. Nach Katzenpisse. Du hast also nichts herausbekommen?"

„Ich kann mir nicht vorstellen, dass der Kerl wirklich was mit dem gefälschten Geld zu tun hat. Der ist viel zu harmlos und auch noch zu blöd. Keiner, kein hochkarätiger Geldfälscher wird sich mit einem Typen einlassen, der nur noch mit zugedröhntem Kopf halbwegs plausible Gedankengänge auf die Reihe bekommt. Und, wer diese Scheine macht oder sie in Verkehr bringt, ist kein solcher Schwachkopf, um sich ausgerechnet der Dienste dieses Idioten zu bedienen. Aber er hat uns beschissen und dafür haben wir ihn bestraft."

„Hast du ihn ein für alle Mal erledigt?"

„Eigentlich schon."

Huss grinste sein hämischstes Lachen. „Wenn er davonkommt, wird er nur noch als Gespenst in einem Vergnügungspark Verwendung finden."

Jetzt lachten beide laut auf.

„Aber den Ibbe werde ich mir noch vorknöpfen. Wenn der mit der Geschichte was zu tun hat, dann soll er sich warm anziehen. Wir werden sehen!"

„Übrigens...."

Raúl kam gegen elf Uhr im Krankenhaus an. Bei dem netten Fräulein fragte er nach Holger Steinebrey.

„Sind Sie mit Herrn Steinebrey verwandt?"

„Das nicht, aber sein Vater, er ist gelähmt, wissen Sie, er hat mich als Freund der Familie beauftragt nach Holger zu schauen. Der arme Mann macht sich große Sorgen. Ich will ihn nicht enttäuschen und so möchte ich für ihn in Erfahrung bringen, wie es Holger geht."

„Verstehe", sagte das Fräulein.

„Einen Augenblick, ich frage nach." Doch, wirklich, sie war nett, die kleine Dame hinter dem großen Tisch.

Sie wählte eine vierstellige Nummer und hatte nach einer Weile Verbindung. Raúl konnte hören wie sie sich nach Holger erkundigte. Dann sagte sie eine längere Weile nichts. Sie hörte zu. Schaute dann ganz langsam zu Raúl auf. Nickte zweimal. Bekam einen sehr ernsten Gesichtsausdruck. Sagte noch dreimal *ja..* und ..aber *ja..* Dann legte sie den Hörer fast ehrfürchtig auf.

Raúl machte sich auf das Schlimmste gefasst.

Dann sagte das Fräulein: „Herr Steinebrey befindet sich wieder im OP. Es wird noch eine Weile dauern."

Raúl fragte noch: „Wie geht es ihm sonst? Was kann ich seinem Vater sagen?"

„Mehr kann ich Ihnen dazu auch nicht sagen, aber der Stationsarzt sagte mir, dass Sie doch bitte einen Moment warten möchten, er kommt gleich. Und er wird Ihnen dann Näheres mitteilen."

Raúl sagte noch danke und wollte sich schon abwenden. Aber die Augen des Fräuleins waren so merkwürdig groß geworden. Etwas verwunderte Raúl. Es waren keine bewundernde, schmachtende Augen, die ihm und seiner gutaussehenden Erscheinung galten. Da hatte Raúl eine gewisse Erfahrung.

Er sagte: „Ich warte gerne in Ihrer Gesellschaft."

Doch auch das änderte nichts an ihrem nun erkennbar angestrengten Gesichtsausdruck.

Raúl sagte dann noch: „Sie sind neu hier, nicht wahr?"

Das Fräulein nickte und sagte: „Seit zwei Wochen."

Dann hob sie den Hörer, beinahe wie in Trance ab und wählte 110. Raúl hatte es mitbekommen. Das, was er ahnte, genau das war eingetreten.

Es würde nicht lange dauern und der eine oder andere Beamte in Uniform würde aufkreuzen, ihn bitten, doch für eine kleine Weile mitzukommen, reine Routine. Da war etwas oberfaul.

Zu dem Fräulein sagte er noch: „Gibt es in der Nähe einen

Kaffeeautomaten? Ich habe heute noch nicht gefrühstückt, die Aufregung, wissen Sie."

Das Fräulein nickte und sagte, „gleich da vorn rechts."

„Danke", sagte Raúl, lächelte und sagte dann noch: „Sollte der Oberarzt, oder wer immer zu meiner Information kommen will, vor mir da sein - ich bin sofort zurück und freue mich mit ihm zu sprechen. Ich hoffe er hat keine allzu schlechten Nachrichten für mich", Raúl zögerte einen Moment, „und seinen besorgten Vater," ergänzte er noch.

Das Fräulein schaute ihn immer noch etwas entgeistert an, griff dann zum Hörer, weil ein musikalischer Ton den Eingang eines Gesprächs signalisierte.

Dann ging Raúl ruhigen Schrittes in Richtung Kaffeeautomaten.

Dort kam er aber niemals an. Eines war für Raúl in erster Konsequenz klar, er musste sich aus dem Dunstkreis des Vorfalls rund um Steinebrey heraushalten.

Als er durch die Tür der Notaufnahme hinausging, fuhren zwei Polizeiautos vor. Gleich vier Herren setzten sich ihre Dienstmützen auf und gingen schnellen Schrittes die Treppe zum Haupteingang hinauf.

Raúl überlegte angestrengt. Juristisch würde man ihm eine Mitschuld am Schicksal Holgers nicht nachweisen können. Aber in Anbetracht des offenbar sehr ernsten Zustandes des Opfers, würde es die Polizei nicht bei einer oberflächlichen Befragung belassen. Sie würden in ihren Akten bestimmt einen „versuchten Mord" vermerken. Am Ende würden die sich noch eine Hausdurchsuchung genehmigen lassen. Dann würde er so oder so zeit seines Lebens mit einem sehr negativen Eintrag in seinen Akten geführt werden. Er wäre dann für sein Leben lang kein unbeschriebenes Blatt mehr. Bei ähnlichen Vorfällen würden sie bundesweit immer wieder seine persönlichen Daten für einen Abgleich hinzuziehen. Darauf wollte er gerne verzichten.

„Herr Steinebrey, hören sie mich -- Herr Steinebrey, hören sie mich?"

Diese Frage wurde im Krankenhaus auf der Intensivstation noch oft wiederholt. Holger lebte zwar noch, aber er konnte immer noch nichts von seiner Umwelt wahrnehmen.

Dann war es schließlich doch so weit. Holger konnte reagieren und Zeichen geben, dass er höre.

Man hatte das eingesammelt, was von ihm übrig war.

Ein Bein war nicht mehr zu retten, ebenso ein Auge. Vielleicht würde er sein rechtes Bein wieder einigermaßen bewegen können. Das würde sich nach Monaten oder vielleicht sogar erst in einem Jahr feststellen lassen, wenn die ersten Rehamaßnahmen durchgeführt worden waren.

Eine Hand bestand nur noch aus einem unförmigen Klumpen. Wie weit man da noch irgendeine Bewegungsfreiheit wiederherstellen konnte, das stand auch noch nicht fest. Eher aber unwahrscheinlich.

Die Milz war entfernt worden, musste entfernt werden. Die gebrochenen Rippen schienen ihrer Funktion entsprechend wieder zu arbeiten. Man hatte Splitter entfernt, die sich bedrohlich in die Lunge zu bohren anschickten. An vielen anderen Stellen mussten die behandelnden Chirurgen noch eingreifen. Aber es war nicht sicher, ob sie überhaupt alle Schäden auffinden konnten. Es sah um den Patient Holger Steinebrey sehr ernst aus. Sie mussten die Polizei informieren.

„Herr Steinebrey, haben sie Angehörige, die wir informieren können?"

Herr Steinebrey wollte *Scheiße* sagen. Aber, um dieses Wort richtig auszusprechen, braucht man kurioserweise auch seine Zähne. Bei Holger aber Fehlanzeige.

Raúl blieb noch in der Stadt. Jetzt Hals über Kopf abzuhauen würde irgendwann als Verdachtsmoment in den Ermittlungen der Polizei auftauchen. Sie würden auch die Meldeformulare der Hotels entsprechend auswerten.

Er hoffte am nächsten Tag in der lokalen Zeitung Näheres über einen gewissen Holger Steinebrey zu erfahren.

Aber ein Name Holger Steinebrey wurde nicht erwähnt. Wohl aber unter den polizeilichen Nachrichten, dass an einem jungen Mann ein scheußliches Verbrechen begangen wurde. Man habe ihn, nach einem anonymen Anruf, unter mysteriösen Umständen sehr schwer verletzt in seiner Wohnung gefunden. Sein Überleben sei noch nicht gesichert. Die Ärzte bemühten sich ihn am Leben zu halten. Mit bleibenden Behinderungen müsse er leider rechnen. Nach dem oder den Verbrechern, die die abscheuliche Tat verübten, werde gefahndet. Die Polizei bittet um sachdienliche Hinweise. Zeugen mögen sich auf der nächsten Polizeidienststelle melden. Alle Hinweise würden selbstverständlich diskret und vertraulich behandelt.

Man gehe von einem Raubüberfall aus. Es müsse aber den Falschen getroffen haben, denn der Betroffene sei Sozialhilfeempfänger.

Leider sei Herr Steinebrey noch nicht ansprechbar.

Die Polizei habe noch um Verständnis gebeten, dass sie wohl frühestens nach einigen Tagen mehr zur Tat berichten könne.

14
Wer Wind säht...

Schräg gegenüber von Hausnummer 28, in der Straße Neuer Heuweg, hielt das Fahrzeug einer Blumenhandlung. Ein junger kräftiger Mann, dunkler Teint, schmaler Oberlippenbart, Bürstenhaarschnitt, weißes Hemd und schwarze Krawatte, weiße Handschuhe, tadellos sitzende Hose und gepflegte Schuhe, holte einen großen Blumenstrauß aus dem Wagen. Das Blumengebinde war akkurat in transparentes, knisterndes Cellophan verpackt. Der Blumenbote rückte sich die Krawatte zurecht und klingelte an der Haustür mit der Nummer 23.

Ein Polizist in Zivil, der in einem Auto unweit der Hausnummer 28 saß, vermerkte auftragsgemäß den Vorgang mit Uhrzeit. Und er notierte sich den Namen der Blumenhandlung. Aber nicht das Kennzeichen. Das alles ohne Folgen für den Überbringer.

Und auch die Empfängerin sollte zunächst bei dem Beobachtungsposten keine Rolle spielen.

Für den Blumenmann hatte sich die Haustür geöffnet und er ging hinein. Es dauerte eine längere Weile, bis er wieder auftauchte, sich in seinen Wagen setzte und weiterfuhr.

Der Polizist dachte bei sich: *Hat sicher ein Trinkgeld erhalten, der Empfänger oder die Empfängerin brauchte halt Zeit. Wie das bei älteren Menschen so üblich ist.*

Doch dann begann sein einschlägig geschulter Verstand zu arbeiten und es fiel ihm wie Schuppen von den Augen: Und wenn das einer der Verbrecher war? Einer, der sicher gehen wollte, dass ein Nachbar oder eine Nachbarin nichts gesehen hatte - nichts gesehen haben durfte. Verdammt, wie war noch die Blumenhandlung? Oder, was stand da noch auf dem Wagen - es war ...? Es wird mir einfallen. Die Firma und die Anschrift habe ich ja notiert. Wohl nicht das Autokennzeichen, aber die Blumenhandlung. Nur, da stand noch etwas Bemerkenswertes.

<Schenk etwas Schönes, schenk Blumen - ihre Blumenfreunde> - so war es. Er rief in der Zentrale an, um nachzufragen.

Die Enttäuschung ließ nicht lange auf sich warten. Er hätte damit rechnen müssen. Machte sich sofort Vorwürfe. Einen solchen Blumenladen oder eine Blumenhandlung gab es nicht. Nicht in dieser Stadt und auch nicht im Internet auffindbar.

Noch war nicht alles verloren. Er rief nach Verstärkung, erklärte den Vorfall und wartete die Ankunft der Kollegen ab.

Zu dritt gingen sie dann zu dem Haus Nr. 23. Ihre Suchaktion startete bei der Wohnung, links neben einem kleinen Aufgang. Sie landeten einen Volltreffer.

Seltsam, die Tür war nur angelehnt. Auf ihr Klopfen antwortete niemand. Sie fragten laut genug, ob sie eintreten dürften. Keine Antwort. Langsam öffneten sie. Einer der Kollegen nahm die Pistole aus dem Halfter und zielte beidhändig in den Raum.

Durch einen Flur war eine etwas korpulente Frau zu sehen. In einem Sessel in ihrem Wohnzimmer. Einer der Männer hielt seinen Dienstausweis hoch erhoben und sagte laut „wir sind von der Polizei!" Auf die Frage, ob sie die Empfängerin eines Blumenstraußes sei, vor ca. 10 Minuten, erhielten sie immer noch keine Antwort und auch keine Reaktion.

Aber die arme Frau wirkte sehr verstört. Sie zitterte stark, so dass die erfahrenen Beamten sicher waren, die Zielperson gefunden zu haben. Mit weit aufgerissenen Augen starrte sie in Richtung einer Ecke des Raumes. Ihr Mund war halb geöffnet. Wahrscheinlich hatte sie sich seit dem Besuch nicht mehr von der Stelle bewegt.

Sie baten näher treten zu dürfen. Immer noch keine Reaktion. Dann gab es keinen Zweifel mehr. Im Wohnzimmer lagen weit zerstreut Blütenreste, Blumentrümmerteile könnte man auch sagen. Vor dem Wohnzimmertisch befanden sich auch die Reste von Stängeln, Blättern und ehemals dekorativem Grünzeug. Offenbar hatte der Bösewicht mit dem Blumenbündel auf alles in seiner Reichweite eingeschlagen.

Das ehedem schützende und dekorative Cellophan befand sich hinter der Tür. Einer der Polizisten rief: „Nicht anfassen."

Die Frau hatte sich jetzt mühsam aus dem Sessel erhoben. Sie zitterte immer noch, vielleicht jetzt sogar mehr. Sie schaute immer noch ins Leere. Mit unbeweglichen Augäpfeln starrte sie irgendwohin. Sie machte jetzt den Eindruck einer Blinden, einer Person, die sich nicht orientieren kann, sich nicht mehr zurechtfindet.

Jetzt brach sie urplötzlich in Tränen aus. Das Wasser floss schnell durch eine Puderschicht auf ihren Wangen und hinterließ Schlieren. Die Augen bewegten sich immer noch nicht. Starr schaute sie weiterhin wie hypnotisiert geradeaus. Sie schien zu wanken, vielleicht kippte sie um. Sie würden Hilfe brauchen. Eine solch schwere Person wieder auf die Beine zu stellen, wäre sicher nicht einfach. Oder sie würden sie vielleicht sogar wiederbeleben müssen.

Sie beschlossen am besten gleich den Notarzt zu rufen.

Zu zweit führten sie dann die Frau wieder zu einem Platz auf der Couch. Setzten sie. Sie versuchten mehr zögerlich, sie in dieser Position zu halten. Dabei waren die Beamten sichtlich bemüht, bei ihren Hilfestellungen die großen Brüste der Frau nicht in ihre Haltegriffe einzubeziehen. Dann schloss ein Kollege die Tür und gemeinsam versuchten sie die Frau zu beruhigen. Sie schien aber tatsächlich zu kollabieren. Ihr Atem war sehr kurz und ging nur noch stoßweise. Ihre Gesichtsfarbe veränderte sich, soweit sie nicht von einer Puderschicht bedeckt war, von weiß in Richtung grau. Sie war nur noch ein Haufen Elend. Ein recht großer und schwerer Haufen Elend.

Sie hatten den Notarzt gerufen.

Unterdessen fächelten sie ihr abwechselnd mit einer Illustrierten Luft zu. Ihre hochgeknöpfte Bluse wollte denn doch keiner öffnen, um der Frau das Atmen zu erleichtern. Wie hätte das ausgesehen, bei diesem gewaltigen Brustumfang?

Dann begann die Frau ununterbrochen zu stammeln: „nein - nein - nein - "

Die Polizisten redeten abwechselnd, versicherten wiederholt, dass sie Polizisten seien, ihr helfen wollten, ihr nichts antun würden. Sie seien doch da, um ihr zu helfen, sie zu schützen. Sie konnten allerdings nicht ahnen, dass diese letzte Behauptung in den Ohren der Frau wie Hohn klingen musste.

Sie beteuerten dann auch, dass es nicht mehr lange dauern würde, bis ein Arzt käme. Er sei bereits unterwegs.

Die Frau schien sich nicht beruhigen zu wollen. Oder beruhigen zu können. Hin und wieder schnellten ihre Arme nach vorn, nach oben, fielen dann wieder in die Ausgangsstellung zurück.

Der Notarzt traf ein. Man half ihr sich auf die Couch zu legen. Der Notarzt maß den Puls, den Blutdruck, leuchtete ihr in die Augen, öffnete dann doch die Bluse ziemlich weit. Er gab er ihr eine Spritze.

Dann wandte er sich schließlich den Polizisten zu.

„Die Frau muss einen Schock erlitten haben." Ob sie denn die Auslösenden, die Verursacher, der Grund sein könnten, fragte er die Polizisten. Oder ob sie Erklärendes über ihren Zustand aussagen könnten?

Der Polizist, der auf Beobachtungsposten war, schilderte das Vorkommnis, beschrieb auch das Motiv seiner Beobachtung.

Das sah beunruhigend aus. Alle verspürten jetzt eine Beklemmung. Hier lief offenbar eine unheimliche Tragödie ab. Sie würden Arbeit bekommen. Und so verständigten sie sich, dass sie zunächst den Dienst der Spurensicherung einschalten mussten.

Der Arzt entschied die Frau ins Krankenhaus zu verbringen. Dies besonders im Hinblick auf die beobachtete kritische und instabile Situation. Sie sollte unter Beobachtung bleiben. Und reden würde sie sowieso bald. Bald werde die Wirkung der Beruhigungsspritze voll wirken, dann würde sie womöglich angstfrei erzählen. Sie nickte, als man ihr anbot, sie stationär zu behandeln. So weit war sie offenbar wieder präsent.

So sollte Frau Fuhrmann, Witwe, in das gleiche Krankenhaus verlegt werden, in dem Holger noch mit dem Tode rang. Ihr Zustand war ernst aber doch vergleichsweise weniger dramatisch. Bis jetzt wenigstens.

Auch mit der Unterstützung zweier Polizisten wurde sie in den Rettungswagen gesetzt. Man überprüfte noch, dass in der Wohnung das Gas abgeschaltet, die Fenster geschlossen und die Lichter aus waren. Dann verschloss man die Eingangstür. Einer der Polizisten erklärte das der halb bewusstlosen Frau. Er sagte aber nichts von Spurensicherung.

Bald würde sie zwar in der Pflege des Hospitals sein, aber auch in der Obhut und unter Beobachtung der Polizei. Das müsste - das konnte den potenziellen Kriminellen nicht entgangen sein. Sie mussten befürchten, dass die Frau aussagen würde. Und sie würden mit hoher Wahrscheinlichkeit versuchen sie endgültig zum Schweigen zu bringen. Weswegen und worüber auch immer.

Dass diese Befürchtungen, und die damit verbundenen Absichten, ernst zu nehmen waren, das hatte nun die Polizei erfahren. Eigentlich hätte sie daraus einen ernsteren Hintergrund zu dem Fall Holger Steinebrey ableiten sollen. Die Alarmstufe hätte erhöht werden müssen. Dem war zunächst offenbar nicht so. Die Verbindung zu dem Fall Steinebrey blieb, was die Polizeiarbeit anging, nicht klar und weithin unerkannt.

In diesem Sinne wurde auch die Organisation, die kriminelle Vereinigung oder das Kartell mit ihren Drahtziehern, von ihrem bei ihnen hoch verschuldeten, uniformierten Vertrauensmann informiert.

Doch so einfach wollte man sich dort nicht beruhigen lassen. Sie waren bisher erfolgreich und durchsetzungsfähig, weil sie immer misstrauisch waren und lieber übervorsichtig. Sie handelten nach dem Motto, lieber einmal zu oft und zu viel handeln, lieber über das Ziel hinausschießen, als später ein Versäumnis eingestehen zu müssen.

Und so blieb die Frau Fuhrmann für die Verbrecher eine Zielperson. Die nächste Aktion war in der Planung.

15
Ein weiteres Opfer

Das Krankenhaus hatte nach der Einlieferung Holgers vorschriftsmäßig die Polizei verständigt.

Dort war man zunächst der nicht unumstrittenen Meinung, abzuwarten, bis Holger Steinebrey ansprechbar sei. Dann wollte man versuchen von ihm über den Vorgang, die Täter und möglichen Hintergründe Erhellendes zu erfahren. So musste es innerhalb der Vorschriften laufen.

Allerdings konnte sich ein jüngerer Beamter mit seiner Meinung durchsetzen, das Haus, in dem Holger gelebt hatte, zu beobachten. Zumindest für zwei Tage und Nächte. Es bestand die durchaus verständliche Möglichkeit, dass der oder eher die Täter zurückkommen würden. Weshalb auch immer. Vielleicht suchten sie etwas. Vielleicht wurde er bzw. wurden die Täter bei ihrer Strafaktion, eine solche schien es zu sein, gestört und er hatte bzw. sie hatten ihr brutales Geschäft abgebrochen.

Vielleicht war es ein Nachbar, der den Notarztwagen gerufen hatte. Aber diese Annahme war nicht zielführend. Denn der Anrufer hatte ja nach seinem Hinweis sofort aufgelegt. Die Nachforschungen zur Telefonnummer verwirrten und brachten nichts Verwertbares ein. Es war irgendein Handy, im Ausland registriert, es wurde eine aufladbare Karte benutzt. Da brauchten sie gar nicht mehr weiter zu forschen. Da kämen sicher keine Erkenntnisse heraus.

Eigentlich, ja eigentlich sollte der Zustand Holgers genügend Beweis sein, um sofort mit den Untersuchungen zu beginnen. Sie zögerten aber noch das Verbrechen als versuchten Mord zu klassifizieren.

Zwei Beamte wurden angewiesen für den nächsten Tag eine Befragung der Mitbewohner in dem Haus vorzunehmen. Diese Planungen änderten sich schlagartig mit dem Vorfall „Blumen für Frau Fuhrmann".

Der vorläufige Bericht des zur Beobachtung von Haus Nr. 28 abgestellten Beamten, über das, was Frau Fuhrmann, einer Nachbarin vom Haus gegenüber geschah, brachte dann einen Durchbruch. Es zeigte sich ein sehr ernst zu nehmender Zusammenhang mit dem Fall des zusammengeschlagenen und fast getöteten Holger Steinebrey.

Die Untersuchung kam nun beschleunigt in Gang.

Bei der Kriminalpolizei war man sauer, nicht sofort mit dem Fall betraut worden zu sein. Wertvolle Zeit war verstrichen. Verräterische Spuren waren möglicherweise bereits beseitigt, manipuliert oder sonst wie unbrauchbar geworden. Sie legte aber nun los.

Die Wohnung Holgers, soweit man sich erdreistete diese als solche zu bezeichnen, wurde nun einer kriminaltechnischen Inspektion unterzogen. Beweise sollten sichergestellt werden. Bei dem Durcheinander und der Verwahrlosung eine wahrhaft gigantische Arbeit. Man startete mit allem, was dazu gehörte. Sollte man meinen.

Allzu schnell war man aber auf das Kokain gestoßen. Wodurch die Aufmerksamkeit und Genauigkeit etwas zurückgefahren wurde. Zusätzlich wurde das Rauschgiftdezernat eingeschaltet.

Es schien ausgemacht, dass da ein Problem unter Dealern *behandelt* worden war. Eigentlich war man sich unter den Beamten einig, dass man das Aufgebot, den Aufwand allgemein, nun zurückfahren konnte bzw. sollte. Man war es einfach leid Kindermädchen für solche versaute Typen zu spielen.

Ein wenig spielte auch die nur leise ausgesprochene aber durchaus allgemein akzeptierte Meinung eine Rolle: *Sollen sie sich doch gegenseitig umbringen.* Man sollte sie *weiß Gott* nicht daran hindern. Sollten sie sich als Beamte jetzt noch *ein Bein ausreißen*, einen *dicken Kopf* machen, wegen diesen Kleinkriminellen mit dem hohen Potential für das Promoten menschlicher Tragödien? Man würde von nun an die Untersuchungen mit gedrosselter Energie fortführen. Sie bei erstbester Gelegenheit versanden lassen und einstellen.

Bei ihren weiteren Unterhaltungen zwischen den Untersuchungsbeamten ließen sie ihrer Verachtung gegenüber solchem menschlichen Abfall freien Lauf.

Dann hatte man auch Papiere gefunden, die in ihrem Format, ihrer Größe und Konsistenz einer gängigen Euronote glichen. Somit beschlossen sie nun auch das Falschgelddezernat hinzuzuziehen.

Damit hatte man zwar eine neue Spur. Man sah sich als „stinknormale" Kriminaler bereits aus dem Schneider. Andererseits war das mit dem Falschgeld auch eine sehr gewagte Vermutung. Schließlich hatte man noch nicht einmal einen einzigen falschen Geldschein zu Gesicht bekommen. Aber einer der Kollegen, ein besonderer Schlauberger, vertrat nun mal vehement diese Falschgeldansicht. So ergab sich jetzt auch eine Akte beim Falschgelddezernat.

Holger stand somit dreifach unter Druck, war Gegenstand von Ermittlungen aus drei verschiedenen polizeilichen Abteilungen. Das einzig Tröstliche dabei war, er konnte nichts davon mitbekommen. Weder bisher und auch in absehbarer Zukunft nicht.

Auch bei Fingerabdrücken wurde man fündig. Am Türrahmen gab es, außer einer Vielzahl von Holgers Spuren, auch eine andere.

Der Rest war unergiebig, abgesehen davon, dass er auch ziemlich unappetitlich war.

Die Wohnung wurde dann versiegelt.

So kam es dazu, dass den Kripobeamten die „*Geschichte*> von Frau Frieda Fuhrmann ins Büro flatterte. Dass da ein ursächlicher Zusammenhang bestand, war dann diesen Fachleuten schnellstens klar.

Der behandelnde Arzt im Krankenhaus gab, unter Vorbehalt, seine Zustimmung zu einer nicht allzu langen Vernehmung der gebrochenen Frau - was immer er darunter verstand. Natürlich war es auch ihm klar, dass eine rasche Aufklärung im Interesse aller war, nicht zuletzt auch der armen Frau. Vorerst konnte sie immer noch keine zusammenhängenden Sätze sprechen. Da keine äußeren Läsionen sichtbar waren und auch eine CT nichts erbrachte, brauchte er für eine erfolgversprechende Therapie einen konkreten Ansatz. Den konnte er nur von der Patientin selbst erhalten.

Als die Kripobeamten sich an ihrem Krankenbett vorstellten, begann sie wiederum zu zittern, trotz der Beruhigungsmittel, die sie in starker Dosierung erhalten hatte.

Frau Fuhrmann ließ sich helfen, kam auf der Bettkante zu sitzen.

Zunächst zeigte man Mitgefühl, man bedauerte ihren Zustand. Man hoffe ihr helfen zu können, dazu solle sie doch bitte der Polizei helfen.

Es ginge da um einen jungen Mann, den man beinahe totgeschlagen hatte. Er würde, falls er überleben sollte, für den Rest seines Lebens ein hilfloser Krüppel sein. Sie sei die Person, die helfen könne, diese Kriminellen ausfindig zu machen und sie einer Bestrafung zuzuführen.

Die Beamten konnten nicht wissen, dass sie damit Salz in offene Wunden der Frau streuten.

Die Frau schien sich zunächst noch weiter abzukapseln, sich zu verschließen. „Nein, nein, nein", stieß sie immer wieder zwischen Schluchzern und Weinkrämpfen hervor, sobald eine konkrete Frage kam.

„Haben Sie am Freitagnachmittag Leute in das Haus gegenüber, der Nummer 28, gehen sehen. Leute, die Ihrer Erfahrung nach dort nicht wohnten?

„Nein, nein, nein!"

„Kannten Sie Holger Steinebrey?"

„Nein, nein, nein!"

„Waren Sie an diesem Nachmittag auf der Straße, am Fenster

oder sahen Sie durch Ihre geschlossenen Fenster .....?"

„Nein, nein, nein!"

„Sind Sie bedroht worden?"

„Nein, nein, nein!"

„Könnte es sein, dass man Sie unter Druck setzen wollte?"

„Nein, nein, nein!"

Bald stand fest, dass sie so keinen einzigen Schritt weiterkommen würden.

Bei den drei Vernehmungsbeamten einigte man sich auf eine andere Taktik.

„Frau Fuhrmann, wir wollen Ihnen helfen. Wir wollen Sie schützen, damit Ihnen nichts passiert. Denn offensichtlich sind Sie in Gefahr. Sie sollen schweigen. Sie sollten aber mit uns zusammenarbeiten. Können wir uns darauf verständigen, dass wir Ihnen einige Fragen stellen und, statt zu antworten, nicken Sie einfach mit dem Kopf oder Sie verneinen, indem Sie ihn schütteln. Haben Sie das verstanden? Wenn ja, bitte nicken Sie."

Nichts.

Dann zuckte sie zusammen, schüttelte sich, als wäre sie nackt in eine Kältekammer mit extremer Zugluft versetzt worden.

„Frau Fuhrmann, es kann noch mehr Unheil geschehen, wenn Sie uns nicht helfen. Wie sollen wir Sie denn sonst beschützen? Geben Sie uns wenigstens Zeichen, wenn wir Ihnen Fragen gestellt haben. Sind Sie damit einverstanden?"

Nach einer spannenden Weile nickte Frau Fuhrmann langsam.

„Waren Sie am Freitagnachmittag auf der Straße vor Ihrer Wohnung?"

Verneinung, mehrmals.

„Waren Sie an diesem Nachmittag in Ihrer Wohnung?"

Pause.

Die Frage wurde wiederholt.

Kopfnicken - einmal.

„Waren Sie hinter verschlossenen Fenstern und blickten auf die Straße?"

Verneinung - einfach.

„Hatten Sie Fenster geöffnet?"

Zunächst keine Reaktion. Dann kurzes Nicken.

„Waren Sie selbst am Fenster?"

Nichts.

„Frau Fuhrmann, haben Sie einen Ihnen fremden Menschen gesehen?"

Nichts.

„Haben Sie mehrere Menschen gesehen, die in das Haus Nr. 28 gegangen sind?"

Nichts.

„Frau Fuhrmann, bitte."

Frau Fuhrmann nickte kurz, kaum merklich. Sie hatte die Augen jetzt ganz geschlossen. Bisher war nur ein kleiner Streifen ihres Augapfels sichtbar. Ihr Kopf schien ihr langsam auf die Brust zu sinken. Sie schien zu resignieren, wie es die Beamten richtig interpretierten.

„Waren es Männer?"

Nicken.

„Waren es zwei Männer?"

Kopfschütteln.

„Waren es drei Männer?"

Kopfschütteln.

„Waren es vier Männer?"

Kopfschütteln.

„Waren auch Frauen dabei?"

Kopfschütteln.

„Waren es fünf Männer?"

Nicken.

Einer der Beamten atmete hörbar aus.

„Sind die Männer in *einem* Auto gekommen?"

Verneinen.

„Sind sie in *zwei* Autos gekommen?"

Nicken.

„Haben Sie die Kennzeichen sehen können?"
Verneinen.
„Sind die Männer gleich in das Haus Nr. 28 gegangen?"
Nicken.
„Waren sie lange drinnen?"
Kopfschütteln.
Kopfschütteln auch bei den beiden anderen Beamten.
„Das bringt doch nichts", sagte einer. Wir sagen dem Arzt Bescheid, er möge uns verständigen, wenn die Frau vernehmungsfähig ist. Bis dorthin Bewachung."
Sie hatten sich von der Frau abgewandt. Es gab noch eine Beratung. Sie kamen zu der Überzeugung, dass auch eine zukünftige Vernehmung, wohl hoffentlich unter besseren gesundheitlichen Vorzeichen, weiterhin problematisch werden würde. Die Frau hatte fürchterliche Angst. Es fehlte nicht viel und sie wäre in einen dauerhaften und lebensgefährlichen Schockzustand gefallen - das war die nichtprofessionelle Meinung der Beamten. Alle hatten dazu mehr oder weniger ihre eigenen Erfahrungen.
„Ich will nach Hause", sagte die Frau plötzlich hinter ihnen.
„Das wird der Arzt entscheiden müssen, nicht wir, gnädige Frau."
Der Vernehmungsbeamte war jetzt merklich eingeschnappt.

Unterdessen hatte man herausgefunden, zu wem der gefundene Fingerabdruck gehörte. „Wenigstens *ein* Lichtblick. Wenn wir diesen Kerl in die Finger bekommen, dann finden wir auch weiterführende Spuren. Das kann ein Durchbruch sein", bemerkte der Kriminalkommissar.
Aber es war dann doch eine Sackgasse.
Der Fingerabdruck gehörte einem Asylanten aus Syrien. Zuletzt gemeldet in Hamburg, bereits vor zwei Jahren unbekannt verzogen. Vielleicht wieder nach Syrien zurückgekehrt. Jedenfalls wusste man auf dem Einwohnermeldeamt nichts mehr über ihn.

„JP24 hat angerufen. Er sagte, dass die Kripo die Alte vom

Heuweg ausquetscht. Im Krankenhaus. Wollen sie bewachen lassen."

Das war Majmud, der jüngere Bruder des Clanchefs. *Bruder*, was nach orientalischer Sitte nicht etwa eine präzise Familienbeziehung bezeichnete. Brüder waren sie so gut wie alle. Zumindest Cousins. Der Clanchef war so etwas wie der Herrscher aller Reusen in verschiedenen lukrativen Geschäftszweigen. Unter anderem Drogen, Autoschiebereien, Prostitution, Nachtclubs, Glücksspiel, Geldwäsche, Mädchenhandel eingeschlossen. Ihr zu Diensten verpflichteter Bullenfreund mit dem Kürzel JP24 hatte gespurt. Sollte mal nicht. Der wusste, dass sie ihn in der Hand hatten.

Den konnten sie kneten. Den konnten sie melken. Sie wussten und er wusste es, dass er nur so lange geduldet sein würde, solange er die von ihnen gewünschten - ach was <gewünschten> - „geforderten" Informationen liefern würde. Immer als Insider direkt aus dem Polizeipräsidium. Und die hatten dort keine Ahnung, dass einer ihrer Vertrauensleute ein verdammter Maulwurf war.

Wenn er aufflog, sein Doppelleben aufgedeckt werden würde, hätte er keine Chance dem Knast zu entkommen. Für eine lange Zeit, das stand fest. Wer weiß, vielleicht würde ihm zudem noch „etwas zustoßen". Möglicherweise sogar im Knast. Die Kollegen wären äußerst sauer und die „anderen" würden ihn nicht so ohne weiteres als Singvogel in Freiheit lassen. Er wusste zu viel und wäre ein idealer Kronzeuge - wenn er nur wollte. Aber als Spieler, der er immer heimlich war, spielte er das Spiel gegen sein Leben immer weiter. Wie Spieler halt so denken: Ihn würde es schon nicht erwischen.

Zudem, er hatte ein doppeltes Einkommen. Die Regierung bezahlte ihn und die „anderen" ließen ihm, trotz seiner Schulden, doch auch immer wieder Bargeld zukommen.

Und über schöne Mädchen konnte er auch verfügen.

In mancher euphorischen Stimmungslage ging er sogar so weit sich selbst zuzurufen: „Herz, was begehrst du mehr?"

Pat, der Ältere und Clanchef der Verbrecherorganisation, war von der Nachricht über die Quasseltante von Hausnummer 23 nicht sonderlich erbaut. „Und Du hast mir versichert, dass der Blumengruß seine Wirkung nicht verfehlen würde. Hast Du Deine Leute nicht mehr im Griff?"

„Es wurde professionell durchgezogen", antwortete der Blumenlieferant etwas geknickt. „Sogar der Bulle, der nur 15 Schritte entfernt Schmiere saß, bemerkte nichts. Vielleicht hat ihn aber die Alte gerufen, was ich aber nicht glaube, einfach nicht glauben kann, denn sie war fix und fertig. Diese Tusse stand kurz vor dem Kollaps, oder was weiß ich. Jedenfalls kam Verstärkung."

„Und die fanden dann die Mutti aufgelöst."

„Ja."

„Und haben sie ins Krankenhaus gebracht?"

„Mit Notarzt und so. Der Besuch hatte also seine Wirkung hinterlassen. Der Nick versteht schon sein Handwerk. Das kannst Du laut sagen."

„Und trotzdem ist sie jetzt in der Hand von Bullen, sie singt höchstwahrscheinlich, also ist irgendetwas schiefgelaufen. Wie oft habe ich euch eingeschärft, dass nach unserer Sonderbehandlung eine Weiterverwertung der Abfallprodukte nicht mehr möglich sein darf. Da hilft alles Schönreden nichts. Und sowas bewegt sich in meinem engsten Gesichtsfeld." Pat war wütend und redete sich in Rage.

„Dann müssen wir halt noch einen draufsetzen."

„Ihr plötzlicher Tod würde noch mehr Staub aufwirbeln. Sperr deine Ohren auf, schalte deinen Verstand ein. Auf keinen Fall von wegen draufsetzen, hast Du gehört und verstanden?"

„Ist klar, Pat. Soweit kann ich die Sache auch überblicken. Im Krankenhaus werden wir sowieso nicht an sie rankommen."

„Du kannst sicher sein, dass sie nach Hause geschickt wird, und dann wird es noch gefährlicher an sie heranzukommen."

„Dann müssen wir ihr also einen entsprechenden Empfang bereiten. Vorher etwas unternehmen, ein Späßchen treiben, so dass ihr hören und sehen vergeht."

„Das sind ja ganz schön flotte Sprüche. Aber lass mich mal hören."

Am nächsten Vormittag stand eine Malerfirma vor dem Haus 23. Der Meister und ein Geselle erbrachen das Siegel und öffneten die Tür zur Wohnung von Frau Fuhrmann. Sie brachten Utensilien in die Wohnung. Dinge, die halt so ein Maler braucht. Herr Dechant, von der Wohnung direkt über der von Frau Fuhrmann, kam und sprach den Meister an. Frau Fuhrmann sei doch nicht zu Hause, wieso ...?

Der Meister holte einen Brief hervor. Es war eine Auftragsbestätigung der Frau Fuhrmann, zum Renovieren der Wohnung. Frau Fuhrmann wolle für die nächsten Tage bei ihrer Schwester wohnen. Verständlich, denn wer will sich schon in seiner Wohnung aufhalten, wenn gemalt, gespachtelt, gekratzt und gehämmert werde. Er, der Herr Dechant brauche aber keine Sorge zu haben, man werde so wenig wie möglich Lärm machen. Es sei halt so, dass man einen Maler gerne kommen sieht, aber ihn dann auch gerne wieder von hinten sähe. Ha, ha. „Trotzdem sehr nett von Ihnen, Herr Dechant, dass Sie sich um die Belange der anderen Hausbewohner mitsorgen. Man weiß ja nie, heutzutage, bei den vielen Verbrechen, von denen man hört. Eine Schande, was aus unserem schönen Land geworden ist. Die Kriminalität ..."

„Übrigens, Herr, wie war noch Ihr Name, hier haben Sie meine Karte. Wenn in Ihrer Wohnung mal ein Neuanstrich fällig wird. Ich habe gute Preise und mache ganze Arbeit."

Letzteres sollte sich auf eine bis jetzt ungeahnte Weise bestätigen.

Seltsam nur, dass der Meister mit seinem Gehilfen bereits lange vor Mittag fertig schien. Herr Dechant bemerkte es. Jedenfalls führen sie weg. Vielleicht brauchen sie noch Material. Oder ein anderer Eilauftrag musste dazwischengeschoben werden. Sie würden spätestens nachmittags wieder hier sein. Andererseits war es nicht seine Aufgabe sich den Kopf des Malermeisters zu zerbrechen. Ein netter Mann, dachte Herr Dechant. Er schaute nach der Visitenkarte.

Herr Muntzinger hatte sein Geschäft in der Friedhofstraße. Und Herr Dechant dachte, dass er doch zur Sicherheit einmal im Telefonbuch nachschauen wolle. Nicht dass doch am Ende ...?

Malerbetrieb, Muntzinger, Friedhofstraße. Tatsächlich. Herr Dechant bat Herrn Malermeister Muntzinger im Geiste um Vergebung. Dieses verdammte Misstrauen heutzutage. Er ärgerte sich über sich selbst.

Bei der Kripo fand man jetzt, dass die Wohnung von Holger Steinebrey noch einmal untersucht werden müsse. Der Chef befand, dass schlampig gearbeitet wurde. Wobei er nicht ganz so Unrecht hatte. Der Hinweis der untergebenen Beamten, dass die Wohnung ein Dreckloch sei, ein von Ungeziefer wimmelndes verdammtes Scheißdreckloch, wurde nicht als Entschuldigung angenommen. „Auch wenn es eine Zumutung ist, schaut nochmals professioneller durch. Ich habe einfach das Gefühl, dass da mehr dahinterstecken muss, mehr Aufklärung nötig ist. Arbeitet halt mit Vollkörperschutz."

Unter einer zerbrochenen Tasse fanden sie den Brief Raúls:

Holger, ich kenne Dich. Du bist ein Fixer und willst dealen. Du hast eine Menge Geld gefunden und denkst, dass Du jetzt reich bist.

Das Geld ist Falschgeld, auch wenn es nicht den Anschein hat.

Das werden Dir Deine Geschäftspartner, besonders der Große mit dem dicken Hals und der Sonnenbrille nicht verzeihen. Sie werden Dich gnadenlos umlegen, beseitigen, wenn Du Dich nicht sofort aufmachst und das Zeugs, das Du im Aquarium gekauft hast, zurückbringst. Wie, das kann ich Dir nicht sagen.

Nutze Deine Verbindungen.
Deine Lage ist sehr ernst. Tu diesen Brief nicht als bösen
Witz ab.

Genau jetzt gewann das Geschehen um Holger für die Kripo eine neue Dimension.

Es war also richtig, das Falschgelddezernat einzuschalten. Diese Neuentwicklung wurde direkt an diese Kommission weitergeleitet.

Diese untersuchte nochmals die Papierfetzen, die den Anfangsverdacht erregten, dass Falschgeld im Spiel war.

Kurioserweise fand man typische Spuren von verrotteten Pflanzenresten. Sogar Vitaminspuren. Chlorophyll!

Sie fanden Ammoniakspuren. Einen chemischen Stabilisator. Und natürlich die Reste der Hollogramme. Wie konnte in diese Papierfetzen das Wasserzeichen kommen? Es war täuschend echt. Die Spezialisten der Bundesbank hatten es gerade bestätigt. Aber mehr konnten sie auch nicht tun. Das passte alles nicht zusammen. Die Spuren waren derart verwirrend, dass man mit keinem bekannten Schema weiter vorankam. Man wollte sich auch Spekulationen verbieten.

Papiere in Form, Größe und Konsistenz von 200-er Noten. Wasserzeichen. Chemische Reste an Metallteilen von Hologrammen. So etwas als Falschgeld zu bezeichnen, das war schon gewagt. Man beschloss trotzdem der Sache nachzugehen. Eine ungewöhnliche Aufgabenstellung. Bei allem, was die Geldspezialisten vorher gelernt hatten, bei allem Fachwissen standen sie nun doch vor einem Rätsel.

Man hatte sich die Vita des Neukrüppels Holger Steinebrey angesehen. Sie waren dann übereinstimmend der Meinung, dass dieser Kerl in kein Organisationsprogramm oder Handlungs-Schema eines Falschgeldringes passte. Aber nun ja, man erlebte ja immer wieder Überraschungen. Es gab eventuell wieder etwas zu lernen.

Dann zu dem Brief... Aber der Brief!

Er enthielt Hinweise und klare Anleitungen. Es musste jemand gewesen sein, der Bescheid wusste. Das Wissen einer Schlüsselfigur? Wer war dieser Freund mit profundem Insiderwissen und weshalb hatte er dem Steinebrey helfen oder ihn überhaupt warnen wollen? War das ein Abtrünniger aus der Szene? Einer der auf Rache sann, seine alten Kumpels in die Pfanne hauen wollte?

Warum kam er nicht zur Polizei?

Dann kamen sie zu der ungewöhnlichsten Theorie - zumindest der delikatesten: Hatte er Angst vor einem Spitzel? Saß da einer unter ihnen, der die Geschehnisse brühwarm an die Mafia weiterleitete? An eine Falschgeldbande?

Keiner konnte derzeit wissen, dass sie zwar nicht auf *der* richtigen Fährte waren aber mindestens auf einer guten und erfolgversprechenden.

Nach diesen Hinweisen im Brief mussten die Strafverfolger davon ausgehen, dass sie es mit einer Mafiastruktur zu tun hatten. Der Begriff <Geschäftspartner>, von *Kauf* ist die Rede und von *Falschgeld*, da konnte nur eine kriminelle Organisation dahinterstecken.

Waren sie in ihren klischeehaften Spekulationen gefangen oder bewegten sie sich noch auf einer Ebene seriöser Ermittlungen? Die Frage kam einigen gar nicht so abwegig vor. Aber in solcher Situation musste es erlaubt sein, in allen Richtungen zu denken oder, wenn man es anders ausdrücken wollte, zu spekulieren.

Das Wort *gefunden* im Brief irritierte allerdings. War es eine Umschreibung? Was sollte das bedeuten? Hatte Holger Steinebrey das Geld geklaut? Die kriminellen Häupter bestohlen?

Was konnte er im Aquarium gekauft haben und wer wusste darüber offensichtlich so gut Bescheid?

Noch ein Gedankenspiel: Holger Steinebrey war eine Schlüsselfigur und zurzeit nicht ansprechbar. Er hatte offenbar einen Freund, der genauso dachte wie er, der ihm helfen wollte. Eventuell gegen seine, gegen ihre gemeinsamen kriminellen Kumpels vorzugehen. Und der Brief war zu spät gekommen?

Andererseits, der hätte aber doch mit Sicherheit keinen handgeschriebenen Brief an Holger geschickt. Das wäre ja wie seine Unterschrift unter das eigene Todesurteil setzen. Er hätte damit rechnen müssen, dass er gefunden werden würde. Eine Handschrift! Jeder kleine Graphologe würde ihn entlarven können, wenn ihm vergleichendes Material vorgelegt und es auswerten konnte. Nein, das passte auch nicht.

Also doch ein Außenstehender? Aber wieso wusste der so viel? Hatte er eventuell direkt mit dem Falschgeld zu tun? War er es, der Interessen hatte, irgendeinen Geschäftszweig dieser Mafia zu schädigen, auszuschalten? Gab es da eine zweite Organisation, die erstere schädigen wollte? Eine konkurrierende Geldfälscherbande?

Und dann: <Ein großer, mit dickem Hals>, scheinbar ein gemeinsamer Bekannter. Seinen Namen wollte man, sollte dann doch nicht von dem Briefeschreiber geschrieben stehen.

Man setzte eine Hoffnung auf das Wiederbeleben von Holger Steinebrey. Die behandelnden Ärzte konnten keine Auskunft geben, wann der Patient wieder ansprechbar sei. Nicht einmal darüber, ob der Patient wieder sprechen und letztendlich überhaupt überleben würde.

Der Beobachterposten von Nr. 28 sollte, sofern nichts Unvorhergesehenes dazwischenkam, morgen früh aufgelöst werden.

Frau Fuhrmann wollte nach Hause. „Ich will heim!" Mit den Ärzten konnte sie sich wieder unterhalten, in kurzen Sätzen. Sie schien nicht mehr so stark unter Schock. Ihre Atembeschwerden waren weitgehend vorüber. Der Blutdruck war hoch, doch mit Medikamenten kontrollierbar. Der Puls raste permanent so um die 120-130. Es ging ihr aber, oberflächlich gesehen, tatsächlich besser. Nur, vom medizinischen Standpunkt aus hätte man sie gerne noch ein paar Tage beobachtet, hierbehalten.

Sie hatte geweint, nachdem die Polizisten mit ihrer Fragerei am Ende waren.

„Bleiben Sie noch diese Nacht hier, Frau Fuhrmann. Wir behandeln Sie doch gut? Oder haben Sie Klagen? Wir wollen Ihnen doch nur helfen.

„Ich will heim. Also, morgen früh. Ja?"

Der Arbeitersamariterbund brachte sie gegen zehn Uhr am nächsten Tag zu ihrer Wohnung. Das war der Wunsch des Chefarztes gewesen. Kein Taxi. „Bleiben Sie dabei, bis sie in ihrer Wohnung ist", schärfte er den Helfern ein. „Es besteht die Gefahr, dass sie rückfällig wird, wenn sie in der vertrauten Umgebung anlangt. Wenn die Erinnerungen an den Vorfall, der ihre Krise ausgelöst hat, unmittelbar aufgerufen werden. Dann bringt ihr sie gleich wieder her."

Sie begleiteten Frau Fuhrmann bis in ihre Wohnung.

Herr Dechant, der die Szene von einem Treppenabsatz aus beobachtete, war denn doch verwundert. Statt der wiederkehrenden Maler kam Frau Fuhrmann nach Hause. Seltsam.

Als Frau Fuhrmann zu ihrem Wohnzimmer gelangte, die beiden Jungs hinter ihr, blieb sie wie angewurzelt stehen. Auch die Jungs sahen sofort warum.

Alles in dem Raum war mit einer weiß-grauen Schmiere bespritzt. Es roch nach Chemie. Die Schmiere schien ein zäher Brei, z.T. ausgehärtet, z.T. in Häufchen auf dem Boden, in dicken Fäden von Möbelstücken hängend.

Ein Fußpfad ohne Schmiere führte nach rechts hinten in die Küche. Einer der Jungs ging in diese Richtung. Hier war das gleiche Bild.

Unterdessen, ohne weitere Vorwarnung, war Frau Fuhrmann umgefallen. Sie knallte mit dem Kopf in den Dreck auf dem Boden. Dem anderen Samariter, einem Zivi, gelang es nicht mehr sie aufzufangen. Auch er hatte angeekelt noch dicht neben Frau Fuhrmann gestanden.

Sie beschlossen den Notarzt zu rufen.

Frau Fuhrmann kam, noch lebend, aber nicht ansprechbar ins

Krankenhaus und direkt auf die Intensivstation.

Der Zustand ihrer Wohnung wurde als Ursache für den Kollaps von Frau Fuhrmann eingetragen.

Ihr Zustand war jetzt ernst, sehr ernst.

Auch in den nächsten Tagen würde sie sich in einem komatösen Zustand befinden. Würde mit dem Tode ringen, so wie ihr ehemaliger junger Nachbar von schräg gegenüber und der jetzt in einem Stockwerk höher verarztet wurde.

Majmud berichtete die letzten Neuigkeiten an seinen Bruder Pat.

„Die Alte scheint aus dem Weg."

„Was habt Ihr ihr angetan?" Der Bruder tat scheinheilig. Grinste seinen Bruder an.

„Nun, wir haben ihre Wohnung renoviert. Haben ein bisschen dick aufgetragen. Das Gemisch haben wir seit Jahr und Tag in der Garage stehen. Unappetitlich. Pappt und schmiert und riecht nicht nach frischer Farbe. Von Möbeln oder Wänden kriegst du das nicht mehr runter. Ja, dann kam die Olle nach Hause und - zack - kollabierte wunschgemäß. Sie haben sie dann gleich wieder mitgenommen. JP24 meint, dass sie einen Dachschaden habe. Wird wohl nicht mehr auf die Beine kommen. Es wird vermutet, dass sie kein Wort mehr sagen werde. Na und, wozu auch?"

Pat hieb mit beiden Fäusten auf den Tisch. „Verdammt, das anfängliche Stümpertum hätte ins Auge gehen können. Ich will nur hoffen, dass Ihr Euch bei einer nächsten Aktion professioneller benehmen könnt. Dass das Ganze euch eine Lehre ist."

Doch dann schaute er seinen Bruder ruhig an und grinste. Und er dachte: Ein Problem weniger. Definitive, unwiderrufliche Lösungen, davon war er auch aus Erfahrung überzeugt, waren immer die besten. Sie waren das beste Zeugenschutzprogramm, dachte er. Er grinste noch breiter.

16
Ende einer Drogenkarriere

Raúl nahm sich die Speichermedien der Videoaufnahmen und die kleine Tonkasette, mit den Aufnahmen aus dem Aquarium vor und begann sie zu säubern. Er hatte sich Latexhandschuhe übergestreift. Zunächst rieb er mit Alkohol und einem Wattebausch vorsichtig alle möglichen Stellen ab, die er irgendwann angefasst haben sollte.

Dann nochmals alles mit einem Glasreiniger, wenngleich die Grundchemie dabei die gleiche war.

Dann nahm er einen kleinen verschließbaren Plastikbeutel und steckte die Speicher hinein. Auch diesen Beutel wischte er nochmals, Vorsicht ist oberstes Gebot, mit Alkohol ab. Zum Festhalten benutzte er eine Pinzette.

Die Anschrift der Polizeidirektion der Großstadt schrieb er mit seiner linken Hand in Druckbuchstaben.

Dann die Speichermedien in einen Briefumschlag, den er, wieder hatte er eine Pinzette verwendet, aus einem kleinen Stoß gezogen hatte. Er verschloss ihn mit einem oberflächlich gesäuberten Tesafilm.

Die zwei Briefmarken, die er mit Sicherheit nicht angefasst hatte, befeuchtete er mit einem kleinen Schwamm.

Diese Ware verstaute er in einer Plastiktasche, fuhr mit dem ICE nach Mannheim und steckte den Umschlag in einen Briefkasten.

Der Fall Holger Steinebrey war bei der Kripo nun auch zu einem Fall Fuhrmann geworden. Die Kripo war über die neuerliche Entwicklung in diesem Zusammenhang noch viel weniger erfreut.

Herr Dechant war eifrig bemüht den Kripobeamten Auskunft zu erteilen. Und er gab ihnen die Visitenkarte. „Auch auf dem Auto war der Namenszug der Firma Muntzinger. Das muss was zu tun haben mit dieser Firma", meinte Herr Dechant.

Ein sofortiger Besuch bei der Malerfirma Muntzinger wurde angeordnet.

Herr Muntzinger, der Malermeister und Eigentümer der Firma, bestätigte, dass sein Firmenwagen mit seinem Logo gestohlen wurde. „Gestern Vormittag, direkt am Arbeitsplatz. Bei einem Kunden. Das heißt, vor dem Haus des Kunden. Wir haben nichts bemerkt, waren auf der Rückseite des Hauses beschäftigt. Ich und mein Geselle. Ich habe Anzeige erstattet, ja, ja, sofort. Dachte es wäre einfach und schnell ihn wiederzufinden. Es ist doch ein auffälliger Firmenwagen. Ich habe doch auch ´ne ganze Menge Werkzeug und auch eine Leiter darin. Das brauch ich doch für meine Arbeiten. Doch, doch, der war abgeschlossen. Nein, noch nicht wieder gefunden. Und natürlich, ich hatte Visitenkarten im Handschuhfach, man kann sie doch immer brauchen."

Die Polizei ging vorerst davon aus, dass dieser Wagen nicht wieder auftauchen würde, zumindest nicht in seinem ursprünglichen Zustand. Da war eine professionelle Organisation am Werk. Zu viele Spuren hätte man dann entdecken können. Es wäre auch zu schön gewesen.

Trotzdem wurde eine Suchaktion angeordnet. Es war ja noch nichts endgültig verloren.

Dann traf der Umschlag bei der Kripo ein. Ein Bote brachte ihn aus dem Polizeipräsidium. Der Zusammenhang war schnell hergestellt.

Leider konnte man, trotz vorsichtiger Behandlung und einer Spurensicherung mit modernsten Geräten, auf den Speichermedien und dem Versandmaterial, keinerlei brauchbare Spuren sicherstellen. Auch hier, professionelle Detailarbeit in Punkto Sicherheit, konstatierte man schließlich.

Allerdings, die Speicher an sich waren äußerst aussagekräftig. Die Aufnahmen verhältnismäßig geglückt. Es war klar, dass alle Aufnahmen unter erschwerten Umständen getätigt wurden, und somit Abstriche an der Qualität hinzunehmen waren.

Zunächst hatte man endlich über die gut erkennbaren Autokennzeichen eine heiße Spur. Sie waren zwar auf unterschiedliche Personen zugelassen, aber die Versicherungsbeiträge wurden von ein und demselben Konto abgebucht. Und genau da fokussierte man die Ermittlungen.

„Also Bingo", bemerkte der Chef, als er die neuesten Entwicklungen vorgetragen bekam.

Die Erotikbar hatte als Geschäftsführer einen wenig bekannten jungen Rechtsanwalt. Man hatte ihn bereits einige Male im Fadenkreuz einer Ermittlung, konnte ihm aber letztendlich nichts nachweisen, was für eine Anklage gereicht hätte. Zweimal bereits mussten die Ermittler seinen Spott daraufhin ertragen.

Ein Eilantrag für die Telefonüberwachung wurde gestellt. Man machte sich aber keine großen Hoffnungen, dass dabei etwas Brauchbares herauskommen würde. Ein Kontrollanruf erbrachte die Erkenntnis, dass sich der Herr Dr. Lucas Buchowsky z.Zt. im Nahen Osten aufhalte.

Dementsprechend musste es aber einen Bevollmächtigten geben, der vielleicht sogar die Schlüsselfigur sein konnte. Denn ohne die Übersicht und Anordnungen eines Organisationskopfes, hätte man die bis jetzt bekannten Details der Operation mit Sicherheit nicht durchgezogen. Die, wie sie sich jetzt darstellten, besonders besorgniserregend waren.

Einige Telefonate später war der Kripo bekannt, dass es Pat Yarur war, der eine allumfassende Vollmacht über die Geschäfte einer Firma mit der Bezeichnung: **<Dienstleistungen für Körperkultur und -hygiene>** hatte. „Welch fantasievolle Umschreibung für ein Puff", entfuhr es einem Ermittler der Kripo.

Blicke richteten sich auf ihn. Wortlos. Doch dann kam der treffende Kommentar.

„Ein Puff und mehr."

„Das hat ein Gschmäckle, würden unsere lieben Kollegen im Ländle sagen."

Man hatte allgemein das gleiche Gefühl. Waren sie auf ein Wespennest gestoßen? Einen gefährlichen Mittelpunkt des organisierten Verbrechens? Zählte man das, was man wusste, der Brief, die Filmaufzeichnungen, mit dem zusammen, was an Ereignissen, Ereignisse in Anführungszeichen, bekannt war, dann waren die Verdachtsmomente hochbrisant.

Der Chef mahnte seine Mitarbeiter zur Vorsicht. „Wir dürfen uns keinen weiteren Fehlschlag mehr erlauben. Gerade wenn die Indizien eine so klare Linie zeigen, müssen wir mit noch mehr Vorsicht an die Ermittlungen herangehen bzw. sie fortsetzen. Ich möchte keine Fehler und ich möchte keine voreiligen Schritte. Auch wenn wir jetzt noch so stark unter Zeitdruck stehen. Im Übrigen bin ich sicher, dass wir sehr bald von dem ehrenwerten Herrn Lukas Buchowsky hören werden. Außerdem, ich denke, dass es klug wäre Verstärkung anzufordern. Dazu gab es keine ablehnende Meinungsäußerung."

„Zunächst Sie, Herr Kahn und Herr Müller bereiten sofort die Beantragung einer weitgefassten Telefonüberwachung vor. Der Firmensitz in der bekannten Erotikbar muss transparent werden. Herr Weissgerber, Sie werden, wenn ich das richtig einschätze, bald Arbeit bekommen. Der Lukas, dieser Buchowsky, wird sicher bald in die Lage einbezogen. Schätze, dass der mit einem der nächsten Flüge aus dem nahen Orient in seinem Heimatland eintreffen wird. Der wird gebraucht. Auch von uns. Aber wie gesagt, bei dem müssen wir doppelt vorsichtig sein. Der hat mit großer Wahrscheinlichkeit kein Blut an seinen Fingern. Den brauchen die als Saubermann. Die Drecksarbeit wird möglichst weit nach unten delegiert. Umso schöner, wenn wir ihn trotzdem wenigstens mit einem Finger in der Suppe erwischen könnten. Sie wissen meine Herren, was ich damit sagen will. Herr Krück, Sie haben bis jetzt den tiefsten Einblick rund um Steinebrey erhalten. Sie übernehmen die Leitung der Sonderermittlungen mit Stoßrichtung Erotikbar und Konsorten. Stellen Sie einen Organisations-, Aktions- und Personalplan zusammen und informieren Sie mich, sobald Sie Handfestes vorweisen können. Wann können wir mit der Arbeit anfangen?"

Herr Krück schaute auf seine Armbanduhr. Kam aber noch nicht zu Wort.

„Und noch etwas. Es ist jetzt nach 5 Uhr. Vergessen Sie den Feierabend. Richten Sie sich auf eine lange Nacht ein. Das dürfte auch die Zeit sein, in der unsere Gegenspieler am aktivsten sind. Erfahrungsgemäß scheuen sie das Tageslicht. Aber da erzähle ich ihnen je nichts Neues."

Für die Telefonabhöraktion kam noch vor sieben Uhr die Zustimmung. Man hatte damit gerechnet und Vorbereitungen getroffen, so dass bereits zehn Minuten später die erste Schaltung stand.

Schnell stand fest, dass es auf zwei der neu geschalteten Leitungen eine gewisse Hektik gab.

Und so als hätte jemand nur darauf gewartet, kam auch schon der erste, zwar noch geheimnisvolle aber durchaus wertvolle Inhalt eines Gesprächs.

Ein gewisser Pat rief Lukas an. Pat könnte ein Decknamen sein. Aber der Inhalt des Gesprächs deutete auf einen Mann *ganz oben.*

„Lukas, verdammt nochmals, wo hast du gesteckt? Seit

beinahe drei Stunden versuche ich dich zu erreichen?

„Ich war bei Deinem Vater, wir waren ein bisschen auf der Jagd, der neue Falke, ein Volltreffer übrigens. Ich war klar außer Reichweite für mein Handy."

„Hör mal, keine langen Reden mehr. JP24 hat angerufen und vor besonderen Aktivitäten bei einer Soko gewarnt. Da läuft seit heute eine Sonderaktion. Mehr weiß er auch noch nicht. Wird sich aber schlau machen. Du musst sofort zurückkommen. Hörst du? Nimm das nächste Flugzeug."

„Ist was schief gegangen?"

„Jetzt nicht und nicht am Telefon. Die kriegen zwar keine Erlaubnis für eine Überwachung über Nacht. Aber ab Morgen keine Anrufe mehr. Hast du verstanden? Nimm den sicheren Kanal."

„Kapiert. Wenn ich keinen Flug aus Beirut bekommen kann, nehme ich den Heli entweder nach Zypern oder Damaskus. Jedenfalls komme ich mit der nächsten Maschine. Deinem Vater werde ich die Flugnummer durchgeben, der kann sie an dich weiterleiten. Ok?"

„Bis dann. Wir werden dich nicht abholen. Wegen Überwachung und so."

„Gut!"

Klack.

Das war mehr als man sich für den ersten Tag, ja für die ersten Stunden oder gar Minuten erhoffen konnte, noch nicht einmal erträumen durfte. Wie oft mussten sie nach einer Überwachungsanordnung tage- oder gar wochenlang warten, bis sie wenigstens einen ersten Hinweis auf illegale Aktivitäten erhielten. Und wobei dann erst in langwieriger Kleinarbeit die ersten Mosaiksteinchen für den Fall zusammenpassten.

Es wurde gescherzt: „Gottlob gab es noch Funklöcher auf dieser buckligen Erde."

„O.k. Leute, wollen wir mal diesen Umstand nicht überbewerten. Vielleicht war er in der fraglichen Zeit in einem Puff."

„Wir machen eine kleine Pause. Jeder, es war eine reine Männergesellschaft, sollte noch etwas für sein leibliches Wohl tun. Wer weiß, wann wir den nächsten Bissen zwischen die Kiemen bekommen."

Nach einer halben Stunde saßen sie wieder zu einer Konferenz zusammen, auch um Beschlüsse über die nächsten Schritte zu fassen.

Es war auch so schon einiges zusammengekommen.

„Das Wichtigste: JP24 muss ein Polizist sein, einer aus den eigenen Reihen. Nicht von der Kripo, sondern nach dem, was man aus den Worten dieses Pat entnehmen konnte, vom Präsidium. Da wird sich einer bemühen an Informationen aus unseren Reihen heranzukommen. Also Augen auf. Den Schweinehund müssen wir zu fassen kriegen, bevor die ihn aus dem Verkehr ziehen."

„Sollten wir nicht versuchen ihm eine Falle zu stellen? So viel Zeit sollten wir im Interesse eines schnellen und vor allem umfassenden Erfolges schon haben. Sicher ist auch, ab einem gewissen Punkt wird er ihnen nicht mehr nützlich sein. Sie müssen mit dem Gegenteil rechnen. Ab einem kritischen Moment stellt er für sie eine Gefahr dar. Sie müssen ihn auf kurzem Weg deaktivieren, was immer das in deren Augen bedeuten sollte."

Sie besprachen die Möglichkeit einer Falschinformation, sie an das Präsidium als Köder für JP24 weiterzugeben. Verwarfen aber diesen Gedanken wieder. Das konnte mehr als Zoff geben, wenn das den Verkehrten erwischte.

Man würde besonders vorsichtig sein müssen. Möglichweise würde sich ein Kollege, der nicht direkt mit dem Fall betraut ist, an Informationen heranmachen wollen. Sie waren sich einig, dass der Maulwurf bald bei ihnen aufkreuzen würde. Seine Leute aus dem Milieu werden ihn unter besonderen Druck setzen.

Man wurde sich auch einig interne Info-Abgleiche nur über einen besonders geschützten Computer zu machen. Dazu einigten sie sich auf zwei Codes, die für alle Infos gelten sollten. Der eine bedeutete, dass die Nachricht authentisch, der andere, dass es eine Ente ist. Auf diesem Weg würden sie am Ende JP24 herausfischen können. Sie erwärmten sich an der Aussicht, dass der ihnen wie eine reife Frucht zur richtigen Zeit in den Schoß fallen würde.

Man rätselte allgemein noch kurz, was wohl das Kürzel JP24 bedeuten könnte. Ob man den Verräter nicht doch damit ermitteln könnte. JP für ein Namenskürzel? Sie würden sich morgen Früh mit dem Personalbüro kurzschließen. Die Zahl könnte womöglich auf das Alter schließen, auf eine Hausnummer - die Wohnung des Beamten. „Die Schuhgröße kann es nicht sein", bemerkte ein Kollege. Allgemeines Gelächter.

„Meine Herren, die Situation ist ernst. Vielleicht sind weitere Menschenleben in Gefahr. Wir haben es mit einem dicken Brocken zu tun. Also, Witze können später, nach erfolgreicher Arbeit gemacht werden. Bis dahin bitte ich Sie sich zu gedulden." Der Spaß war vorbei. Alle standen hinter der Argumentation ihres Chefs.

Um vier Uhr wurde festgehalten: *UX1204*. Sonst kam nichts aus der Leitung, die bis in den Libanon zurückverfolgt werden konnte.

Lukas hatte also diese Nummer durchgeben lassen. Der Vater von Pat musste das gewesen sein. Dürfte auch kein unbeschriebenes Blatt sein, wenn der seinem Sohn nicht mal einen typischen und landesüblichen Friedenswunsch oder -gruß übermittelte.

Es dauerte etwas, aber um Viertel nach fünf wusste man, dass Herr Buchowsky um 9 Uhr 12 in Frankfurt Airport ankommen würde.

Die nicht mehr komplette Mannschaft wurde für 6 Uhr 30 zu einer ersten Sitzung des neuen Tages einbestellt. Einige hatten sich für ein paar Stunden aufs Ohr gelegt. Man musste ein Bewachungsteam zum Flughafen bringen. Dann würde Lukas wohl den ICE nach Köln nehmen. Hier würden ihn Kollegen diskret in Empfang nehmen und weiter begleiten. Unauffällig, wie sie natürlich alle dachten.

Doch Lukas war mit allen Wassern gewaschen und entwischte ihnen bereits im Airport.

Aber schon im ICE konnten sie den Abgebrühten wieder entdecken. Zwar durch Zufall, aber wie viele Kriminalfälle wurden nicht schon durch den Kollegen Zufall erfolgreich zu Ende gebracht.

So informierten sie ihre Kollegen in Köln Hbf.

Es blieb dann die spannende Frage, wohin sich Lukas dann wenden würde.

Um neun Uhr trug der Kripochef und Herr Weissgerber dem Oberstaatsanwalt die Sachlage vor. Daraufhin waren die Bedenken des Oberstaatsanwaltes nur noch Formsache. Eine Hausdurchsuchung würde für den gesamten Komplex des Erotiketablissement genehmigt werden.

Eine Sondierungsgruppe berichtete just in diesen Augenblicken von ihren Beobachtungen vor Ort. Das heißt von den Äußerlichkeiten des Unternehmens <**Dienstleistungen für Körperkultur und -hygiene**>.

Man kam zu dem Schluss, dass es ein größerer Einsatz werden würde. Eile war zwar geboten, aber zunächst sollte noch versucht werden festzustellen, ob es nicht noch Dependancen dieser Geschäftsstelle gab. Sobald diese Daten zusammen waren, versprach der Oberstaatsanwalt Unterstützung für einen aussichtsreichen Plan. Wenn die Äußerlichkeiten nicht täuschten, würde es mehr einer Erstürmung als einer Hausdurchsuchung gleichkommen.

Eine Reihe gut ausgebildeter Kollegen würde aufmarschieren müssen. Es musste eine optische und auch operative Übermacht geschaffen werden. Wie üblich wurde darauf hingewiesen, dass das Überraschungsmoment von ausschlaggebender Bedeutung sei.

Die Nachforschungen bei der Personalabteilung der Polizei hatten noch nicht zu einem Ergebnis geführt. Man hatte bei der Kripo auch nicht viel Hoffnung. Die Kollegen würden nicht gerne Begeisterung an den Tag legen, wenn es darum ging, einen ihrer Kollegen als Verräter zu entlarven. Sie hielten das für eine Zumutung.

So etwas kann doch bei ihnen nicht passieren. Nicht bei ihnen. So nach dem Motto: Was nicht sein darf kann auch nicht sein.

Gegen halb elf kam die Bestätigung eines Anrufs, der direkt zu Pat durchgestellt wurde. Es dauerte eine kleine Weile bis die Verbindung zu ihm stand. War vielleicht gerade unter der Dusche.

„Schach - ich sagte Schach", war eine aufgeregte Stimme zu hören. „Da tut sich was bei der Bereitschaft. Kein Anruf mehr. Hast du gehört Pat?"

„Immer der Scheiß mit Namen. Du sollst doch keine Namen nennen. Bist du bescheuert. Erst das Stichwort, dann auch noch Namen. Hohlkopf!" Zu irgendeinem anderen Menschen schien er zu sagen: „Dieser Idiot. Nennt Stichwort und ruft dann meinen Namen. Und sowas steht auf der Gehaltsliste, kriegt mein Geld."

Alle waren der Meinung, dass es sich bei dem Anrufer um den vereinseigenen Spitzel, treffender formuliert den hauseigenen handeln musste. Dann schien Pat wieder mit JP24 zu reden. „Verpiss dich, du Arschloch."

Dann wurde heftig aufgelegt. Die Technik übertrug auch das.

Pat schien nun nicht gerade in bester Laune.

Weissgerber begab sich mit der Tonkonserve aus dem Fundus Raúls zum Präsidium. Dort sollten sich einige Herren, die nicht im Verdacht stehen sollten oder konnten, auch das gerade abgehörte Gespräch, anhören. Vielleicht erkannten sie die Stimme des Verräters.

Aufmerksam hörten sich alle Anwesenden die Stimmen an.

Gerade als sich Hauptwachtmeister Gerling das Telefonat zum zweiten Mal angehört hatte, wurde er am Telefon verlangt. Hermann Wolf, seit zwei Jahren im Dienst, bat um einen kurzfristigen Urlaub. Der Vater sei verunglückt, fünf Tage würden ihm reichen.

Hauptwachtmeister Gerling stand mit dem Telefonhörer in der Hand da, brachte zunächst kein Wort heraus. Dann aber: „Äh, sind sie sicher, dass das mit ihrem Vater? Ich meine ... "

Das gab´s doch nicht. Herr Gerling stotterte. Ein gestandener Polizist stotterte.

„Dann sagte er mit etwas bestimmterer Stimme: „Ja sicher, wenn das so ist. Kommen Sie, ich unterschreibe den Antrag."
Herr Gerling schien sich wieder gefangen zu haben.

Als er aufgelegt hatte schaute er den Herrn Weissgerber mit großen oder auch ratlosen Augen an. Langsam bewegte er seinen Kopf in Schräglage. Sein Gesicht begann sich wie unter Schmerzen zu verziehen. Augen und Mund sprachen Bände.

„Herr Kollege", begann er, „das ist der Mann den Sie, den wir suchen. Ich hatte ihn soeben am Telefon. Er will sich davon machen. Will Urlaub. Sprach von seinem verunglückten Vater."

Herr Gerling wurde immer aufgeregter. Seine Gesichtsfarbe wechselte zum Erdbeerrot.

„So ein ... entschuldigen Sie ... der glaubt wohl ... Der will Urlaub, um in aller Ruhe abhauen zu können."

Herr Gerling griff wieder nach dem Telefon.

„Heinrichs und Krafft zu mir, sofort."

Zwei Kollegen erschienen gleich darauf.

Herr Gerling stellte den Herrn Weissgerber vor.

Dann: „Ihr Kollege Hermann Wolf ist der gesuchte Verräter in Sachen Holger Steinebrey und Frau Fuhrmann. Ich werde sofort Haftbefehl beantragen lassen. Wolf wird wahrscheinlich in wenigen Minuten eintreffen, machen Sie sich auf etwas gefasst. Vor allem keine Schießereien. Ist das klar?"

„Frage: Nehmen Sie Hermann fest?"

„Er wird oder soll in mein Büro kommen. Sie beide bleiben dann so lange draußen vor der Tür."

Nahe der Firma <**Dienstleistungen für Körperkultur und - hygiene**> konnten zwei Beobachter von der Kripo verfolgen, wie ein Van mit abgedunkelten Scheiben aus dem großen Hof auf die Straße einbog und sofort kräftig beschleunigte.

Sie notierten das Kennzeichen und verständigten umgehend die

Kommission. Leider konnten sie keine Mitteilung über die Anzahl und auch Aussehen der Passagiere machen.

Mittlerweile hatte man in der Kommission vier der fünf Schläger identifiziert, einschließlich eines auch in Hamburg gesuchten. Jener, dessen Fingerabdrücke an der Wohnungstür Holgers gefunden wurden.

Aber das war ja noch nicht alles an Personal.

Gegen elf Uhr war ein Mädchen aus der Bar gekommen. Eine etwas ungewöhnliche Zeit für ein Nachtlokal und Amüsement.

Sie stieg in einen hellblauen Opel Corsa. Die Beobachter informierten die Kollegen an der nächsten Kreuzung. Diese stoppten die Frau zwei Kreuzungen weiter.

Nach der Personenkontrolle baten sie die Frau mitzukommen. Reine Routine.

„Der Wagen, ich ... der muss doch geparkt werden."

„Machen Sie sich keine Sorgen, das wird von uns erledigt."
Sie sagten das in einem sehr freundlichen Ton. Die Polizei, dein Freund und Helfer.

Ob sie noch telefonieren könne, Bescheid sagen, sich entschuldigen dürfe, dass sie zu einem date zu spät kommen werde?

Nein, wurde ihr freundlich aber nun mit mehr Bestimmtheit beschieden, das dürfe sie nicht.

Der Wartende sei doch ein wichtiger Mann von der Stadtverwaltung.

„Trotzdem nein. Oder, Fräulein, das können wir gerne für Sie erledigen. Wie ist die Telefonnummer, der Name?"

Diese Volte kam bei den zwei Beamten etwas zu spät.

Daraufhin wurde die Frau doch recht nervös. „Nein, das möchte ich doch lieber selbst erledigen." Schließlich folgte sie den Beamten. Was sollte sie auch sonst tun?

Die SoKo war auf ihr Erscheinen vorbereitet.

Vor ihr sollte sie, bitte schön, hörte sie zum wiederholten Male, alles Mögliche über das Etablissement berichten. Ganz besonders auch über die baulichen Eigenheiten in dem Haus ihres Arbeitgebers Auskunft geben. Die Beamten hatten mit einer Verweigerung gerechnet und waren vorbereitet. So wollte sie tatsächlich zunächst partout nicht kooperieren, tat empört, verlangte sogar nach einem Anwalt.

Sie wolle telefonieren - was abgelehnt wurde.

Sie deutete dann an, dass es bei gewissen städtischen Behörden jemand gab, der unter Umständen seinen Einfluss geltend machen ... nun ja, man könne sich zusammenreimen, was das zu bedeuten habe.

Nein, das wollten und konnten sich die Beamten nicht zusammenreimen. Sie waren allerdings jetzt entschlossen größere Geschütze aufzufahren. Diese „Dame" würde schon noch klein beigeben. Es gab da so bestimmte sehr wirksame Hebel.

Bei einer weitergehenden Überprüfung ihrer Personalien ergaben sich offensichtliche Ungereimtheiten. Der Beamte, der ihr dies vermittelte, brachte dazu einen tieftraurigen Gesichtsausdruck zustande.

Geschickt und gekonnt wurde, stets der Reihe nach, von allen ein bisschen dick aufgetragen. Man wies sie auf ihre mögliche Illegalität in unserem schönen Deutschland hin. Und wie man das bedauere. Falls sie nicht kooperiere, könnte - nein, würde - müsste wohl eine Ausweisung die Folge sein - unvermeidlich sein. Man werde sie für ein paar mehr Stunden hierbehalten und einige Telefonate tätigen. Ob sie denn gar keine Freude bei dem Gedanken verspüre, bald wieder in ihrer Heimat zu sein? Wem denn der Opel gehöre? Wer ihn bezahlt habe und mit welchem Verdienst? Ob darauf die entsprechenden Steuern bezahlt wurden, die Einkommen- bzw. Lohnsteuer abgeführt sei, bei wem sie krankenversichert sei? Wie steht es um die Alterssicherung? Sozialabgaben! Und so weiter. Man ließ diese Fragen immer wieder rundum vortragen, immer abwechselnd von einem der drei anwesenden Beamten. Die Wirkung, das erkannten sie mit geschultem und erfahrenem Auge, ließ nicht lange auf sich warten.

Andererseits, das ließen sie durchblicken, könne man sich aber bei der entsprechenden Kooperation ein gutes Wort zu ihren Gunsten vorstellen. Alle Gesichter schalteten auf Güte, auf Verständnis, auf Mitgefühl. Alle waren sie jetzt gute Cops. Das wussten sie, dass dies in einem Falle wie diesem und besonders bei diesem Geschöpf wirken würde.

Nach einer kurzen Bedenkzeit war sie dann für eine Mitwirkung bei der Aufklärung einer möglichen Straftat - so wie man es formuliert hatte. „Keine Einwände mehr!"

Dadurch wurden Personen aktenkundig, von deren Existenz man bei den Sicherheitsbehörden bisher eigentlich keine Ahnung hatte. Einige dieser Frauen hatten das Haus, nach den bisherigen und vorläufigen Erkenntnissen, überhaupt noch nicht verlassen. Ein grässlicher Verdacht begann Formen anzunehmen. Sollten zu all den bisher bekannten „mutmaßlichen" Straftaten auch noch Menschenhandel, Freiheitsberaubung, erzwungene Prostitution, illegales Glücksspiel und anderes mehr, dazukommen?

Und auch von sehr zweifelhaften Geschäftspraktiken erfuhren die Ermittler. Nach überraschend guten Detailbeschreibungen der „Dame" konnten sie einen ungefähren Bauplan für das Gebäude erstellen. Der sich allerdings auch als recht unterschiedlich zu dem erweisen sollte, den sie von den örtlichen Baubehörden erhalten hatten.

Jetzt wussten die Ermittler auch, wer mit hoher Wahrscheinlichkeit in dem Van war, dessen Insassen wahrscheinlich flüchten wollten.

Die Großfahndung wurde eingeleitet. Flughäfen, Landesgrenzen, Seehäfen waren schnell alarmiert.

An der Grenze, auf der Autobahn nach Holland, war ihre Fahrt dann auch zu Ende. Für drei Mann. Sie hatten nicht bemerkt, dass sie bereits seit Minuten von einem Polizeihubschrauber identifiziert und an der Grenze angekündigt waren. Dort sperrte man durch quer gestellte Fahrzeuge des Bundesgrenzschutzes die Durchfahrt.

Einer der Insassen stürmte mit einer Pistole aus dem Auto, wollte sich wohl den Weg freischießen. Mehr als zwei ungezielte Schüsse wurden es dann doch nicht. Schließlich ließ er sich dann überraschend sogar ohne weiteren Widerstand festnehmen.

Einer der ganz großen Fische war allerdings, nach ersten Erkenntnissen, nicht darunter. Nach einer ersten Übersicht auch nicht, wie man insgeheim hoffte, der Mann oder die Frau, Hersteller oder Herstellerin der Videofilme, die dann an die Kripo adressiert und eingegangen waren.

Für sieben Uhr war die Hausdurchsuchung angesetzt. Die sich vielleicht zu einer Erstürmung auswachsen konnte. Spezialkräfte waren zusammengezogen worden und in Bereitschaft. Sie waren auch in dem verwilderten Wiesengrundstück hinter den Garagen eingesetzt.

Dann kam der große Moment. Ein halbes Dutzend Fahrzeuge fuhren an. Zwei auf den Innenhof, ein weiteres versperrte die Zufahrt zu diesem, die anderen hielten direkt vor der <**Firma**>.

Wurden bei ähnlichen Aktionen Firmensitze am frühen Morgen *heimgesucht*, mehr oder weniger vor allgemeinem Arbeitsbeginn, so hatte man diesen Gesichtspunkt hier ebenfalls berücksichtigt. Sieben Uhr musste die Zeit sein, kurz bevor das Innenleben, sozusagen *die Arbeit* in dieser Art Unternehmen begann. Oder anders, kurz nachdem das Personal der (wohl erschöpften) Nachtschicht ihre Tätigkeiten beendet hatte.

Zunächst begaben sich sechs Herren in Zivil zum Eingang. Von einem überraschten, hemdsärmeligen Muskelpaket, wahrscheinlich so eine Art Türsteher, verlangten sie den Chef des Hauses.

„Den Geschäftsführer, haben Sie verstanden?"

Scheinbar nicht. Der schaute nur mit doofem Gesichtsausdruck aus blutunterlaufenen Augen.

Nochmals sagten die Beamten: „Chef! - Wir wollen den Chef sehen. Wo ist Chef?"

Nichts. Keine Reaktion. Der Kerl war vollgedröhnt. Wo sonst würde das ein Chef erlauben, auch in einem Puff?

Es wurde das Signal für das gewaltsame Eindringen in dieses Haus gegeben.

Jede Tür, die sich nicht auf Anhieb öffnen ließ, wurde mit schwerem Gerät behandelt. Vermummte, schwer bewaffnete, die vom Hintereingang gekommen waren, zogen nun vom Erdgeschoß höher.

Eine Tür. Sie war verschlossen. Zweimal erscholl der Ruf: „Polizei, öffnen Sie sofort die Tür!" Es tat sich nichts.

Ein kurzer Blickkontakt, ein Tritt mit schwerem Stiefel und ein Teil der Türfüllung zersplitterte. Dahinter stand plötzlich ein Kerl, zielte mit einer Pistole auf das entstandene Loch, drückte ab und erwischte einen Beamten auf Brusthöhe. Der fiel oder flog beinahe rückwärts die Treppe hinunter, Kameraden fingen ihn auf.

„Rückzug!"

Dem Gefallenen entfuhr ein recht ärgerliches „Scheiße! Direkt auf die Brust."

„Alles o.k.? Ab nach draußen."

„Ich glaube, dass noch alle Rippen heil sind. Neun Millimeter oder so, schätze ich mal."

„Dank sei Kevlar", bemerkte ein anderer offenbar erleichtert.

Die Männer hielten kurz Kriegsrat. Dann wurde beschlossen kein Risiko mehr einzugehen und zunächst eine Blendgranate durch das Türloch zu werfen.

Unmittelbar nach deren Explosion rammten zwei Spezialisten die Tür insgesamt ein und fanden den Riesenkerl, am ganzen Körper zitternd, mit weit geöffnetem Mund.

Entweder verstand er die Aufforderung, die nächste Tür zu öffnen nicht oder er war nicht kooperativ. Er bekam dann Handschellen und wurde nach dem Abtasten an einen als stabil eingeschätzten Heizkörper fixiert. Nach einem Körpercheck stand fest - er trug keine weiteren Waffen mehr am Körper.

Die Tür ließ sich dann doch einfach öffnen aber die Metalltür, direkt dahinter hatte weder ein Schlüsselloch noch einen Griff.

Plastik wurde angefordert. An den vermuteten Scharnierstellen wurden Streifen angebracht und mit einer Zündvorrichtung verbunden. Alle Mann zogen sich zurück ins Treppenhaus. Den Riesen hatte man im Eifer des Gefechts vergessen, er wurde nicht befreit. <Der dürfte sich doch mittlerweile ans Knallen gewöhnt haben>. Keiner sprach diesen Gedanken aus, als man das Versehen bemerkte. Aber sicher dachten sie ihn alle.

Unmittelbar nach dem erwarteten gewaltigen Knall rumpelte die schwere Tür bis zu ihrem vorläufigen Endverbleib. Spezialkräfte rannten gleich darauf mit entsicherten Maschinenpistolen durch die neugeschaffene Öffnung. Der Kollege mit dem Schuss auf seine kugelsichere Weste, protestierte, als man ihm bedeutete, dass er diesmal nicht in der vordersten Linie mit dabei sein musste oder sollte.

Zwei Männer hielten sich in dem jetzt staubgefüllten Raum auf. Ansonsten herrschte aber in dem Büro penible Ordnung. Das heißt, außer einem kleinen Kühlschrank, einer Art Wandschrank, zwei Sesseln, Bürostühle, dem großen Schreibtisch und einem niedrigen Tischchen, gab es nichts, was auf eine ordnende Hand gewartet hätte. Keine Papiere, keine Ordner, aber ein Tischtelefon.

Per Funk wurde der Staatsanwalt benachrichtigt. Nach wenigen Sekunden stand er im Raum.

Die beiden, gar nicht mehr überraschten, sonnengebräunten Typen saßen mittlerweile fast wieder unbeeindruckt in zwei großen Bürostühlen. Ihr Blick sagte aus: „Uns kann niemand."

„Sind Sie der Geschäftsführer", wandte sich der Staatsanwalt an einen der Typen hinter dem Schreibtisch.

Nachdem keine Antwort kam, verlangte er: „Bitte weisen Sie sich aus."

Dann kam eine Antwort: „Sie sind der Eindringling in mein Haus. Weisen Sie sich zuerst einmal aus."

Das kann ich wohl, sagte der Oberstaatsanwalt und zeigte ihnen den Durchsuchungsbeschluss, den keiner der beiden jetzt mehr so genau sehen wollte.

„Würden Sie uns bitte Zugang zu Dokumenten und Geschäftspapieren und -unterlagen erlauben?"

„Wir haben nichts zu verbergen, aber, wie Sie sehen können gibt es hier so etwas nicht. Was wollen Sie? Schießen in fremden Häusern herum. Bringen Plastiksprengstoff zur Explosion. Belästigen Staatsbürger. Was wollen Sie?"

„Das mit dem Staatsbürger wollen wir ja noch klären. Bitte weisen Sie sich aus.

„Ich will meinen Anwalt anrufen," sagte der Typ, der der Beschreibung einer seiner Nutten nach Pat sein musste. Dann war der andere sicher sein Bruder Majmud. Die Frau hatte eine brauchbare Beschreibung gegeben.

„Bitte rufen Sie Ihren Anwalt an. Sollte es sich um Herrn Lukas Buchowsky handeln, dann können wir rasch dienen. Wir haben ihn mitgebracht. Bedenken Sie, er ist Beschuldigter wie Sie. Sie, wie er, werden beschuldigt der Geldfälscherei, illegaler Drogengeschäfte, nun auch sicher unerlaubter Waffenbesitz, schwerer Körperverletzung, Widerstand gegen die Staatsgewalt und dazu wird noch der eine oder andere unerfreuliche Straftatbestand hinzukommen. Noch einmal meine Frage: Wollen Sie kooperieren?"

„Bringen Sie Herrn Buchowsky", sagte dann der Oberstaatsanwalt zu einem Begleiter.

Die beiden Verdächtigten schauten sich an, schwiegen aber weiterhin.

Unterdessen sah sich der Oberstaatsanwalt um, fand aber nirgends einen Hinweis auf Akten, Geldschrank oder ähnlichem und üblichem Bürozubehör.

Als dann der Rechtsanwalt in Begleitung und in Handschellen kam, schaute er eigentlich gar nicht auf. Er hielt den Kopf gesenkt.

Pat sprang aus seinem Stuhl und herrschte die Untersuchungsbeamten an: „Was habt Ihr mit ihm gemacht? Habt Ihr ihm das Gehirn gewaschen, zu Aussagen gepresst, ihn gefoltert? Da habt ihr Deutschen ja Erfahrung. Seid ihr jetzt Überbleibsel von Hitler oder neue Hitlers? Allah ist mein Zeuge, das werdet Ihr büßen, verdammte Ungläubige. Ich habe nichts verbrochen, ich bin nur

Geschäftsmann. Aber nicht einmal das könnt Ihr in Deutschland verstehen. Mit Juden würdet Ihr das nicht machen. Es ist eine Schande, alles müssen wir Araber ausbaden. Scheißjudenpack ...."

„Ruhe jetzt", schrie der Oberstaatsanwalt, ganz entgegen seiner sonstigen ruhigen Verhaltensweise.

Und tatsächlich schwieg Pat, setzte sich aber noch nicht. Er holte Luft, um wieder neu mit Tiraden zu starten.

Doch der Oberstaatsanwalt kam ihm zuvor: „Alles, was Sie hier sagen, das verspreche ich Ihnen, das kann und wird gegen Sie verwendet werden. Am besten, Sie halten jetzt Ihren Mund, in Ihrem Interesse, würde ich sagen."

Pat ließ sich tatsächlich wieder langsam in seinen Sessel fallen.

Dann sagte der Oberstaatsanwalt zu einem Helfer: „Holen Sie die Dokumentation. Alles muss gefilmt werden", beschied er.

Zu den Ganoven: „Sie sind vorläufig festgenommen, die Begründung haben Sie ja bereits gehört. Wenn sie etwas nicht verstanden haben, dann lassen Sie es sich von Ihrem Rechtsanwalt erklären.

„Da stimmt etwas nicht", sagte der Oberstaatsanwalt, „das gibt es doch nicht, dass in einem Büro, und wenn die Firma noch so klein und beschissen ist, dass da keine Unterlagen vorhanden sind. Haben Sie die anderen Räume inspiziert?"

„Alles, alle Räume, aber Dokumente sind keine auffindbar. Eine Anzahl Nutten im Obergeschoß und sonstige weibliche Bewohner. Aber keine weiß auch etwas über versteckte Dokumente oder will etwas wissen."

„Alle weiblichen Bewohner werden erkennungsdienstlich behandelt. Dass mir keine entgeht. Bei Illegalen die Hintergründe erforschen. Verstanden?"

Dann, nach einer Weile überlegen: „Suchen Sie mir ein gutes Ingenieurbüro aus. Ich möchte mit einem Fachmann für das Bauwesen morgen Vormittag um neun Uhr sprechen. Wenn es möglich ist, möchte er mich in meinem Büro aufsuchen. Wenn nicht, bin ich auch bereit zu ihm zu kommen. Unterdessen werde ich die Haftbefehle beantragen."

Das Ingenieurbüro Kalmes und Partner erhielt den Eilauftrag, von Gesetzes wegen die Baulichkeiten der Firma **Dienstleistungen für Körperkultur und -hygiene** nach verborgenen Räumen zu untersuchen.

„Dazu müssen wir einen Aufriss machen, Herr Oberstaatsanwalt. Das braucht Zeit", bemerkte der Chefingenieur.

„Verstehen wir uns richtig: Ich brauche keinen Bauplan, keine genauen Zeichnungen über die Bausubstanz, keine Expertisen über die Bausubstanz, ihr Gefährdungspotential, keine Blaupausen oder wie immer solche Unterlagen in der Fachsprache heißen mögen. Ich suche nach verborgenen Räumen in diesem Haus. Ich muss einen Anhaltspunkt erhalten, wo ich suchen muss, wenn ich nach etwas Verborgenem suche."

„Also mehr eine Auskunft, eine Entdeckungsreise in das Innere einer alten Immobilie."

„Ich bleibe dabei. Ich kann die Beschuldigten, die wir gestern festgesetzt haben, nicht ewig in U-Haft halten. Also bitte, können wir zur Sache gehen?"

Bereits nach einer Stunde hatten drei Fachkräfte aus dem Ingenieurbüro festgestellt, dass es zwischen dem Büro und einem dahinter angrenzenden Raum viel ungeklärten Platz geben musste.

„Na also." Der Oberstaatsanwalt war erleichtert. Jetzt musste man nur noch Zugang erhalten. Das schien nicht ohne grobe Gewalt möglich. Nichts deutete auf eine andere, zartere *Demolierungsmöglichkeit* hin.

„Aber da war doch ein Fenster, von außen? Da musste ein Fenster sein. Ein Fensterladen, der würde die geringsten Schwierigkeiten machen."

Ein Ingenieur bedauerte, dass dies doch nicht so einfach sein würde. Hinter dem Fensterladen befand sich eine eingesetzte Mauer.

„Sch..." Beinahe hätte der Oberstaatsanwalt seine guten Umgangsformen vergessen.

Zu seinem Gehilfen: „Schaffen Sie mir einen Bauunternehmer her, mit Kompressor und Presslufthammer. Wir müssen mit schwerem Gerät ran."

Und wenn das schief geht, dachte er, nun ja, für eine Anklage würde auch das Material reichen, das er bereits hatte. Aber ich muss den Nerv dieser Kerle finden. Ein für alle Mal aufräumen.

Um halb fünf hatten die Arbeiter ein Loch in die Rückwand des Büros gestemmt, groß genug, damit ein Mann ohne Mühe durchschlüpfen konnte. Man hatte Beton durchstoßen müssen. Eine kleine Festung war das, was dahinter lag. Der Durchbruch hatte sich gelohnt. Massenhaft Beweismaterial lagerte hier. Akkurat, ordentlich.

„Alles abtransportieren," befahl der Oberstaatsanwalt.

Allein die gefundene Menge Geld in drei verschiedenen Währungen, reichte aus, um die Herren noch eine Weile in Haft zu behalten. Die beschlagnahmte Menge Bargeld dürfte in die Millionen gehen.

Sicherlich konnte er mit einer hieb- und stichfesten Anklage aufwarten.

Raúl verfolgte ziemlich aufgeregt in der **Rheinischen Post** und **Westfälischen Allgemeinen** die Polizei-Nachrichten.

Inzwischen hatte er auch im Krankenhaus angerufen, nach Holger gefragt. Es gab noch keine Neuigkeiten. Er lag noch im Koma. Jetzt aber im künstlichen Koma.

Sollte er damit sein gerade erst gestartetes Unternehmen beenden? War er gescheitert?

Raúl sah das nicht so.

Auf der Negativseite verbuchte er Holger Steinebrey. Dieser Typ würde aber keinen Koks mehr unter die Jugend bringen.

Das Opfer Frau Frieda Fuhrmann? Ein Kollateralschaden? Von ihr und dem tragischen Vorgang wusste er gar nichts und damit auch nichts von den Zusammenhängen.

Und es war eine hochkriminelle Vereinigung zerschlagen worden. Das war doch ein wirklich positives Ergebnis.

Nirgends konnte er etwas lesen über mögliches Falschgeld oder Untersuchungen in dieser Richtung. Er würde die Augen und Ohren weiter offenhalten müssen.

3. Teil

1

Elfriede, die unglückliche Finderin

Raúl hatte die nächste Aktion vorbereitet. 220 000 Euro, in 200-er Scheinen, samt Abschiedsbrief in einer großen Brieftasche, waren bereit Schicksal zu spielen.

Raúl löste zunächst eine Fahrkarte nach Frankfurt. Dort wartete er im Restaurant eine Stunde, kaufte dann eine Fahrkarte bis zu seinem ausgesuchten Ziel.

Dort, das hatte er im Internet erkundet, würde er wieder in einer Fußgängerzone seine Brieftasche verlieren.

Er hatte sein Hotel nahe der Innenstadt reserviert und auch einen Mietwagen vorbestellt. Dieser würde wieder im Hotel übergeben werden.

Seine *Spionageausrüstung*, die sich bereits bei Holger Steinebrey bewährt hatte, konnte er sogar noch vervollständigen, komplettieren und auch verbessern.

Ob er sie brauchen würde, hing natürlich von den Umständen ab und vom Finder oder einer Finderin und dessen oder deren Umfeld. Wenn er wieder in den Innenbereich eines kriminellen Zirkels geraten sollte, würde er die Aktion abbrechen. Über das Wie wollte er sich noch keine Gedanken machen.

Im Nachhinein erschien ihm das, was er da rund um Holger erlebt hatte, doch reichlich riskant. Er erkannte, dass es tatsächlich mehrfach hätte schief gehen können. Er hätte vor den Akteuren der kriminellen Vereinigung auffliegen können. Was dann hätte geschehen können, nun da brauchte er nicht großartig zu rätseln. Lieber nicht daran denken aber daraus lernen.

Seine Wege hatten zuletzt auch noch die Kreise der Polizei tangiert, gefährlich nahe. Sein steter, bisher ihm wohlgesonnener, Begleiter <Zufall> hätte gegen ihn sein können. Er machte sich keine Illusionen, dass dies auch das Ende seiner *Falschgeldinitiativen* allgemein, auch die mit *Verfallsdatum* bedeutet hätte.

In der belebten Fußgängerzone der Großstadt stieß eine leicht gebeugt gehende Frau mittleren Alters, mit ihrem linken Fuß an etwas. Sie hatte es sichtbar eilig. Das Etwas rutschte mit einem Kratzgeräusch ein Stück auf dem rauen Pflaster vor ihr her. Erschrocken stoppte die Frau ihren eiligen Gang und schaute als Erstes nach ihrer Handtasche. Ob da vielleicht etwas herausgefallen sein konnte? Aber nein, dachte sie, das hätte ich bei diesem Gewicht bestimmt gemerkt. Außerdem war sie verschlossen. Schließlich hatte sie es auch zweifelsfrei gespürt, dass da etwas mit einigem Gewicht nun vor ihr lag. Und derart Gewichtiges hatte sie auch nicht in der bescheidenen und schon recht abgewetzten Handtasche gehabt. Die sie weiterhin fest umklammert hielt. Nein, dieses Etwas war nicht aus ihrer Tasche gefallen.

Dann erstarrte sie und ein Gefühl der Angst überkam sie zunächst. Dann lief etwas kribbelndes kalt ihren Rücken hinunter und das gab ihr das Gefühl einer Beklemmung. „Nein, nicht noch ein Problem", dachte sie beinahe laut. Da lag doch - das sah nach einer prall gefüllten kleinen Ledertasche aus, vielleicht eine Brieftasche. Ein verloren gegangener Wertgegenstand mit wertvollem Inhalt?

Sie bückte sich und hob die kleine Tasche auf. Das heißt, sie musste etwas abwarten, bis der Menschenstrom ein Bücken gefahrlos zuließ. Sie wollte ja nicht wie der sprichwörtliche Bauerntölpel mitten in einer Stadt angerempelt werden.

Grauselig, dieser Gedanke. Sie hatte schon im Fernsehen Nachrichten gesehen, wo gezeigt wurde wie Menschen in einem Gedränge totgetrampelt wurden.

Dann griff sie den Gegenstand, nicht hektisch, nicht gierig, sondern eher gehemmt, recht zögerlich. Ein Betrachter hätte den Eindruck gewinnen können, dass die Frau im Glauben war, es mit einem vergifteten oder ekligen, abstoßenden Gegenstand zu tun zu haben. Und in einem gewissen Sinne war er das auch für sie. Jedenfalls verhießen der Fund und Besitz für sie nichts Gutes.

Als sie wieder aufrecht stand zögerte sie bei dem Gedanken, wie es weitergehen sollte. Sie war unschlüssig, über das was sie nun als Nächstes tun sollte. Sie hatte etwas in der Hand, das ihr nicht gehörte. Das sicher von jemand schmerzlichst vermisst wurde.

Sollte sie sich entschließen, sich näher mit dem Fundstück zu befassen? Das würde sie gewiss eine Überwindung kosten. Es war fremdes Eigentum. Es war ihr in Fleisch und Blut verankert, dass sie sich daran nicht vergreifen durfte.

Auf eine Situation wie diese war sie nicht vorbereitet worden, weder in ihrem Elternhaus noch im Religionsunterricht und auch nicht in der Schule. Und jetzt stand sie allein da mit einem, mit diesem für sie großen Problem.

Nein, sie dachte in diesem Moment nicht an beichten, oder an andere Gefühle, die mit ihrer Religion zusammenhingen. Sie war an ein Problem geraten ... *noch eins*, dachte sie. Liebend gerne hätte sie darauf verzichten können. Es entfuhr ihr ein kurzer Schreckensruf: „Oh Gott!" Niemand nahm davon Notiz. Das hätte sie auch gerne geglaubt. Gefühlt aber meinte und glaubte sie, dass in diesem Augenblick die Augen der ganzen Welt auf sie gerichtet waren.

Die Menschen strömten aber weiter an ihr vorbei, von hinten und von vorne kommend. Und trotzdem fühlte sie sich allein. Verlassen. Sie verwarf einen anderen Impuls umgehend als töricht, nämlich irgendjemanden um Rat zu fragen. Dann wäre sie sicherlich das Päckchen rasch losgeworden. Allerdings, aber ihr Gewissen hätte sie auf lange Zeit gepeinigt. Und das wollte sie nicht auch noch damit belasten, bei allen Unsicherheiten, Überraschungen und Opfern, die das Leben von ihr bisher gefordert hatte.

Sollte sie vielleicht dieses Fundstück wieder hinlegen. Einfach vergessen, dass sie eine Brieftasche, offenbar prall gefüllt, davon war sie weitgehend überzeugt, jemals in Händen hatte? Sollten sich andere darum kümmern. Da gab es sicherlich Menschen, die weniger Skrupel haben würden und sicherlich auch neugierig genug wären hineinzuschauen, sofort hineinzuschauen.

Aber auch das war nicht ihre Art, eine Verantwortung auf andere abzuschieben. Nein, auch das war kein Weg.

Unterdessen stand sie nun schon eine geraume Weile im Strom von Fußgängern. In einem Strom von Menschen, die sicher alle selbst die eine oder andere Bürde mit sich herumtrugen und sich schwer daran taten. Da hatte sie kein Recht dieses Problem ihnen auch noch zuzuschanzen.

Aber was nun?

Sollte sie vielleicht noch eine Weile an dieser Stelle stehenbleiben und warten. Dies in der Hoffnung, dass der Verlierer den Verlust bemerken würde und den Weg, den er genommen, wieder zurückverfolgte? Mit einer Hoffnung seinen Verlust wiederzufinden.

Doch dann überwog wenigstens zu einem bescheidenen Teil die Neugierde. Nun, so ein bisschen - und dann das sich selbst zugestandene Argument, dass sie ja sicher einen Beitrag leisten konnte, damit der rechtmäßige Besitzer wieder bald zu seinem Eigentum kam. Allerdings war diese Einstellung jetzt doch mit einem spürbaren Herzklopfen verbunden. Handelte sie wirklich richtig? Es blieb für sie unumstößlich eine heikle Gewissensfrage.

Dann schlug sie die Brieftasche auf, denn es war eine wirkliche Brieftasche.

Sie hatte insgeheim dann doch noch gehofft, dass darin Visitenkarten stecken würden, eine Adresse zu finden wäre, vielleicht dass ihr zumindest ein Hinweis auf den Besitzer ins Auge fallen würde.

Was sie aber rasch mit dem kurzen Blick überschaute, waren

viele Geldscheine. In einer Farbe, wie sie sie noch niemals besessen hatte. Aber es waren wirklich Geldscheine, es mussten Euros sein. Früher hatte sie einmal Gulden in dieser Farbtönung gesehen. Aber das war einmal. Auch die Holländer hatten jetzt das gleiche Geld.

So stand sie da noch eine Weile, mit vor Überraschung halb geöffnetem Mund. Die Handtasche baumelte jetzt am linken Arm. Sie hielt die Brieftasche vor sich, wie ein geöffnetes Gebetbuch. Und die Leute schoben sich weiter an ihr vorbei. Die einen schneller, die anderen langsamer. Ohne Notiz von ihr und dem Fundstück zu nehmen. Scheinbar ohne Interesse für das viele Geld.

Sie war arg verwirrt, hörte Stimmen, bekannte Laute, verständliche und für sie unverständliche Laute. Sie fragte sich jetzt, ob das vielleicht doch nur ein Traum sei oder unumstößlich die reine Wirklichkeit.

Langsam hob sie den Kopf, den Blick weg von dem Päckchen in ihren Händen.

Sie schaute jetzt entgegenkommenden Menschen in die Augen mit der Vorstellung, dass sie vielleicht ein verzweifeltes Augenpaar entdecken könnte. Den Eigentümer dieser scheinbar gebündelten Reichtümer, der nun auf der Suche nach seinem Verlust war. Sie beschäftigte sich nicht mit dem Gedanken, dass es auch eine Frau sein könnte.

Ein paar Hände erwartete sie, in die sie die Brieftasche legen konnte, dann würde sie sorglos weitergehen. Entweder in dem Gefühl etwas Gutes getan zu haben oder wenigstens erleichtert darüber, dass sie richtig gehandelt hatte. Glücklich dann auch darüber, dass sie sich nicht weiter den Kopf zu zerbrechen brauchte, welches der nächste Schritt zum Lösen dieses Problems wohl wäre. Und ein Problem war es zweifelsfrei für sie.

Sie hatte Bedenken, nein, mehr als Bedenken, sie hatte Angst, dass sie wieder vor Problemen stand. Vor noch mehr Problemen, neuen Problemen. Es war beinahe wie Fatalismus. In letzter Zeit wuchs sich alles zu einem Problem aus, so gut wie in allem Neuen, das auf sie zukam.

Sie bettelte ein Gefühl an, dass es doch diesmal anders sein möge. Doch eine sichere Antwort bekam sie nicht.

Sie schaute sich wieder um. Und niemand, niemand von den vielen Menschen, schien sie zu beachten. Niemand half ihr aus der Verlegenheit. Sie stand allein und recht hilflos vor dieser Herausforderung, dieser Verantwortung. Allein würde sie, das verspürte sie, mit *diesem Problem* nicht fertig werden können.

Und andere Menschen hätten, im Gegenteil, in dieser Brieftasche und ihrem Inhalt die Lösung ihrer oder zumindest gewisser Probleme gesehen.

Sie wünschte sich Beistand. Hilfe. Unterstützung.

Ein junger Mann, einen Trenchcoat über dem linken Arm, eine Baskenmütze keck und sehr schräg auf dem Kopf, stand unweit von ihr. Er war verdeckt durch ein Regal mit Schuhen. Lauter linke Schuhe, die in dem Regal vor einem Schuhgeschäft ins Freie gestellt worden war.

Er sah, wie die Frau die gerade verlorene Brieftasche aufhob. Nicht schwungvoll, nicht tatkräftig oder entschlossen. Sie zögerte zunächst. Warum wohl?

Dann stand sie da. Schaute unschlüssig auf die Brieftasche, ohne sie zu öffnen, so als würde sie sich für den Inhalt überhaupt nicht interessieren. Sie hielt das Fundstück etwas vom Körper weg, das ergab den Eindruck als wartete sie darauf, dass es ihr jemand aus den Händen nehmen würde. Kurz dachte er daran, dass dies natürlich eine völlig veränderte Situation ergeben hätte. Ein Taschendieb als Profiteur?

Er war bereit für einen Spurt, wenn der Frau wirklich jemand die Brieftasche entrissen hätte. Diese Person hätte er sich vorgeknöpft. Spannung stieg in ihm hoch. Der Gedanke, dass es ihm doch egal sein könnte, kam ihm gar nicht. Irgendwie hatte er sich bereits mit der Finderin identifiziert, sich auf sie als sein nächstes Studienobjekt festgelegt. Warum auch immer. Irgendetwas hatte ihn an ihrem Verhalten fasziniert.

Sie zögerte immer noch. Raúl erkannte eine gewisse Parallele mit seiner Mutter. Hätte sie sich tatsächlich auch so verhalten?

Die Frau schaute sich jetzt um, als würde sie jemanden suchen. Dann öffnete sie schließlich doch die Brieftasche. Etwas ungelenk, wie Raúl bemerkte.

Jetzt stand sie mit offenem Mund da. Sie machte in diesem Augenblick keine gute Figur, dachte Raúl. Und: Die ist imstande und legt die Brieftasche wieder auf den Boden. Doch hoffentlich nicht.

Sie hält die Brieftasche jetzt wie ein Gebetbuch. Zweifelsfrei. Die Frau kämpfte mit ihrem Gewissen. War sie hin- und hergerissen zwischen Zweifeln und Besitzgier? Schätzte er sie richtig ein?

Raúl sah ihr an, dass es eine sehr schwierige Situation für diesen Menschen sein musste. So viel Geld, das verband sie ganz offensichtlich mit Verantwortung. Es begann ihm leid zu tun, dass es ausgerechnet diese Frau sein musste, die den *Schatz* aufgehoben hatte. Hoffentlich nahm sie keinen Schaden, hoffentlich hob sie die Scheine nicht 5 bis 6 Tage lang zu Hause auf. Oder sonst wo.

Sollte er? ... schnell verwarf er einen aufkommenden Gedanken.

Unglaublich, jetzt verhält sie sich so als suche sie jemanden, dem sie das Päckchen in die Hand drücken könnte. So sah es aus und nicht anders.

Für die Passanten stand sie da als studiere sie einen Stadtplan, um herauszufinden wohin sie sich jetzt wenden müsse. Sie suchte nach etwas. Aber niemand blieb stehen, um zu fragen, ob sie *der in dieser Stadt sichtlich fremden Frau* helfen könnten bzw. sollten. Stadtpläne können manchmal so schwierig zu lesen sein.

Die Frau schien in ihrem Innern weiterzubetteln, es möge sich doch irgendjemand finden, der sich ihrer annehmen, ihr helfen würde, einen Ratschlag geben könnte, ihr sagte, wie es denn nun weitergehen sollte.

Und Raúl interpretierte ihr Verhalten vollkommen korrekt.

Ihre ganze Körpersprache war jetzt wie ein offenes Buch in dem sie Raúl lesen ließ.

Langsam klappte sie das Gebetbuch, die Brieftasche, zu. So wie sie es nach der Messe in Skt. Pankratius tat. Feierlich, fast feierlich. Dann öffnete sie die Handtasche und stopfte so gut es ging das Päckchen hinein. Die Tasche ließ sich jetzt nicht mehr schließen. Sie baumelte am linken Unterarm. Teilweise sichtbar mit einer Brieftasche, prall gefüllt, nicht einmal verborgen oder wenigstens so verstaut, dass man nicht auf den ersten Blick die Brisanz der Situation erkennen konnte. Das war schon beinahe eine Einladung, ein Hilferuf der Brieftasche: *Nimm mich mit.* Die Frau hätte ihr auch keine Träne nachgeweint.

Doch die Brieftasche war auch noch an ihrem Platz, als die Frau den großen Bahnhof erreicht hatte.

Hedwig Scheuermann kam von einem Besuch auf der Krankenkasse ihres Mannes. Sie hatte gehofft, dass diese die Kosten für eine geplante Sonderbehandlung ihres Mannes, in einem spezialisierten Rehazentrum, übernehmen würde.

Nein! Wieder nichts. Zum wievielten Male wieder einmal nichts? Es war hin und wieder schon zum Verzweifeln - ein wenig, wie sie es verzeihend ausdrückte. Wenngleich sie die Hoffnung nicht aufgeben würde oder durfte. Nein, niemals. Sie würde sich immer wieder bemühen, bis sie auf der Kasse gar nicht anders konnten, als ihrer Bitte zu entsprechen.

Ihr Mann hatte vor zweieinhalb Jahren einen Verkehrsunfall. Er wurde während seiner Arbeitszeit von einem betrunkenen Autofahrer angefahren. Er hatte einen langen Krankenhausaufenthalt gehabt. Sein Arbeitgeber entließ ihn nach sechs Monaten des Zuwartens - mit Bedauern. Dafür konnten sie sich aber nichts kaufen.

Jetzt war ihr Mann immer noch stark behindert, unfähig seinem Beruf als Klempner und Heizungsmonteur nachzugehen. Sie hatten ihre Hoffnung auf die Weiterbehandlung in einer Rehaklinik gesetzt. Und jetzt - wieder nichts.

Unterdessen stritten sich die Versicherungen. Die Berufsgenossenschaft gegen die Versicherung des Unfallverursachers. Eine

Berufsunfähigkeitsrente konnte bis jetzt nicht bewilligt werden - von wem auch immer. Sie verstand nichts mehr. Dann hatte sie selbst vor acht Monaten auch ihre Arbeit verloren. Es wurde knapp in der Haushaltskasse. Und auf dem Häuschen lagen Schulden, die mussten abgetragen werden. Die Bank hielt mal noch still. Wie lange noch?

Sie hatte Sorgen und um sie herum zerbröselte unaufhaltsam Stück für Stück ihre Welt. Es erforderte immer öfter eine gewaltige Kraft weiterzumachen. Immer mal wieder brach ein bisschen mehr ihres Vertrauens in die Zukunft zusammen, verzog sich, verschwand.

Sie wollten Kinder haben. Es gab eine Fehlgeburt, dann sagte der Arzt, dass sie keine weiteren Kinder mehr haben könne. Auch das war ein herber Schlag. Das war aber schon eine Weile her.

Seit dem Unfall hatten sie sich nur noch selbst - ihr Mann und sie. Auch Freunde, mit denen man doch immer wieder einmal dies und jenes unternommen hatte, wandten sich letzthin immer mehr ab. Was kann man schon mit einem unterversorgten Krüppel, wie ihr Mann, anfangen. Wer hatte schon gerne das leibhaftige Elend vor Augen?

Man raunte sich zu, dass er ein bisschen mehr für sich tun sollte. Nicht immer nur auf die anderen warten. Ja, ja, die Freunde in der Not.

Sie hätten ja noch ihr Häuschen, das könne man doch auch zu Geld machen, dann hätten sie doch Flüssiges, zumindest für´s Erste. Hedwig verzieh ihnen. Sie dachte nach, wie sie selbst wohl unter diesen Umständen reagieren würde. Vielleicht auch nicht anders. Sie war ja auch nur ein schwacher Mensch. Sie konnte es ihnen nicht wirklich übelnehmen.

Dazu kam, dass sie nur noch mit halber Kraft eine Arbeitsstelle herbeisehnte. Sie hatte ihren Mann, der sich selbst wenig helfen konnte. Sie würde ihn ungern allein lassen. Er brauchte sie. Und das gemeinsame Leid, die Enttäuschungen, die Ungerechtigkeiten und ihre Schwäche schweißte sie immer mehr zusammen.

Noch zwei Stationen, dann würde sie den Vorortzug verlassen. Hedwig würde ihr altertümliches Fahrrad von der Kette nehmen und nach Hause fahren. Wieder mit einer niederschmetternden Nachricht. Die Brieftasche war für den Moment vergessen.

Raúl war ihr gefolgt, beobachtend, so wie ein Taschendieb beobachtet, nur um in diesem Falle im geeigneten Moment brutal zugreifen zu können.

Nun saß er drei Plätze hinter der Frau im gleichen Nahverkehrszug. Gerade hatte er mit dem Kontrolleur des Zuges einen Disput, weil er in der Eile eine falsche Fahrkarte aus dem Automaten gezogen hatte. Sie war für eine andere Strecke. Irgendwann sah es der Amtsträger dann doch ein, dass er ja eigentlich viel zu viel bezahlt hatte - für die Strecke bis hierher. Das ließ ihn großzügig auf ein Bußgeld verzichten. Bevor er noch seinen abschließenden Kommentar dazugeben konnte, ließ ihn Raúl stehen und machte Anstalten auszusteigen.

Er folgte der Frau. Folgte ihr zum Bahnhofsvorplatz. Dann sah er etwas erschrocken, wie sie auf die lange Reihe der Fahrradständer zusteuerte. Wie sollte er ihr folgen? Hinterherrennen, mit dem Trenchcoat über dem Arm und der Baskenmütze. Kein Mensch würde ihn für einen Jogger halten.

Ein Taxi nehmen? Problematisch. Was sollte er dem Fahrer auftragen? Vielleicht - folgen sie der Dame auf dem Fahrrad, sie ist meine Tante, ich will sie mit meinem Besuch überraschen.

„Quatsch", sagte er sich. In dem Fall brauchte er kein hinterherfahrendes Taxi.

Die Frau war unterdessen an dem Fahrradständer angekommen. Vielleicht konnte er ebenfalls ein Fahrrad nehmen, eines das nicht abgeschlossen war. Er könnte es ja, nachdem er die Adresse der Frau festgestellt hatte, gleich wieder zurückbringen.

Die Frau hatte unterdessen ein Fahrrad aus der Reihe der gefesselten Zweiräder entnommen.

Schon war er auf der Suche nach einem geeigneten Objekt als

er sah, wie die Frau nachdenklich ihr Fahrzeug betrachtete. Auf dem Hinterrad war keine Luft mehr.

Um nicht aufzufallen, schritt er langsam die Reihe der durchweg angeketteten oder anderswie fahruntüchtig gemachten Fahrräder ab.

Die Frau setzte sich jetzt in Bewegung. Würde sie zu einem Fachgeschäft gehen?

Nein, sie schob ihr Rad einfach. Raúl lief in angemessenem Abstand hinterher.

In einem Sektor mit Reihenhäuschen schob sie ihr Vehikel in einen Vorgarten.

Raúl notierte sich unauffällig die Adresse. Schaute sich genauso unauffällig den Zustand rund um das Haus an und verglich dessen Zustand mit dem der Nachbarhäuser. Es sah danach aus, als lebten hier durchweg Menschen in bescheidenem Wohlstand. Die Häuser und die Vorgärten waren gepflegt. Man hielt was auf Sauberkeit. Irgendwo standen Gartenzwerge. Fertiggaragen. Ein kleiner Hund kläffte ihn aus dem Nachbargarten an.

Raúl ging wieder zurück zum Bahnhof und fuhr mit dem nächsten Zug in die Stadt zurück.

Im Hotel fand er über die Adressenverwaltung in seinem Laptop heraus, wer die Bewohner des Hauses waren. Familie Artur und Hedwig Scheuermann. Der Mann von Beruf Installateur, das fand er auch noch heraus.

Das sagte zwar noch nicht alles über die Familie Scheuermann aus, aber es war bereits eine ganze Menge.

Wie sollte er an die Familie herankommen? Feststellen, wie sie den Fund beurteilen würden? Was sie planen würden? Herausbekommen, welchem Menschenschlag sie zuzuordnen seien. Sehen oder wissen, ob er helfend eingreifen konnte bzw. sollte.

Wenn sie menschlich so wären, wie er zumindest die Frau einzuschätzen glaubte, dann würde er unter allen Umständen vermeiden müssen, dass Unheil oder auch nur Enttäuschungen auf diese Leute zukamen.

Er musste sich einen Plan zurecht machen.

Zu Hause angekommen, setzte sich Hedwig auf einen Stuhl neben ihren Mann, stützte die Ellenbogen auf die Knie und vergrub ihr Gesicht in den Händen. Ihr Mann brauchte nicht nach einem möglichen Erfolg zu fragen. Er kannte das, es war nicht das erste Mal. Dabei hatten sie diesmal mehr Hoffnung in die Reise, in die Stadt, zur Zentrale der Krankenkasse gesetzt.

„Ich konnte den Sachbearbeiter nicht einmal sprechen, der sei leider verhindert. So eine junge, aufgedonnerte Sekretärin sagte, dass er leider verhindert sei und nicht mit mir sprechen könne. Ich fragte sie, ob das nicht für später möglich sei, ich hätte Zeit, könnte warten. Nein, sagte sie, der Herr Schauber wird wohl sicher noch den ganzen Nachmittag unabkömmlich sein."

„Heddie", sagte ihr Mann, „hast Du nicht darauf hingewiesen, dass Du einen Termin vereinbart hattest?"

„Sicher habe ich das. Es hat alles nichts genutzt. Ich kam nicht weiter, als bis zu diesem Schalter, von dem ich glaube, dass er nur deshalb existiert, um Leute wie mich abzuwimmeln. Antragsteller, Bittsteller, Fragende abzuweisen. Unter allen möglichen fadenscheinigen Begründungen. Man kommt sich so erniedrigt vor. Als Querulantin abgestempelt. *Die* sollten doch für einen da sein. *Die* aber haben ihren Stuhl, ihren Schreibtisch und vergessen ihre Rolle als Mensch. Leben aber ihr Leben. Wollen von den Menschen, von deren Beiträgen sie leben und denen sie helfen sollen, nichts wissen. Nein, Artur ..."

„Dieses aufgeplusterte junge Ding weiß womöglich gar nicht was Menschlichkeit ist. Hat aber sicher auch kein hartes Herz. Wer weiß weshalb sie so geworden ist." Heddie schaute etwas wie abwesend, über etwas nachsinnend.

„Aber Heddie, wir versuchen es halt ein nächstes Mal wieder. Kopf hoch, auch für uns kommen einmal wieder bessere Zeiten. Und wenn ich wieder arbeiten kann ... und ich werde wieder arbeiten können, zu etwas nutze sein. Auch wenn ich dabei Schmerzen aushalten muss. Wir schaffen das schon, nur Geduld müssen wir noch haben. Und hoffen."

Es war Nachmittag geworden. Heddie gab ihrem Mann einen Kuss auf die Stirn. Es war immer wieder so schön zu spüren, dass er sich noch nicht total aufgegeben hatte. „Ich mach` Dir ein Vesperbrot."

Heddie drehte sich um in Richtung Küche, stoppte aber alsbald ihren Gang.

„Du, Artur, ich glaub´ ich habe einen Fehler gemacht."

„Nein, Heddie, Du brauchst Dir keine Vorwürfe zu machen. Diese Herren auf der Krankenkasse sitzen halt auf einem sehr hohen Ross."

Heddie schaute ihren Mann mit großen Augen an. Kam langsam auf ihn zu.

„Mach Dir doch keine solchen Gedanken", hob Artur nochmals an.

„Nein, Artur, da ist ... da habe ich ... ich habe Geld gefunden."

„Auf der Krankenkasse?"

Heddie lächelte, „aber nein, das hätte ich Dir doch gleich gesagt."

Artur wiederholte langsam: „Geld gefunden?"

„Ja, Artur, es tut mir ja so leid. Da hat ein Mensch vielleicht sein ganzes Vermögen verloren und ich habe es gedankenlos von der Straße aufgehoben. Nun ja, nicht ganz so gedankenlos. Aber ich fühle mich irgendwie schlecht. Wie, wenn ich an etwas Schuld hätte. Aber ich sage Dir, dass ich nichts gesehen habe. Niemand bei dem ich es hätte fallen sehen. Ich habe es einfach aufgehoben ... Aber es fiel mir nicht leicht."

„Heddie, jetzt krieg Dich wieder ein. Wo soll denn da das Problem liegen, wir geben das Geld selbstverständlich dem zurück, der es verloren hat, dem Eigentümer."

„Ich glaube, dass genau das ein Problem ist."

„Heddie, egal wie hoch die Summe ist, wir werden sie nicht behalten. Wir werden kein Unrecht tun."

„Daran hatte ich auch noch nicht einen Gedanken verschwendet. Moment Artur, ich hole das Päckchen!"

„Ich höre nur Päckchen, ich dachte du hättest Geld gefunden."

„Ein Päckchen Geld, ja. Ich denke, dass wir gemeinsam genau durchsuchen müssen, irgendwie und -wo werden wir wohl einen Hinweis auf den Eigentümer finden. Ich habe noch nicht genau nachgeschaut."

„Und da ist kein Absender auf dem Päckchen?"

„Ich hol es einfach mal. Dann kannst Du dein Glück versuchen. Ich habe auch nicht intensiv genug danach gesucht."

Heddie kam mit der dicken Brieftasche.

Artur nahm sie zögernd in die Hand. Klappte sie noch zögerlicher auf. Er hatte fremdes Eigentum in seiner Hand. Er hatte Verantwortung für das, was er da wie ein rohes Ei behandelte. Er sah, dass es viel Geld war. Auf einen Blick. Was hatte er gesagt? „Heddie", hatte er gesagt, „egal wie hoch die Summe ist, wir werden sie nicht behalten. Wir werden kein Unrecht tun."

Das hier, das sah Artur immer klarer, war keine hohe Summe im Sinne seiner Vorstellungen. Das war ein unerreichbares Vermögen. Zaghaft maß er die Dicke des Bündels, fuhr mit dem Daumen an der Seite entlang. Mit diesem Geld würde er die beste Behandlung bekommen. Gesund werden. Arbeiten können. Seiner Frau die ganze Liebe, Aufopferung und Aufmerksamkeit zurückgeben können. Er würde sich einen guten Rechtsanwalt nehmen können, es den Versicherungsfritzen zeigen.

Versonnen legte er die Hand auf das Bündel. Dann schaute er seiner Frau in die Augen. „Das muss schrecklich sein, so viel Geld zu verlieren. Vielleicht hat sich dieser Mensch das Geld auch gerade geliehen, eventuell um eine Krankheit behandeln zu lassen, vielleicht seinem Kind das Leben zu retten?"

Dann straffte er sich. „Wir müssen etwas unternehmen", sagte er schließlich.

Er zog vorsichtig das Bündel heraus, legte es neben sich auf einen niedrigen Tisch. Nirgends konnte er einen Hinweis auf den Eigentümer erkennen, aber da war ein Brief, noch nicht verschlossen, aber adressiert.

Da musste es einen Absender geben, wenn nicht auf dem Umschlag, so doch sicher im Innern.

„Heddie, da ist ein Brief, da steht bestimmt der Name des rechtmäßigen Besitzers drin. Wir machen ihn doch auf und schauen nach? Nicht wahr?"

„Wenn du denkst, Artur, wenn das die einzige verbliebene Möglichkeit ist, etwas über den Eigentümer zu erfahren. Sonst würde es mir im Traum nicht einfallen anderer Leute Post zu lesen."

„Es stört mich schon, jemandem seine intimsten Gedanken oder Niederschriften anzuschauen. Ich will sie ja nicht lesen, sondern nur nach einer Adresse schauen."

Doch, er fand keinen Absender. Nur die Anschrift auf dem Umschlag. USA fiel ihm in die Augen. Groß und deutlich geschrieben.

Dann: *Lucie Dream González, 1255 Ocean Drive*, einige weitere Zahlen und *LOS ANGELES, Kalifornien*. Und *USA*, groß und deutlich.

Heddie schaute ihm über die Schulter. Sie hatte es auch mitbekommen.

„Mein Gott, was machen wir denn da? Was machen wir denn jetzt?"

„Ich fürchte fast Heddie, dass wir den Brief lesen müssten, vielleicht erfahren wir da etwas mehr."

„Nein, Artur. Das ist nicht rechtens. Wir sollten das lieber der Polizei überlassen."

„Vielleicht hast du Recht." Artur schaute auf das Bündel Geld, dann wieder auf den Brief in seiner Hand.

„Heddie, wir bringen den Brief auf die Post. Das muss doch der Wille des Absenders gewesen sein."

Heddie aber hatte eine Frage: „Auf die Post? Gut und schön. Aber mit dem Geld?"

„Ich denke schon", meinte Artur.

Heddie sah da schon schärfer. „Wenn der Absender es so gewollt hätte, dann hätte er alles in ein Päckchen gegeben, mitsamt dem Brief und dann so abgeschickt."

„Stimmt", sagte Artur, „das Geld ist in einer Brieftasche, die man so nicht per Post verschickt. Der Brief ist allein in einem Umschlag. Nur die Briefmarke fehlt noch. Aber das könnten wir doch noch arrangieren."

„Bleibt immer noch die Frage nach dem Geld", sagte Heddie.

„Diese Frage bleibt", antwortete Artur.

„Und wir haben immer noch keinen Absender oder Verlierer."

„Wenn wir alles der Polizei übergeben, sind wir aus dem Schneider. Die sollen sich darüber ihre Gedanken machen." Das war nochmals Heddie.

„So ein Haufen Geld", murmelte Artur.

„Artur, sag so was nicht! Denk sowas noch nicht einmal!"

„Ach Heddie, was glaubst du? Ich bin doch nicht von dieser Sorte. Mir tut die Person leid, die es verloren hat."

Jeder hing eine Weile seinen Gedanken nach.

Dann war es Artur, der wieder das Wort ergriff: „Wir dachten gerade an die Polizei. Mein Liebes. Die Idee gefällt mir gar nicht. Nicht mehr."

„Aber Artur", nahm Heddie den Faden wieder auf. Es klang beinahe wie ein Vorwurf.

„Schau Liebes, wir haben doch Erfahrung mit Behörden. Polizei kann nach meinen Erfahrungen nur mehr wieder Scherereien bedeuten. Endlose Scherereien. Ich habe sie bis hier oben", und Artur machte mit dem ausgestreckten Zeigefinger eine Bewegung auf Höhe seines ausgeprägten Adamsapfels.

„Du hast ja Recht. Aber ..."

„Heddie, hast du daran gedacht, dass es vielleicht Falschgeld ist und was das bedeutet, wenn es die Polizei in die Finger bekommt. Die machen unsere Wohnung links. Die stellen alles auf den Kopf. Es könnte ja sein, dass der invalide Klempner irgendwo eine Gelddruckmaschine stehen hat." Letzteres sprach er mehr in einem ausgeprägt bitter klingenden Tonfall.

Eine Weile sagte keiner etwas. Dann fuhr Artur fort.

„Nein, Heddie, ich glaube, das mit der Polizei schlagen wir uns aus dem Kopf.

„Ausgerechnet mir musste sowas passieren. Ich hätte sie ja auch liegen lassen können. Warum habe ich sie aufgehoben?"

„Aber Heddie, jetzt mach Dir doch keine Vorwürfe. Du hast doch mit dem besten Vorsatz gehandelt. Du hast Dich sofort darum gekümmert und versucht den möglichen Eigentümer ausfindig zu machen. Das Geld gleich zurückzugeben. Da bin ich sicher. Also bitte ...."

„Dann bringen wir wenigstens den Brief zur Post."

Artur legte wieder seine Hand auf das Geldbündel. „Wieviel glaubst du ist es?", fragte er.

„Ich will es gar nicht wissen, es ist nicht mein Geld", entgegnete Heddie.

„Die Post hat schon geschlossen", sagte Artur.

„Na denn eben morgen."

Dann war wieder eine Weile Schweigen.

Schließlich sagte Heddie: „Ach, ich wollte Dir ja ein Vesperbrot holen. Soll ich saure Gürkchen drauflegen?"

„Danke, ja", sagte Artur und fuhr fort: „Ich finde es ganz großartig, da haben wir ein echtes Problem, wir haben zu viel Geld und wissen nicht wohin damit. Und gleichzeitig machst Du Dir Gedanken wegen ein paar kleinen Gürkchen. Danke Heddie, du bist ein wahrer Schatz."

Heddie antwortete nicht.

Dann biss Artur in das Vesperbrot, das Heddie gerade gebracht hatte. Das Brot bereits im Mund stockte er mit dem Zubeißen und blieb für eine Weile unbeweglich, wie erstarrt. Dann zog er das Brot wieder aus dem Mund, schaute Heddie an - und Heddie ihn.

„Ich glaube, dass es am besten ist, Du gehst morgen auf die Stadtverwaltung, erkundigst Dich nach dem Fundbüro und gibst alles so ab, wie wir es hier haben. Als Fundsache. Dann sind wir aus dem Schneider."

Heddie sagte nichts.

„Nun, was hältst Du von der Idee?", hakte Artur nach.

„Und, werden wir dort keine Scherereien bekommen?"

„Ich denke nein", sagte Artur, aber mit nicht ganz sicher klingendem Tonfall. „Aber da könnte eine Belohnung rausspringen, wenn der Verlierer sein Eigentum dort abholt. Ich glaube, das ist sogar per Gesetz so festgelegt."

„Und, dann haben wir doch wieder die Bürokraten am Hals. Denkst Du mir würde es Spaß machen?"

„Mir fällt aber im Moment noch nichts Besseres ein", sagte Heddies Mann.

„Wir überschlafen das", meinte Heddie. „Morgen entscheiden wir. Vielleicht fällt uns in der Nacht noch was ein. Da kommen doch manchmal die besten Ideen."

Artur griff nach seinem Brötchen, kaute wie in Gedanken verloren. Wie gelangweilt fiel sein Blick auf den offen liegenden Brief und ... bei Gott, er würde es schwören, dass er nicht absichtlich gelesen hatte. Aber da war der erste Satz auch schon in seinen Gehirnwindungen verschwunden. Gelagert, festgesetzt, gespeichert, zumindest und vorläufig nur im Kurzzeitgedächtnis.

Wenn er gekonnt hätte, wäre er jetzt aufgesprungen. Die anderthalb Zeilen standen klar und deutlich vor seinen Augen. Sie waren ernsthaft dabei, sich definitiv in seinem Langzeitgedächtnis zu verankern, zeitlebens. Nicht mehr auszulöschen.

Er rief Heddie, die drüben in der Küche etwas hantierte - sie hatte immer etwas zu tun.

Er rief nach ihr und sagte, sicher auch in einem für Heddi ungewohnten hektischen Tonfall: „Heddie, wir müssen den Brief lesen."

„Aber weshalb bist Du denn so aufgeregt", fragte Heddie ihren Mann. „Ist Dir ein neuer Gedanke gekommen?"

„Ich, ...ich weiß nicht, wie ich es Dir sagen soll. Und ich wollte es nicht. Es ist passiert. Wir müssen handeln, Heddie", und er ergriff Heddies rechte Hand. „Heddie, ich sagte schon, ich wollte es nicht, aber mir fiel wie zufällig die erste Zeile des Briefes sozusagen in die Augen. Es ist wie Schicksal. Das musste passieren, glaube ich!"

Heddie schaute Artur etwas vorwurfsvoll an. „Wir hatten vereinbart den Brief nicht zu lesen."

„Habe ich auch nicht. Ich sage Dir, das war wie ein innerer Zwang. Vielleicht hat die Vorsehung, das Schicksal uns eine Rolle zugedacht. Ich ... ich. Aber bitte lese Du auch die ersten anderthalb Zeilen."

Heddie sagte daraufhin: „Ich denke nicht daran. Ich lese anderer Leute Briefe nicht."

Artur sagte wiederum mit etwas verwirrter Stimmlage: „Heddie, der Mann will sich umbringen, vielleicht ist er schon tot. Wir müssen was unternehmen!"

„Woher willst Du das wissen?"

„Ich sagte Dir doch Heddie, der erste Satz, die erste Zeile im Brief ..."

Heddie legte die Stirn in Falten und verzog ihr Gesicht. Sie kämpfte mit sich, das sah man ihr an und Artur kannte sie diesbezüglich ganz genau. Sie langte auf den niedrigen Tisch und griff sich den Brief. Immer noch zögerlich. Sie schaute noch einmal lange in die Augen ihres Mannes. Dann tapfer auf den Brief.

Was sie dann lesen musste, verschlug ihr fast den Atem.

Sie las, beinahe aus Gewohnheit halblaut und leicht stockend.

Liebe Tante Lucie, wenn Du diesen Brief erhältst, bin ich nicht mehr unter den Lebenden.

Seit ich im Lotto gewonnen habe, ist es mit der Einigkeit in unserer Familie vorbei. Niemand scheint es mehr abwarten zu können, dass ich den Löffel abgebe. Ich kann es nicht mehr mitansehen.

Nur Du hast Dich an den hässlichen Ereignissen nicht beteiligt. Nur Du erhältst diese Nachricht.

Alle anderen sollen sich mit den Behörden herumstreiten, wenn es darum geht nach meinem Verbleib zu fahnden oder auch nur feststellen zu lassen, dass ich tatsächlich tot bin. Sie werden mich mit höchster Wahrscheinlichkeit nicht finden.

Vor meinem Abgang werde ich mein Vermögen an die Armen und Bedürftigen verteilen. Ich habe meine Konten aufgelöst. Nichts werden sie finden. Meine alten Anzüge und meines Vaters Kriegsstiefel können sie zu Geld machen. Das muss reichen.

Ich mache absichtlich auf den Briefumschlag keinen Absender, damit der nicht aus irgendeinem dummen Grund zurückkommt und den Aasgeiern in die Hände fällt. Behalte diesen meinen Brief als Dein Geheimnis. Lass alle schmoren.

Es tut mir leid. Ich habe Dich immer gerngehabt.
Bleib gesund und pass auf Deine Kinder auf.

Dein Dich liebender Heinz.

Heddie ließ sich auf einen Stuhl fallen. Ihre Arme hingen wie kraftlos herab. Der Brief baumelte in ihrer Hand knapp über dem Boden. Heddies Augen füllten sich mit Wasser. Sie schaute leicht nach oben, sie starrte in irgendein, für andere unsichtbares Loch.

Heddis Mann hatte zugehört aber keine Details mitbekommen, auch den Zusammenhang nicht.

„Ist das nicht schrecklich?", brach Artur das Schweigen. Heddie antwortete eine ganze Weile nicht auf diese Frage, starrte weiterhin in das unsichtbare Loch.

„Ausgerechnet uns musste das wieder passieren!" Warum das *wieder*, keiner hätte darauf eine plausible Antwort gewusst. Jeder von ihnen hätte das so sagen können.

„An die Armen verschenken", sagte sie schließlich.

„Was soll das heißen", fragte er schließlich.

„Hast du den Brief nicht ganz gelesen?", fragte Heddie.

„Ich sagte Dir doch, dass ich nur die beiden ersten Zeilen gelesen habe, so viel waren es nicht einmal. Und, glaub mir, ich wiederhole es, ich machte es nicht mit Vorsatz."

Jetzt war es an Heddie ihn verwundert anzuschauen.

„Heddie schau mich doch bitte nicht mit diesem Blick an, ich habe es wirklich nicht absichtlich getan!"

„Es geht nicht darum, ich glaube Dir ja. Und Gott sei Dank hast Du die ersten beiden Zeilen gelesen. Vielleicht können wir noch etwas machen. Vielleicht ist es nicht zu spät. Aber, nur *was* können wir machen?"

„Du hast den ganzen Brief gelesen, stimmt´s?", fragte Artur seine Frau. Er wollte es eigentlich vermeiden, aber ein bisschen klang es nach Vorwurf, was aber Heddie in diesem Augenblick nicht störte. „Deshalb hast Du so lange gebraucht!"

Auch das hörte Heddie nur so nebenbei. Unwichtiges.

Jetzt reichte sie Artur den Brief. „Lies, mach schon, hilf mir denken, hilf mir. Wie können wir weitermachen?"

Artur wollte protestieren, dazu kam es aber nicht mehr.

„Lies Artur", beschied ihn seine Frau, beinahe ein bisschen zu heftig.

„Alles", sagte Heddie, als Artur nach einer kleinen Zeitspanne bereits wieder den Kopf in Richtung ihres Gesichts hob.

„Mensch!", entfuhr es Artur, als er das Blatt sinken ließ. „Ach du lieber Gott, das ist ja ein Ding."

„Und mehr fällt Dir dazu nicht ein?", fragte ihn seine Frau. „Wir müssen was unternehmen."

„Ich ...ich bin zunächst mal baff. Mir fehlen die Worte. Liebe Heddie, was könnten wir denn machen? Wir kennen niemanden, den wir retten könnten. Wir haben keinen Anhaltspunkt wer sich da umbringen will. Mein Gott, vielleicht hat er es bereits getan. Da wollte jemand Arme beschenken. Die tun mir leid."

„Da hatte jemand eine gute Idee, einen guten Vorsatz, wollte Arme glücklich machen, bevor er aus dem Leben scheiden wollte und verliert das ganze Geld. Hoffentlich lebt er noch - verliert alles. Ohne offensichtlich auch nur einen Schein einem Bedürftigen gegeben zu haben. Einfach so auf dem Gehsteig. Und ich stolpere drüber. Ja, ich bin drüber gestolpert." Das klang nach einer Selbstanklage.

„Heddie - Heddie, jetzt mach mal halblang", sagte Artur, in den Verlauf der Emotionen eingreifend, „zunächst einmal, Du hast keinerlei Schuld an dem Vorgang. Aber mit dieser Erkenntnis, die wir jetzt haben, ergeben sich eine ganze Menge neuer Fragen. Denen müssen wir uns stellen". Artur betonte das Wörtchen *denen*.

„Ich verstehe schon", meinte Heddie, „sollen *wir* jetzt das Geld verteilen? An wen hatte der Gönner gedacht? Sind es die Obdachlosen am Bahnhof?"

„Heddie, denk doch mal weiter. *Wir sollen verteilen*? Das halte ich nicht für gut."

Heddie drehte sich heftig zu ihm um, etwas zu heftig, aber die Nerven lagen bei ihr blank.

„Und behalten werden wir es auch nicht", sagte sie etwas aufgebracht.

„Aber daran denken wir doch gar nicht", sage Artur. Nur, schau Liebes", er versuchte die Nerven Heddies mit aller Vorsicht und Zärtlichkeit zu streicheln. „Schau, wenn wir dies auch mit den besten Absichten tun wollten, wir hätten es doch ruck-zuck mit der Polizei zu tun. Und was sagen wir denen? Wir haben das Geld gefunden?"

„Jedenfalls wäre das die Wahrheit", gab Heddie zurück.

„Und wer will etwas von der Wahrheit wissen? Wieso sind einige unserer Schwierigkeiten, großen Schwierigkeiten, aus der Wahrheit entstanden? Aus unserer guten Absicht heraus und auch aus Überzeugung bei der Wahrheit zu bleiben?"

Seine Frau schien auf den Boden der Tatsachen zurückzukehren. Sie schaute Artur eine Weile an und sagte schließlich mit tieftrauriger Stimme: „Und jetzt sind wir dabei uns zu streiten. Wegen Geld. Wegen Geld, das nicht uns gehört. Was würden wir erst machen, wenn uns das Geld wirklich gehören würde?"

„Liebes, wir streiten nicht. Jedenfalls ist es nicht meine Absicht und sicher Deine auch nicht. Aber wir müssen ein Problem lösen. Wir müssen die Lösung, die beste Lösung finden."

„Gott möge uns beistehen. Mein lieber Gott", fuhr Heddie fort,

„hilf uns, damit wir den richtigen Weg wählen."

„Mein Liebes, ich denke", Artur sprach jetzt ganz langsam und recht leise, „dass es feststeht, dass wir das Geld nicht behalten wollen."

Heddie war dabei einen Einspruch vorzubringen. Aber nicht, weil sie anderer Meinung war. Sie wollte eigentlich diese Position noch unterstreichen.

„Obwohl", fuhr Artur fort, „obwohl es niemanden gibt, der einen Eigentumsanspruch anmelden könnte."

Heddie schaute Artur mit strenger Miene an. So als wollte sie ihn prophylaktisch abstrafen für diese offenbar verräterischen Gedankengänge, die zu nichts Gutem führen konnten.

„Ich auch nicht", ergänzte Artur.

„Nun, weiter", beeilte sich Heddie anzufügen, immer noch nicht ganz beruhigt.

„Kein Mensch weiß etwas von dem Geld. Lucie wird in Kalifornien davon erfahren - und das Wissen für sich behalten. Auf ausdrücklichen Wunsch des dann wohl unglücklich Verblichenen. Kein Anverwandter hat eine Chance an die Scheine heranzukommen. Und wir wollen, dass sie aus unserem Einflussbereich verschwinden. Also wohin damit?"

Wieder schaute ihn Heddie lange an. Aber diesmal voller Liebe und Zärtlichkeit.

„Wir sind uns einig, dass wir das Geld nicht behalten wollen. Wir sind uns einig, dass wir die Polizei aus der Situation heraushalten wollen. Wir wollen den Brief abschicken. Und ich denke, dass wir das Päckchen einfach auf dem Fundbüro abgeben sollten. Und wir schlafen wieder ruhig. Was meinst du?"

„Ich erledige das morgen", sagte Heddie.

„Tu das", sagte Artur. „Ich stopfe das Zeugs wieder in die Brieftasche."

„Und Du willst nicht wissen wieviel Geld es ist?", fragte Heddie.

„Keine Lust", sagte Artur.

Gegen elf Uhr am folgenden Vormittag fand sich Heddie auf dem Fundbüro ein. Sie hatte sich im Rathaus durchfragen müssen. Es war unbesetzt, aber ein Sachbearbeiter wollte bald kommen. Das sagte jemand, der den Kopf durch die Tür zum Nachbarraum steckte.

Er kam dann und er war höflich. Zuvorkommend. Heddie war etwas überrascht. Beinahe verwirrt. Damit hatte sie jetzt nicht gerechnet. Auf einem Amt?

„Sie - sie haben etwas gefunden und wollen es hier abgeben?" Der Beamte, für Hedwig waren alle Leute auf einem Amt, auf der anderen Seite eines Tisches Beamte, bewegte beinahe unmerklich den Kopf, so als wollte er andeuten: *Nun, dann lassen sie mal sehen.*

Hedwig entnahm das Päckchen ihrer Tasche und reichte es über den Tisch. Sie hatte eigens heute früh eine größere Tasche gewählt, eine die sie seit Jahren nicht mehr benutzt hatte.

„Eine Brieftasche", sage der Beamte. „Und scheinbar gut gefüllt", fügte er hinzu.

„Kann ich jetzt gehen?", fragte Hedwig mit einem, vor einem Beamten, unterwürfigen Ton.

Der Beamte reagierte nicht auf diese Frage. So als hätte er sie nicht gehört. War er von dem vermuteten wertvollen Inhalt bereits fasziniert?

Dann fuhr er mit einem gutgelaunten Tonfall weiter:

„Doch gehen wir die Sache ordentlich an, so wie es sich gehört."

„Hedwig antwortete rasch: „Ich habe sie in der Fußgängerzone, dort bei der Bäckerei <Landbrot> gefunden."

„Wir machen das der Reihe nach, zuerst nehme ich ihre Personalien auf. Übrigens, die Bäckerei <Landbrot> hat Dutzende von Filialen, das werden wir präzisieren müssen."

Hedwig wurde unwohl. Hatte sie richtig gehört? Hatte der Beamte nicht gesagt, dass er zunächst die Personalien aufnehmen wolle? Müsse? Wozu das? Hedwig fühlte sich als Opfer, wollte möglichst rasch aus dieser Rolle heraus. Den <Vorfall> baldigst vergessen. Und weg von hier. Innerlich stellte sie sich bereits wieder auf Scherereien, peinliche Fragen, auf eine Situation ein, der Obrigkeit ausgeliefert sein. Sie spürte, wie ihr Herz klopfte.

„Muss das sein?", fragte ihn Hedwig. „Ich meine das mit den Personalien?"

„Aber gnädige Frau - wie war noch ihr Name?"

„Scheuermann", sagte Hedwig rasch.

„Frau Scheuermann, das ist meine Pflicht. Ich bin von Gesetzes wegen verpflichtet die Details zu protokollieren. Schließlich geht es auch um die Ansprüche des Verlierers. Er muss auch glaubhaft machen, wo und wie er das Geld verloren hat. In welchem Zustand und aus was die Verpackung gewesen ist. Sonst können wir ihm die Fundsache nicht aushändigen. Andererseits dürften Sie auch ein Interesse daran haben. Es steht Ihnen ja ein Finderlohn zu. Das sind mindestens 5% des Wertes der Fundsache. Und wir sollten dann wissen, an wen wir das Geld auszahlen sollen. Es muss alles seine Ordnung haben."

„Mein Gott", entfuhr es Hedwig. Den Spruch von wegen *alles muss seine Ordnung haben*, klang ihr mit einem vielfachen Echo im Kopf. Wie oft hatte sie den schon bei ihrem Vorsprechen auf der Krankenkasse und auch von einer Versicherung gehört. Sie verstand nichts davon, aber es erschien ihr, als wäre dieser kurze Satz eine Präambel für ein ihr unbekanntes Grundgesetz für alle Beamten und Funktionäre. Dahinter verschanzten sie sich, wenn sie mal wieder uneingeschränkt Recht haben wollten. Und bereit waren ihr Gegenüber zuerst durcheinander zu bringen und sie dann, mitsamt ihren Anliegen, ins Leere laufen zu lassen. Heddie fühlte sich dann immer so ohnmächtig, so rechtelos, wie geprügelt.

Der Beamte hatte einen Fragebogen vor sich ausgebreitet. *Ohne Fragebogen geht bekanntlich kaum etwas bei systemtreuen Beamten.* Hedwig hatte da ihre Meinung, die auf Erfahrung fußte. Ungezählte Fragebögen hatte sie in den letzten zwei Jahren ausfüllen müssen. Und für was?

„Am besten sie geben mir ihren Personalausweis, dann kann ich die personenbezogenen Daten schon mal abschreiben.

Hedwig zögerte. Aber einem *Beamten* wagte sie nun doch nicht zu widersprechen und reichte das Dokument über den Tisch. Hedwig hatte ein wachsendes Gefühl der Hilflosigkeit. Allein, auf sich allein gestellt, auf verlorenem Posten, stand sie der Staatsmacht gegenüber. Wenn sie wenigstens in Begleitung ihres Mannes gewesen wäre.

Der Beamte fixierte Zeile für Zeile mit dem Zeigefinger der linken Hand und schrieb mit der anderen Hand in die dazu vorgesehenen Rubriken. „Wohnort", murmelte er leise. Dann: „Straße, Hausnummer."

„Frau Scheuermann, sind sie verheiratet?"

Frau Scheuermann nickte, doch dann schien sie die Frage erst richtig begriffen zu haben und sagte laut - „ja."

„Ihr Beruf?"

„Arbeitslos. Zurzeit arbeitslos, aber wir glauben, dass ich demnächst ...", dann stockte sie, sprach nicht alles aus, was sie aus einem gewissen Gefühl von Scham sagen wollte. Sie sprach leise. Sie hatte wirklich das Gefühl sich schämen zu müssen. Doch ihr Gegenüber zeigte keinerlei Regung.

Er gab Frau Scheuermann ihre Identitätskarte zurück.

„Jetzt kommen wir zu den näheren Umständen des Auffindens des Fundgutes. Wie z. B. des Wochentages und anschließend der möglichst genauen Beschreibung des Fundortes, unter Angabe einer möglichst objektiv korrekten Zeit."

Hedwig kannte zur Genüge das Beamtendeutsch ihrer Ansprechpartner auf ihrem langen, leidvollen Weg durch viele Amtsstuben, Büros und Vorzimmern. Sie fühlte sich, wie immer unwohl dabei. Verloren in einer Welt, die ihr scheinbar von vorneherein etwas verweigern wollte. Die nur durch Ausfragen nach einem Grund suchend, wie man die jeweilige ablehnende Haltung für Andere, Unsichtbare, gut begründen konnte.

In dem Gewirr von Rubriken mit Kästchen lag ein geheimnisvoller Schlüssel. Die galt es anzukreuzen - Bemerkungen, Zusätze,

Bezugnahmen usw. Diesen Schlüssel kannte Hedwig nicht. Sie vermutete aber, dass sie am Ende doch die Betrogene, die Benachteiligte war, dass sie an bestimmten Stellen wie zwangläufig etwas sagte, das dann genau das Verkehrte war. *<Ihr Antrag ist abgelehnt>*. *<Ihrem Antrag kann leider nicht stattgegeben werden>*. *<Wir weisen sie auf die Möglichkeit eines Einspruchs hin - wenngleich ich dazusagen muss, dass nach meiner Erfahrung - und die ist beträchtlich auf diesem Gebiet - keinerlei Aussicht auf Erfolg besteht. Paragraf xx, Absatz xx, Buchstabe xx, Zeile 5 gibt da vollkommen klare Vorgaben>*.

Leere Phrasen, abgedroschenes Beamtendeutsch, Formulierungen, die wie ausgeleiert wirkten. Nur mit der Folge, dass sie für sie jedes Mal und immer wieder wie ein Schlag in die Magengrube wirkten.

„Ja, Frau Scheuermann", der Staatsdiener schien sie wachrütteln zu wollen, „sie waren also in einer Fußgängerzone unterwegs. In welcher?"

„Drüben, wo die Krankenkasse ist."

„Bitte, Frau Scheuermann, welche Krankenkasse?" Der Staatsdiener übte sich in Geduld.

„Nun, die von meinem Mann, AOK, ja so ist es."

„Dann muss es die Marktstraße sein. Ist es so?"

Frau Scheuermann sagte „ja", ohne diese Antwort auf die Goldwaage zu legen. Sie hätte so oder so mit *ja* geantwortet. Sie wollte um jeden Preis die Verhörprozedur abkürzen.

Zunächst geben sie den Grund ihres Aufenthaltes an der Fundstelle an!"

„Ich bin halt so da gelaufen, wie die anderen Leute auch."

In diesem Moment kam ein junger Mann, ohne anzuklopfen in den Büroraum. Das mochte der Diensthabende *Fundbüroangestellter* überhaupt nicht. *Unbefugtes Betreten einer Amtsstube*, oder so ähnlich, mochte dem rundlichen Mann der Vorgang vorgekommen sein. Es gab für alles Regeln und auch amtliche Formulierungen für derlei Benehmen. Er überlegte und suchte flink in seinen

Gehirnwindungen nach einem Standardbegriff, wie er diesen dann dem Eindringling möglichst emotionslos vortragen konnte. Doch dann entschied er sich schlicht und einfach zu sagen: „Warten Sie bitte vor der Tür, bis sie aufgerufen werden."

War doch gut, dachte er für sich und erinnerte sich, dass sie voriges Jahr Schulung im Benimm Frage- und Antragsstellern gegenüber hatten. Manches machte sogar Sinn. Wie z.B. die Annahme eines Telefongesprächs, freundlich und sich klar ausdrücken, seinen Namen klar und deutlich hersagen - war alles kein Problem. Grimassen schneiden konnte man immer noch dabei. War das ein Spaß nach Abschluss der Prüfungen. Bei der Abschlussfeier, wie hatten sie sich amüsiert und dann ausgelassen hatten über die dummen Gesichter der Betroffenen, wenn sie perfektes Beamtendeutsch zu hören bekamen. Gelernt war gelernt.

Was das lustig, sie handelten immer korrekt im Rahmen des Beamtenrechts. Sie konnten, wenn sie sich an die Vorschriften hielten, niemals etwas falsch machen. Niemand konnte sie belangen. Und jetzt sollten sie mehr ihren Freiraum nutzen, auf die Menschen und ihre Anliegen zugehen. Dieser Freiraum, dessen waren sie sich im Kollegenkreis einig, konnte natürlich mit allerlei Fußangeln bestückt sein. Wie schnell konnte man sich ein Disziplinarverfahren einhandeln. Dann eben lieber verbindlich im Umgang, aber knallhart in der Sache. Man will ja nicht seine Pension aufs Spiel setzen.

Der so von dem Eindringling in der Ausübung seiner Pflicht unangenehm unterbrochene Beamte, holte geräuschvoll tief Luft. Diese Vorstellung war lange eingeübt und sollte so viel bedeuten wie: *Immer diese ungehobelten Menschen, kennen nicht einmal die grundlegenden Regeln im Umgang mit Amtsträgern.*

„Bitte etwas präziser, Frau Scheuermann", sagte er dann doch nach einer Weile, in der er sich von seiner Entrüstung erholen musste.

„Zu welchem Zweck waren sie in der besagten Fußgängerzone überhaupt unterwegs, dessen nähere Beschreibung wir noch angehen müssen?"

„Nun, ich ehh ...“

„Waren sie bei einem Arzt, haben sie Einkäufe getätigt, besuchten sie eine Freundin oder so was Ähnliches?“

„Nein ... nein. Ich war auf der Krankenkasse. Das sagte ich .... Ich hatte dort einen Termin mit Herrn Schlauber. So heißt er, glaube ich. Wissen sie mein Mann hatte einen Unfall, an dem er nicht schuld war. Nun braucht er eine Behandlung, eine Tera ... also in einem Rehazentrum. Und man hatte mir gesagt, dass ich einen Antrag stellen sollte, damit die Krankenkasse diese, sie wissen schon, bezahlen sollte, möchte ... ich hatte wenigstens die Hoffnung. Aber der Herr Schlauber hatte dann doch keine Zeit für mich. Seine ... ach so eine Frau, eine ganz junge Frau, Fräulein würde ich eher sagen, hatte den Auftrag mich abzuwimmeln. Ja, so war es. Abgewimmelt wurde ich.“

Der Beamte hörte nun scheinbar aufmerksam zu, war verwundert, überrascht, wie die Frau von einem Zustand von fast Verstocktheit, das war seine Sicht, auf einen Redeschwall umschalten konnte.

„Wissen sie, und mein Mann und ich hätten so gerne wieder eine Arbeit. Aber ohne eine weitere Behandlung kann mein Mann seinen Beruf, er ist Klempner und Heizungsbauer, nicht ausüben. Und so geht das immer weiter. Wir haben kein Geld, um die Behandlung zu bezahlen. So kann mein Mann nicht arbeiten, um Geld zu verdienen. Und er braucht doch auch meine Pflege. Und das, was wir vom Arbeitsamt bekommen, das reicht gerade so zum Überleben. (Der Beamte hob jetzt die rechte Hand wie zum Schwur.) Dabei haben sie uns schon stark gekürzt. Wir hätten doch ein eigenes Haus. Das haben wir, aber es ist noch nicht abbezahlt. Und die Bank will monatlich ihr Geld. Ich weiß nicht ...“

Die Schwurhand des Beamten fiel geräuschvoll aufs Pult und Hedwig erwachte wie aus einem Traum. Ihr Herz war einfach übergelaufen. Sie hatte das Gefühl, dass da jemand endlich zuhören wollte. Der Mann hinter dem hohen Tisch schien, trotz seinem Beamtenstatus, an ihrer Leidensgeschichte interessiert. Wer weiß, vielleicht hatte er ja auch die Macht sich ihrer Sorgen anzunehmen. Einen Fortschritt zu bewirken.

„Also sie waren auf der Krankenkasse", setzte der Beamte die Befragung fort. „Und auf welcher?"

„Nun, die von meinem Mann!"

„Ich meine, wie heißt diese Krankenkasse?" Der Beamte war die Geduld in Person - bis jetzt. Aber letztendlich: weshalb sollte er sich aufregen. Der Tag vergeht so oder so. Mit fragen, kaffeetrinken, Akten bearbeiten, sich mit Kollegen *besprechen*, dann ist irgendwann Feierabend.

Hedwig setzte wieder an: „Ja, wie ich schon sagte, das ist die AOK."

„Eine Filiale oder die Hauptgeschäftsstelle?" Da merkte auch der Beamte, dass dies ja gar nicht so wichtig war und fuhr schnell fort: „Die da in der Markstraße?"

„Ja, dort war ich und dort sollte ich den Herrn ..."

„Also AOK in der Marktstraße", fuhr der Beamte fort.

„Ja".

„Und sie sind von dort aus wieder direkt nach Hause gegangen? Wissen sie Frau Scheuermann, ich muss hier eine möglichst genaue Beschreibung aufzeichnen. Das steht so hier, sehen sie!"

Der Beamte drehte das Formular um, so dass Hedwig lesen konnte/sollte, sofern sie wollte und zeigte mit einem anatomisch zu kurz geratenem Zeigefinger mit abgenagtem Fingernagel auf einige Worte, die über einem weißen Feld standen. Die Buchstaben tanzten vor Hedwigs Augen.

„So, jetzt machen wir weiter", sagte er und zog das Papier wieder mit einem geschickten, wahrscheinlich sogar eingeübten Griff in seinen exklusiven Einflussbereich.

„Also, wo waren wir stehen geblieben, sie sind also direkt nach Hause gegangen?" Das sagte er fast nur zu sich selbst.

„Ja. ... Aber - nein. Ich musste doch zum Bahnhof. Ich wohne doch in .."

„Das haben wir schon, das steht in ihrem Personalausweis", konterte flink der Beamte. „Sie waren also auf dem Weg zum Bahnhof?"

„Aber ja, mein Mann wartete doch zu Hause und so lange kann ich ihn mit seinen Problemen nicht allein lassen. Er ist immer noch schwer ...“

„Das haben sie mir bereits erzählt und ist für die Beschreibung des Tatherganges, ich meine das Auffinden der Brieftasche, sofern sich herausstellen sollte, dass es sich um eine selbige handelt, ehh ... überhaupt nicht relevant. Verstehen sie, Frau Scheuermann?“

„Ja, ja. Aber es ist doch eine Brieftasche?!“

„Dazu kommen wir später.“

Schöpferische Pause.

Der Beamte schrieb: ... Weg zum Bahnhof.

„An welcher Stelle der besagten Fußgängerzone befanden sie sich als, ...“ <*Hergang, Fundort, nähere Umstände*> - murmelte der Beamte vor sich hin. Dann hob er wieder an: „Es gibt ja die verschiedenen ausgedehnten Fußgängerzonen. Ich möchte sie in Ihrer Entscheidung nicht beeinflussen, aber könnte es sich beim Fundort um die Trödlerpassage handeln?“

„Ach wissen Sie, Herr ... ich denke, dass sie es war. So genau kenne ich mich in der Stadt auch nicht aus. Ich komme so selten hierher. Meist habe ich dann ....“

Hedwig schwieg.

„Gut nehmen wir die Trödlerpassage. Hatte ich mir auch so gedacht. Auf welcher Höhe?“

„Ähhhh..“

„Könnte es bei einer Filiale der *Nordsee* gewesen sein?“

„Also an die Nordsee kann ich mich nicht erinnern.“

„Ich meine den Fischladen.“

„Ja, ich denke, dass da ein Fischladen sein könnte, aber so genau habe ich nicht hingeschaut. Und mein Mann und ich machen uns nicht viel aus Fisch. Da ...“

„Also halte ich fest - *gegenüber Fischladen Nordsee*. So kommen wir doch schön voran“, sagte noch der Beamte in Würdigung seiner eigenen Leistung.

„Und dann bemerkten sie die Brieftasche auf dem Bürgersteig?“

„Es war in der Fußgängerzone und nicht auf einem ...“

Soweit brauchen wir nicht mehr ins Detail zu gehen“, lenkte der Beamte von seinem Fehltritt ab.

„Haben sie gesehen, wie die Brieftasche von jemandem verloren wurde?“

„Nein!“

„Konnten sie das Fundstück bereits aus größerer Entfernung sehen?“

„Wenn Sie die Brieftasche meinen, dann nein. Ich bin beinahe drüber gestolpert.“

„Können sie diesen Vorgang näher beschreiben?“

„Na, also, wie ich schon sagte, war ich auf dem Weg zum Bahnhof .... und zudem sehen konnte ich sie nicht, weil da so viele Leute unterwegs waren.“

„Wie sind sie denn sonst auf das Fundstück aufmerksam geworden?“

„Ich sagte es doch, ich bin beinahe drüber gestolpert.“

„Was heißt das konkret? Sind sie beinahe zu Fall gekommen?“

„Nicht direkt, aber ich bin mit meinem Fuß drangestoßen, dann ist die, äh, wie sagten sie noch, ich meine das andere Wort für Brieftasche?“

„Da gibt´s kein anderes Wort. Was soll denn das wieder sein?“

„ ... ach ja, jetzt hab ich´s. Fundstück. Ich bin also mit meinem Fuß an das Fundstück gestoßen. Da habe ich es bemerkt.“

„Und sie haben das ... die Brieftasche dann aufgehoben?“

„Nicht gleich, ich wunderte mich zunächst ...

„Ist ja gut. So ausführlich brauche ich das auch nicht.“

Die Tür ging wieder auf, der junge Mann streckte den Kopf herein und fragte unaufgefordert: „Dauert es noch lange? Ich muss ...“

„Machen sie die Tür zu. Ich rufe, wenn wir so weit sind.“

Der Kopf verschwand.

Der Beamte fuhr mit dem dicken, kurzen Zeigefinger, auch er hatte abgekaute Nägel, über die zwei Zeilen, die er bis jetzt niedergeschrieben hatte. Dann hob er den Kopf, schaute Frau Scheuermann an und sagte: „Immer diese Unterbrechungen. Man kann seine Arbeit kaum noch ordentlich machen. Da ist aber auch was los heute Morgen und das ausgerechnet, wenn ich meinen Kollegen vertreten muss."

Frau Scheuermann hätte ihm beinahe beigepflichtet. Aber in irgendeiner Weise wollte sie sich auch mit dem jungen Mann, draußen vor der Tür, solidarisch fühlen.

„Ah", ließ der Beamte verlauten, „das hätten wir. Sie haben also jetzt die Brieftasche aufgehoben?"

„Ja."

„Wann bemerkten sie, dass sie Geld enthielt?"

„Nun, ich habe sie aufgeklappt und ..."

„War da ihr Interesse ... nein ich frage anders: Aus welchem Grund haben sie die Brieftasche geöffnet?"

„Nun ich wollte sehen, ob ich einen Namen finden könnte, eine Adresse, die des Eigentümers."

„Und das Geld haben sie später bemerkt?"

„Natürlich habe ich bemerkt, dass da viel Geld drin war."

„Haben sie davon etwas entnommen?"

„Was denken Sie Herr Beamter? Um Gottes Willen nein. Ich vergreife mich doch nicht am Eigentum anderer Leute."

„War ja nur eine Frage. Nicht jeder Mensch ist so ehrlich wie sie."

„Das ist nun endlich ein aufrichtiges Wort."

„Was machten sie dann?"

„Ich blieb zunächst einmal weiter stehen. Ich dachte, dass da vielleicht jemand aufgeregt daherkommen würde. Jemand, dem man ansehen konnte, dass er gerade seine Brieftasche verloren hatte. Dann hätte ich sie ihm gleich geben können. Ich glaube, dass ich so etwas Ähnliches erwartet hatte."

„Sie haben also gedacht, dass da jemand angerannt kommt und fragt sie, ob sie nicht gerade seine Brieftasche gefunden hätten?"

„Nun ja, so in der Art. Man sieht es schließlich Menschen an, wenn sie auf der Suche nach so viel Geld sind. Sie sind schrecklich aufgeregt. So ein Verlust muss schrecklich sein. Ich habe ja nicht so viel Geld, aber ich glaube ich würde einen Herzschlag kriegen."

Wieder murmelte der Beamte: *Fundort, Hergang, nähere Umstände* - was könnte da noch fehlen? Wieder war er mit seinem nagellosen Zeigefinger die Rubriken entlanggefahren und hatte die Hinweise neben den Kästchen halblaut vor sich hergesagt.

„Ach so, wann haben sie die Brieftasche gefunden?"

„Gestern."

„Gestern war Dienstag, da hatten wir den - übrigens, bald haben wir Juni. Um welche Uhrzeit?"

„Ich habe keine Uhr. Das weiß ich nicht."

„Dann schätzen sie. Ich muss doch da etwas hinschreiben. Das ist Vorschrift. Ich kann keines dieser Kästchen auslassen."

„Na ja, so ungefähr wie heute. Vielleicht etwas früher."

Der Beamte schaute auf seine gefälschte billige Rolex und schrieb: *gegen elf Uhr.*

„Gegen elf Uhr, kommt das hin?"

„Ich denke schon, denn ich erreichte noch den Vorortzug um halb elf."

„Das kann aber nicht sein. Sie waren doch nicht schon im Zug als sie die Brieftasche fanden?"

„Nein, ich kam um halb eins zuhause an. Dann machte ich ....."

„Also ging der Zug um halb zwölf?"

„Ja, das habe ich doch gerade gesagt."

Der Beamte schaute Frau Scheuermann eine Weile an. Zog es aber vor zu schweigen. Er schrieb 11 Uhr.

„Damit hätten wir die objektiv korrekte Zeit. Dann ....."

„Weshalb sind sie nicht sofort zum Fundbüro gekommen?"

„Ich hätte ja meinen Zug verpasst und mein Mann....."

„Aber nachmittags sind wir doch auch hier. Weshalb sind sie dann nachmittags nicht gekommen?"

„Ich dachte nicht mehr an das Fundstück. Ich hatte es vergessen. Erst später, als ich meinem Mann ein Vesperbrot zubereitete, fiel es mir wieder ein. Aber da war es schon vier Uhr. Bis ich hier gewesen wäre, hätten sie doch schon längst Feierabend gemacht."

„Mm...", jetzt hatte auch der Beamte keine Worte mehr.

„Kann ich jetzt gehen", fragte Hedwig.

„Aber nein, Frau Scheuermann, war haben ja noch das Wichtigste vor uns. Wir müssen das Fundstück beschreiben, den Inhalt konkretisieren, bestimmen und..."

„Was ist konkre ..., ich würde jetzt aber am liebsten gehen. Kann ich das nicht?"

„Nein das können sie nicht, Frau Scheuermann." Das hörte sich nach Beamtenbefehl an. Dagegen war der normale Mensch machtlos. Hedwig musste sich fügen.

Wieder steckte der junge Mann seinen Kopf durch die Tür. Aber als daraufhin der Beamte von seinem Stuhl aufsprang, verzog sich der Eindringling wieder wortlos nach draußen.

„Ich komme jetzt einer hoheitlichen Tätigkeit, einer Beamtenpflicht nach. Ich werde jetzt vor ihren Augen die Brieftasche öffnen, um den genauen Inhalt zu prüfen und zu protokollieren."

Er klappte die Brieftasche auf, schaute konzentriert und bemerkte laut: „Große, dunkelbraune, lederne (Klammer auf, wahrscheinlich Schweinsleder) Klammer zu, ähh ..., Brieftasche, ohne Futter. Keine Inschrift, als Prägung auf der ersten Innenseite ein goldener Adler, keine Hinweise auf den Besitzer bzw. Eigentümer." Er schrieb säuberlich auf. „So muss alles seine Ordnung haben, Frau Scheuermann."

Er zog das Bündel Banknoten heraus. „Wissen sie bereits wieviel das ist, ich meine wieviel Geld?"

„Nein, mein Mann und ich haben es nicht gezählt. Es ist ja nicht unser Geld. Sowas ..."

„Na dann wollen wir mal."

„Zweihundert, vierhundert, sechshundert, achthundert - Moment mal, das sind mehrere Tausend."

„Da sind Sie aber ganz schön überrascht?"

„Frau Scheuermann, es steht mir nicht zu überrascht zu sein."
„Also nochmals."

Zwischendurch schrieb der Beamte Zahlen auf ein herbeigezogenes Papier. Es entstand eine Kolonne. Dann drehte er sich um, er wollte einen Rechner holen, doch dann entschloss er sich anders. Vorsichtig hob er das Päckchen Geld hoch und legte es in das Fach unter der Tischplatte. Dann holte er den Rechner. Jetzt holte er das Geld wieder hervor und legte es auf den vorigen Platz.

„De - de - de - de - „, murmelte der Beamte vor sich hin, als er Zahlen eintippte. Dann schaute er auf und sagte zur Frau Scheuermann: „Ich hätte ja eigentlich die Einzelposten zählen und sie dann mit der Anzahl multiplizieren können. Wäre schneller gewesen. Aber ..." Der Satz blieb unvollendet. Die Begründung der mathematischen Formel blieb Frau Scheuermann leider verschlossen.

„220 000 Euro. Da muss ich einen Kollegen hinzuziehen, damit er beglaubigen kann, sie wissen ja, Frau Scheuermann, vier Augen sehen mehr als zwei. Und auch besser." Dann verstaute er wieder das Bündel unter dem Tisch.

Soweit schien das Frau Scheuermann plausibel.

Zwei weitere Zählungen erbrachten keinen anderen Kontostand. Der Kollege ging wieder.

Der Beamte trug (murmelnd) ein: „In der besagten Brieftasche befinden sich 220 000 Euro. Alle in Stücken zu 200 Euro und in tadellosem Zustand. Gezählt von, mein Name, und dem Kollegen Herrn Hans Mayer - mit Ypsilon. Jetzt noch das Datum von heute, die Uhrzeit - Viertel vor zwölf, also 11 Uhr 45. Gezeichnet, in Vertretung, mein Name, testiert von Kollege Hans Mayer - mit Ypsilon."

„Da haben sie aber Glück gehabt, Frau Scheuermann. Hübsches Sümmchen."

„Wieso Glück, bisher habe ich nur Kosten gehabt, meine Zeit verschwendet, meinen Mann allein zu Hause gelassen, einen Brief aufgegeben, die Reisekosten, eine Zugfahrt ist ja auch nicht umsonst, da hab´ ich doch nichts davon. Wer gibt mir dafür etwas?"

„Aber Frau, eh. ... Frau Scheuermann, denken sie doch an den Finderlohn, den gesetzlichen Finderlohn, das sind 5%, das sind überschlägig - <*murmel, murmel, murmel*> - 11 000 Euro. Die stehen ihnen zu, von Gesetzes wegen. Wenn der Eigentümer freiwillig noch was dazu gibt, nun, dann dürften sie doch zufrieden sein. Da kommen sie doch auf einen guten Schnitt."

„Ich will ihnen mal was sagen, ich habe mich schon so oft geschnitten oder bin von soundso viel Bürokraten geschnitten worden. Mir reichen die Narben."

„Nichts destotrotz, Frau Scheuermann. Wenn sie jetzt noch unterschrieben haben ..."

„Ich soll auch noch unterschreiben?"

„Natürlich, einmal dafür, dass alle ihre gemachten Angaben der Wahrheit entsprechen und auch, dass sie der Anspruchsberechtigte sind - Entschuldigung: Die Anspruchsberechtigte - wenn der Finderlohn zur Ausschüttung kommt. Ich kläre sie auch noch über das weitere Vorgehen auf."

„Und was machen sie mit dem Geld bis der Eigentümer sich gemeldet hat?"

„Sehen sie, wir werden das Geld auf ein Treuhandkonto einzahlen, es wird dort, zwar gering, aber doch effektiv verzinst. Wenn sich der rechtmäßige Eigentümer einfindet und zweifelsfrei nachweisen kann, dass es sich um sein Eigentum handelt, dann zahlen wir selbstverständlich den bis dann aufgelaufenen Betrag aus - abzüglich der Summe die Ihnen zusteht und einigen Verwaltungsgebühren - und inklusive Brieftasche. Ist doch so weit klar. Dann werden wir sie benachrichtigen, sie kommen vorbei und holen sich ihren Anteil ab."

„Und wenn sich niemand meldet, wird sich der Bürgermeister über den Geldsegen freuen."

„Nein Frau Scheuermann, das hätte ich beinahe vergessen. Wenn das Fundstück, in diesem Falle die 220 000 Euro samt Brieftasche, nach Ablauf eines Jahres, von heute an gerechnet, nicht einem rechtmäßigen Eigentümer übergeben werden konnte, dann gehört der Gesamtbetrag ihnen. Plus Zinsen und inklusive Brieftasche. Abzüglich einiger Verwaltungskosten."

Na, da bin ich mal gespannt, wo diesmal der Haken sitzt", sagte Frau Scheuermann. „Kann ich jetzt gehen?"

„Moment, Frau Scheuermann, sie haben ja noch gar nicht unterschrieben. Hier." Und der höfliche Beamte machte ein Kreuzchen auf dem Papier, reichte einen Kugelschreiber, zeigte mit dem Finger nochmals auf den Platz unter dem Kreuzchen und sagte: „Hier."

Hedwig schaute nochmals voller Zweifel den Beamten an, setzte dann doch zur Unterschrift an und hakelte Vor- und Zuname.

„Ich wünsche ihnen viel Glück, Frau Scheuermann", und etwas leiser: „Es ist gleich Mittag, der Kerl auf dem Flur kann heute Nachmittag wiederkommen, ich werd´s ihm sagen!"

So folgte er der Frau Scheuermann, die die Tür noch nicht hinter sich geschlossen hatte, trat entschlossen auf den Flur und ... da war aber niemand.

„Umso besser", murmelte der treue Beamte.

Hedwig kam nach Hause zu ihrem Mann, entschuldigte sich, dass heute ein Vesperbrot ausfallen musste, dafür würde sie gleich mit dem Zubereiten des verspäteten Mittagsessens beginnen. Es gab nichts Neues zu berichten. Ihr Mann hatte noch gefragt, ob alles glatt gegangen war. Sie hatte bejaht und ging ihrer Hausarbeit nach.

Während des Mittagessens erinnerte sich Hedwig an einzelne Details dieses ereignisreichen Vormittags und begann das Gespräch:

„Der auf dem Fundbüro hat gesagt, dass ich 5% als Finderlohn bekomme, wenn der Eigentümer sein Geld abholen würde. Aber du weißt ja, wie das ist. Wir werden doch wieder in die Röhre gucken. Da brauchen wir uns keine Hoffnungen zu machen. *Nach Abzug einiger Gebühren* hatte der Typ gesagt. Die finden sicher wieder einen Weg diese Gebühren so anzusetzen, dass für unsereins nichts mehr übrigbleibt. Vielleicht können wir froh sein, wenn wir nichts draufzahlen müssen. Es ist doch immer so."

„Ach so, den Brief habe ich auch aufgegeben."

Beide aßen dann schweigend Ihr Mittagsmahl.

Am Nachmittag wurde das Geld, nach Ausfüllen weiterer unterschiedlicher Formulare in unterschiedlichen Büroräumen der Stadtverwaltung, noch viermal gezählt. Dann noch ein Formular, das die Festlegung des Geldes auf einem Treuhandkonto regelte. Erst dann kamen die 220 000 Euro in einen Geldschrank. Nicht in ein Gefrierfach, das ja ein Geldschrank bekanntlich in der Regel nicht hat.

Am nächsten Vormittag begab sich der autorisierte Bote mit den 220 000 Euro und anderen Geldern sowie Schecks zur Hausbank und machte die Einzahlungen.

In der Bank wurde mit einer Geldzählmaschine zweimal kontrolliert. Stichprobenartig kam der eine oder andere Geldschein in die Echtheitskontrolle. Alle Scheine waren ohne Beanstandung. Nach dem nachmittäglichen Abrechnen kamen die Scheine, die sich mittlerweile in *guter* Gesellschaft befanden, in den Tresor der Bank. Sie waren jetzt bündelweise mit einer Banderole versehen. Diese Banderole verifizierte die kontrollierende Bank und die darin enthaltenen Summe.

2
Die Volkszählung

Raúl hatte sich am Vormittag auf seine Rolle vorbereitet, die er bei der Familie Scheuermann am Nachmittag spielen wollte. Dazu machte er sich einen Ausweis, ließ ihn in einer Bürohandlung in Plastik einschweißen und stellte auf dem Laptop noch einige Formulare her. Dann imitierte er ein offizielles Schreiben mit Bundesadler, wobei er die Vorgaben wiederum aus dem Internet bezog.

Er erstand noch einen ärmellosen Pulli. Er fand, dass er jetzt als eine zumindest halbamtliche Person durchgehen konnte. Ärmelloser Pulli, das würde zu dem Outfit eines typischen Bürokratenhengstes passen.

Dann fuhr er mit dem Mietwagen in den Vorort, zu der Adresse, die er am Vortag ausgekundschaftet hatte.

Raúl hatte sich ausgedacht, dass vier Uhr am Nachmittag ein guter Zeitpunkt sein müsste. Wenn er den möglicherweise berufstätigen Herrn Installateur Scheuermann nicht antreffen würde, konnte er seiner Ehefrau anbieten auf ihn zu warten oder später noch einmal zu kommen.

Auf sein Klingeln kam die ihm bereits bekannte Frau zur Tür. Raúl stellte sich mit seinem ausgedachten Sprüchlein vor: „Spreche ich mit Frau Scheuermann?"

Frau Scheuermann brauchte eine Weile, um diese Frage zu bejahen. Bei solch einer Fragestellung steckte immer kommende Ungemach dahinter. War das wieder einer von der Versicherung oder gar der Bank, wegen des Kredites? Nach solch einer Frage kam, wenn es gut ging, lediglich wieder eine weitere Enttäuschung oder aber Probleme, von denen sie doch wirklich genügend hatten.

Auch Raúl bemerkte das Zögern und eine damit verbundene Unsicherheit. Er war aber darauf vorbereitet. Die Frau würde möglicherweise seinen Besuch in irgendeinen Zusammenhang mit dem Geldfund bringen. So war es denn aber doch nicht. Heddie hatte diese Episode - war es eine Episode? - bereits abgehakt.

Doch dann bejahte sie die Frage.

„Frau Scheuermann", begann Raúl seine Legende, „Wie Sie wissen findet im Jahr 2018 wieder eine Volkszählung statt. Nach dem beschlossenen Gesetz müssen im Vorfeld gewisse Erhebungen gemacht werden, damit wir bei der Durchführung keine unliebsamen Überraschungen erleben. Es ist so etwas wie ein Probelauf. Dafür haben wir vom Computer eine Auswahl von Haushalten auswählen lassen. Sie wurden dabei ebenfalls berücksichtigt. Ich bedaure natürlich, wenn ich Sie damit belästigen muss. Mir fällt es zu, Sie zu besuchen. Ich darf Ihnen aber sofort versichern, dass alle Angaben selbstverständlich vertraulich behandelt werden. Ihr Name wird nirgends, auf keinem offiziellen Papier erscheinen."

Dann zog Raúl seinen Ausweis. „Wenn Sie sich bitte vergewissern wollen. Hier ist mein Ausweis. Mein Name ist Christian Obert, Referendar für Mietrecht. (Frau Scheuermann würde sich darunter nichts vorstellen können, klang aber gut.) Kann ich Sie und Ihren Mann sprechen? Darf ich eintreten?"

Frau Scheuermann schaute sich den Ausweis kurz an. Um die Vertrauenstiefe zu verbessern, zog Raúl noch ein Schreiben hervor. „Bitte Frau Scheuermann, hier ist meine offizielle Beglaubigung für meine Tätigkeit. Ich komme nur den Verpflichtungen innerhalb des beschlossenen Gesetzes zur Volkszählung im Jahr 2018 nach. Sie haben sicherlich die Nachrichten dazu im Fernsehen verfolgt."

Frau Scheuermann sah den Bundesadler auf dem Briefkopf und

sagte - „ach ja, stimmt. Kommen Sie doch bitte herein. Mein Mann und ich geben Ihnen gerne die benötigten Auskünfte.

Ihr Mann war also da - eine angenehme Überraschung für Raúl. Die Überraschung steigerte sich noch, als er Herrn Scheuermann in einem Rollstuhl begrüßte. Der Mann entschuldigte sich, dass er nicht aufstehen könne, diese Verletzung ...

Dann war es an Raúl sich zu entschuldigen - für die Belästigung, die er als Beauftragter verursache. Aber der Computer habe sie ausgesucht. Usw.

„Am besten machen wir das am Küchentisch", schlug Hedwig Scheuermann vor. „Da sitzt mein Mann auf gleicher Höhe mit uns."

Dann ging Raúl eine Liste mit Fragen durch, die er sich am Vormittag erstellt hatte, ebenfalls unterstützt durch Angaben aus dem Internet.

Unter den Fragen waren auch einige, die die finanzielle Situation der Familie betrafen. Inklusive der Verbindlichkeiten, die man noch bei der Stadtsparkasse offen hatte. Alles selbstverständlich vollkommen vertraulich. „Ich darf Ihnen das kurz erläutern, denn es gehört zu meinen Pflichten. Wenn die Angaben in den Computer eingespeist sind, natürlich ohne Ihren Namen, wird das Formular mit den Angaben vernichtet. Sie wissen schon, Datenschutz. Niemand kann aus Ihren Angaben Vorteile ziehen."

„Aber warum fragen Sie denn, wenn unser Name doch nicht erhalten bleibt?"

„Das dient in erster Linie zur Kontrolle, damit wir nicht zweimal zum gleichen Bürger kommen. Name und Adresse, ich sagte es bereits, werden im Erfassungsregister des Computers gelöscht. Wichtig bei allem sind die Informationen, aus wieviel und welchen Personen Ihr Haushalt besteht. Und die Haushaltsverhältnisse. Das sind die Daten, die nach der Volkszählung ausgewertet werden. Fachleute aus der Statistik erstellen danach ihre Prognosen allgemein, oder je nach Anforderungen aus der Politik Tabellen und aussagekräftige Schaubilder. Danach richtet sich dann wieder die Politik bei ihren Entscheidungsfindungen."

„Ja, ja, die Politiker." Es war mehr ein Seufzer Hedwigs als ein Kommentar.

Dann lenkte Raúl das Gespräch mehr in einen lockeren Bereich. Er musste versuchen noch mehr Vertrautheit herzustellen. Einen Zustand, in dem er aus Gesprächen heraus Auskünfte zu den 220 000 Euro bekommen konnte.

Frau Scheuermann kam seinen Absichten entgegen, ob er denn Zeit genug hätte für eine Tasse Kaffee, man habe so selten Besuch, man würde sich freuen, wenn ...

Raúl bedeutete, dass er glücklich sei, wenn er ihnen eine Freude machen könne. Er habe sie bis jetzt nur belästigt.

Ach, das habe man ja bereits vergessen, es sei ja schließlich seine Pflicht dem Staat gegenüber.

Einige Belanglosigkeiten wurden zunächst als Gesprächsstoff ausgetauscht. Dann aber war es unvermeidlich und auch der Höflichkeit geschuldet, dass die Leidensgeschichte des Herrn Scheuermann Vorrang vor allen anderen Gesprächsstoffen haben musste. Raúl sah das auch ein. Es würde damit doch etwas länger dauern, bis er wieder in sein Hotel zurückkehren konnte. Andererseits passte es in sein Aktionsschema und es interessierte ihn wirklich. Zudem, soviel Hintergrundwissen rund um das Experiment, so wollte er es wirklich nennen, konnte nur von Vorteil sein. Zumindest wollte er es sich einbilden, seine Aktion so zu verstehen. Eine Art Sozialarbeit.

Es dauerte mehr als eine halbe Stunde, bis Raúl die Gesprächsthemen wieder in seine Interessenrichtung lenken konnte.

„Ja", sagte er, „man hat da immer wieder seine Überraschungen, wenn es um die Vorsicht und Aufmerksamkeit der Menschen geht. Gerade heute Vormittag war ich auf dem Fundbüro der Stadt."

Frau Scheuermann unterbrach ihre Tätigkeit, den Tisch abzuräumen, Kuchenreste wegzubringen. Stand für einen Moment in einer etwas verdrehten Position starr. Auch das entging Raúl nicht. Er war auf dem richtigen Weg.

„Da hat doch ein Besucher unseres Büros vorige Woche eine

Aktentasche stehen lassen. Mit Geld stellen Sie sich vor, einigen anderen Gegenständen aber keiner Adresse. Nichts. Ich habe also die Tasche heute Vormittag auf das Fundbüro gebracht. Haben Sie das schon einmal erlebt, welche Bürokratie man da mitmachen muss? So was muss man erlebt haben."

„Das habe ich heute auch erlebt", ließ sich Frau Scheuermann spontan vernehmen.

„Meine Frau war heute Vormittag auch auf dem Fundbüro", sagte gleich auch Herr Scheuermann.

Raúl ließ dem Gespräch noch seinen freien Lauf. Vielleicht würde er ohne weitere Bemerkungen das erfahren, woran ihm so viel lag. Jetzt mehr denn je, nachdem er die Familie Scheuermann kennengelernt hatte. Einfache, gute und ehrliche Leute. Er erinnerte sich spontan an die Familie Gonzalez, die Nachbarn, neben dem Häuschen seiner Eltern in Chile - ach und an die Fernandez. Andere Nachbarn. Welch schweres Schicksal sie durchmachen mussten. An die Schicksalsschläge seiner eigenen Familie wollte er sich jetzt nicht erinnern. Das würde ihn in diesem Moment bei seinen Absichten nur zu stark belasten und auch sicher aus dem Konzept bringen.

Er musste jetzt bei Frau Scheuermann etwas nachhelfen.

„Sie haben auch einen Fund gemacht? Auch eine Aktentasche?"

„Nein", sagte Frau Scheuermann, „ich habe eine Brieftasche abgegeben. Gestern in der Fußgängerzone lag sie plötzlich vor meinen Füßen."

„Einfach so", sagte Raúl. „Hatte sie auch einen Inhalt, wertvoll vielleicht?"

„Und ob", sagte Herr Scheuermann. „Voll, prall gefüllt mit Geldscheinen. Armer Teufel. Wollte das Geld an Bedürftige verteilen. Er kam nicht mehr dazu."

Raúl gab den Überraschten, etwas auch den Ungläubigen.

„Und auch kein Name, keine Adresse war dabei. Sonst hätten wir sie gleich an den Verlierer zurückgegeben, zurückgebracht oder zugeschickt. Aber nichts, kein Name, keine Straße, kein Telefon, nichts", vervollständigte Frau Scheuermann das Bild.

Raúl hörte kein Wort über möglichen Finderlohn. Er hatte eigentlich damit gerechnet. Nichts dergleichen.

„Das ist aber traurig, wenn man das so hört. Fast unglaublich." Raúl zeigte jetzt eine gut gespielte Betroffenheit. Und er merkte, dass das gut ankam. Andererseits war nicht alles gespielt. Da war das Schicksal seiner Nachbarn in Santiago de Chile, das so plötzlich aus einer Versenkung auftauchte. Es beschäftigte ihn immer noch mental und belastete ihn - wie stets, wenn er an sie dachte.

„Ja, uns hat es auch leidgetan. So mancher arme Teufel wäre damit glücklich geworden." Das war die Meinung der Familie Scheuermann.

Dann schaute Raúl auf seine Uhr. „Aber wie ich sehe, habe ich Ihre Gastfreundschaft über Gebühr beansprucht. Ich bitte Sie um Vergebung. Ich hätte Ihre freundliche Aufmerksamkeit nicht so lange in Anspruch nehmen dürfen. Bitte entschuldigen Sie mich." Raúl erhob sich unter den ebenfalls ehrlichen Protesten der beiden Scheuermanns. Sie hatten Raúls Gesellschaft genossen. So ein kultivierter verständnisvoller Mensch. Dazu war er doch Beamter. Aber er hatte keine schlechten Nachrichten gebracht, war auch nicht hochnäsig und sie hatten sich so angenehm unterhalten. Es war ein schöner Nachmittag geworden.

„Ich würde ja noch bleiben, es war ein sehr schöner Nachmittag für mich. Eine Abwechslung in meiner trockenen Tätigkeit. Herr Scheuermann, wenn ich Ihnen helfen könnte, ich würde es gerne tun."

Herr und Frau Scheuermann waren gerührt.

„Vielleicht schaffe ich noch einen Besuch", sagte Raúl.

Der Besuch, hier bei Familie Scheuermann, war sehr aufschlussreich gewesen. Raúl war zufrieden. Er wusste jetzt woran er war, er wusste was er wissen wollte.

Am nächsten Tag gab er seinen Mietwagen zurück. Beglich seine Rechnung beim Hotel und fuhr nach Hause. Die Familie Scheuermann würde sicherlich problemlos Vorteile aus dem Fund des Geldes erleben.

Für einen Moment hatte er daran gedacht für die Behandlung Herrn Scheuermanns wirklich gutes Geld zu spenden, von seinem Konto natürlich.

Er musste diese Idee verwerfen, zu seinem ehrlichen Bedauern und musste sich eingestehen, dass dies die beiden guten Leute gewaltig irritiert hätte. Es hätte sie womöglich total aus der Bahn werfen können, mit unabsehbaren Folgen auch für ihn selbst. Sie hätten es womöglich zur Polizei gebracht oder irgendwie eine Anzeige gemacht.

Er musste vorsichtig sein, durfte sich nicht allzuweit kompromittieren.

Seine Hilfsbereitschaft konnte unter bestimmten Umständen schnell zu einem Strick für ihn werden.

3
Katzenpisse im Tresorraum

Es kam und verging die erste Nacht, der noch ein paar weitere folgten, ohne dass es auf der Bank zu Bewegungen, Entnahmen oder Auszahlungen im Zusammenhang mit den 200-er Scheinen kam.

Nach einem warmen Wochenende ging der wöchentliche Bank-Betrieb mit Publikum dann wieder weiter. Die Außentemperatur hatte jedoch keinen Einfluss auf das weggesperrte Geld.

Im Verlauf des Dienstags, vormittags, bemerkte ein aufmerksamer Mitarbeiter, dass es im Tresorraum nach Katzenpisse roch - nein *stank*, denn er hatte eine empfindliche Nase. Er kannte den Geruch von zu Hause. Ihre Familienkatze war zwar sauber, aber seiner Ansicht nach wurde die Streu nicht oft genug gewechselt. Er hatte darüber bereits Streit mit seiner Frau und auch seine 8-jährige Tochter mochte seiner Argumentation nicht folgen.

Zudem machte er sich Sorgen, dass ihn dieser unangenehme Geruch bis in die Bank an seinen Arbeitsplatz verfolgen könnte. Er sprühte sich daher lieber, bevor er zur Arbeit fuhr, stets mit der doppelten Menge Deo ein.

Nach der Wahrnehmung dieses durchdringenden Geruchs befiel ihn zunächst eine unangenehme Ahnung. Roch er selbst eventuell so streng? Nun, dem schien nicht so.

Diskret, wie es sich immer für einen Bankangestellten geziemt, informierte er seinen nächsten Vorgesetzten. Der kam in Begleitung zum Schnüffeln.

Wann wurde der Tresor heute früh geöffnet? Hatte niemand etwas bemerkt, eventuell, dass eine Katze hineingeschlüpft war? Es folgte die Anweisung ein Spray zu besorgen, das den Duft unterdrücken sollte.

Welche Duftmarke es denn sein dürfe, erkundigte sich einer der sich angesprochen fühlte. Der Chef wollte Deo.

„Wenn ich mir eine Bemerkung erlauben darf", wagte sich ein Mitarbeiter ungebeten an die vorderste Front, „wir haben in unserer Abteilung auf der Toilette Veilchenduft, der hat sich bei extremer Belastung bewährt!"

Der Abteilungsleiter schaute den eifrigen Mitarbeiter eine Weile an, sagte dann: „Holen sie das Zeugs, irgendetwas muss schnell geschehen."

Zu einem anderen Mitarbeiter sagte er: „Stellen sie sicher, dass, solange der Gestank nicht beseitigt ist, kein Geld in Kundenhände kommt. Wäre ja noch schöner - von wegen Geld stinkt nicht."

Nach zehn Minuten konnte grünes Licht gegeben werden, die Gefahr gebannt. Eine Katze dagegen wurde nicht gefunden. Fürs Erste war dieses Problem gelöst. Der Abteilungsleiter hatte ein gutes Gefühl. Er war es, der den Überblick behielt. Der Routinebetrieb konnte ungehemmt weitergehen.

Nach weiteren zehn Minuten kam schon wieder eine Hiobsbotschaft. Eine Mitarbeiterin an einer Kasse, die die Anfangsbuchstaben <H> bis <L> bediente, hatte um größere Scheine gebeten. Auch dies ein Routinevorgang. Sie durfte den Empfang eines Bündels mit Banderole quittieren und in ihrem Geldfach unterbringen.

Dann bemerkte sie den penetranten Geruch - den Gestank. Er schien direkt aus den Geldablagefächern zu kommen. Trotzdem tat sie die Idee als absurd ab. Sie lächelte weiterhin ihr einstudiertes Gesichtsmuskelspiel. Sie hatte immerhin kaum Bedenken, dass dieser strenge Geruch nach draußen, zu ihren Kunden dringen konnte.

Da gab es eine hohe und extrem dicke Glasscheibe. Sie war geradezu abgeschottet gegenüber jedem Kunden. Nur über ein Drehtellerchen konnte sie Verbindung aufnehmen. Ansonsten ging die Unterhaltung über zwei Mikrofone und Lautsprecher. Die Sicherheitsmaßnahme bewährte sich also jetzt auch gegen Katzenpissegestank.

Dann befiel sie ein unangenehmer Gedanke, ein schreckliches Gefühl. Möglicherweise würde sie den Gestank übernehmen. Er würde in ihren Kleidern stecken bleiben. Hektisch begann sie zu überlegen, wie sie sich verhalten sollte. Sie konnte ja nicht einfach aufstehen und weglaufen.

Doch auch diese Lage blieb nicht von langer Dauer. Es wurde von einem Kunden die Auszahlung von 6 000 Euro verlangt. *„Bitte in Scheinen zu 200."*

Ausgerechnet 200-er.

Von dem Haken dabei wusste weder die Bankangestellte noch der Kunde. Das Unheil nahm seinen Lauf.

Die Formalitäten waren erledigt. Die Dame griff ins Fach, prüfte nochmals mit geübtem Auge die Banderole, riss sie ab und steckte das Bündel in die Zählmaschine. Die Summe von 6000 wurde von ihr voreingestellt. Das war aber noch nicht alles. Denn diese Zählmaschine, ein nicht ganz neues Modell, sollte, wie der Name es schon sagt, lediglich zählen. Gute von schlechten Scheinen konnte sie nicht erkennen, nur, dass es sich um die Scheine mit der Zahl 200 drehte. Das war jetzt gespeichert.

Die Maschine stoppte in kurzer Zeit bei 6000 Euro bzw. bei 30 Stück. Das Fräulein nahm den Rest aus der Maschine und verstaute ihn wieder im Fach. Es stank nun heftiger nach Katzenpisse. Unwillkürlich schaute sie auf den Boden, dort wo sich ein Alarmknopf befand - der war da, wie immer, aber von Katzenpisse oder vielleicht einer veritablen Katze keine Spur.

Ganz im Sinne des Kundenvertrauens hatte sie die Summe unter den Augen des Kunden nochmals von Hand nachzuzählen. Es ging flott, dann schlug etwas wie ein Blitz in ihrem Gehirn ein. Sie schob die Scheine wieder zusammen und begann nochmals zu zählen, etwas langsamer als sonst. Irgendetwas war da, sie wusste noch nicht was.

Und dann wieder. Sie stoppte und nahm sich den letzten Schein nochmals vor. Sie erbleichte fast bis auf den wirklich miserablen Farben-Stand des Scheines.

Sie starrte den Schein an und vergaß den Kunden. Diesen Schein hatte sie doch soeben aus dem Tresor bekommen, sie kannte die Prozedur. Da kommen niemals gefälschte Scheine hinein, und auch nicht erblasste. Die Kontrolle war viel zu rigoros. Da war etwas, was nicht sein konnte, und daher auch nicht sein durfte.

Den Gedanken, dass es eine Einzahlung gegeben haben konnte, verwarf sie schnell. Nein, heute hatte bei ihr noch niemand mit 200-er Scheinen eine Einzahlung gemacht. Da war sie sich sicher.

Und dann fragte der Kunde etwas, das sie aber nur am Rande mitbekam und schon war es wieder aus ihrem Kurzzeitgedächtnis verschwunden.

Sie setzte wieder ein tapferes Lächeln auf, ließ wie ein Falschspieler den Schein fast unauffällig verschwinden. Zählte weiter, da war schon wieder einer und, oh jetzt vergaß sie ihre gute Erziehung, Scheiße, es gab noch mehr. Jetzt konnte sie nicht mehr unauffällig weitermachen, so als wäre nichts geschehen.

„Ist was mit den Scheinen nicht in Ordnung", fragte zu allem Überfluss auch noch der Kunde, dem das Geeiere natürlich nicht entgangen war."

„Doch, doch - nein, nein", antwortete sie so schnell sie konnte. Lächelte, aber innerlich zitterte sie und fast wäre ihr wahrhaftig das Wort beziehungsweise der Begriff Scheiße, beherzt und lauthals herausgerutscht.

„Ich muss Sie um Entschuldigung bitten und um ein klein wenig Geduld. Ich glaube ich fühle mich unwohl. Die Kollegin wird Sie weiter bedienen." Sie schnappte sich alle Scheine, so wie sie vorher unter der Banderole angeliefert wurden und erhob sich rasch.

Der Kunde rief noch etwas wie Schwangerschaftsbeschwerden,

und schickte noch einen Glückwunsch hinterher, aber da war sie an einem rückwärtigen Schreibtisch angekommen und bat die Dame dort, unverzüglich ihren Platz einzunehmen.

„Aber .... K1."

„Nein, aber, ich habe Falschgeld gefunden."

„Soll ich 17 machen?" Es war der Code für Alarm.

„Nein", rief die davoneilende Kollegin.

Ein Revisor hatte ihre ungewöhnliche Handlungsweise bemerkt und schnitt ihr den Weg ab. „Was liegt vor", zischte er und griff ihr unter den Arm mit dem Geldbündel. Es war in der Tat ein außergewöhnlicher Regelverstoß. Niemand durfte mit Geld offen in der Schalterhalle herumlaufen, nur so und ohne Schutz.

„Ich muss zu Herrn Walter, es ist dringend, sehr dringend, haben sie verstanden?" Die Wörter *dringend* waren noch niemals so eindringlich an das Ohr des Revisors gedrungen.

Er schaute sich noch kurz um, ob nicht doch schon Typen mit Maschinenpistolen bereitstanden, und ließ sich dann von der Kassiererin fortziehen.

Sie stürzten in den Verschlag von Herrn Walter und der Revisor begann zu stammeln. Es sollte eine Entschuldigung werden. Doch die Kassiererin kam ihm zuvor: „Falschgeld, Herr Walter, viel Falschgeld", stieß sie hervor.

„Was!", entfuhr es dem ansonsten ruhigen Herrn Walter. Als hätte er plötzlich Raketenantrieb fuhr er aus dem Sitzen in die Senkrechte.

„Aus dem Tresor, frisch aus dem Tresor, Herr Walter." Die Nerven gingen jetzt beinahe mir ihr durch. Dann kam auch noch einer der Wachmänner in Zivil herein: „Ich habe eine 17", sagte er hastig.

„Warten sie vor der Tür, aber warten sie - *vor* der Tür," wiederholte er, „keine Äcktschen", beschied Herr Walter. „Kein Rummel. Verstanden?"

Der Zivilwachmann nickte und schloss langsam die Tür. <Keine Äcktschen>, Aber eine 17 verlangte doch genau das Gegenteil. Er fühlte sich plötzlich so unnütz. Er tippelte auf der Stelle von einem Fuß zum anderen. Was sollte er jetzt tun? Die Vorschrift einhalten oder ...? Auch er war jetzt an der Reihe sich mit Körperausscheidungen zu befassen. Verbal natürlich. Und von der Pisse wusste er noch nichts.

Herr Walter setzte sich wieder, weit langsamer, als er aufgesprungen war. Zu der zitternden Kassiererin sprach er nun: „Nun mal der Reihe nach!"

„Ich habe vor vielleicht einer viertel Stunde 200-er Scheine an meine Kasse bekommen. Geprüft und versiegelt. Alles ordnungsgemäß. Als ich einem Kunden 6000 Euro ausbezahlen wollte, der ausdrücklich 200-er verlangte, fiel mir beim Nachzählen etwas auf. Aber bitte schauen sie selbst." Sie legte das Scheinebündel vorsichtig auf den Tisch, so als wollte sie vermeiden, dass ihnen etwas passieren konnte.

Der Gestank von Katzenpisse begann sich in dem Büro von Herrn Walter auszubreiten. Seine Nasenflügel begannen zu beben, aber er verkniff sich einen Kommentar. Er nahm sich vor, das Thema später aufzugreifen: Eine Kassenangestellte und dieser Geruch? Da erwartete er eine sehr stichhaltige Erklärung - eine einfache Entschuldigung würde da auf keinen Fall ausreichen.

Herr Walter begann Schein für Schein nebeneinander auf den Tisch zu legen. Sein prüfender Blick überflog jeden einzelnen. Dann kam der erste. Herr Walter stockte in seinen Bewegungen und starrte auf ein Stück Papier, auf dem nur noch in einem schwachen Glanz die ursprüngliche wertanzeigende Pracht zu erkennen war.

Dann hob Herr Walter den Blick und fragte die Kassiererin: „Es sind noch mehr drin, nicht wahr?

„Ja", war die knappe Antwort.

Herr Walter drückte einen Knopf. Drei Sekunden später klingelten ein paar Telefone in verschiedenen Büroräumen. „Hier Walter - Fall Tapete. Sofort", war sein knapper Befehl.

Zum Revisor sagte er auch noch ein mitfühlendes Wort: „Sie können gehen. Ich lasse Sie rufen, wenn ich Sie brauchen sollte.

Sagen Sie dem Wachmann er solle wieder auf seinen Posten gehen. Die Sache habe sich erledigt."

Herr Walter schob das Bündelchen Geld zusammen, erhob sich, nahm die verdutzte Kassiererin leicht unter dem Arm. Dann verließen sie den Raum. Mit dem Aufzug fuhren sie in ihre Unterwelt. In ein fensterloses Zimmer, mit einem großen runden Tisch und mehreren Sesseln auf einem blauen dicken Bodenbelag. Zwei Herren waren bereits vor ihnen eingetroffen.

Mit der nächsten Aufzugsladung kamen noch zwei Herren und eine Dame, die die Kassiererin noch niemals im Haus gesehen hatte.

Die Tür wurde geschlossen. Herr Walter machte ein Zeichen zu den Stühlen. Alle nahmen wortlos Platz. Der dicke Bodenbelag verhinderte das bei solchen Meetings mögliche oder übliche kratzende Geräusch der Stuhlbeine auf dem Boden. Die Stille war beinahe erdrückend.

Herr Walter ließ die Scheine auf dem Tisch deponieren und schilderte kurz die Situation. Alle in der Runde hörten schweigend zu.

Muster der Blüten wurden herumgereicht.

Die bisher ungesehene Dame rümpfte die Nase. „Kann es sein, dass die nach Katzenpisse stinken?"

„Das werden wir analysieren", sagte Herr Walter. Dass er überrascht die Augenbrauen hoch in Richtung Stirn zog, fiel niemandem auf.

Dann wurde nach kurzer Aussprache das weitere Vorgehen besprochen. Viele Zahlenkombinationen fielen, es waren offensichtlich die Codes für bestimmte Vorgehensweisen.

Fräulein Adler von der Kasse erhielt Anweisung nach oben zu fahren und sich im Büro von Herrn Walter zur Verfügung zu halten. Ein Räderwerk hatte sich in Bewegung gesetzt.

Im Tresorraum stank es wieder nach Katzenpisse. Alle 200-er Scheine wurden unter strenger Aufsicht in Stahlkassetten gesetzt. Dann gingen sie in einen ebenfalls abgeschirmten Raum, in dem sich Geräte und Teile eines Labors befanden.

Es trafen zwei Männer ein, die ihre feinen Nadelstreifenanzüge gegen ordinäre weiße Kittel tauschten. Andere behielten ihre normale Berufskleidung auf dem Körper. Einer übernahm die Protokollführung.

Von Hand wurden nun alle Scheine hin- und hergeschoben, begutachtet und genau betrachtet. Schon bald hatte man mehrere Dutzend ausgesondert, die fürchterlich blass waren. In dem grellen Licht schienen sie fahler als die als *echt* eingestuften - *vorläufig als echt eingestuften*, sollte es im Protokoll heißen. So lange sie nicht, nach allen Prüfungen als solche erkannt wurden, standen sie praktisch unter Quarantäne. Vergleichbar mit U-Haft.

„Jetzt haben wir auch hier den Geruch nach Katzenpisse. Fürs Protokoll - festhalten. Das hatten wir in der Früh bereits im Tresor. Ursache finden. Nach einem Zusammenhang suchen."

Im Protokoll kamen dann seltsam widersprüchliche Angaben zusammen. Ergebnisse gewisser Analysen widersprachen sich z. T.

So stellte man u. a. fest, dass das Papier nicht zu beanstanden war. Ganz offensichtlich das Originalpapier. Vorbehaltlich weiterer Untersuchungen, wollte man also damit zunächst davon ausgehen, dass das Papier echt sei.

Die Hologramme waren zwar etwas ausgefranst, was nicht ungewöhnlich wäre, wenn das Geld stark beansprucht wurde. Aber es waren neue Scheine. Keine Spur eines Falzes.

Das Wasserzeichen war unbeeinträchtigt und so gut wie tadellos.

Die Nummerierungen waren nicht mehr zu entziffern. Es waren aber in Deutschland gedruckte bzw. hergestellte Scheine. Daran wollte man festhalten. Doch auch das, so hieß es: Vorläufig. Also U-Haft für alle Papiere. Scheine waren es ja nur noch vom Format her.

Die Farben hielten einer Analyse nicht stand, sie waren ja auch kaum noch vorhanden. Da war noch Forschungsbedarf. Man entdeckte gewisse Staubrückstände. Die sind zu analysieren. Fürs Protokoll: „Es wird angeordnet, aufgefundene oder mögliche

Staubanteile nicht wegzuwischen, aufzusaugen oder gar wegzupusten."

Und dann immer noch und wieder der Pissegestank. Es stank unerbittlich nach Katzenpisse. Offenbar eine Begleiterscheinung zu dem Phänomen, dem sie sich jetzt gegenübersahen. Alle Mitarbeiter, die bisher mit dem „Problem" beschäftigt waren, konnten als entlastet gelten.

Ein Bote informierte an den Kassen. *Keine Scheine dieser Größenordnung mehr ausgeben. Alle Vorräte werden umgetauscht.*

Letztendlich hatte man insgesamt 218 200 Euro gefunden, die keine Euros mehr waren. Man konnte nur hoffen, dass dies alles war. Und keine Scheine bereits in die Hand von Kunden gelangt waren.

Nicht auszudenken, wenn man solche Scheine bereits an Kunden ausgezahlt hatte. Falschgeld direkt von der Bank!? Der Imageschaden wäre nicht überschaubar. Die Blamage, sogar international, müsste unabsehbare Folgen haben, wenn sowas an die Öffentlichkeit gelangen würde.

Sofortige Befragung der Damen an den Kassen wurde angeordnet.

Blieb noch die Frage, ob es denn möglich sei die Herkunft der Scheine zu ermitteln. Direkt mit dieser Frage hing die nächste zusammen. Welchen Zeitraum sollte man für eine Untersuchung festlegen? Hatten sich die Scheine innerhalb einiger Tage „verwandelt" - was die Fachleute für höchst unwahrscheinlich hielten.

Die Fachleute einigten sich darauf, dass ein solcher Prozess einer Selbstzerstörung über einen längeren Zeitraum ablaufen musste - vielleicht - vielleicht - er musste wochenlang, wenn nicht sogar über Monate ablaufen. Dann aber, da waren sie sich auch einig, mussten andere Banken ein gleiches Problem haben. Das würde spannend werden, denn dann müssten sie in Kürze weitere Alarmmeldungen erhalten.

Es sollten Einzahlungen von Kunden bis zu, vorläufig, wurde betont, sechs Wochen zurück ausgewertet werden.

Unter anderem ging dann später durch die Hände der Kontrolleure auch der Einzahlungsbeleg der Stadtverwaltung. Da waren sogar 200-er Scheine vermerkt. Und da war ein bekannter Handwerksmeister mit Einzahlungen vorvergangene Woche. Eine Fußpflegerin war dabei, immerhin vor zwei Wochen. Sie fanden eine Tankstellenkette. Eine Zahnarztpraxis hatte 200-er eingezahlt. Ein Fitnesscenter hatte am Mittwoch vergangener Woche eingezahlt und es fanden sich andere kleinere Beträge, bei denen 200-er Scheine dabei waren.

Lediglich bei der Stadtverwaltung gab es einen Einzahlungsbetrag, der höher als 230 000 Euro war. Dies allein bei den 200-er Scheinen.

Die Dame an der Kasse, die diese Einzahlung entgegengenommen hatte bestätigte, dass sie, selbstverständlich wie angeordnet und immer üblich, die Scheine stichprobenartig auf ihre Echtheit überprüft habe. Es habe keinerlei Anzeichen für eine Unregelmäßigkeit gegeben - *natürlich nicht*, betonte sie.

Aber, wenn man einen längeren Zeitraum rechnete, dann war eine Rückverfolgung einfach nicht mehr möglich oder auch sinnvoll. Völlig unannehmbar jetzt eventuell den zuständigen Behörden Namen Verdächtiger, Kunden der Bank, zuzuschieben.

Wenn aber Katzenpisse als die Begleiterscheinung der *Nichtwerte* feststehen sollte, wie musste man weiter verfahren? An wen sollte man sich da wenden? Als die Bezeichnung Veterinär fiel, gab es große Augen, aber keinen Kommentar.

Es wurde dann vorgeschlagen einen Chemiker zu Rate zu ziehen. Es soll Spektrometer geben, von der Uni könnte man die Fachkraft haben, das war ein anderer Beitrag.

Doch dann entschieden sie sich einstimmig dieses Thema erst einmal hintanzustellen. Es war zwar unfein, aber nirgends verboten, Geldscheinen einen bestimmten Geruch anzuheften. Es konnte die nicht ganz unschuldige Zugabe eines Spaßvogels sein, vielleicht mit dem Hintergedanken der Ablenkung gemacht worden sein.

Die Bundesbank war bereits wenige Minuten nach der Entdeckung informiert worden.

Jetzt stand die Frage im Raum: *Soll die Staatsanwaltschaft ebenfalls informiert werden.*

Man würde noch etwas zuwarten, so die Beschlusslage. Das Thema in einer halben Stunde nochmals angehen. Inzwischen kein Wort nach draußen. Drei Mal die Drei. Wieder ein Code. Damit war festgelegt, wer informiert werden durfte bzw. konnte. Die zugehörige Liste wurde der illustren Versammlung gereicht.

Eine Rückverfolgung der Scheine war wegen der fehlenden Nummern nicht recht erfolgversprechend. Das heißt im Klartext, dass sie einfach nicht mit Aussicht auf Erfolg durchführbar war. Auf keinen Fall sich auf Spekulationen einlassen und das wäre genau der schwache Punkt, wenn die Kripo eingeschaltet würde. Deren Aufgabe war es Fragen zu stellen. Sie würden auf Nennung von Verdachtsmomenten bestehen. Und dann? Allzu schnell könnte man Kunden verprellen. Leute, die mit dem Vorgang höchstwahrscheinlich überhaupt nichts zu tun hatten.

Am Ende war es zumindest, wenngleich nicht anzunehmen, auch nicht gänzlich auszuschließen, dass die Scheine direkt von der Bundesbank kamen. Man würde in einem Bericht darauf hinweisen. Denen kann ja auch ein Problem unterlaufen sein, vielleicht unsachgemäße Lagerung, besondere Einflüsse von - wer weiß was? Keiner sagte es, aber die meisten dachten an eine Katze. Und sie stellten sich das lebhaft vor: Scheine waren von Mäusen angefressen und die Katzen sollten sie Lösung sein.

Einzelne Kristalle wurden von einem Spezialisten, den man dann doch von der Uni herbeigebeten hatte, unter dem Mikroskop aus dem Staub isoliert. Vorläufig nicht zu identifizieren. Aber festhalten. Hier musste weiter geforscht werden.

Nun nochmals das Thema Staatsanwaltschaft.

Man war sich bald einig, dass man, auch in Anbetracht des nicht unbeträchtlichen Verlustes, schweigen wolle. Keine Kripo, kein Staatsanwalt. Die Meinung der Bundesbanker abwarten. Wir würden uns mit Sicherheit zum Gespött der Menschheit machen, wenn wir eingestehen müssten, dass ausgerechnet unsere Bank gleich einen ganzen Haufen Blüten übersehen hatte. Nicht erkennen konnte. Wo bliebe das Vertrauen.

Wird auf NO2 gebucht.

In unserer Bank passiert so was nicht. Wenn etwas ruchbar wird, den Unwissenden spielen. So in dem Tenor: „*Wir* doch nicht. Sowas kann *unserer* Bank nicht passieren. *Wir* haben ein unfehlbares Sicherheits- und Kontrollsystem."

Ein dahingehender Revers wurde von allen unterschrieben, die bis jetzt Kenntnis von der *Unregelmäßigkeit* hatten.

Der interne Bericht der Bundesbank kam per Boten. Das Papier war zwar bei der chemischen Analyse vom Idealergebnis abgewichen, lag aber immer noch innerhalb der zulässigen, technisch bedingten Toleranz.

Untersuchungen mit dem Elektronenrastermikroskop hatten ergeben, dass gewisse Rückstände und biologische Zerfallsprodukte von Karotten oder auch Cellerie stammen könnten. Das könne, so die Vermutungen, auch von einer einstigen Verunreinigung einzelner Geldscheine durch Gemüsesäfte herrühren. Verwertbare Rückschlüsse seien dadurch kaum zu erwarten.

Man sei dem erwähnten *strengen Geruch* nachgegangen, der als sehr schwach zu bezeichnen ist. Er könnte von gewissen Ammoniakverbindungen herrühren. Als Verbindung von Stickstoff und Wasserstoff sei dies keinesfalls ungewöhnlich und dürfte auf eine, zumindest vorübergehende, unsachgemäße Lagerung zurückzuführen sein.

Mit dem Papier oder der verschwundenen Farbe dürfte aber ein Zusammenhang auszuschließen sein. Ein Ersatz der Scheine käme nicht in Betracht, da, außer metallischen Resten von Hologrammen und den Wasserzeichen, keine anderen Anzeichen darauf hinwiesen, dass es sich bei den eingereichten Mustern mit unbezweifelbarer Sicherheit wirklich um Scheine mit dem Wert von 200 Euro gehandelt habe. In keinem Fall konnte man Nummern oder wenigstens Reste davon entdecken bzw. rekonstruieren.

Um für den Leser die Übersicht nicht zu gefährden, greife ich an dieser Stelle in die Zukunft des folgenden Jahres.

Die interne Angelegenheit in der Bank zu den 200-er Scheinen war abgehakt und erschien nur noch einmal bei der Erstellung der Bilanz.
Ein ganzes Jahr war mittlerweile vergangen.

Raúl hatte unterdessen verschiedene andere „Sozialstudien" unternommen. Sein Leben hatte sich noch im gleichen Jahr von Grund auf verändert.

Die Familie Scheuermann hatte unterdessen schon längst den Geldfund und ihre Rechte daran vergessen.

Doch die weitere Entwicklung in Sachen Fundsache Scheuermann hätte auch Raúl sicher erfreut. Wie das Leben aber so spielt...

4
Erbarmungslos

Fast ein Jahr nachdem Elfriede Scheuermann ihren spektakulären Fund auf dem Fundbüro abgegeben hatte, befand sich die Familie auf einem neuen Tiefpunkt. Herr Scheuermanns Gesundheitszustand hatte sich kaum merklich verbessert. Er war weiter arbeitsunfähig. Ein Gericht hatte zwar die Versicherungsgesellschaft des Unfallverursachers zu einer Berufsunfähigkeitsrente und der Zahlung eines Schmerzensgeldes in Höhe von (übrigens lausigen) 6000 Euro sowie der Übernahme aller Kosten verurteilt. Doch die Versicherung ging in die Berufung. Eine Lieblingsbeschäftigung ihrer überbezahlten Anwälte. Scheuermanns Geldreserven waren so gut wie am Ende.

Ihre Hoffnung auf ein Ende der Schauergeschichten, ihrer Schauergeschichten, wurde immer mehr zwischen den juristischen Spitzfindigkeiten der Versicherungen zerrieben.

Das könne sich noch einige Zeit hinziehen, hatte der junge Klägeranwalt in Sachen Scheuermann gemeint. Im Übrigen sei das ein interessanter Fall und könne möglicherweise bis nach Karlsruhe kommen. Dann müsse man zwischenzeitlich vielleicht mit bis zu vier Jahren Unsicherheit leben. Trotzdem sei er sicher, dass am Ende nur *er* gewinnen könne. Rasch verbesserte er sich - natürlich Herr Scheuermann.

Aber es war kein Versprecher. Die Familie Scheuermann würde „am Ende" längst alles verloren haben. Während der Herr Advokat seinen guten Schnitt zugunsten seines Kontos gemacht haben würde.

Die Gegenpartei habe einen Vergleich angeboten, unter der Hand, nicht vor Gericht. Sie hatten 20 000 Euro zum Abgleich aller gegenwärtigen und zukünftigen Forderungen geboten. Also Schmerzensgeld und Rente.

Welch eine Erniedrigung. Aber die Versicherungsgesellschaft glaubte - wusste - sich im Vorteil, denn sie war über die verzweifelte Lage des Herrn und der Frau Scheuermann bestens informiert. Diese galt es auszunutzen. Die würden das nicht durchhalten können. Und das allein zählte bei ihnen. Eine Erpressung? Wer denkt denn sowas? Das sei doch absurd und beleidigend.

Die Anwaltskosten, das wurde zunächst verdeckt gehalten, sollten sich die Parteien teilen - was immer darunter verstanden werden konnte. Jedenfalls könnte daraus leicht wieder ein neuer Rechtsstreit entstehen - auf Jahre.

Angesichts einer solchen Erniedrigung verloren Hedwig und ihr Mann jede Hoffnung auf eine baldige Verbesserung ihrer Lage. Im Gegenteil.

Im neuen Jahr ging es, es war bereits so etwas wie ein Normalzustand, mit den Katastrophenmeldungen für die Familie Scheuermann weiter.

Die Stadtsparkasse hatte seit acht Monaten in immer kürzeren Zeitabständen auf die Fortführung der Rückzahlung des gewährten Darlehens gedrängt. Vor zwei Monaten hatte sie mit dem größten Ausdruck des Bedauerns, per Einschreiben mit Rückschein, mitgeteilt, dass die Zwangsversteigerung des Anwesens Artur und Hedwig Scheuermann am 26.6. stattfinden werde. Sie nannte Ort und Uhrzeit.

Die Zwangsversteigerung könne nur noch durch komplette und sofortige Zahlung aller Rückstände und Ablösung des Restdarlehens abgewendet werden.

Mit vorzüglicher Hochachtung. Hochachtung vor was? Vor wem? *Vor der eigenen rechtssicheren Überlegenheit?* Das nicht abgeschlossene Verfahren vor den Gerichten interessierte den „hochachtungsvollen" Herrn der Stadtsparkasse nicht die Bohne.

Herr und Frau Scheuermann schliefen sehr wenig in letzter Zeit. Hedwig schien mittlerweile um mindestens zehn Jahre älter. Sie hatte weißes Haar bekommen und ihre ohnehin keineswegs pralle Figur war weiter stark abgemagert. Dabei hatte sie sich immer noch an die Hoffnung geklammert, dass Artur doch noch die erfolgversprechende Reha Behandlung bekommen könnte. Dann bekäme er wieder Arbeit. Sein Chef hatte ihn schon zweimal besucht und ihm angeboten, wenn *es wieder ginge*, Artur wieder einzustellen. War ja immer zuverlässig. Ein geschätzter Kollege und erfahrener Fachmann.

Hedwig träumte schon davon wieder in die Gärtnerei zurückkehren zu dürfen - zu können. Wieder nützlich zu sein. Nicht in dem Schamgefühl leben zu müssen, von dem Geld, das andere Leute verdienten, zu leben. Arbeitslosenhilfe sah sie als Almosen an. Letztendlich war es auch in ihrem Falle nicht mehr als das.

Die Eheleute wagten es nicht an ihre Zukunft zu denken. Sie waren außerstande über den Tag hinaus zu planen. Sie vermieden es daran zu denken, wie es an dem Tag sein würde, wenn sie zum letzten Mal in ihrem kleinen Wohnzimmer beisammen sein durften. Alles hatten sie riskiert, gespart und gespart und nun würde bald alles umsonst gewesen sein.

Hedwig hoffte auf ein Wunder und betete intensiver. Besuchte noch regelmäßig eine Abendmesse, wenngleich sie dafür fünf km mit ihrem alten Fahrrad treten musste.

Fremde Leute waren schon gekommen. Die einen forsch auftretend, die anderen sich entschuldigend - sie wollten das Haus in Augenschein nehmen.

Seit einiger Zeit hatten sie beide Ängste eingehende Briefe zu öffnen. Sie getrauten sich nicht mehr ihrem scheinbar unabwendbaren Schicksal in die Augen zu sehen. Sie wagten es nicht mehr den sich häufenden schlechten Nachrichten direkt gegenüberzutreten. Sie hatten schlicht Angst total zusammenzubrechen. Wer würde sich dann um Artur kümmern?

Bei den Briefen war auch einer der Stadtverwaltung. Was konnte das schon sein? Noch eine Hiobsbotschaft? Hedwig zeigte ihn nicht einmal mehr ihrem Mann.

So vergingen die Wochen. Der 26. Juni war gerade noch eine Woche entfernt.

5
Das Glück kehrt zurück

Um Geld zu sparen hatte die Familie Scheuermann auch ihr Telefon schon eine kleine Ewigkeit nicht mehr benutzt. Und angerufen wurden sie auch nicht mehr. Zweimal in den letzten zwei Monaten gab es einen Anruf, aber da hatten sich die Anrufenden entschuldigt - verwählt.

So erschraken sie regelrecht, als es eines Tages wieder klingelte. Hedwig bereitete gerade völlig lustlos das bescheidene Mittagessen. Sie ließen es klingeln. Sie waren nicht in der Lage unangenehme Nachrichten entgegenzunehmen. Was sonst konnte der Anruf bedeuten.

Oder jemand verlangte vielleicht gar einen Besichtigungstermin, wegen des zu versteigernden Anwesens. Das war alles zu schwer geworden für ihre kaum noch tragfähigen Schultern.

Dann sagte Artur doch noch müde: „Heddie, geh doch mal ran."

„Sind Sie Frau Scheuermann, Frau Hedwig Scheuermann?"

„Ja."

„Mein Name ist Hektor Pettersen, ich bin vom hiesigen Tagesanzeiger. Ich wollte sie fragen ...."

„*Wer* ist dran? Wer?" Heddie fragte zweimal nach.

Sie bekam die gleiche Antwort.

„Rufen Sie wegen dem Haus an? Wenden Sie sich an die Bank."

„Frau Scheuermann, bitte legen sie nicht auf. Ich rufe nicht wegen dem Haus an, aber ich hätte Sie gern kennengelernt. Ich möchte mit Ihnen sprechen. Dürfte ich bei Ihnen vorbeikommen?"

„Wenn Sie auch einer von denen sind, die es auf unser Haus abgesehen haben, wegen der Versteigerung, dann sparen Sie sich die Reise. Am liebsten will ich niemanden mehr sehen."

„Aber Frau Scheuermann, ich sagte es doch schon, dass mein Interesse mitnichten ihrem Haus gilt. Es tut mir leid. Ich hätte Sie aber gerne mit einer Kollegin besucht, wir könnten ein bisschen über Ihr Leben sprechen, das sich doch jetzt so entscheidend verändert, meine Kollegin wird ein Foto ..."

„Also doch wegen dem Haus."

„Nein, nein! Ich darf Ihnen versichern, dass mein - unser Besuch, nichts mit dem - äh, Ihrem Haus zu tun hat. Bestimmt nicht! Zunächst einmal möchten wir unsere Glückwünsche überbringen, Sie als ehrliche Frau haben sich die 226 000 Euro, und Kleingeld, aufrichtig verdient. Die Geschichte interessiert unsere Leser. Ehrlichkeit ist heute keine Selbstverständlichkeit. Und wir wollten ganz einfach aus Ihrem Mund erfahren, was Sie mit dem Geld anfangen, wie Sie sich die Zukunft damit vorstellen. Es ist doch wie ein Lottogewinn. Dürften wir heute Nachmittag vorbeikommen?"

...

„Frau Scheuermann, hallo, sind sie noch da?"

...

„Hallo, Frau Scheuermann?"

Frau Scheuermann musste sich setzen und hatte tief Luft geholt.

„Wollen Sie mich und meinen kranken Mann auf den Arm nehmen? Ich bitte sie, verschonen Sie uns mit solch erbarmungslosen Scherzen. Es wird uns doch schon sowieso böse mitgespielt. Bitte ...."

Hektor hörte nur noch ein Schluchzen.

Hedwig legte den Hörer auf das gehäkelte Deckchen.

„Artur hörte wie aus weiter Ferne Rufe aus der schwarzen Telefonmuschel.

„Heddie, Liebes, leg doch bitte den Hörer auf die Gabel."

„Da ist wieder so einer, der uns nur quälen will. Spricht von einem Lottogewinn. Und wir haben doch gar nicht gespielt. Mit welchem Geld denn auch? Wenn sie uns doch in Ruhe lassen würden. Wir sind doch am Ende. Wohin wollen sie uns noch treiben?"

„Reg dich nicht auf. Leg einfach auf."

Hektor hatte alles mitgehört und rief nun mit lauter Stimme: „Bitte legen sie nicht auf, Frau Scheuermann, wir wollen ihnen helfen - bitte nicht auflegen."

Heddie hatte es auch gehört. Bitten konnte sie noch nie abschlagen. Also nahm sie wieder ganz zögerlich den Hörer zwischen Zeige- und Mittelfinger einerseits und den Daumen andererseits, so als wäre es ein gefährlicher Gegenstand, während es unaufhörlich aus der Muschel schallte: „Ich bitte Sie Frau Scheuermann, nicht auflegen, unterhalten Sie sich mit mir, ich habe gute Nachrichten für Sie, bitte .."

Ganz langsam brachte Hedwig die Muschel des Hörers in die Nähe ihres rechten Ohres. Aber nicht in Kontakt mit diesem. Das ganze Gerät Telefon schien immer noch zu warnen: Vorsicht, ich bin gefährlich!

„Ja bitte, was möchten sie", fragte Hedwig dann doch, aber recht zaghaft, mehr lauernd, immer noch Schlimmes erwartend.

„Danke Frau Scheuermann, danke, dass Sie nicht aufgelegt haben ..."

„Nun kommen Sie schon zur Sache, reden Sie." Hektor konnte die Niedergeschlagenheit und Verzweiflung der Frau durch die Leitung spüren. Außerdem hatte er auch als Journalist ein geschultes Ohr.

„Frau Scheuermann, Sie haben doch einen Anspruch auf 226 000 Euro plus Kleingeld. Die Stadtverwaltung hat es Ihnen doch schon vor drei Wochen schriftlich mitgeteilt. Bitte legen Sie nicht auf. Das Geld liegt für Sie bereit. Sie brauchen es nur noch abzuholen. Ich dachte Sie wüssten Bescheid. Das ist ..."

Nun war es an Hektor völlig unprofessionell nervös zu werden. Die Frau hatte den Brief offenbar nicht erhalten. Sie wusste überhaupt nichts von ihrem Glück. Das würde die Geschichte noch interessanter machen. Er sah sich, wie er diese Frau zum Rathaus begleiten würde, seine Fotografin würde den Moment der Übergabe des Geldes aufnehmen, er hatte eine gute, rührselige Geschichte. Eine Erfolgsstory für seine Zeitung.

„Ich soll über was Bescheid wissen?"

„Frau Scheuermann", Hektor versuchte sehr sachlich zu sein, konnte aber, auch als Professioneller, trotzdem seine Emotion nicht ganz verbergen, „Sie haben vor etwas mehr als einem Jahr 220 000 Euro in einer Brieftasche auf dem Fundbüro der Stadt abgegeben. Das Geld ist inzwischen nicht abgeholt worden, es gehört jetzt Ihnen. *Nicht* abgeholt worden. Haben Sie das verstanden. Das bedeutet, Sie brauchen es nur noch selbst abzuholen. Sie müssten sich doch erinnern. Erinnern sie sich? 220 000 Euro in einer Brieftasche."

Hektor hörte, wie Frau Scheuermann sich an jemanden wendete, sicher an ihren Mann, mit ihm sprach.

„Artur, da behauptet ein junger Mann, mir ständen 200 - Moment - 226 000 Euro zu, ich solle sie nur noch abholen. Was denkst du?"

Hektor hörte entfernt, wie ein Mann Antwort gab: „Was für Geld? *Wie*viel? Von was sprichst Du überhaupt?"

„Hallo Herr - wie war noch ihr Name?"

„Hektor, und Sie haben wirklich 226 000 Euro und noch ein bisschen mehr sozusagen gewonnen, weil Sie so ehrlich waren."

Hektor kannte sich da auch aus. Er wusste, dass die nochmalige und ausdrückliche Erwähnung ihrer Ehrlichkeit, sie mehr erwecken, wachsamer machen würde, zugänglicher, eine kleine Brücke zwischen ihm und ihr bauen würde.

„Also Herr Hektor, was soll ich gewonnen haben? Wo soll ich Geld abholen?"

Hedwig hatte sich wieder etwas gefasst. Noch konnte sie das Gehörte nicht richtig einordnen. Weder als Märchen noch als Provokation oder vielleicht Hoffnungsschimmer.

Hektor wiederholte nochmals das, was er wusste, aus dem Rathaus wusste, was man ihm dort gesteckt hatte und was sich im Rathaus wie ein Lauffeuer verbreitet hatte. Nicht jeden Tag durften sie in dieser Behörde die Lottofee spielen.

„Einen Moment", sagte Hedwig und Hektor konnte wieder mithören.

„Also Geld hätte ich gewonnen, äh", dann bewegte sie den Hörer wieder in die Nähe ihres Ohres, „wieviel sagten Sie, Herr Hektor?"

„226 000, auf den Cent kann ich es nicht sagen, weil da noch einige Euro als Bearbeitung abgehen. Aber Sie erhalten weit mehr als 226 000 Euro, das sind Ihre 220 000, die Sie vor einem Jahr auf dem Fundbüro abgegeben haben, zuzüglich Zinsen. Sie erinnern sich doch?"

Jetzt fiel bei Hedwig der Groschen. Und Hektor hörte wieder mit.

„Artur, weißt du noch, da war doch einmal eine Brieftasche, die ich gefunden hatte. Ich hatte sie doch auf die Stadtverwaltung gebracht. Weißt du noch?"

„Jo, kann mich erinnern ... Heddie!" Er rief den Namen seiner Frau in einem völlig anderen Tonfall. Und noch einmal dieser unvergleichliche Glücksschrei: „Heddie!"

Heddie stand wie vom Blitz getroffen da, einfach erstarrt. In der Muschel des Telefonhörers, den sie immer noch nicht an ihr Ohr bringen konnte, hörte sie, nun viel liebenswürdiger, aber immer wieder in kurzen Abständen:

„Hallo, hallo Frau Scheuermann ...."

Heddie bewegte den Hörer jetzt wieder, hielt ihn eine Weile vor sich und blickte wie ratlos auf die ihrem Gesicht zugewandten schwarzen Muscheln.

Sie schaute sich um, suchte wieder mit wässrigen Augen ihren Stuhl. Sie hatte die Übung verloren, die Gewohnheit sich beim Telefonieren auf „ihren" Stuhl zu setzen. Sie ließ sich auf ihn fallen. Ihr Kopf sank langsam nach vorne. Tränen begannen ihr über die Wangen zu rinnen.

Dann, nach einer Weile, hatte sie sich wieder etwas gefasst, stand von ihrem Stuhl auf und legte den Hörer, jetzt aber fest an ihr Ohr und sagte mit brüchiger Stimme: „Hallo Herr Hektor, danke."

„Gnädige Frau, darf ich heute am frühen Nachmittag zu Ihnen kommen, so gegen zwei Uhr. Dann begleiten wir Sie und Ihren Mann zum Rathaus. Dann bekommen Sie das Geld übergeben. Keine Bange das funktioniert schon."

„Hallo, Frau Scheuermann, ist es recht so?"

Hektor hörte noch ein recht leises *ja*, dann war Stille.

Heddie ließ sich jetzt wieder auf ihren Stuhl sinken, sie hatte es gerade noch so geschafft das Gleichgewicht zu halten, nicht umzufallen. Sie senkte den Kopf in ihre beiden geöffneten Hände und ließ ihren Tränen freien Lauf.

Ihr Mann schaute mit einem unbeschreiblich glücklichen Gesichtsausdruck auf seine weinende Frau. Leise stahl sich auch bei ihm aus jedem Auge eine Träne.

Nach etwa einer ewigen Minute stand Hedwig auf und fiel ihrem Mann um den Hals. Artur spürte, wie ihm jetzt Tränen unter den Hemdkragen liefen. Er spürte es auf seiner Haut. Es waren Tränen der Erleichterung, des Glücks.

Ganz langsam löste sich Heddie, schaute ihrem Mann in die Augen, zwei überschwemmte Augenpaare nahmen sich gegenseitig nur verschwommen wahr. Dann sagte sie: „Artur Du wirst wieder gesund. Artur Du wirst wieder gesund." Und nach einer Weile nochmals: „Artur Du wirst wieder gesund."

„Und unser Haus wird niemand bekommen - niemand." Das war Artur.

14 Uhr, 20. Juni. Ein Auto fuhr vor, ein VW Golf.

Ein junger, etwas rundlicher Mann, wohlgenährt aber trotzdem mit sportlichen, gelenkigen Bewegungen unterwegs, und eine jüngere Frau in Jeanshosen, grell geschminkt, kurzen blonden Haaren, kamen auf das Haus zu. Hedwig hatte sie vom Wohnzimmerfenster bereits durch die Gardinen entdeckt. Das war, was Hedwig so auf einen Blick erfasst hatte.

Sie hatte bereits seit zehn Minuten gespannt gewartet. Und sie hatte sich der Situation entsprechend gekleidet, gut angezogen - wie sie dachte. Dieses Kleid trug sie eigentlich nur an Pfingsten und Fronleichnam. Es passte leider nicht mehr so richtig. Sie hatte ja stark abgenommen - in letzter Zeit. Aber es war das Beste, was sie im Moment im Schrank hatte. In den letzten Jahren konnten sich beide Eheleute keine neuen Kleider leisten. Vielleicht konnte sie sich aber bald ein neues leisten. Sie hatte im Otto-Katalog eines entdeckt, das eigentlich für sie wie eine Sonderanfertigung aussah.

Sie war aufgeregt. Ihr Mann hatte starke Schmerzen bekommen. Es mussten die Nerven sein. Sie hatte ihm außer der Zeit seine Medizin geben müssen.

Kaum hatte der erste Klingelton eingesetzt, als Hedwig auch schon die Haustür öffnete. Dann stand sie einen Moment wie überrascht, doch der nette Journalist half ihr rasch aus der Verlegenheit. Leutselig streckte er ihr die rechte Hand hin. In der linken hielt er einen großen Blumenstrauß, unter einer knisternden, transparenten Folie geschützt.

„Zunächst mal herzlichen Glückwunsch, gnädige Frau. Mein Name ist, wie Sie ja schon am Telefon gehört haben, Hektor, nennen Sie mich einfach so, sagen Sie Hektor. Und das, er zeigte auf seine Begleiterin, ist Fräulein, Entschuldigung, das sagt man ja nicht mehr, das ist Frau Sylvia. Unsere Pressefotografin."

Sylvia hatte eine Kamera mit einem gewaltigen, aufmontierten Blitzlichtgerät umhängen. Sie sicherte die Geräte mit der linken Hand.

Auch Sylvia streckte Hedwig ihre Hand entgegen und beglückwünschte sie ebenfalls. Rasch wandte Hedwig den Blick von ihr wieder dem jungen Mann zu. Vor solchen Personen wie Sylvia, im Gesicht farblich stark nachgebessert und verspachtelt, wie sie es nannte, hatte sie immer das Gefühl einer Unsicherheit. Vielleicht auch eine Art Minderwertigkeitskomplex. So vergaß sie bei ihr *Danke* zu sagen. Das bemerkte sie bald, doch zu spät und sie ärgerte sich mal wieder über ihre Tollpatschigkeit - wie sie sich selbst schimpfte. Doch auch hier half der junge Mann schnell aus der Verlegenheit.

Er hielt jetzt den Blumenstrauß auf Brusthöhe und ermunterte Frau Scheuermann zuzugreifen: „Der ist für Sie, gnädige Frau."

Hedwig wusste nicht, ob sie in ihrem Leben jemals von jemand als gnädige Frau tituliert wurde. Sie vernahm es aber gerne - rief sich dann gleich wieder zur Ordnung: *Bin ich jetzt eitel geworden?*

Hektor ließ keine weiteren Denkpausen zu: „Darf ich Ihrem Gatten ebenfalls gratulieren?"

Hedwig schien erst jetzt in die Wirklichkeit zurückversetzt und ging einen Schritt zurück, „aber bitte, kommen Sie doch herein. Gehen Sie doch bitte durch, dort ins Wohnzimmer."

„Darf ich?", frage Hektor noch im Vorbeigehen.

„Ja, ja", antwortete Hedwig, „gehen Sie nur."

Sylvia sagte „Entschuldigung" und stiefelte hinterher.

Dann waren sie im Wohnzimmer, Hektor nun doch ein wenig unschlüssig.

„Mein Mann leidet heute wieder ganz besonders an den Folgen seines Unfalls. Er wäre so gerne mitgekommen. Das ... glaube ich, ist doch nicht recht möglich. Ich habe ihm vor einer halben Stunde seine Medikamente gegen die Schmerzen geben müssen."

Nun wurde Hektor wieder *lebendig*, professionell. Die Situation war ihm augenblicklich wie vertraut. Er streckte die Hand vor Artur aus und rief, so ähnlich wie man einen Schwerhörigen anspricht, aus: „Guten Tag, Herr Scheuermann, ich bin Hektor Pettersen von der Tageszeitung. Die kennen sie ja sicherlich. Ich beglückwünsche Sie. Bitte bleiben Sie .... äh. Es tut mir so leid, ich meine Ihre Situation. Nun können Sie an einem solch schönen Tag in ihrem Leben nicht zusammen mit Ihrer Frau die Mittel entgegennehmen, die Ihnen sicherlich helfen können wieder auf die Beine zu kommen. Ich wünsche es Ihnen jedenfalls und bitte, verzeihen sie mir mein Auftreten."

Artur hatte ihn nämlich mit immer größeren Augen angesehen. Dieser Redeschwall! Sein Staunen kam vielleicht doch davon, dass er schon nicht mehr an derartige Gespräche und überhaupt an eine Unterhaltung mit Besuchern gewohnt war. Seine Frau war seit langem seine einzige Gesprächspartnerin. Und viel gab es, besonders in letzter Zeit nicht mehr zu erzählen - wo doch jeder seinen eigenen fatalistischen Gedankengängen nachhing.

Auch Sylvia drückte Artur die Hand.

Hektor trieb dann die Gespräche weiter. „Sie haben ein hübsches Heim, das ja nun, wenn ich richtig kombiniere, ich habe Ihre Gattin so verstanden, nicht mehr in die Hände von Aasgeiern fallen wird. Nicht mehr zwangsversteigert werden wird. Ich freue mich so für Sie. Was halten Sie davon, wenn ich Ihre Frau, d.h. Sie müssten sicherlich auch dabei sein, wenn ich Sie auf die Bank begleite. Denen müssen wir das Handwerk legen. Um welche Bank handelt es sich eigentlich?"

Hektor sah von einem zum anderen und wartete auf die Antwort.

Hedwig war es schließlich: „Es ist die Stadtsparkasse. Sie kannten unsere Situation und wollten uns keine Chance mehr geben."

Hektor wollte sich auch einen solchen Bank-Termin, eine wiederum einmalige Gelegenheit, nicht entgehen lassen. Er konnte sich schon einen spektakulären Auftritt in der Stadtsparkasse vorstellen. Das würde seine Geschichte abrunden. Er hatte einen ganz großen Fisch an der Angel und die Freude darüber würde er voll und ganz auskosten. Zusammen mit diesen einfachen und liebenswerten Leuten. Noch eine Exklusivgeschichte. Das würde seinem Redakteur ebenfalls gefallen.

„Jetzt würde ich gerne *noch* lieber mit Ihnen zur Bank gehen", sagte Hektor. „Das heißt wir fahren Sie hin. Ich denke, dass Sie Ihnen nicht mal mehr Ihr Auto gelassen haben. Ich möchte so gern die Augen dieser überheblichen Menschen sehen, wenn sie den Rest des Darlehens auslösen. So wird es doch sein? Oder?"

Hedwig stand etwas im Hintergrund. Erst in diesem Augenblick begann sie ihr Glück voll zu fassen, zu verstehen, ja sie begann erst jetzt daran zu glauben. Die Tränen kamen einfach und kullerten, den Gesetzen der Schwerkraft gehorchend, über ihr Gesicht nach unten. Jubeln konnte sie dagegen nicht. Es war nur ein unbeschreibliches Gefühl der Erleichterung, tief von innen heraus.

Hektor spürte einen unbändigen Drang den Macher zu spielen. Er hatte das Gefühl diese Menschen schon lange zu kennen. Er spürte ihre ungekünstelte Hilflosigkeit und fühlte sich glücklich ihnen helfen zu können. Keine Frustration, wie er es in seinem Beruf vielfach erlebte. Er vergaß sogar für einen Moment, dass er mehr aus beruflichen Gründen hier war. Er hatte das Interview vergessen, wenigstens vorläufig. Trotzdem fühlte er sich in seinem Element. Zupackend, tatkräftig.

Er wandte sich wieder Hedwig zu. Er zögerte kurz, dann zog er ein sauberes Taschentuch hervor und reichte es ihr. „Bitte bedienen Sie sich, das können nur Tränen der Freude sein. Was meinen Sie Frau Scheuermann, wenn wir die Sache so bald wie möglich angehen, ich meine, das Geld liegt für Sie bereit und wartet darauf, sinnvoll verwendet zu werden. Denke ich richtig, dass Sie schon lange keinen Urlaub mehr machen konnten. Das holen Sie jetzt nach, das können Sie sich jetzt sorgenfrei leisten. Ist das nicht eine schöne Idee Frau Scheuermann?"

Er hatte jetzt Hedwig in die Augen gesehen und gehofft, dass darin helle Freude, Vorfreude aufblitzen würde. Doch sie blickte noch trauriger als vorher. Sagte dann:

„Ich glaube nicht. Zuerst muss mein Mann wieder gesund werden. Er soll über seine Arbeitsfähigkeit glücklich werden. Nur dann kann auch ich glücklich sein, auch ohne Urlaub. Vorher werde ich keine rechte Freude empfinden können."

Das war's. Hektor schaute zweimal kurz zwischen den Eheleuten hin und her. Er wurde sich bewusst, dass dies schon ein interessanter Teil seines Artikels werden würde. Ein Thema, das er beim Interview wieder anschneiden würde. Geschwind war er wieder der Reporter der Tageszeitung.

Seine Wortlosigkeit dauerte nur Sekunden.

„Frau Scheuermann, was halten Sie davon, wenn wir nicht weiter zögern, gehen wir dorthin, wo Ihre Prämie wartet. Sie sollten das Geld nicht länger warten lassen", fügte er augenzwinkernd hinzu.

„Unterwegs könnte ich, wenn Sie damit einverstanden sind, per Telefon beim ASB einen Wagen und die Helfer bestellen. Anders wird es wohl zeitlich etwas knapp werden. Wir wollen dann auch noch der Bank einen Besuch abstatten. Mit Ihrem Mann. Machen wir es so?"

Hedwig brachte gleich ihre Sorgen zum Ausdruck: „Das wird kosten, die machen es doch nicht umsonst. Und die Krankenkasse wird diese Kosten - für die Fahrt zur Bank, nicht übernehmen wollen. Mit denen haben wir in den letzten zwei Jahren nur Probleme gehabt, wenn es darum ging Kosten zu übernehmen. Ihr Gesicht reflektierte sofort wieder diese tiefe, allzubekannte Traurigkeit."

„Da machen Sie sich mal aus zweierlei Gründen keinen Sorgen. Erstens werden Sie Geld haben, genug haben und zweitens werde ich dafür Sorge tragen, dass meine Zeitung diese Kosten übernimmt."

Hektor war sich sicher, dass er damit durchkommen würde, wenn schon das Interview keine weiteren Kosten verursachte.

Wieder war eine Frage geklärt. Das war Organisation und damit musste es auch so laufen. *Wäre doch gelacht, wenn wir nicht schon morgen die Reportage in der Zeitung hätten.* Nicht noch *einen* Tag warten, die Leser warten lassen, seine Zeitu ... nein. Das wollte er schaffen.

„Sind Sie bereit Sylvia? Dann auf zum Rathaus. Herr Scheuermann, es tut mir leid, wenn Sie nicht dabei sein können, ich sage das nochmals. Wir sind bald wieder da." Dann fügte Hektor noch mit einem Augenzwinkern an: „Und dass Sie mir nicht weglaufen. Wir haben noch was vor für nachher."

Artur quälte sich ein Lächeln ab.

„Kopf hoch, Herr Scheuermann, Sie werden sehen, alles wird gut. Wenn die nicht spuren auf der Krankenkasse, dann machen wir Ihnen von der Zeitung aus Beine. Sie hätten zwar jetzt genügend Geld, um jede gute Behandlung selbst zu finanzieren. Aber ihnen steht Hilfe zu. Und die holen wir uns - für Sie."

Wie schön er das gesagt hatte: <...und die *holen* wir uns!>

Artur dachte an Freundschaft, wie sie sein sollte.

14.40 h. 20. Juni. Im Rathaus.

Nicht im Fundbüro, sondern in einem geräumigen, mit feinen Möbeln ausstaffierten Raum, im Gebäude der Stadtverwaltung, wartete „man" auf sie. Hektor hatte während der Fahrt fast ununterbrochen telefoniert. Sylvia steuerte den Wagen. Der ASB würde um 15 Uhr 15 vor dem Haus von Familie Scheuermann eintreffen. Dann - nun ja Herr Scheuermann wird sich noch ankleiden oder wird angekleidet. Hektor rechnete mit 15 Uhr 25 bis spätestens 15 Uhr 30, dann wolle man abfahren zur Bank. Dort hatte er für 15 Uhr 45 einen Termin mit der Kreditabteilung vereinbart. War nicht leicht, aber als Reporter hatte er gewisse Druckmittel. Die wirkten auch diesmal, warum auch nicht. Es war für einen guten Zweck und er würde gut aussehen, er würde gelobt werden - lobte er sich selbst.

Bequeme, lederbezogene Sessel standen für Besucher bereit. Ein Mann in einem weißen Hemd mit goldenen Manschettenknöpfen bat, sich doch zu setzen. „Aber setzen sie sich doch, Frau Scheuermann, bitte."

Hedwig hatte diesen Mann noch nie gesehen. Er kannte sie offensichtlich. Und Hedwig setzte sich auf die vordere Kante eines Sessels, nicht ohne die Sitzfläche einen Augenblick in Augenschein zu nehmen. So als wollte sie sicher gehen, dass sie auch reinlich sei, gut gereinigt war.

„Der OB kommt sofort", sagte der gut gekleidete Mann. „Wir haben Sie erwartet".

Das kann doch nicht der Oberbürgermeister selbst sein, dachte Hedwig für sich.

Hektor ließ sich tief in einen Sessel fallen und schlug die Beine übereinander.

„Sylvia, bis du bereit?"

„Fertig zum Schuss. Den Hahn gespannt. Ich warte nur noch auf das Kommando: Feuer frei", antwortete Sylvia, die sich nicht gesetzt hatte.

Da kam der OB. Sozusagen mit wehenden Fahnen, über das ganze Gesicht strahlend, wie auf einer entscheidenden Wahlkampfveranstaltung auf Wolke sieben schwebend. Hedwig kannte ihn aus dem Fernsehen. Und die ersten beiden Schüsse fielen. Es hatte geblitzt.

Der OB kam direkt auf Hedwig zu und rief schon aus zwei Metern Entfernung: „Frau Scheuermann, Sie sind die Glückliche, die ich heute bescheren kann." Hedwig kam es vor, als hätte es wahrhaftig der Weihnachtsmann gesagt.

Der OB hatte noch eine kleine Drehung gemacht, damit die nächsten Blitzlichtschüsse auch aus dem richtigen Blickwinkel abgegeben werden konnten, sozusagen ins Schwarze treffen konnten. Er hatte in diesen Sachen viel Übung und Erfahrung.

Hedwig war von der Sesselkante hochgefahren. Der OB drückte lange ihre Hand. Sein strahlender Gesichtsausdruck wandte sich dann aber alsbald von ihr ab und der Schützin zu. Ohne die Hand loszulassen. Wieder Blitzlichter.

Dann ließ der OB doch los und sagte: „Aber nehmen Sie doch Platz, Frau Scheuermann."

Dann drückte er noch die Hand von Hektor und nickte Sylvia zu. Währenddessen gab es keine Schießerei.

Und er ging hinter einen aufgeräumten und glänzend gewienerten großen Schreibtisch.

Hier schlug er eine dünne Mappe auf. Leise räusperte er sich. Zunächst legte er wie eingeübt eine Kunstpause ein. Und begann mit dem, was ein guter Politiker draufhaben musste.

„Frau Scheuermann, Sie haben vor einem Jahr einen Fund gemacht. Es waren 220 000 Euro und sie haben nicht gezögert, und haben das Geld zu unserem Fundbüro gebracht, obgleich nichts auf den Eigentümer hinwies. Das nenne ich Ehrlichkeit, die heutzutage nicht mehr überall selbstverständlich ist. Entsprechend den gesetzlichen Bestimmungen vom ...bla ...bla ...bla .. - Hedwig flogen die fachchinesischen Fetzen nur so um die Ohren - stelle ich fest, dass Ihnen hiermit der volle Umfang des Fundgutes zusteht. Zuzüglich der Zinsen, die das Kapital auf einem von uns eigens eingerichteten Konto erwirtschaftet hat."

Der OB blickte kurz auf und fuhr dann fort: „Das sind im Augenblick 226 308 Euro und 14 Cents. Die Verwaltungsgebühren bereits abgezogen. Über diese Summe werde ich Ihnen einen Scheck überreichen."

Er zog mit - fast - feierlicher Gestik einen altertümlichen Füllfederhalter aus der Brusttasche seines Hemdes und setzte zum Schreiben an. Sylvia huschte einige Meter in Richtung Schreibtisch und schoss aus nächster Nähe. Der Blitz traf den OB beim Setzen seiner Unterschrift.

Der Herr OB stand auf, kam weiter strahlend wieder um seinen Schreibtisch herum und wedelte mit einem unscheinbaren Stück bedrucktem Papier.

Vor Sylvias Kamera hielt er dieses Papier mit spitzen Fingern beider Hände so, dass darauf geschossen werden konnte. Was Sylvia auch ohne weitere Aufforderung erledigte.

Dann ging er weiter zu Frau Scheuermann. Mittlerweile saß sie nicht mehr auf der Sesselkante, sondern nahm jetzt einen größeren Teil der Sitzfläche ein. Sie erhob sich aus dem bequemen Sitz. Der Herr OB ergriff wieder ihre Hand und sagte halblaut aber ganz professionell und sehr liebenswürdig: „Blicken wir doch gemeinsam in die Kamera für ein Erinnerungsfoto." An Hektor gewandt sagte er noch: „Sie sorgen dafür, dass ein Abzug an Frau Scheuermann kommt." Es war mehr Befehl als Bitte.

Über dem Händedruck wedelte sacht der Herr OB mit dem Scheck.

Dann war auch diese Schießerei vorbei, eigentlich.

„So, Frau Scheuermann, nehmen Sie bitte, dies ist nun Ihr Eigentum, ihr Lohn für Ehrlichkeit. Eine tragende Säule eines jeden demokratischen und vor allem einem erfolgreichen sozialen Systems. Ich freue mich für Sie und wünsche Ihnen viel Glück."

Klar wusste der Herr OB, dass Hektor sich Notizen machen würde, dass diese Worte morgen in der Zeitung stehen würden.

Davon lebte Hektor. Davon lebte bzw. existierte auch ein OB. Eine Hand wäscht die andere.

Nachdem der wieder etwas andauernde Händedruck dann doch ein Ende fand, schaute Hedwig eine Weile mehr ungläubig, denn fassungslos auf das Stück Papier, das nun das Ende ihrer Pechsträhne darstellen sollte.

Sie wurde aus ihren Träumen gerissen als der Herr OB sagte: „Liebe Frau Scheuermann, ich muss Sie jetzt leider verlassen, Sie wissen, die Pflicht ruft."

Hektor war nähergekommen und flüsterte fast unbemerkt dem Herrn OB etwas zu.

Dieser wandte sich nochmals Hedwig zu: „Bitte Frau Scheuermann grüßen Sie Ihren Mann, der ja leider nicht bei dieser Zeremonie dabei sein konnte. Richten Sie ihm meine besten Genesungswünsche aus. Ich denke, dass es sich einrichten lässt und ich Sie eines Tages besuchen kann. Leben sie wohl."

Hedwig stiegen Tränen hoch. In diesem Augenblick blitzte es wieder. Treffsicher. Volltreffer.

Der Herr OB drückte noch Hektor die Hand, es wurden ein paar Worte gewechselt. Sylvia bekam nun auch eine Patschhand, ein Gruß und der Herr OB war fort. Dafür erschien wieder der gut gekleidete Mann mit den goldenen Manschetten. Auch er reichte nun Frau Scheuermann die Hand und wünschte alles Gute.

Er zeigte höflich aber mit jahrelanger Routine auf die Tür.

Sie waren noch vor 15 Uhr 15 wieder im Heim der Familie Scheuermann.

Der Wagen vom ASB war noch nicht eingetroffen.

Sie hatte den Scheck in ihrer leider nicht mehr recht vorzeigbaren Handtasche verstaut und den Verschluss seither wie verkrampft mit der linken Hand zugehalten. Auf der Heimfahrt war es Hedwig vorgekommen als träume sie einen schönen Traum. Hektor redete, manchmal mit ihr und manchmal in sein Handy.

Wie vorher kurz besprochen, ließ sich Hektor noch die Korrespondenz mit der Sparkasse aushändigen.

Hedwig war bereits vorbereitet. Sie würde ihrem Mann helfen seine guten Sachen drüber zu ziehen, damit man noch die Szene auf der Stadtsparkasse, es sollte keine Zeremonie werden, *durchziehen* konnte.

Jetzt kam der ASB an. Zwei Männer in weißen Hosen stiegen aus und kamen zum Haus. Hektor erwartete sie und klärte über die weitere Vorgehensweise auf.

Sozusagen zwischen *Tür und Angel* standen drei Männer und eine junge Frau und warteten bis Herr Scheuermann vorzeigbar und reisefertig war.

Alles, was Herr Scheuermann zu seiner Frau sagte, als sie zum ihm kam, war: „Hast Du wirklich Geld bekommen?"

„Es ist in dieser Handtasche", sagte Hedwig. „Wir müssen uns beeilen. Ich erkläre Dir alles später. Der Herr OB persönlich ...." Die Emotion überkam sie. Der Hals war nun für weitere Worte verschlossen. Der feuchte Gegenwert kam aus den Augenwinkeln.

Dann konnte Hedwig Vollzug melden. Die Herren in Weiß kamen, nahmen Herrn Scheuermann in Augenschein. „Wir nehmen den Rollstuhl", entschied einer von ihnen.

„Blaulicht?", fragte er noch in Richtung Hektor.

„Aber ja, wenn ich bitten darf, ich halte mich dicht dahinter."

Im Wagen vom ASB war noch ein junger Mann, offensichtlich ein Zivildienstleistender.

Es ging los. Der Sturm auf die Bastion Stadtsparkasse begann. So kam es Hedwig vor. Sie war sich mittlerweile so sicher, dass sie es diesen Hochnäsigen zeigen würde, sie hatte jetzt trockene, trotzige Augen.

Vor der Bank verklang erst nach einer kurzen Weile auf dem Kastenwagen vom ASB die Sirene.

„It´s Showtime", rief Hektor euphorisch.

Sylvia schoss wieder scharf in die ablaufende Szene.

Leute blieben stehen, es *war* Showtime.

Der Abteilungsleiter der Kreditabteilung erwartete die Kunden. Es war genau 15 Uhr 45.

Hektor trat als erster ein, stellte sich vor. Der Herr Abteilungsleiter schaute mit fragenden Augen auf Sylvia. Dann wandelten sich diese Augen zur Unsicherheit. Pressefotografin? „Das hatten wir aber, Herr Pettersen, nicht vereinbart, wenn ich mich richtig erinnere."

„Aber Herr ... Entschuldigung, mir ist Ihr Name entfallen ... ach so, jetzt habe ich es wieder, Herr Fahrenbauch ..." - „Fahrenbroich, bitte" - „...zur Presse gehört nun auch die ordentliche Untermalung durch Bilder. Nicht erst seit gestern. Aber machen Sie sich nichts daraus, Frau Sylvia ist da eigentlich sehr geübt, diskret. Sie wird ein paar Bilder machen und, ja und dann sind wir auch schon wieder draußen, das heißt ...?" Hektor hatte ein unsichtbares Fragezeichen in der Luft stehen lassen.

Herr Fahrenbroich fühlte sich jetzt sehr unwohl in seiner Haut. „Ich würde gerne meinen Assistenten hinzubitten. Sie haben doch nichts dagegen?"

„Wogegen?", krähte beinahe fröhlich Hektor. Er war mittlerweile in Details unterwiesen. Hatte besonders die unangenehmen Schreiben der Bank während der Ankleidezeremonie des Herrn Scheuermann durchgesehen.

„Und Sie haben doch nichts dagegen, dass ich die Familie Scheuermann mitgebracht habe?", rief er rein proforma fragend dem Herrn Fahrenbroich hinterher, der sich an einem Tastentelefon zu schaffen machte. „Sie muss Ihnen ja, nach meinem Kenntnisstand hinreichend bekannt sein."

Fahrenbroich zitierte kurz und bündig jemanden herbei.

Dann erschien ein Rollstuhl in der Tür. Mit Herrn Scheuermann. Zwei weiß gekleidete kräftige Leute begleiteten ihn.

Hektor rief wohlgelaunt: „Kommen Sie nur rein, immer herein in die gute Stube. Darf ich vorstellen, das ist Herr Scheuermann und hier Frau Scheuermann, deren einzig verbliebener Besitz sie Ihnen nächste Woche am 26. 6. wegzunehmen gedachten. Ich darf vorausschicken - dumm gelaufen."

Es blitzte. Der Kreditchef zuckte zusammen. Schaute missbilligend in Richtung Sylvias und just in diesem Augenblick, Sylvia war ja keine Anfängerin mehr, blitzte es wieder. Und dieses Bild würde morgen in der Zeitung zu sehen sein.

Nach einer Kunstpause, der Raum hatte sich gefüllt, fuhr Hektor munter, wie ein Empfangschef fort, der liebe Gäste vorstellt: „Die beiden Herren in Weiß sind die Betreuer von Herrn Scheuermann und gedenken ihrer Pflicht nachzukommen. Sie werden Herrn Scheuermann nicht aus den Augen lassen, auch wenn ihnen das gegen die Prinzipien geht."

In diesem Augenblick kam ein jüngerer Mann im dunklen Nadelstreifenanzug und tadellos geknoteter, königsblauer Krawatte herein. Er ging zu Herrn Fahrenbroich. Sehr irritiert erklärte Herr Fahrenbroich, die Umstände, d.h. soweit er aufgeklärt war und durchblickte.

„Wollen wir nicht Platz nehmen", fragte er in die Runde, weiterhin unsicher. Ein geübtes Ohr konnte ein leichtes Vibrieren in der Stimme des Bankers wahrnehmen. „Ich frage mich allerdings, was in einem solch vertraulichen Geschehen die Presse dabei zu tun hat. Einzelheiten zum Fall der Familie Scheuermann werde ich auf keinen Fall vor der Öffentlichkeit ausbreiten. Das dürfte auch Ihnen, Herr Pettersen, klar sein."

Der erfahrene Banker versuchte in die Offensive zu gehen.

„Herr Fahrenbroich sie verletzen keine Vorschriften und Vertraulichkeiten mehr. Mir ist dieser Fall bekannt, vertraut und sehr zu Herzen gegangen. Und ich muss sagen, dass ich sehr peinlich berührt bin, was Ihr Vorgehen betrifft, Herr Fahrenbroich. Wir werden uns trotzdem, auch wenn es ihnen nicht passt, über einige interessante Aspekte unterhalten müssen. Aspekte die durchaus von öffentlichem Interesse sind."

Hektors Worte wurden immer schärfer.

Herr Fahrenbroich schien indigniert. Leider konnte er seinem momentan drängendsten Wunsch nicht nachkommen. Er hätte nämlich allzu gerne den Raum schlichtweg wortlos verlassen. Aber da war die Dritte Kraft der Demokratie im Raum, und da musste er jetzt durch.

„Herr Petterson, als wir die Zusammenkunft vereinbarten, war keine

Rede davon, dass über den Sachverhalt und die Situation der Familie Scheuermann gesprochen werden sollte. Ich bitte sie also ..."
Hektor war schneller.
„Die Familie Scheuermann war seit ihres Erwachsenendaseins bei ihnen Kunde. Und Sie fanden kein anderes Mittel als ihnen ihr Häuschen unter - na sagen wir mal, einfach wegzunehmen? Dabei geht es um vergleichsweise läppische 21 000 Euro. Das Haus ist doch viel mehr wert. Das heißt, Sie hätten diese schroffe Entscheidung nicht treffen müssen. Zumindest lag es bestimmt in Ihrem Ermessen einen weiteren Aufschub zu gewähren."
„Herr Pettersen, Ihnen steht dieses Ermessen nicht zu, wenn ich es korrekt vermerken darf. Ich finde Ihre Einlassung, nun ja, etwas deplatziert." Der Banker wollte unbedingt vermeiden, dass in einer der kommenden Zeitungsausgaben negativ über ihn berichtet würde.
„Sie dürfen", entgegnete Hektor ironisch.
„Und im Übrigen bin ich nicht bereit dieses Thema auch nur in Ansätzen weiter mit ihnen zu besprechen. Das verbietet die Diskretion. Das ist alleinige Sache der Familie Scheuermann und der Bank. Sie schneien da herein und versuchen mir klarzumachen, was ich als Kreditsachverwalter der Sparkasse zu tun und zu lassen habe. Das brauche ich nicht zu tolerieren, auch wenn Sie von der Presse kommen. Ich denke Sie überschreiten bei weitem ihre professionellen Befugnisse." Au weia, so war er doch über das Ziel, seine Zielsetzung hinausgeschossen. Die Erkenntnis kam spät.
Für Hektor: Herr Fahrenbroich war sichtbar verärgert.
Frau Scheuermann schaute etwas verlegen zu Boden. Sollte es schon wieder Schwierigkeiten geben? Dann gab sie sich einen Ruck. Nein, nicht schon wieder. Sie hatte den entscheidenden Trumpf in der Hand. Sie dachte an die Kniffe, die ihr Artur beim Kartenspielen beigebracht hatte. Da kam auch direkt von unerwarteter Stelle Unterstützung.
Herr Scheuermann kam Hektor zuvor und meldete sich zu Wort: „Herr Pettersen ist von mir bevollmächtigt in meinem Namen zu spre-

chen. Nehmen sie das zur Kenntnis."

„Also Herr Fahrenbroich, sind Sie jetzt etwas toleranter gestimmt? Die Familie Scheuermann ist gekommen die Restschuld abzulösen. Und natürlich jede Zusammenarbeit mit Ihrem Hause aufzukündigen. Das ist doch das Mindeste, nicht wahr Herr Scheuermann?"

„Ich will nichts mehr mit diesen Leuten zu tun haben. Ich will sie so schnell wie möglich vergessen. Unverschämte Quälgeister. Was die uns, Hedwig und mir, angetan haben, das geht auf keine Kuhhaut. Unsere Gesundheit war denen gleichgültig."

Das war die Ansprache des Herrn Scheuermann. Und damit war auch so ziemlich alles gesagt. Seit wieviel Jahren hatte er sich diese Ansprache gewünscht!?

„Sie kommen reichlich spät, Herr Scheuermann. Wenn Sie wirklich in der Lage sein sollten ihre Restschuld abzulösen, weshalb ist ihnen denn das nicht früher eingefallen? Das wird Sie eine Menge an Gebühren kosten."

„Darüber können wir später reden, wenn meine Zeitung in der morgigen Ausgabe ausführlich berichtet hat", das war Hektor mit seiner kleinen subtilen Erpressung, eigentlich nur ein Wink mit dem Zaunpfahl.

Aber Herr Fahrenbroich hatte verstanden. Er versuchte nach einigen Schrecksekunden so sachlich wie möglich Herrn Pettersen aufzuklären.

„Herr Pettersen, ich kann ja hier nicht als Eigentümer der Bank auftreten, ich muss nur ihre Interessen vertreten. Also kann ich auch keine Regeln aufstellen oder ändern bzw. mich erdreisten sie nicht anzuwenden. Also ..."

„Also machen Sie sich hier in die Hosen und zeigen mit dem Finger auf andere, wenn es anfängt zu stinken. Typisch, immer die anderen. Ja keine Verantwortung auf sich nehmen. Der Familie Scheuermann das Haus wegnehmen ja, aber dann die Folgen einer Fehlentscheidung zu tragen, nein mein Herr, das ist nicht drin." Hektor hatte die letzten Worte betont gedehnt.

„Die Entscheidung das Haus versteigern zu müssen, habe ich nicht zu vertreten, das betrifft eine Beschlussfassung des ..."

„Und sie haben nur die Empfehlung geschrieben. Und wenn Sie diese anders formuliert hätten? Auf andere Wege hingewiesen hätten? Sich wenigstens ein einziges Mal an Ort und Stelle umgesehen hätten. Mit der Familie Scheuermann gesprochen hätten. Aber sicher, der Herr Fahrenbroich hat sich an die Regeln gehalten und erhielt dafür ein Schulterklopfen des Vorstandes. War es nicht so Herr Fahrenbroich?"

„Ich habe mich an die Vorschriften gehalten - zu halten, wie Sie gut wissen sollten. Und wieso reden Sie überhaupt in diesem Ton mit mir?"

„Weil Sie offensichtlich nur auf diesem Wege die aufgelaufenen Probleme verstehen. Und jetzt kommen wir zur Sache", sagte Hektor, ungewöhnlich scharf.

„Zunächst rufen Sie jetzt jemanden von der Kasse, bevor sie vorschriftsmäßig schließt, damit er oder sie von Ihnen die Anweisungen erhält - 1. den Wert eines Schecks, den die Familie Scheuermann jetzt gleich einzahlen wird, auf dem Konto der Familie Scheuermann gutzuschreiben, 2. Sie geben hier unter unseren Augen und Ohren die Anweisungen, dass ab sofort die Altlasten gelöscht werden, aus dem Kontostand das Restdarlehen abgelöst wird, 3. Sie garantieren und - schriftlich natürlich - dass die Zwangsversteigerung des Scheuermannschen Anwesens nicht stattfinden wird, vorher gehen wir nicht aus diesem Haus - und 4. werden Sie veranlassen, dass das Konto der Familie Scheuermann sofort aufgelöst wird, der Restbetrag von schlappen ca. 200 000 Euro in Form eines Bankschecks ausgezahlt wird." - in diesem Moment verengten sich die Augen des Herrn Fahrenbroich - „und 5. wagen Sie nicht großzügige Gebühren und Bearbeitungsgelder oder wie immer Sie dies zu benennen belieben, zu berechnen. Ich werde, wenn es sein muss alle Details faksimiliert veröffentlichen, das dürfen Sie mir glauben, Herr Fahrenbroich. So und jetzt ran, etwas zügig, wenn ich bitten darf."

Herr Fahrenbroich war natürlich nicht amüsiert. Doch er versuchte die Haltung zu bewahren. Was er hier die letzten Minuten erlebt hatte, glich einem etwas verquer organisierten Bankraub.

„Herr Pettersen," das Sprechen ging Herrn Fahrenbroich nicht mehr so glatt von den Lippen, in seinem Ton lag keinerlei Überheblichkeit mehr, „das braucht etwas Zeit, Sie müssen mir schon ein wenig Zeit geben. Aber zunächst möchte ich einmal das Vertrauen gerechtfertigt sehen, das Sie so großzügig in die Familie Scheuermann setzen."

„Nun, Frau Scheuermann, setzen Sie den Herrn Fahrenbroich mal in Kenntnis der neuesten Entwicklung. Zeigen Sie ihm doch den von unserer Stadtverwaltung beglaubigten Scheck."

Frau Scheuermann reichte das Papier weiter. Herr Fahrenbroich wollte danach greifen, doch Hektor war schneller.

„Ich möchte das Vergnügen haben Sie von dem entscheidenden Beweis der Solvenz der Familie Scheuermann in Kenntnis zu setzen. Werfen sie einen Blick auf ... schauen Sie diese schöne Zahl an. Möge das nur eine Zahl mit mehreren Nullen sein, für die Familie Scheuermann bedeutet sie das Leben. Und sie haben es sich verdient. Durch ihre Ehrlichkeit. Auf diese Ebene zu gelangen, sollten Sie sich anstrengen, wenngleich ich da meine Zweifel äußere, ob Sie das jemals erreichen werden."

Herr Fahrenbroich begann jetzt seinem Ärger Luft zu machen. „Unverschämtheit, was wollen sie mir da unterstellen?"

„Ich unterstelle gar nichts, ich habe nur aus der Lebenserfahrung heraus Zweifel geäußert. Das ist kein Straftatbestand. Ich bin halt ein ehrlicher Mensch und so rede ich auch."

„Das wäre ja mal was Neues, wenn die Presse ehrlich sein würde." Herr Fahrenbroich wagte sich weit aus dem Fenster zu lehnen.

„Sehen sie, Herr Fahrenbroich, das was Sie soeben sagten, das ist ehrenrührig, das geht weit über das hinaus, was der Presserat hinzunehmen bereit wäre. Aber ich sehe darüber hinweg, wenn Sie nun nur mal flink und nicht zuletzt auch in Ihrem eigenen Interesse handeln würden."

Herr Fahrenbroich drückte wieder einen Knopf, gab ein paar

Instruktionen und bald darauf kamen zwei Mitarbeiter, füllten eine Einzahlung aus, unterschrieben, stempelten ab und empfingen, nach einer weiteren Kontrolle Hektors, den Scheck - natürlich nicht ohne eine weitere Bemerkung.

„Ich wollte ja nur mal sicher gehen. Es passieren Dinge heutzutage, nicht wahr Herr Fahrenbroich? Das würden Sie doch genauso sehen?"

Anmerkung über die Zeit dieses Buches hinaus:
Raúl hatte leider nicht das Glück den großartigen Erfolg seiner „*Sozialen Studien*" kennenzulernen.

4. Teil

1
Hochwürdens neue Orgel

Als neuer Anlaufpunkt hatte Raúl nun München ausgewählt. Und verlor prompt an einer Ecke in einem Fußgängerdurchgang nahe dem Sendlinger Torplatz, eine Menge Geld. 220 000 Euro in einer ledernen Brieftasche. Ein mittelgroßes Vermögen.

Hochwürden Xaver Christmann verließ in diesem Moment einen Laden für religiöse Souvenirs. Er sah zwischen den Passanten hindurch, dass da just in diesem Moment ein junger Mann etwas verlor. Es könnte sich um eine kleine Ledertasche drehen. Das war Hochwürdens erster Gedanke. Und er sah auch noch einmal kurz den Verlierer, einen jungen Mann in einem leichten Gabardinemantel.

Doch in diesem Moment verdichtete sich wieder der Personenverkehr vor seinem etwas irritierten Auge. Sollte er rufen, den Verlierer auf den Verlust aufmerksam machen? Doch dann dachte er sich geirrt zu haben. Dass das doch nicht wirklich geschehen sein konnte, der Vorgang sich wohl nur in seiner Einbildung abgespielt hatte. Oder?

Jedenfalls musste er einen günstigeren Moment abwarten. Dann würde er wohl einen Anlauf nehmen müssen, durch Passanten durchschlüpfen. Aber derart, dass er nicht als rücksichtslos abgestempelt werden konnte. Immerhin war er als ein katholischer Priester erkennbar.

Ja, da lag das Päckchen. Rasch hob er es auf, ohne dass der Fußgängerfluss dadurch gestört wurde.

Da sind heuer wieder so viel Touristen unterwegs. Wenn es einer von diesen armen Teufeln gewesen war, der da vielleicht seiner Dokumente verlustig gegangen ist, dann müsste er zu bedauern sein. Das waren so Hochwürdens erste Gedanken. Das war honorig, christlich - bis jetzt.

Nun stand er einen Moment etwas unschlüssig, wie es weitergehen sollte.

Dann hob er das Corpus Delicti in die Höhe und rief mehr etwas kleinlaut: „Hallo, hallo!" Es war eben sehr halbherzig. Daher nicht so recht kräftig, beherzt - also, quasi das Gegenteil von beherzt. Weit entfernt von seiner besten bayrischen Predigerstimme.

Als er seine Hand mit dem Fundstück wieder herunternahm, klappte die Brieftasche für einen kurzen Moment auf. So ganz von selbst, nicht beabsichtigt, wie sich Hochwürden selbst zusicherte. Doch er hatte etwas gesehen, was sich in seinen Kopf bohrte. Er hatte Geld gesehen - dafür reichten ihm die real abgelaufenen Sekunden.

Drei oder vier Passanten in seiner unmittelbaren Nähe hatten auf sein Hallo reagiert. Sie richteten ihre Augenpaare für einen Moment auf den von oben bis unten schwarz gekleideten Mann mit dem komischen Kragen unter dem fetten Doppelkinn. Dann war er schon wieder ein Niemand im gewaltigen Fluss der Touristen, den Schaulustigen, Ein- und Verkäufern, Tagedieben, Verliebten, Kranken und Gesunden, Studierten und Dummköpfen, Hungrigen und Überfressenen, Lahmen und Flinken, Steuerzahlenden und -preller, Sünder und Heiligen. Er selbst rechnete sich, mit einigen wenigen, mehr unbedeutenden Vorbehalten, zu den Letzteren. So hatte es ja auch bereits im Hinblick auf die Priesterschaft Karl der Große vor einer kleinen Ewigkeit dekretiert - Gott hab´ ihn selig.

Es müsste, wie in einem Wunder zugehen, dachte er, wenn ich in diesen Menschenströmen den Verlierer noch erkennen und gar finden würde. Und so recht ehrlich wünschte er es sich auch nicht. Den Zwiespalt in seinen Gedankengängen unterdrückte er gekonnt und wie eingeübt. Der Heilige in ihm wünschte echt den Verlierer zu sehen, um ihm sein Eigentum wieder zurückzugeben. Aber der Andere - zum Teufel mit dem Teufel - pflegte insgeheim den Wunsch, dass er für immer verschwunden bleiben möge. Dann werde man weitersehen.

Doch jetzt glaubte er den Gabardinemantel in einer gewissen Entfernung zu sehen, aber dann war er auch schon wieder verschwunden.

Trotzdem, das sei zu seiner Ehre gesagt, machte er einen Versuch in diese Richtung zu eilen. Dabei rammte er aber mit seinem ansehnlichen Gewicht und zugehörigem Körperumfang einen Studenten. Diesem flog das Bündel Bücher, das er bislang unter seinen rechten Arm geklemmt hatte, regelrecht in die Umgebung und vor allem zwischen die Beine anderer Menschen. Die Bücher waren letztendlich auf einigen Quadratmetern Fußgängerweg der Stadt München verteilt. Und das ausgerechnet an einer neuralgischen Stelle, an der sich fast den ganzen lieben Tag lang Fußgänger drängten.

Sofort gab es einen Stau, vergleichbar in seiner Entstehungsgeschichte nach dem gleichen Muster, wie es mit Fahrzeugen auf Deutschlands Fernstraßen gang und gäbe war.

Das gab ein Donnerwetter seitens des Geschädigten. Xaver konnte nur sehr erschrocken zuhören und seine Entschuldigung wusste sich erst gar nicht zu artikulieren.

„Verdammte Scheiße. Kann der hochverehrte schwarze Fettsack nicht ein wenig besser aufpassen, wohin er seine Schritte lenkt? Aber nein, der muss mitten durch die Leute, wenn es seinen Interessen dient. Im Laufschritt Seelen vor dem Teufel retten"

Unterdessen begann der Student seine Schrifttümer wieder einzusammeln. Es gelang gottlob, ohne dass eines davon zertrampelt wurde. Die allgemeinen Schäden hielten sich in Grenzen. Das war ein Glück. Der sogenannte *Fettsack* würde es eher als ein *Wunder* bezeichnen.

„Und von wegen einer Entschuldigung. Stecken sie sich diese gefälligst in den fetten Pfaffenarsch. Klappen sie die Futterluke wieder zu, sonst gibt´s Durchzug."

Der weltläufigen Ausdrucksweise und dem Sprachduktus nach,

war der junge Mann ganz bestimmt kein Bayer, nicht hiesig. Zugroast also.

Damit war eigentlich das Schlimmste ausgestanden. Und Xaver brachte tatsächlich keine Entschuldigung heraus. Er erwartete beinahe dieselbe vom Geschädigten. So stand er da, machte ein dümmliches Gesicht und hielt die prall mit 220 000 Euro gefüllte Brieftasche über seinen fülligen Bauch.

Als er sich wieder an den jungen Mann erinnerte, der seinen Verlust sicher noch nicht bemerkt hatte, war dieser auch schon über *alle Berge*. Müsste es eigentlich sein. In Wirklichkeit hielt er sich kaum gut fünf Schritte von ihm entfernt auf. Mit einem Gabardinemantel auf seinem Arm und einer Baskenmütze, frech über das rechte Ohr heruntergezogen.

Amüsiert hatte er den Vorfall beobachtet. Der Finder ein Hochwürden. Na denn. Das versprach unterhaltsam zu werden. Wenn der nicht doch noch unerwartet auf die glorreiche Idee kam und den Fund auf einem Fundbüro ablieferte.

Xaver Christmann entschloss sich weiterzugehen. Er schlug eine Laufrichtung ein, von der er glaubte, dass sich der Verlierer - *dieser arme „Teufel"* - fortbewegt hatte. Sehen konnte er den Gabardineträger nicht. Er wolle sich beeilen, nahm er sich vor. Aber diese Menschen, die Menge Fußgänger, die ihm entgegenkam, behinderten ihn doch arg in seinem Bemühen. *Ehrlichen Bemühen*, versicherte er sich selbst. Das ist ja wirklich unmöglich, tröstete er sich und sein Gewissen.

Na, dann! *Erst mal verschnaufen*, dachte er und drückte sich an eine Schaufensterfront. Hier war der Menschenstrom nicht so intensiv. Er hatte Muße, über seine nächsten Schritte nachzudenken.

Jetzt war er kaum noch drei Schritte von dem Verlierer entfernt. Der selbst würde jetzt fast ungeniert von seinem Logenplatz aus mitverfolgen können, wie Hochwürden zunächst mit seinem Fund umzugehen gedachte.

Und Hochwürden? Der schloss messerscharf, dass es eigentlich sinnlos sei dem Opfer nachzulaufen.

Sein Besuch heute in München war seelsorgerischer Natur, so wie er solche regelmäßigen Reisen bezeichnete. Damit gab es niemals Hinterfragungen.

Sein geliebter Pfarrsprengel lag unweit von München im Voralpenland.

Unschlüssig betrachtete er die Brieftasche in seiner linken Hand. Wie könnte er das Eigentum dieses ... stopp, befahl er sich. Vielleicht stand die Adresse dieses Armen in der Brieftasche? Vielleicht eine Visitenkarte oder irgendein anderer Hinweis auf die Identität. Er gestand es sich nur ungern ein, aber er befürchtete mehr, als dass er es erhoffte, nämlich die Adresse tatsächlich zu finden. Das würde er beichten müssen - Habgier, aber das war das kleinere Übel. Er beichtete ja bei einem Kollegen.

Vorsichtig, beinahe andächtig öffnete er das gute Stück. Es war ein Bewegungsablauf, wie er ihn sonst mit seinem Gebetbuch pflegte. Wenn er es aufschlug, um das Brevier zu lesen.

Dann schloss er *es* schnell wieder. Xaver richtete jetzt rasch seine Augen gen Himmel und murmelte etwas, das seinen Schrecken vielleicht ausdrücken sollte. Er fühlte sich ehrlich verwirrt und so spielte ihm seine Zunge - war es nur die Zunge? - wieder einen altbekannten Streich. Es klang wie: <*und suche mich nicht in der Unterführung*>. Ganz schnell schickte er eine Entschuldigung hinterher, „verzeih mir Herr, ich will natürlich sagen - <*und führe mich nicht in Versuchung*>." Schon wieder hatte er sich also verplappert, müssen wohl die Nerven sein. Dabei hatte er sich in letzter Zeit doch so zusammengenommen und es war ihm auch nicht wieder passiert. Dieses sündhafte Benehmen. Eine Phrase die Gott gewidmet ist so zu verdrehen!

Allzuoft hatten sie im Priesterseminar ihre Späße gemacht und auch darüber gesprochen, dass diese freche Floskel auch einmal tatsächlich im unpassenden Moment von den Lippen rutschen könnte. Jetzt war es bei ihm wieder passiert. Er schämte sich. Ein bisschen. Und ein bisschen schmunzelte er. Und schaute sich dabei um, ob es auch niemand gehört hatte, diesen unerhörten Frevel.

Ein Pärchen, leicht bekleidet und untergehakt stand vor ihm und fragte besorgt: „Ist ihnen nicht gut, Hochwürden? Können wir etwas für sie tun?"

„Äh ... nein danke, es geht schon wieder."

Das Pärchen entfernte sich, nicht ohne noch *alles Gute* und *Grüß Gott* zu sagen. Wie es sich in Bayern gehört.

Xaver antwortete mechanisch: „*Vergelt's Gott.*"

Jetzt konnte er sich wieder der Brieftasche zuwenden. Er fand aber keinen Hinweis auf den Besitzer. Keine Karte, keine Adresse. Nur ein nicht verschlossener Briefumschlag und jede Menge Geld. Nicht nur ein paar Scheinchen, wie beobachtet. Das musste sehr viel Geld sein. *Nun, was nun?* Das fragte er sich mit geübter Einstellung zu seinem Beruf.

Sein nächster Gedanke war, dass dies Sache eines Fundbüros sein musste - sollte. Aber oh weh. In einer knappen halben Stunde ging sein Zug zurück zu seinen Pfarrkindern. Und er hatte um halb sieben eine Andacht angesetzt. So konnte er seine Schäflein nicht verlassen. Und wenn er diesen Zug in einer knappen halben Stunde nicht erreichen würde, gab es keine andere Möglichkeit, noch rechtzeitig zum Beginn der Abendandacht zurück zu sein. Und, dass die Sache auf einem Fundbüro nicht so sang- und klanglos ablaufen würde, das war ihm klar.

Und überhaupt, wo war dieses Fundbüro? Wo könnte es sein? *Schnell, schnell denken*, spornte er sich zu Eile an.

Gut, so fasste er dann den Entschluss, *viel Zeit um Alternativen auszukundschaften habe ich nicht.*

Ich werde später in aller Ruhe darüber nachdenken. Wahrscheinlich sind sie jetzt gar nicht mehr auf dem Amt. Und letztendlich kann ich das alles noch zu Hause, er meinte in seinem Sprengel, bei der Polizei abgeben. <Gefunden>. Aber, so fand er jetzt plötzlich, dass er sich beeilen musste, wenn er noch rechtzeitig seinen Zug erreichen wollte.

Rasch steckte er die Brieftasche in seine altertümliche, schlap-

pe und abgewetzte Ledertasche, die ihn schon seit seiner Studien-
zeit begleitete.

Der junge Mann vom Sendlinger Torplatz, mit dem Trenchcoat
auf dem Arm und der Baskenmütze keck auf seinem Kopf, saß
dann unerkannt im gleichen Abteil. Als definitiv feststand, dass der
Pfarrer das Fundbüro nicht aufsuchen würde, hatte er mehrmals
so vor sich hingemurmelt. „Sieh an, sieh an, Hochwürden!"

Im Zug holte jener sein Brevier. So hatte er es schon immer
praktiziert, um die Zeit nützlich zu verbringen und der täglichen
Pflicht nachzukommen.

Xaver hatte sich nach München begeben, um bei einem Kollegen zu beichten. Danach hatte er sich noch die Auslagen in dem
bekannten Souvenirladen am Sendlinger Torplatz angesehen.

Xaver Christmann sah sich als den geborenen Priester. Sein
Nachname allein war schon Programm. Vor einiger Zeit war seine
ledige und sehr fromme Mutter verstorben. Sie wurde unter großer Anteilnahme der Pfarrkinder zu Grabe getragen worden - wie
er sich rührend gern erinnerte. Seither kümmerte sich eine Haushälterin um die weitläufige Pfarr-Wohnung.

Sie hatte es auch schon vorher getan, als seine Mutter noch lebte. Aber jetzt war sie ganz für ihn da. Er schmunzelte, wenn er
daran dachte. *Ganz für ihn da.* Das durfte man wörtlich nehmen.
Heirat kam ja nicht in Frage. Aber seine Religion verbot ihm nicht
eine Freundin zu haben. Nur sollte es nicht öffentlich werden. Es
stand ja nirgends, dass dies verboten sei. Also ging er stets weit
nach München, um zu beichten. Er dachte, dass es so recht anonym
sei. Besser so. Keine schlafenden Hunde wecken.

Sein geheimes Leben tat er im Beichtstuhl mit den allgemein ge-
haltenen Floskeln ab: „Ich habe Unkeusches getan, in Gedanken
und Werken."

Wenn dann der Beichtvater nachfragte, „wie oft", dann sagte er
eben, „sehr oft", dann war er meistens von den lästigen Nachfragen
befreit.

Antworten kamen dann auch hie und da, wie z.B.: „Hand an sich legen ist ein Frevel, den Gott nicht dulden kann. Bereuen sie und versuchen sie es nicht wieder zu tun." Xaver bereute pflichtgemäß und wusste, dass es wieder passieren würde. Sowohl die Hand anlegen als auch das unkeusche Tun mit... Dann würde er wieder beichten. Seine Laxheit in dieser Frage war dem diametral entgegengesetzt, was er von seinen Schäfchen erwartete, ja verlangte. Eben typisch Christmann.

Einmal war er auf eine Frage nicht vorbereitet: „Wenn sich die Sünde auf das Zusammensein mit ihrer Frau bezieht, so ist es keine Sünde, sofern es in der heiligen Absicht besteht Kinder zu bekommen. Wenn sie allerdings mit einer Frau zusammen sind, die nicht ihre Ehefrau ist, dann ist dieser Vorgang auch eine Todsünde. Sind sie mit der eigenen Frau oder mit einer anderen zusammen gewesen?"

Xaver brachte es damals für einen Moment aus der Fassung. Was sollte er sagen? Auf alle möglichen Fragen hatte er sich eingestellt, eine Ausrede parat - nein, keine Lüge. Eine Ausrede! Aber man konnte ja auch etwas ausdrücken, ohne zu lügen und wenn es trotzdem nicht wahr war. Sie war keine „andere Frau" und die seine war es auch nicht. Trotzdem war es eine Frau, also war er fremd gegangen. Was aber auch nicht stimmen konnte, denn eine eigene Frau hatte er ja nicht, weil er keine haben durfte. Ergo konnte er auch nicht fremd gehen.

Und eine Freundin war auch keine Fremde. Und, siehe vorher, eine Freundin zu haben war nicht explizit verboten. Nur sollte nicht Hintz und Kuntz davon wissen und eventuell noch darüber reden.

Sie lebten, Käte und Xaver, wie Mann und Frau zusammen und es war trotzdem ihr großes Geheimnis.

Allerdings irrte Xaver darin gewaltig - oder er wollte sich gerne irren. So auch Käte. Von wegen Geheimnis. Alle wussten es. Alle seine, zumindest mündigen und erwachsenen Pfarrkinder wussten es.

Die Männer, wie konnte es auch anders sein, rissen ihre Witze darüber. Die Frauen tuschelten, gönnten aber ihrem Pfarrer diesen Anteil am Leben. Andere waren schon <a bisserl neidisch oder eifersüchtig auf Käte, die dieses kräftige Urmannsbild besitzen durfte>.

Käthe war immer, soweit sich die ortsansässigen Frauen erinnern konnten, tonangebend, wenn es um Sauberkeit und die Ausschmückung der Kirche ging. Aber in den letzten Jahren hatte sie sich zu einer veritablen Chefin gemausert. Der nächste logische Schritt konnte eigentlich nur noch sein, dass *sie* sich, statt Pfarrer Christmann, in den Beichtstuhl setzte. Auf diese Weise würde sie über den gesamten Tratsch in der Gemeinde erfahren und Bescheid wissen. Es wäre eine ideale Abhörstation gewesen.

Doch sie brauchte den Beichtstuhl nicht wirklich. Alles, was irgendwie von Belang war, wurde ihr sowieso regelmäßig zugetragen. Darüber hinaus wurde ihr auch jeder kleinkarierte unbedeutende Scheiß zugeflüstert, wie sie es insgeheim vulgär abfällig zu bezeichnen pflegte. Meist blieb sie jedoch nicht unbedingt offiziell bei dieser Tonlage: „Wusstest du schon ...?"

Käthe hatte das Talent oder mittlerweile viel Erfahrung richtige Nachrichten von wertlosem Tratsch zu filtern. Zuhören und ausfragen, nachhaken, wenn mehr Details zur Abrundung des Gesamtbildes erwünscht oder erforderlich waren. Sie bereitete sozusagen aus dem Informationsbrei, aus dem Rohmaterial der Geschehnisse in der Pfarrgemeinde, die Informationen auf. An den Abenden kondensierte und übersetzte sie es ihrem Pfarrermännel.

Wenigstens die weiblichen Pfarrkinder wussten also Bescheid und hatten nichts gegen die Liaison einzuwenden. Nein, sie profitierten ja von dem Geschachere, denn sie mischten systematisch mit. Somit hatten sie es in der Hand auf ihre Weise gestaltend auch auf Hochwürden einzuwirken. Der Kreis schloss sich auf diese Weise.

Was dann noch eventuell an Insiderwissen fehlte, verschaffte sich Xavier im Beichtstuhl. Nein, dieses Wissen teilte er nicht mit Käthe.

Wiewohl, es konnte ihm schon das eine oder andere Wort oder eine Andeutung entschlüpfen, das in irgendeinem familiären Informationspuzzel bei Käthe noch fehlte. Sie aber war dann viel zu schlau, um es den Bettgenossen wissen oder anmerken zu lassen.

So teilten sie sich die Arbeit in der Pfarrei. Und merkwürdigerweise konnte das die Frauenschaft, die folgsame Frauenschaft der Kirchengemeinde, nicht nachteilig beeindrucken. Diese Clique wusste um ihre Macht und wusste diese auch sehr geschickt bei einer sich gebenden Gelegenheit in ihre Absichten einfließen zu lassen. Vielleicht auch auf die unerhörte Dringlichkeit im persönlichen oder allgemeinen Interessenküngel hinzuweisen, oft auch hinzuwirken.

Käthe als Transmissionsriemen bei der Umsetzung von Interessen im Pfarrsprengelgefüge.

Intrigen spinnen, das war eine wirklich unterhaltsame und oft auch ergötzende Betätigung. Manche konnten sich dazu den ganzen lieben langen Tag Zeit nehmen. Die Rente kam und der Mann ging, zumeist ins Wirtshaus, dort, wo auf die männliche Tour der Saft der Mauschelei weiter eingedickt wurde. Die Mauschelei, eine süße, verführerische und geheimnisvolle Frucht. In manchen Kreisen unbekannt und in vielen, vielen Pfarrgemeinden auf die unterschiedlichste Weise aufbereitet.

Der Herr Pfarrer Xaver Christmann hatte noch zwei weitere kleinere Pfarreien mitzubetreuen. Neuerdings wurde er, mangels eigenem Führerschein, von seiner Käthe chauffiert. Seine eigene Pfarrkirche lag ihm verständlicherweise aber am meisten am Herzen. Und dort herrschte Not - so wie er es sah.

Die Orgel versagte nämlich hin und wieder den Dienst. Sicher, eine Reparatur oder evtl. auch eine Überholung hätte das Ärgernis beseitigt, das Problem gelöst. Doch Pfarrer Xaver Christmann arbeitete auf die komplette Erneuerung der Orgel hin. Eine neue sollte es sein. So war er bereits seit zwei Jahren damit beschäftigt den Kirchengemeinderat zu bearbeiten, ihm eine Zustimmung abzuringen.

Der bestand aber darauf, dass es die alte noch ganz gut könne. Sie gaben dem Organisten die Schuld, er wäre derjenige, der nicht mehr so recht beisammen sei. Dem helfe aber leider auch keine Generalüberholung mehr.

Das Thema hatte die Harmonie im leitenden pfarreieigenen Gremium doch mehr und mehr beschädigt. Es bildeten sich zwei Parteien, wobei die Befürworter einer Neuanschaffung in der Minderheit waren. Bis jetzt auch blieben, obschon der Pfarrer beharrlich und immer wieder das Thema ansprach und auf die Tagesordnung setzen ließ. Wie man sich leicht denken kann, arbeitete Käthe auf der Seite der Partei für die Neuanschaffung. Käme sie zustande, dann könnte man mal wieder so richtig die wärmende Sonne der Obrigkeit spüren. Der Herr Bischof käme zur Einweihung, es käme zu einem Dorffest und ihr Xaver würde dann der Mittelpunkt sein.

Und sie würde für den Herrn Bischof, samt seinem Gefolge kochen dürfen. Sein Lob und seinen Segen bekommen.

Bei der Neuanschaffung einer geschnitzten und gefassten Mutter Gottes mit Kind war man schon weiter.

Man hatte sich, nach schwierigen Diskussionen darauf geeinigt, dass sie 120 cm groß sein sollte. Natürlich gefasst mit echter Blattgoldauflage. Ein schöner, mit vielen Schnörkeln versehener Sockel gehörte ebenfalls dazu. Ihren Platz sollte sie, auch das hatte zu langwierigen Diskussionen geführt, schräg gegenüber der Predigerkanzel erhalten.

120 cm Größe war in den Augen der einen viel zu mickrig. An der Größe der Kirche gemessen, käme sie nicht richtig zum Ausdruck. Die andere Gruppe fand, dass dies schon der Ausbund an Größenwahn sei. Etwas Bescheideneres wäre den heutigen Zeiten besser angemessen.

Um solche Diskussionen nicht ins Uferlose ausarten zu lassen, setzte Xaver die Pfarrgemeinderatsitzungen stets eine halbe Stunde vor Beginn eines Gottesdienstes oder zumindest einer Andacht an. So schlug er zwei Fliegen mit einer Klappe. Er musste sich nicht allzu lange mit atemberaubenden Diskussionsbeiträgen langweilen. Andererseits würden alle Teilnehmer gefügig im Gottesdienst oder in der Andacht bleiben.

Anderes hatte er erlebt, als er noch nicht auf diese Strategie gekommen war. Das heißt, er selbst hatte die Idee nicht, es war Käthe. Denn die Mannsbilder, wie Käthe es formulierte, redeten sich in Rage und setzten dann sozusagen lautstark, vor aller Öffentlichkeit, die Sitzung in einem Wirtshaus fort.

Es gab auch zwei im Rat, die strikt gegen eine Anschaffung der Madonna überhaupt waren. Sie wollten den Bedarf nicht zur Kenntnis nehmen.

Die ganzen Diskussionen, der Streit, erübrigten sich allerdings, nachdem man aus Oberammergau das erste Angebot erhalten hatte. Zur Erleichterung der einen und dem Entsetzen der anderen, war man z. Zt. nicht in der Lage einen Beschluss zur Anschaffung zu fassen. Insgesamt 22 000 Euro, ein sündhaft teurer Entschluss wäre es gewesen.

Man bestaunte gebührend den Begleitbrief zum Angebot. Es lag ein Foto in A4 bei. Auf dem war der anbietende Bildhauermeister aus dem passionierten Schnitzerdorf, zusammen mit dem Heiligen Vater zu sehen. Zu sehen war der Meister, der dem Heiligen Vater die Hand, natürlich nicht so sondern umgekehrt, der Heilige Vater reichte dem ehrenwerten Bildhauermeister die Hand. „Gott zum Gruß", stand in verschnörkelten Druckbuchstaben am unteren Bildrand.

Ein nicht ganz waschechter Bayer, ein ausgemergeltes schielendes Kerlchen, der von allen nur *die Krähe* genannt wurde, brachte dazu seine Anmerkung. Dies bedeute, dass dieser Oberammergauer Bildhauermeister aber wirklich ein guter sein müsse, wenn er schon vom Heiligen Vater die Hand gereicht bekäme. Und der dabei auch noch lächele. Für diese Aussage gab es keinen Beifall.

Man beerdigte zunächst *sehr geräuschlos* das Projekt. Vergessen wollte man es aber nicht. Nein, nein! Es könnte sich ja einmal ein potenter Spender finden. Der Schatzmeister konnte für diesmal seine Kasse zusammenhalten.

Den Pfarrer Xaver wurmte aber schon, dass es so weit kommen

musste, dass er sich von gewählten Kirchenvertretern vorschreiben lassen musste, was er zu tun und zu lassen hatte. Das war nicht immer so. Wehmütig erinnerte sich Xaver an die ersten Jahre seines Priestertums in dieser Pfarrei. Da konnte er noch selbst und alleine schalten und walten. Nur unter der Aufsicht des Bischöflichen Ordinariats.

Was jetzt ablief waren schwere Zeiten. Er seufzte. Bei Karl dem Großen war es einfacher.

Auch mit den Zuschüssen seitens der Diözese war es nun mau geworden. Viele Projekte wurden nicht mehr bezuschusst. Andere wurden durch die mangelnde Beteiligung der lokalen Pfarrkinder uninteressant.

Das war der Stand der Dinge, als der Herr Pfarrer Xaver Christmann mit einem Lederpäckchen in seiner abgewetzten Aktentasche von der Beichte aus München in seine Pfarrei zurückkam.

Rückblende zu den Ereignissen:

Raúl sah am Sendlinger Torplatz, wie ein Mann, offensichtlich ein katholischer Pfarrer, *seine* Brieftasche fand. Raúl hatte sich wieder schnell in einen Allerweltsfußgänger verwandelt. Der Verlierer mit dem Gabardinemantel war er ab sofort nicht mehr. Er war nun schlicht und einfach wieder einer der vielen anderen Fußgänger.

Raúl sah, wie der Herr Pfarrer mit einem eiligen Fußgänger aneckte. Was da zunächst zu Boden ging, konnte er nicht sofort erkennen. Allerdings bekam er den Zornesausbruch des Betroffenen ganz gut mit. Auch das mit dem *Fettsack*.

Er sah, dass dieser Pfarrer nicht gerade vor Selbstbewusstsein strotzte. Eher so ein wenig verklemmt. Sich vor den vielen fremden Menschen unsicher fühlte. Er kam bestimmt aus einer Pfarrei vom Dorf. Also eine Persönlichkeit war er gerade nicht, schloss Raúl seine erste Einschätzung.

Ob er jetzt, wie es sich gehörte, schnurgerade das Fundbüro ansteuern würde?

„Mal sehen, was dieser so bezeichnete Fettsack" - nun so fett war er auch wieder nicht - „mit dem Geld machen würde. Katholischer Pfarrer!" Es war eine interessante Frage, die sich Raúl da stellte. Er wollte das unter allen Umständen mitverfolgen, für die nächsten Tage in der Nähe des Pfarrers sein. Der durfte ihm nicht abhandenkommen.

Wenn er aus einer Pfarrei in München war, dann könnte die Beobachtung recht kompliziert werden. Er hatte sich aber bereits festgelegt, der kam „vom Dorf".

Raúl zog eine erste Bilanz. Außerhalb Münchens, das könnte schon ein wenig Schauspieltalent erforderlich machen, um sich bei eingefleischten Spezis einzureihen. Da musste man zuhören, als Fremder Vertrauen aufzubauen. Dann hatte man eine Chance zu erfahren, wie die <Dinge> in der christlichen Gemeinde unter den Christen so lagen. Raúl sah für diesen Fall den einen oder anderen Bierabend auf sich zukommen.

Unvorbereitet bestieg er den Zug, in dem auch der Herr Pfarrer eingestiegen war. Dann stellte er fest, dass es noch gut zehn Minuten Zeit bis zur Abfahrt waren. So ging er nochmals nach draußen und kaufte sich eine Fahrkarte bis zur Endstation - man kann ja nicht wissen.

Unbemerkt von Herrn Pfarrer Christmann stieg auch dieser Fahrgast an der gleichen Haltestelle aus.

Auf dem Weg vom Bahnhof zum Pfarrhaus wurde Pfarrer Xaver Christmann noch aufgehalten. Das heißt, z. T. hielt er sich selbst auf. Er erinnerte sich, dass er eigentlich vorgestern bereits einen Krankenbesuch beim Seidl Jakob machen wollte. Nun beim Vorbeigehen an seinem Haus entschloss er sich für einen Sprung hineinzugehen.

Dem Seidl Jakob ging es gottlob wieder besser. Darauf bestand die gehbehinderte Anneliese, seine Frau, gemeinsam ein Stück Kuchen zu essen. Es wurden zwei Stück, denn auf einem Bein steht man nicht gut, sagte Anneliese. Und dann war es hoch Zeit für die Abendandacht.

Er musste Zeit gewinnen. So legte er die Aktentasche nach seiner Ankunft im Pfarrhaus auf ihren Platz im Regal neben dem Schreibtisch. Er konnte sich noch umziehen und schon musste er sich auf den kurzen Weg zum Gotteshaus machen.

Käthe war schon dort. Es waren ein paar Blumen zu arrangieren. Kerzen mussten angezündet werden. Auch der einen oder anderen *Freundin* flüsterte sie dies und jenes ins Ohr. Argwöhnisch beobachtet von den diesmal weniger Begünstigten. Sie mussten noch ca. 3/4 Stunden warten, bis sie die letzten Tratsch-Neuigkeiten im Anschluss an die Andacht zu hören bekamen. Oder sich auch in der Lage befanden ihren *Senf* dazuzugeben.

Nach der Andacht wurde der Herr Pfarrer von zwei Frauen der Gemeinde aufgehalten. Sie brachten eine langatmige Beschwerde über die respektlose Belegung von Parkplätzen auf dem Kirchengelände vor. Es drehe sich durchweg um Personen, die mit Religion überhaupt nichts am Hut hätten.

Dadurch kam Käthe früher ins Pfarrhaus zurück. Und zu ihren Routineaktivitäten gehörte es auch ein Blick in die Aktentasche Xavers zu werfen. Sie würde aufgefundene Schriftstücke nach eingehender Lektüre, wie üblich, in die richtigen Aktenordner einordnen. Xaver war darin eine absolute Niete. Andererseits? Man weiß nie? Man kann nie wissen. Oder? Auch bei Pfarrersleuten. Die Frau muss auf der Hut sein.

Sie fand das Päckchen und fiel beinahe in Ohnmacht.

Käthe verhielt sich wie jede eifersüchtige Ehefrau als Xaver von der Andacht zurückkam.

Sie motzte. Sie sprach kein Wort. Sie schaute ihrem Xaver nicht mal in die Augen.

Xaver hatte das zwar schon zuvor erlebt. Aber hier und jetzt war ihm das Verhalten seiner Käthe recht befremdlich. Am besten würde er ihr aus dem Weg gehen. Was immer sie haben musste, es würde sich wieder geben. Er war sich keiner Schuld bewusst. Er würde abwarten müssen, bis sie sich ihm offenbarte. Also zog er sich in das Büro zurück und schloss die Tür. Genau das Verkehrteste, was er machen konnte. Aber auch das war eine Parallele zu einem veritablen Ehemann.

Er wollte gerade einige Papiere durchblättern, die ihm per Post aus dem Diözesanpalast zugestellt worden waren, als sich mit einem Schlag die Tür öffnete. Käthe stand kampfbereit im Rahmen. Mit ein bisschen Fantasie hätte sie Xaver in einer Rüstung und dem Schwert in der Hand sehen können. Sie schaute ihn mit funkelnden Augen an. Xaver war völlig irritiert. Dass das Verhalten mit dem Geld zusammenhing, ging ihm nicht auf. Ja, seit dem Besuch beim Seidl Jakob, hatte er es verdrängt oder gar momentan vergessen. Das sah beim Jakob beinahe aus wie eine Wunderheilung. Und genau das beschäftigte ihn im Augenblick im Unterbewusstsein. Und da stand Käthe jetzt wie ein Racheengel im Türrahmen.

„Hast du mir gar nichts zu erklären?", fauchte sie mit schneidender Stimme. (Wie denn auch sonst?)

„Hallo Liebes ....."

„Du sollst mich nicht *Liebes* nennen, besonders, wenn Du mir was verheimlichst."

„Ich .. ich weiß nicht, was Du damit meinst. Sicher kann ich Dir alles erklären. (Schon wieder ein Fettnäpfchen. Die allerabgefeimteste Ausrede von unredlichen Ehemännern.) Ich war gerade in Gedanken beim Seidl Jakob und mir scheint seine Besserung in seinem Befinden schon recht wunderbar. Meinst Du nicht auch? Du bist doch sicher darüber im Bilde?"

Das hatte gerade noch gefehlt. *Jetzt versucht er auch noch vom Thema abzulenken, typisch Mann.* Wenn Männer was zu verbergen haben, kommen sie scheinheilig daher. Verkaufen uns Frauen für dumm.

Käthe *spielte* nicht nur die Beleidigte. Sie *war* es auch. Jetzt redete er auch noch wirres Zeug, anstatt zur Sache zu kommen. Hatte er wirklich etwas vor ihr zu verbergen?

„Ich fragte Dich nicht nach dem Seidl Jakob."

„Ich habe zwei Stück Kuchen bei Anneliese gegessen. Sie hatte darauf bestanden. Wie hätte ich es ihr abschlagen können?"

Jetzt wollte Käthe platzen. Das wuchs sich zu einem handfesten Ehekrach aus. Gottlob war das Büro in einer Ecke, wo man auch mal laut werden konnte - könnte - ohne dass es gleich die ganze Pfarrei mitbekommen musste.

„Darf ich Dich daran erinnern, dass Du in München warst? Du warst beichten und hast Deine Tasche dabeigehabt."

Schlagartig fiel bei Xaver der Groschen.

„Ohhhh", stöhnte er langgezogen. „Mir ist da was Sonderbares zugestoßen. Du wirst es mir nicht glauben ..."

„Verschwende keine Zeit, ich werde mir Mühe geben. Ich bin ja nicht auf den Kopf gefallen."

„Jetzt beruhige Dich erst einmal, Käthe mir ..."

„Ich war jetzt lang genug beruhigt, ich will wissen, was in München gelaufen ist. Mit Deinem Verhalten weckst Du nur noch mehr Misstrauen."

„Aber Liebes, jetzt hör mir mal zuerst zu."

Seine Stimme war jetzt so wie in der Religionsstunde. Mehr autoritär.

„Ich bin ganz Ohr."

„Ich war also in dem Laden am Sendlinger Torplatz, dort wo wir schon gemeinsam die schönen geschliffenen Gläser bewundert haben ..."

„Xaver, komm zur Sache", unterbrach ihn Käthe.

„Du machst mich nur noch verwirrter. Lass mich mal ausreden. Ich kam gerade aus dem Geschäft, da sah ich einen jungen Mann, wie er ein Bündel oder einen Packen verlor. Ich wollte den Mann darauf aufmerksam machen, aber es waren zu viele Fußgänger dazwischen. Als ich das Päckchen aufhob, nun, ich wusste nicht gleich was drin war."

„Xaver, wenn du so weiter machst, kannst du gleich wieder nach München zurückfahren und deine Geschichten beichten."

„Hab Geduld, ich bin noch nicht fertig."

„Käthe stemmte jetzt mit noch mehr Kampfeslust demonstrativ ihre beiden Fäuste in die abgerundeten Hüften. Sie glich jetzt einer

Kampfmaschine, bei der nur noch der Startknopf gedrückt werden musste, um sie in die Schlacht zu schicken."

„Also ich wollte dem jungen Mann hinterherlaufen. Ihm sein, nun ja, die Brieftasche wieder zurückgeben. Das darfst Du mir glauben. Ich eigne mir doch kein fremdes Eigentum an. Aber er war verschwunden."

„So, so." Die beiden bedeutungsschweren Worte sollten ihre Wirkung nicht verfehlen.

„So - ich dachte das Fundbüro zu suchen. Ich merkte aber, dass mir die Zeit fehlen würde. Ich hatte doch die Andacht angesetzt. Ich hätte den Zug verpasst. Also fuhr ich nach Hause. Ich machte dann im Vorbeigehen beim Seidl Jakob einen Besuch. Den ich eigentlich Vorgestern schon machen wollte. Und darüber habe ich vergessen Dir gleich die Neuigkeit mitzuteilen. So war es. Ach ja, und übrigens, als ich nach Hause kam, warst Du bereits in der Kirche."

„Und diese Geschichte soll ich Dir abnehmen?" Käthe klang aber schon weitaus versöhnlicher. Etwas Schuldgefühl musste schon noch bei ihm haften bleiben und wenn es nur darum ging eine eigene Entschuldigung zu vermeiden. Oder aufzuschieben, wenn es dann gar nicht mehr anders gehen sollte. So sind wir halt, nicht nur wir Frauen.

„Weiter haben wir die Tatsache, dass in der Brieftasche ein Haufen Geld ist. Und ich verspreche Dir, dass ich alles morgen früh gleich bei der Polizei abliefern werde. Ich habe nicht einen einzigen Moment daran gedacht, das Geld oder überhaupt die Brieftasche für mich zu behalten. Oder hast Du das etwa geglaubt?" (Kätes Liebhaber wurde nicht einmal rot) Der letzte Satz war wieder von Misstrauen durchsetzt. Lauernd. Es lag auch eine gewisse Provokation in der Art der Fragestellung. Der Ton macht ja bekanntlich die Musik.

„Zudem, ich weiß nicht mal wieviel Geld in der Brieftasche ist. Ich habe nicht gezählt."

Statt nun weiter mit Vorwürfen aufzufahren, fragte Käthe - ganz Pragmatikerin: „Wieviel?"

„Ich sagte doch, ich habe keine Ahnung. Ich habe es nicht gezählt."

„Dann wird es aber Zeit, denn wenn es sich um eine Fundsache handelt, dann wird ein Finderlohn entsprechend der gefundenen Summe gezahlt. Wo hast du das Päckchen?" (Als wüsste sie nicht genau wo es sich befand.)

Xaver angelte es aus der Tasche. Machte die Brieftasche auf.

„Da ist ja ein Brief dabei, ein offener Brief." Käthe bemerkte das beinahe erschrocken. „Da ist vielleicht die Anschrift drin." Schon verspürte sie einen leichten Anflug von - war es Bedauern?

Dem war vorsätzlich nicht so. Sie hätte bei allen Heiligen geschworen.

„Lasst uns zuerst lesen was drinsteht." Das passte haargenau zu Käthes *Wissensdurst*. Wenn sie *das* weitererzählen konnte? Aber so weit war es ja noch nicht.

Xaver wollte einwenden, dass er doch lieber das Briefgeheimnis wahren möchte. Doch seine Käthe ließ ihm keine Chance. Sie wischte vor Xaver, mit ausgestrecktem Arm und flacher Hand durch die Luft, was so viel bedeutete wie: *„ Nix da, mir schaun!"*

So konnte sie doch wieder etwas Neues erfahren. Nachrichtenbeschaffung, ihr Spezialgebiet. Jeder weitere Einwand Xavers wäre zwecklos gewesen. Und das wusste der Quasigemahl.

„Schöne Handschrift hat der Herr." Das, vorgebracht von Xaver Christmann, dem Pfarrer, war aber auch wirklich der letzte, wenn auch nur ganz schwach angedeutete Widerspruch.

Dann las Käthe einen Brief, den ein Lothar Hinnrichs an seine Tante Ulricke in Denver Colorado, USA, geschrieben hatte. Mit dem schockierenden Inhalt, den wir ja bereits von anderen ähnlichen Vorfällen kennen.

Nachdem Käthe zunächst einmal das Geschriebene überflogen hatte, begann sie erneut mit dem Lesen, mit dem Vorlesen. Jetzt langsamer. Xaver hörte gespannt zu, murmelte aber nach dem dritten Satz: „Gott sei seiner armen Seele gnädig."

Käthe sah das anders: „Ein Selbstmörder! Pfui!"

„Er war aber auch ein Kind Gottes." Xaver sprach bereits in der Vergangenheit.

„Und dann, Lothar Hinnrichs ist ja nun bei weitem kein Bayrischer Name." Was immer das bedeuten mochte. Aber abgewertet war damit auf jeden Fall dieser - dieser Lothar. Und somit hatte er sich gewissermaßen disqualifiziert, ja schuldig gemacht. Und damit war auch die Tür für weitere Spekulationen geöffnet.

So war es denn auch Käthe, die den Zusammenhang am schnellsten durchschaute. Das Gelesene bedeutete: Keine Zeugen, keine Verwandten, niemand, der das Geld beanspruchen würde.

Käthe schaute ihren Xaver lange durchdringend an.

Dieser fragte (vielleicht auch nur scheinbar) irritiert: „Was ist? Iss was Käthe? Wir sollten trauern, um den Verlust eines Menschenlebens. Ich werde ihn in meine Gebete und Fürbitten einschließen. Und morgen früh bringe ich das Geld zur Polizei, damit es dann so schnell wie möglich an die Bedürftigen verteilt wird." Es stand zunächst ungeklärt im Raum, ob diese Erkenntnisse und Absichten Xavers ernstgemeint waren. Oder doch bereits ein Vorspiel auf die möglicherweise (bzw. sicher) erwarteten Einwendungen seiner Käthe waren. Schließlich kannte er sie ja am besten.

„Xaver, Xaver", sprach Käthe in tadelndem Tonfall. Und fuhr dann fort.

„Denk doch mal!" Es trat dann eine Pause ein. Xaver kannte auch diese Verhaltensweise Käthes. Sie hatte ihn diesmal nicht das erste Mal zum Denken aufgefordert. Es musste nicht immer etwas Negatives sein. Dann:

„Auch wenn wir den Brief an die Tante Ulrike abschicken und sie ihn auch erhält. Allerdings wird sie sich hüten nach ihrem Neffen forschen zu lassen, geschweige denn nach seinem Geld. Das wäre auch gemäß der Briefauskunft bereits verteilt. Anonym verteilt. Sie wird der Bitte ihres Neffen, nämlich zu schweigen, nachkommen. Und dann? Angenommen wir geben das Geld zur Polizei. Wie ist der weitere Weg des Geldes von Polizeistation zu

Polizeistation? Dann behält letztendlich, nach langem Hin und Her und vielleicht auch Überlegen, der Staat das Geld. Das weißt du so gut wie ich. "

Käthe machte eine taktische Pause. Xaver wusste, dass sie die wahre Grundlage ihrer Ausschweifungen erst jetzt offenlegen würde. Da er irgendwie ahnte auf was sie hinauswollte, und die Idee ihn zumindest faszinierte, schwieg er zunächst. Und Käthe fuhr fort.

„Du wirst doch nicht so naiv sein anzunehmen, dass sich ein Beamter in die Bahnhofsunterführung am Hauptbahnhof in München stellen wird und an die Penner das Geld verteilen würde? So nach dem Motto - *kommt her ihr Bedürftigen, jeder bekommt jetzt 1000 Euro, damit ihr armen Schweine den nächsten Schuss problemlos kaufen könnt.* Lieber Xaver, hier, Du und ich, werden die Sachlage ausführlich besprechen. Und dann entscheiden."

Käthe machte dadurch klar, dass sie bereits entschieden hatte. Ihr Xaver würde nur noch so lange zu bearbeiten sein, bis er offiziell auf ihre Linie einschwenkte. An ihrem Erfolg zweifelte sie in keinem Augenblick. Sie war sehr selbstsicher und kannte ihren lieben Xaver.

Und Xaver? Er würde jetzt, sogar aus innerer Überzeugung, so tun, als wehre er sich gegen das, was seine Käthe beinahe zweifelsfrei vorhatte. Allerdings eine Überzeugung, die er aus professionellen Gründen vorerst nicht zeigen durfte. Ein bereits altbekanntes Ritual lief hier und jetzt wieder einmal ab.

Für Käthe war es eine Situation, wie in einem alten Western: *„Du bekommst einen fairen Prozess, dann wirst du gehängt!"* Und Xaver kannte diesen Spruch auch und begann sich bildlich, ohne weiteren Widerspruch, die Schlinge selbst um den Hals zu legen. Käthe würde nur noch den Stuhl, auf dem er stand, anzutippen brauchen und er würde in der Schlinge zappeln. Es war aber in diesem Fall nicht eine der schrecklichsten Vorstellungen.

Xaver hatte gut zugehört und rutschte nun unruhig auf seinem Chefsessel, einem Weihnachtsgeschenk Käthes, hin und her. Es sah danach aus, als fühlte er sich ungemütlich. Sah er Unangenehmes auf sich zukommen? Unerfreuliche Entscheidungen würden zu treffen sein. War er bereits bereit sich selbst Absolution zu erteilen? Soweit kannte er Käthe, dass er zumindest ahnen konnte, dass sie selbstverständlich ein Konzept haben würde. Das sich auf keinen Fall, so versprach er es sich im Innern, mit seinem decken würde. Also: *Ego te absolvo*, Xaver.

„Also lieber Xaver, da gibt es, meinetwegen auch unerfreulicherweise, niemanden der plötzlich vor der Tür stehen und das Geld zurückverlangen würde. Auch kein Bettler, der dann sagen würde - *hört mal Leute, das ist mein Geld, wenigstens teilweise.*" Käthe hatte die Stimme verändert, sie äffte einen dieser imaginären armen Gestrandeten nach.

Noch einmal rumorte es im Gewissen oder in der Seele Xavers. Ein wenig. Sein Verteidigungspanzer, der sowieso nur aus einer dünnen Wachsschicht bestand, war bereits weitgehend abgeschmolzen.

Was Käthe jetzt noch erleben würde, war nur noch ein Scheingefecht bei vollem Rückzug. Xaver würde es führen, um sich selbst weiterhin als der offizielle Hüter der Moral ansehen zu können. Sie kannte das. Dafür trug er schließlich die Soutane. Er durfte sich nicht als den sehen, wie er alle anderen Sünder sah. Nämlich raffgierig, unehrlich, diebisch, kurz gesagt sündig wie der gemeine Beichtende.

„Käthe, Du versündigst Dich. Komm wieder zu dir."

„Gut, das mit dem Bettler nehme ich zurück. Aber ich bleibe dabei, niemand wird sich um das Geld kümmern. Und das Allerschönste, niemand vermisst es. Niemand erleidet einen Verlust, oder einen Schaden, aber *wir* können daraus etwas machen", Käthe betonte übermäßig das Wörtchen <*wir*> - „etwas, das einer großen gläubigen Gemeinde zugutekommt. Oder hast du geglaubt, *ich* wollte mir den Zaster unter den Nagel reißen? Xaver, ich habe doch dich.

Was will ich denn noch mehr?"

Ahh, diese Aussage kam überraschend, das tat Xaver gut. Das wärmte ihm das Herz. Vorbehalte waren zwar nicht verschwunden, aber unter dieser ausgesprochenen Wärme begannen auch sie abzuschmelzen. Käthe dagegen spürte, nein, sie war sich sicher, dass sie auf dem richtigen und besonders auf dem erfolgreichen Weg war.

Und Käthe fuhr dann fort noch eins draufzusatteln: „Das sieht mir doch schon bald aus wie ein Fingerzeig Gottes."

„Gehst Du nicht zu weit mit Deinen Vermutungen, liebe Käthe. Wir haben es hier mit einem klaren Fall von einem weltlichen Machtinstrument zu tun. Ich möchte doch bitten unseren Herrn hier herauszuhalten."

In Käthes Oberstübchen rumorte es. Es wäre trotzdem zu schön, wenn auch er in diesem Fund ein Fingerzeig seines Herrn erkennen könnte. Wenigstens ein bisschen, einen kleinen, dachte sie. Aber was nicht war, konnte ja noch kommen.

„Komm", Käthe bemerkte natürlich auch, dass ihre Worte trotzdem <*auf fruchtbaren Boden gefallen waren*> - um im alttestamentarischen Jargon zu bleiben, „komm' wir zählen jetzt erst einmal."

Sie griff nach dem Packen. Sie teilte Xaver einen Teil zu, den anderen wollte sie zählen. „So geht es schneller." Käthe hatte es jetzt eilig. Die Gier schlug sie in ihren Bann.

Zunächst schaute Xavier das Bündel Geld noch an als wäre es vergiftet. Doch dann begann er zögerlich mit dem Zählen.

Beide kamen zusammen auf 220 000 Euro. Alles in Scheinen zu 200 Euro.

„Xaver, das ist viel Geld, mit dem kann man eine Menge Gutes erreichen."

Xaver blickte fast entnervt zur Zimmerdecke, die nächstgelegene Begrenzung seines Himmelsbegriffs. Dann fielen ihm noch einige Einwände ein, gewichtige, wie er fand.

„Liebe Käthe, hast Du Dir noch nicht gedacht, dass wir Falschgeld in den Händen haben könnten? Stell Dir die Konsequenzen vor? Würde es uns ein Richter abnehmen, dass ich das Geld gefunden habe? Nein!"

„Nun, lieber Xaver, es gibt da ein einfaches Mittel herauszubekommen ob es echt ist oder nicht."

„Ohne aufzufallen? Ohne, dass wir sofort unter einem gewissen Verdacht stünden? Weißt Du, was es bedeuten würde, wenn im bischöflichen Palais mein Name auftauchen würde. Dann auch noch ausgerechnet im Zusammenhang mit einem Falschgeldskandal?"

„Xaver, wir sind doch in einer privilegierten Situation. Schau, ich gehe gleich morgen früh auf die Sparkasse ..."

„Halt, das wirst du nicht tun", unterbrach Xaver seine geliebte Käthe. „Du wirfst dich dadurch direkt in den Rachen des Ungeheuers, unserer Obrigkeit. Und wenn Du das auch für mich oder eine gute Sache machen möchtest. Das geht nicht. Deine Opferbereitschaft geht entschieden zu weit."

„Jetzt hör mich doch erst einmal an. Dann kannst Du immer noch Kritik anbringen." Käthe vermied es zu sagen, dass ihr Xaver mitentscheiden oder gar entscheiden könne. Sie wusste, dass sie ihn rumkriegen würde. Dass er gar nicht anders konnte, als zu ihren Plänen endgültig *ja* zu sagen. Und nicht nur das, er würde sie absegnen. Ihretwegen auch ohne das Kreuzeichen in die Luft zu malen und ohne Weihwasser. Und Xaver befürchtete genau dies. Und so ein ganz klein wenig hoffte er es auch. Denn, wenn Käthe sich so verhielt, so selbstsicher war, dann hatte sie bereits ein Konzept zu Ende gedacht.

Dann war da aber auch noch etwas Resignierendes in Herrn Pfarrers Gefühlslage: *Ja, da schau sich einer diese nervenden, verwirrenden Gedankenspiele in den Gehirnwindungen einer Frau an.* Einesteils faszinierend und doch manchmal deprimierend.

„Also, ich bringe den Opferstock zur Sparkasse. Wie üblich, das heißt ein bisschen unüblich, denn sonst mache ich das montags. Aber eine besondere Situation erfordert Umdenken und eine entsprechende Reaktion. Also, wir entnehmen den Opferstöcken die Spenden. Und was sehen wir da? Zwei nigelnagelneue Geldscheine im Wert von insgesamt 400 Euro. Ein außergewöhnlich großzügiger anonymer Spender."

Xaver hob die Hand und wollte offensichtlich etwas einwenden. Käthe kam ihm jedoch zuvor.

„Warte, ich gehe also zur Bank und sage: Wir haben da in einem Opferstock diese beiden Scheine gefunden. Ich kann auch sagen in der Spendenkasse für die neue Orgel. Eine vergleichbare Spende haben wir noch nicht erhalten. Deshalb hat sie das Misstrauen von Hochwürden erregt. Es könnte auch Falschgeld sein. Vielleicht will uns jemand einen üblen Streich spielen. Bevor wir das Geld auf das Konto geben, prüfen sie doch bitte, ob die Scheine echt sind. Was ich doch im Interesse unserer neuen Orgel sehr hoffe. Mein Auftreten ist doch völlig normal, die Sorge eines guten und aufrichtigen Bürgers."

„Aber genau das sind wir in diesem Falle nicht", wandte Xaver ein. Aber längst war er komplett auf der Seite seiner raffinierten Käthe angekommen. Frauen?!

„Und wer, außer Dir und mir, kann das beurteilen? Wenn wir das Geld dann gemeinsam verjubeln würden, z. B. mit sündhaft teuren Reisevergnügen. Nun, obwohl ich dagegen auch nichts einzuwenden hätte. Dann aber müsste sich unser Gewissen, dann würde sich unser Gewissen regen. Das könnte nicht gutgehen, auch wenn ich es auf den ersten Blick ganz schön fände."

„Das käme schon ganz und gar nicht in Frage. Ich meine ... nun ja. Käthe, diesen Gedanken müssen wir verbannen und Du versprichst mir darüber nicht mehr zu reden."

„Ich verspreche es Dir, schon weil ich nicht damit leben könnte. Und ich meinen Wortbruch auch noch beichten müsste." Sie zwinkerte ihm mit einem Auge zu und machte damit bei Xaver wieder Punkte gut. Sie zeigte ihr im Grunde doch aufrichtiges Gewissen. Ihre kindlich reine aber trotzdem ganz und gar ausgewachsene Seele. Sie war nicht schlecht. Die Basis ihres Planes verbreitete sich zusehends.

„Schau, der Kassierer auf der Sparkasse wird die Scheine nehmen und sie auf die Merkmale von echtem Geld überprüfen. Und, angenommen, er findet sie als Falschgeld. Dann haben wir nichts gewonnen und nichts verloren. Wir stehen da als ehrliche Bürger unseres Freistaates. Wir würden noch etwas draufsetzen und solche unehrlichen Spender aufs Schärfste verurteilen. Aber, und jetzt pass auf Xaver: Angenommen das Geld wäre echt, äh, das Geld ist echt, dann hätten beziehungsweise haben wir 400 Euro mehr auf dem Weg zu Deiner neuen Orgel. Und vielleicht noch viel mehr als 400 Euro ...“

Käthe beobachtete gespannt, ob und wie dieser Angelhaken gegebenenfalls wirken würde. Ob ihre Argumente definitiv auf fruchtbaren Boden gefallen waren - um wiederum im Gleichnis des Evangeliums und bei Pfarrers zu Hause zu bleiben.

Es dauerte einige Sekunden, bis Hochwürden dazu etwas zu sagen hatte. Die Saat war aber offenbar, ja ganz sicher auf den besagten fruchtbaren Boden gefallen.

„Ich sehe, du warst mir in Sachen Realismus einen Schritt voraus. Ich erkenne, dass dies ein überzeugender patriotischer Schritt sein kann. Wäre, wollte ich sagen. Denn ich stehe nach wie vor auf dem Standpunkt ... nun ja, ich sage mal, dass ich nach wie vor die Meinung vertrete ... ich meine, das ist immer noch sehr riskant. Denn schau, angenommen es ist Mafiageld. Kannst Du Dir vorstellen, dass die einfach so mal 220 000 Euro vergessen? Käthe die würden uns finden. Und dann käme die absolute Katastrophe. Du kannst Dir in Deinem gutmütigen Charakter (<gutmütig> hatte er gesagt!?) gar nicht ausmalen, was die dann mit uns machen würden.“

„Es kann kein Mafiageld sein, Xaver, überlege doch. Da ist ein Schreiben bei dem Geld, das klar und deutlich für uns wie ein Freibrief wirkt. Die Tante Ulricke wird informiert, dass ihr Neffe und nicht die Mafia aus dem Leben geschieden ist. Dann murmelte Käthe noch, trotzdem gut hörbar, *Gott sei seiner armen Seele gnädig.* Die Tante wird dann noch gebeten oder aufgefordert nichts von dem Inhalt des Briefes an die lieben Verwandten weiterzugeben.

Ha, *die lieben Verwandten*, wenn ich das schon höre! Damit ist der Fall für die Familie abgeschlossen. Das Geheimnis stirbt mit der Tante - Gott sei dereinst auch ihrer armen Seele gnädig. Und, wir kennen die Verwandten nicht und niemand unter der Verwandtschaft kennt uns. Wir wissen nichts voneinander. Das Geld ist sauber und herrenlos. Verstehst du das jetzt, Xaver?"

„Liebe Katharina", Xaver wurde jetzt in einem letzten Versuch seines (schon längst scheinheiligen) Aufbäumens recht offiziell, „ich werde das Gefühl nicht los wir tun etwas Unrechtes. Und Du irrst Dich irgendwo, dann bricht die Welt über uns zusammen. Dann ist es aus mit unserem stillen Glück. Ich habe einfach Angst."

„Auch ich", Katharina war gerührt über das Bekenntnis ihres Xavers, „auch ich möchte unser Glück nicht aufs Spiel setzen. Ich bin glücklich mit Dir und möchte auf keinen Fall mein Leben gegen ein anderes eintauschen. Wir sitzen doch in einem Boot. Aber hier möchte ich das Glück nicht zerstören oder auch nur riskieren. Ich möchte deinen Träumen ein wenig nachhelfen. Deiner Orgel und vielleicht auch noch der Marienstatue. Damit hätte dieses herrenlose Geld eine Menge Gutes getan. Es wäre wie ein Wunder." (Und die Bedürftigen dürfen sich glücklich fühlen etwas für ein Gotteshaus getan zu haben.) Das letzte sagte sie natürlich nicht laut. Blasphemie wäre zu beichten. Diese Blöße wollte sie sich nicht geben.

Aber die Erwähnung eines möglichen Wunders, das saß. Für Wunder hatte Hochwürden immer eine schwache Seite. Und tatsächlich erkannte er jetzt seine Chance. Vor den Kirchengemeinderat treten und sagen: „Hier ist das Geld. Bestellen wir jetzt oder nicht die neue Orgel. Und auch die Madonna?" Wer von den Banausen würde es da noch wagen *nein* zu sagen? Das Geld bekam einen Heiligenschein. Und wenn zur Finanzierung noch etwas fehlen würde, dann würde seine Eminenz Erzbischof Kardinal nicht umhin können einen angemessenen Zuschuss zu gewähren.

„Und wie sollen wir den plötzlichen Reichtum erklären? Dass die bisherigen Spenden Zinsen getragen hätten? Dass wir erfolgreich spekuliert hätten? Das kommt ja nicht in Frage, denn der Kassenwart verfügt ja über das Geld."

Dieser Einwand war so schwach, dass Käthe wusste, dass sie nun definitiv über die indoktrinierten und verinnerlichten Moralvorstellungen ihres Xaver triumphiert hatte.

„Mein lieber Xaver. Du rufst eine Kirchengemeinderatssitzung ein und sagst einfach - lieber Herr, wer ist noch der Kassenwart? Ach so, der Rudolf Mösenbichler. Der ist mir auch so einer - wenn man schon einen solchen Nachnamen hat! Du sagst ihm kurz und bündig mit deiner sonoren Predigerstimme, dass wir eine schöne Spende erhalten haben. Der Spender möchte nicht genannt werden. Die Augen möchte ich sehen, die Augen aller. Und besonders die der Orgelgegner."

Xavers Augen begannen zu glühen. Auf den Scharfsinn Käthes war Verlass. Das könnte so gehen. Das musste so gehen. Das würde so gehen. Noch ein kurzer Blick zur Zimmerdecke. *Der Herr* schien abwesend, hatte er damit stillschweigend sein Einverständnis zu diesem Pakt gegeben?

Sie, Katharina und Xaver, leisteten sich ein opulentes Abendessen. Auch anderthalb Flaschen guten Messweins wurden geleert. Das würde wieder mindestens ein halbes Kilogramm Fett mehr auf den sowieso gut gepolsterten Rippen Xavers bedeuten.

„Du, Käthe", fragte Xaver nach der ersten Flasche Messwein", „bin ich ein Fettsack?"

„Wie kommst Du bloß auf diese Idee und diese Ausdrucksweise? Du bist gut gebaut. Du bist füllig, siehst glatt, faltenlos und gesund aus, aber nicht fett. Was würden die Leute sagen, wenn Du ein abgemagertes, bemitleidenswertes Stück Mannsbild wärest? Das fiele doch auf mich zurück. Sie würden mir die Schuld geben." Sie äffte einige Tratschen nach: „Die, die hat noch nie kochen können. Schau dir den Pfarrer an. Der fällt uns noch eines Tages von den Knochen. Bei mir hätte er es besser. So aber", Käthe fiel wieder in den normalen Unterhaltungston zurück, „so aber stehst Du gut im Saft. Oder schmeckt Dir mein Essen nicht?"

„Doch, doch", beeilte sich Xaver jeden Zweifel auszuräumen.
„Aber sag mir, warum fragst du? Fettsack, was für ein Aus-
druck. Der scheint mir schon bald fremdländisch, ausländisch,
nicht aus unserem geliebten Bayern. Huch!"
„Nun gut, liebe Käthe, wollen wir doch die Kirche im Dorf
lassen. Fettsack kann sowohl bayrisch als auch urbayrisch sein."
„Aber warum fragst du?"
„Ach, nachdem ich die Brieftasche mit dem Geld am Sendlinger
Torplatz aufgehoben hatte und dem Verlierer nacheilen wollte, da
stieß ich mit so einem unsympathischen jungen Mann zusammen.
Dem entglitten dann seine Bücher, die er mit sich trug. Er sprach,
nein, er schrie mich eigentlich an mit so was wie, ich solle doch auf-
passen, *Fettsack*, sagte er noch."
„Da mach Dir mal keine Sorgen mein Lieber. Das kann doch
nur einer sagen, der neidisch ist. Und zudem, lieber ein reicher
Fettsack als ein ausgedörrter Habenichts. Host net den Preisn
rausghört?""
Der Tag war gelaufen.

Es wäre für Raúl und für seine „*sozialen Studien*" ein überaus
erbauliches Erlebnis gewesen, wenn er dem Entwicklungsprozess
zur Auffindung des Verwendungszweckes im Pfarrhaus hätte beiwohnen können.

Käthe wurde am folgenden Morgen auf der Filiale der Kreissparkasse zu der Spende beglückwünscht. Die Scheine seien echt,
echter könnten sie gar nicht sein. Sie wurden dem Spendenkonto
gutgeschrieben.
Am folgenden Tag schaute Xaver gemeinsam mit seiner *Haushälterin* im Terminkalender nach. Sie fanden, dass leider erst in der
folgenden Woche, von jetzt gerechnet, eben erst in einer Woche,
eine Kirchengemeinderatssitzung möglich war. Die Satzung und andere Termine standen im Weg.
Und so wurde eine Einladung verschickt und am Sonntag ver-

kündete der Herr Pfarrer es während des Hochamtes, vor der Predigt, von der Kanzel. *...findet eine Kirchengemeinderatssitzung statt.* Auf der Tagesordnung stehen wichtige Entscheidungen bezüglich einer neuen Orgel und der Anschaffung einer Marienstatue. Das saß. Alle waren sich darüber im Klaren: Das würde dann nach der Messe, in der traditionellen Stammtischsitzung, hohe Wellen schlagen.

Raúl fuhr noch am gleichen Abend, an dem Xaver und seine Käthe feierten, nach München zurück. In der Rezeption sagte er Bescheid, dass er am nächsten Tag abreisen werde.

Er mietete sich ein Auto, diesmal einen 3-er BMW, also ein bayrisches Auto. Das würde ihm Punkte einbringen vor der Gemeinde, in der er sich einzumieten gedachte. Pluspunkte bei der katholischen Kirchengemeinde waren gleichbedeutend mit Vertrauen. Dem Vertrauen würden dann auch vertrauliche Informationen folgen. Vielleicht würde er die eine oder andere Maß spendieren und selbst mittrinken.

Zu geeigneter Zeit würde er dann, vielleicht auf der Toilette, heimlich eine Dose Ölsardinen zu sich nehmen. Das hatte er einmal als Erfolgsrezept gegen allzu frühes Einknicken beim Konsum alkoholischer Getränke erfahren. Es hatte eine Erklärung gegeben, die irgendwie einleuchtend war. Das Öl und - na, was war es noch? Egal. Er würde vorbereitet sein und sich bemühen ja nicht den Schwaben herauszuhängen. Die, das hatte er schon längst gelernt, die waren, besonders bei den Bayern unbeliebt. Und je näher man den Alpen kam, desto unbeliebter sollen sie angeblich sein.

Mit seinem kleinen Gepäck fuhr Raúl dann am folgenden Morgen in die Gemeinde des Pfarrers Xaver Christmann nebst Angehöriger Haushälterin.

Im Gasthaus mit Pension <Zur alten Post> mietete er sich ein. Schon beim Mittagessen, das er natürlich im gleichen Gasthaus einnahm, setzte er sich ganz in die Nähe des Stammtisches. Und horchte nicht nur mit spitzen Ohren. Auch sein Aufnahmegerät mit dem Richtmikrofon lag auf seinem Tisch. Es würde als sein Handy durchgehen.

Doch an dem Tag wies absolut nichts auf eine Dorfsensation hin. In der Hauptsache ging es hier und heute um die Rindviecher des Höglbauern. Das Thema wurde von den lediglich vier Stammgästen älteren Semesters hin und her gekaut und am Ende war man zerstrittener als zu Beginn. Aber keinesfalls verfeindet, wenngleich man das im Verlauf und der dargebotenen Lautstärke der Gesprächsentwicklung durchaus hätte vermuten können.

Raúl bekam so schon seine erste Lektion in Sachen Kultur im Voralpenbergbauerntum.

Am Abend war er dann wieder, jetzt mit einer Maß Bier, ganz in der Nähe des Stammtisches. Der große Tisch war komplett besetzt. Es ging wieder hoch her und auch, aber letztendlich nicht nur, um die Kühe des Höglbauern. Auch diesmal kam Raúl nicht dahinter, um was es im Grunde ging.

Am nächsten Tag war er bereits Stammgast. Er hörte wiederum nichts, was auf eine besondere Entwicklung in der Pfarrgemeinde hinwies. Sollte ihn eventuell der Pfarrer versetzen? Nun gut, dann müsste er es aussitzen. In spätestens weiteren vier Tagen würden sich gewisse Ereignisse nicht mehr ganz unter den Tisch kehren lassen. In solch einem Dorf!

Am Donnerstag war Ruhetag für das Restaurant. Das Wetter war sehr schön und Raúl genehmigte sich einen Ausflug in die Hochgebirgswelt der Alpen. Die nächsten Tage blieb er wieder Gast in der Pension und dem Gasthaus.

Am Sonntag änderte sich die Situation. Es gab erstaunliche Anzeichen über den Verbleib des gefundenen Geldes. Wenigstens kombinierte es Raúl in diese Richtung.

Heute war der Stammtisch bereits weit vor Mittag besetzt. Raúl hatte damit gerechnet und nahm seinen Platz schon recht früh ein.

Der Pfarrer hatte eine Kirchengemeinderatssitzung einberufen.

Das war nicht das einzige Thema der Runde, aber ein ausgedehntes und mit Fantasien gespicktes obendrein.

Der Höglbauer spielte jetzt gottlob keine Rolle mehr. Nur einmal begann einer damit, erhielt aber eine Abfuhr der Anderen. Es ging weiter mit der Debatte über die Zusammenkunft der Kirchengemeinderäte. Es wurde bereits wild durcheinander geredet. Fragmente der angesagten Tagesordnungspunkte konnte Raúl aufschnappen. Es ging im Groben um die Beschaffung einer neuen Orgel und einer Marienstatue. Offenbar war die Zusammenkunft überraschend und kurzfristig angesetzt worden.

Es war immer noch nicht das punktgenaue Thema Raúls. Aber dann kam es.

Es gab Meinungen und Gegenmeinungen und das oftmals zur gleichen Zeit, kreuz und quer. Oft redeten drei Mannsbilder gleichzeitig, aber immer und bei jedem kam der Grundtenor durch: „Wir haben doch das Geld nicht. Was will er denn. Wozu diese Sitzung? Der und der sagt, dass uns eine neue Orgel viel zu viel Geld wegfressen würde. Mir reicht die was wir haben. Ich gebe keinen Pfennig mehr, ich sage immer noch Pfennig, ich gebe nichts mehr bei den Sammlungen."

Und dann die Marienstatue! „Wie man hört soll ein Oberammergauner 45 000 Euro dafür verlangt haben. Die spinnen ja, *die hab'n ein'n Schmarrn.* Wenn's nach mir ginge ... I hab's ja schon immer g'sagt ... der soll mir nur mal kommen ... I hab da auch noch a Wortl mitzreden ... ja gibt des überhaupt koa Ruh net ... I werd meine Frau mal auf die Käthe ansetzen, die müsste doch mehr wissen ... niemals, niemals ... so ein Schmarrn!"

Raúl brauchte ziemlich viel Fantasie, um aus dem Gewirr etwas herauszufiltern. Aber es ging schon.

Lange vor dem Abendessen suchte er eine Unterhaltung beim Wirt. Und brachte dann, wie so nebenbei das Gespräch auf eine neue Orgel und eine Marienstatue, die sich die Pfarrgemeinde leisten wolle. „Ich habe da so interessante Gespräche am Stammtisch mitgehört."

Ja, da sei was im Gange, besser gesagt *im Busch*. Man mache schon jahrelang an diesem Anliegen herum. Eine neue Orgel wolle man haben, sollte man eigentlich auch haben und der Herr Pfarrer sagt, müsse man haben. „Die Alte tuts nicht mehr lange. Aber eine Orgel *braucht* man doch in der Kirch. Wozu sollen dann die Leit noch hingehen?"

Aber die Marienstatue, ja, da sei er auch dagegen. Das sei einfach zu viel Geld, wenn man bedenkt, dass die 50 000 Euro kosten solle. „So eine Verrücktheit. Mir gefällt die Kirch so wie sie ist. Komm leider halt viel zu wenig dazu. Das Geschäft. Sie verstehen schon. Need?"

Ja und da würde man jetzt raten und Disput haben, was da der Herr Pfarrer vorhat, wenn er schon wieder über die Anschaffung der neuen Orgel beraten oder auch abstimmen lassen wolle. „Das stand doch erst vor vierzehn Tagen auf der Liste, äh, ich meine natürlich Tagesordnung." Und obendrein über die Marienstatue, wenn da die Mehrwertsteuer draufkäme, dann müsse man beinah 60 000 Euro hinblättern. Da sei man doch schon lange weggekommen von dieser Idee.

Der Wirt musste in die Küche. Raúl hatte aber genug erfahren. Er fühlte sich schon beinahe wie ein Insider. Und er war überzeugt, dass das in direktem Zusammenhang mit der Brieftasche stand. So verfolgte er am Abend die nächste Runde am Stammtisch unter einem ganz anderen Verständnis.

Bis zu dem Abend, an dem die Kirchengemeinderatsitzung stattfand.

Unterdessen hatte <die *Familie* Xaver Christmann> das Geld, die verbliebenen 219 600 Euro in eine Zigarrenschachtel umgeschichtet und diese im Safe verstaut.

Die Sitzung fand am Abend statt, eine Viertelstunde nach der Abendandacht. Ausnahmsweise nach der Andacht. Auch das hatten die Herren am Stammtisch schon durchdekliniert. Wieso plötzlich *nach* der Andacht und nicht wie üblich ....?

Pfarrer Christmann hatte noch Zeit die ominöse Zigarrenschachtel zu holen.

„Ich würde so gern die Gesichter sehen, wenn du das Geld
hinschiebst."

„Ich bin auch mal gespannt, was sie dann sagen werden."

„Ich kann es kaum erwarten, bis du nach der Sitzung rüber-
kommst und mir berichtest. Ich mach uns schon mal etwas Gutes
zu essen." Käthe glühte vor Vorfreude.

Als sie das Geld aus dem Safe nahmen, sie taten es gemeinsam,
roch es nach Katzenpisse und Xaver meinte, dass da wohl wieder
eine ihrer Katzen, wahrscheinlich Anton, irgendwo im Pfarrhaus
Pipi gemacht habe.

Die Sitzung.

Der Herr Pfarrer stellte vor der Kirchengemeinderatssitzung die
Beschlussfähigkeit fest und nannte den ersten Tagesordnungspunkt.
Es musste ja alles seine Ordnung haben. Und liebend gerne würde
er seine <Räte> noch etwas auf die Folter spannen, aber er selbst
stand ja unter der größten Spannung. Es war ein Abend, *sein*
Abend, der den größten Triumph seiner Laufbahn bedeuten sollte.
Wer würde da nicht unter einer erhöhten Erwartungsspannung ste-
hen.

„Meine Damen, meine Herren, ich darf ihnen berichten, dass
wir dem Kauf einer neuen Orgel einen entscheidenden Schritt nähergekommen sind. Und wenn wir gescheit handeln, auch einen entsprechenden Zuschuss bekommen. Dann dürfte auch der Anschaffung unserer so heiß ersehnten Mutter Gottes, samt Kind, nichts
mehr im Wege stehen. Den Weg dazu hat uns, und das ist der
tiefere Grund der erstaunlichen Wende, ein Spender geebnet. Ein
großzügiger Spender."

Xaver Christmann, seines Zeichens Hochwürden, legte eine
Kunstpause ein und schaute über den oberen Brillenrand seine ver-
sammelten Gemeindevertreter an. Er glaubte bei allen staunende
Augen erkennen zu können. Recht so. So liebte er seinen Auftritt.

Dieser beeindruckende Augenblick, und der dann anschließend sicher noch gewaltigere, musste er unbedingt geistig einfangen und ihn hinüberretten, bis er wieder Käthe treffen würde.

„Leider hat sich unser edler Spender Anonymität erbeten. Ich bin sicher, dass wir ihm gerne alle für seine Großzügigkeit gedankt hätten. Er hat aber zur Bedingung gemacht, dass sein Name ungenannt bleiben müsse. Trotzdem glaube ich, dass wir uns alle gemeinsam über 220 000 Euro freuen sollten. Ich habe im Voraus bereits die Noten auf ihre Echtheit überprüfen lassen. Die Kreissparkasse hat uns bestätigt, dass es sich um nicht zu beanstandendes Geld handele."

Jetzt schaute Hochwürden nicht mehr über den Brillenrand. Er wollte die Reaktionen vollkommen auskosten. Und die waren wirklich entsprechend. Zuerst ehrfürchtiges Schweigen. Dann ein langgezogenes: „Ooaaahhhh!"

Gleich darauf begann ein Stimmengewirr. Es ging nicht mehr nach geordneten Wortmeldungen. Sie redeten alle durcheinander.

Xaver ließ sie eine Weile gewähren, genießend gewähren. Bis dann die Frage kam: „Wann war das?"

„Meine Damen und Herren, ich darf Sie doch bitten der Reihe nach Fragen zu stellen. Aber, wie bereits gesagt, kann ich auf eine Frage keine Antwort geben, nämlich von wem das Geld stammt." (Xaver war sich natürlich nicht bewusst, wie recht er damit hatte. Andererseits konnte er schlecht den Ratsmitgliedern beichten, dass er es den Bedürftigen weggenommen hatte.)

Allgemeiner Tenor, man wollte den Reichtum sehen. Das war vordringlich. Fragen konnten auch noch nachher gestellt werden bzw. unbeantwortet bleiben. Die Tatsachen sollten jetzt auf den Tisch.

„Meine sehr verehrten Vertreter der katholischen Kirchengemeinde St. Michael. Ich übergebe hiermit unserem Schatzmeister dieses Kistchen, diese Schatztruhe mit dem Schatz, der uns weitere Entscheidungen über unsere Anliegen zumindest erleichtern dürfte. Herr Mösenbichler, sie sind jetzt am Zug."

Herr Mösenbichler zog das Kästchen zu sich heran, das ihm der

Herr Pfarrer mit feierlicher Gestik zugeschoben hatte.

Herr Mösenbichler öffnete das Zigarrenkästchen und rümpfte die Nase.

Da alle Augenpaare gespannt auf ihn gerichtet waren, bemerkten sie natürlich auch die Geste der gerümpften Nase. Und schon kam die erste Stimme. Sie kam aus dem Lager der Willigen, jener, die für die Anschaffung einer neuen Orgel immer vehement eingetreten waren.

Mösenbichler hielt sich jetzt mit den Fingern der linken Hand die Nase zu und sagte daher mit beinahe zu leiser und nasaler Stimme: „Penuntia non olet! - ha, und für alle Nichtlateiner heißt das: <Geld stinkt nicht>."

Ein anderer: „Mach kein so´n Gesicht, zeig uns was Du da eingeheimst hast."

Doch Herr Mösenbichler hatte inzwischen in das Kästchen gegriffen. Dann ließ er den Daumen seiner rechten Hand an einer Seite des Kästchens hineingleiten. Er zog ihn langsam wieder nach oben, alle konnten das Geräusch von fächerndem Papier hören. Im Schein der Hängelampe staubte es ein wenig.

„Die Scheine klimpern", sagte einer und erntete Lachen.

Herr Mösenbichler hatte seinen Blick immer noch auf das Kästchen gerichtet.

„Nun komm wieder zu Dir," rief einer, „nicht, dass Du uns noch vor lauter Ehrfurcht vom Stuhl fällst."

„Hat wohl noch niemals so viel Geld auf einmal gesehen."

„Tu nicht so ehrfürchtig, ist ja nur Geld", sagte ein anderer.

Langsam hob Herr Mösenbichler seinen Blick und schaute verwirrt zuerst den Herrn Pfarrer an, dann ratsuchend in die Runde. Es wurde still. Großes stand bevor.

„Herr Pfarrer, ich ... ich ..", stammelte Herr Mösenbichler.

Dann kam wieder eine Stimme am Versammlungstisch: „Jetzt hots ihm die Sproach derschlogn."

Dem konnte zunächst nicht einmal Herr Mösenbichler widersprechen.

„Aber Herr Pfarrer", setzte er nochmals an, „i woaß net, woas des bedeitn deed?"

Noch antwortete der Herr Pfarrer fröhlich und es sollte für eine lange Zeit seine letzte Fröhlichkeit werden. „Nun, das bedeutet, dass wir uns die neue Orgel leisten können und ..."

Herr Mösenbichler hatte mittlerweile den Deckel des Zigarrenkästchens zurückgeklappt und es wurde ein Stapel Papier sichtbar. Zumindest das oben liegende Stück wies keinerlei Ähnlichkeit mit einem größeren Euroschein auf. Das konnte man auch aus einer gewissen Entfernung erkennen. Nun, dachte der eine oder andere, dass es sich damit vielleicht um ein neutrales Deckblatt handelte.

Allen schienen die Augen aus dem Kopf zu fallen, so stierten sie auf das Papier.

Herr Mösenbichler holte einen kleinen Anteil heraus und fächerte ihn mit geübter Hand auf den Tisch. Er arbeitete auf einer Bank in München. Er galt allgemein in der Runde als „der Banker".

Es trat eine Stille ein, in der man die Trippelschrittchen einer Maus in der Ecke wahrscheinlich als Aufmarsch einer Wachkompagnie interpretiert hätte.

Es stank erbärmlich nach Katzenpisse.

Dann holte Herr Mösenbichler noch mehr Scheine aus dem Kästchen und breitete sie zu den anderen auf dem Tisch aus. Der Begriff *Scheine*, das war natürlich in Anbetracht weißgrauer Papiere maßlos unangebracht. Dann holte er beherzt auch noch den Rest und ließ ihn seinen Fingern entgleiten.

Es war eigentlich gutes Papier, aber eben keine Geldscheine im angekündigten Wert.

Hochwürden wurde zum Erbrechen übel - nein, zum Kotzen. Um sein Gefühl einer bekannten Aussage anzugleichen: Er hätte gar nicht so viel essen können, wie er gerne gekotzt hätte.

Alle Vertreter des Kirchengemeinderats schworen, dass davon

kein Sterbenswörtchen nach draußen dringen durfte. Fachmann Mösenbichler stellte treffend fest, dass man sich nicht mal an die Polizei wenden könne, sollte oder durfte, denn es drehte sich bei der Spende ja nicht um Falschgeld. Es war einfach kein Geld. Man würde sich lächerlich machen.

Trotzdem würde er einen Juristen auf seiner Bank konsultieren. Unauffällig und ganz neutral. Wie *das* gehen sollte, wusste er aber im Moment noch nicht.

Man stimmte überein, dass sich da ein Spender möglicherweise einen schlechten Scherz erlaubt habe - haben könnte. Damit brachten sie ihren moralisch darniederliegenden Pfarrer aus der Schusslinie.

Die Pläne für eine neue Orgel und auch die der Jungfrau Maria mit dem Kind, wurden mal wieder ad acta gelegt. Es entstand der Eindruck, dass man ohne Abstimmung einstimmig der Ansicht war, dass solch ein Thema niemals wieder auf eine Tagesordnung kommen durfte.

Dem Herrn Pfarrer trug man auf, doch das Päckchen wieder an sich zu nehmen, man könne ja nie wissen, wozu das noch gut sein könnte. Da meinte der schlaue Egon, dass es ja sein könnte, dass genauso die Farben des Geldes wieder auftauchen könnten, so wie sie verschwunden waren. Allzu gut konnte er sich nicht ausdrücken, war aber eine ehrliche Haut. Der eine oder andere konnte sich momentan an diesem Strohhalm erwärmen. Vielleicht würde das Wunder tatsächlich auch umgekehrt wirken.

Hochwürden konnte dann auch durch diese christliche Aussicht und Glaubenstreue nicht aus seiner Lethargie erweckt werden.

Die Gerüchteküche kochte danach in der Gemeinde über. Jeder und jede schien noch eins draufzusatteln. Trotz des Schwurs, das Vorkommnis absolut geheim zu halten, kursierten schon zwei Tage danach wilde Gerüchte in der Gemeinde.

Es wurde fleißig kommentiert, dass es da einen großzügigen Spender gegeben habe. Der habe aber eine unannehmbare Bedingung gestellt. Es drehe sich immerhin um eine Million Euro. Diese Zahl wuchs im Laufe der nächsten Tage noch gewaltig an. Es wurde schließlich gemunkelt, dass man von der Spende eigentlich hätte eine neue Kirche bauen können oder sollen. Samt neuer Orgel. Jemand wollte wissen, dass die Pfarrgemeinde zu einem lukrativen Wallfahrtsort ausgebaut werden sollte. Schade drum. Nicht nur die einheimische Geschäftswelt hätte davon profitiert.

Zurück zu den Momenten der gerade zu Ende gegangenen Kirchengemeinderatssitzung. Raúl hatte gerade einen großen Teller mit Salaten der Saison gegessen, als es am nachbarlichen Stammtisch begann *rund zu gehen*. Zwei bekannte Gesichter kamen und setzten sich, nachdem sie die diesmal abgekürzte Form der rituellen Begrüßung hinter sich gebracht hatten.

„Mein lieber Herr Gesangverein", hätte Raúl am liebsten lauthals gestaunt.

Es waren die Neuankömmlinge aus der gerade zu Ende gegangenen Kirchengemeinderatssitzung.

Und sie begannen sofort mit dem Thema. Man hörte eine Weile einem Berichterstatter schweigend zu, was ja für sich schon eine urgewaltige Sensation an diesem Tisch bedeutete. Hätte Raúl die Gepflogenheiten und Rituale einer solchen Ratssitzung gekannt, er selbst hätte hier am Stammtisch auch einen ziemlich ähnlichen Vortrag halten können. Er wusste nun Bescheid. Er hatte die Sicherheit, dass da ein Pfarrer mit seiner Lebensgefährtin ganz bös in ein Fettnäpfchen getreten waren.

Dann hob ein Gelächter aus 11 kernigen Mannsbilderkehlen an. Letztendlich lachten auch die anderen Gäste im Speiseraum des populären Gasthauses mit. Wie auf Kommando tranken alle ihre Biere aus. Nur die beiden zuletzt angekommenen Berichterstatter gingen trocken aus, ihre Biere waren noch nicht auf dem Tisch.

Raúl beendete am nächsten Tag seinen Kuraufenthalt in dem schönen Dorf, brachte seinen 3-er BMW zurück und fuhr nach

Hause. Die *Angelegenheit* war erledigt, ...schien erledigt. Es sah wenigstens danach aus. Für den Augenblick.

Der Schein war trügerisch.

Auf der örtlichen Filiale der Kreissparkasse hatte man dem Rentner Alois Neubauer runde 824 Euro ausgezahlt. Unter anderem waren da auch 3 Scheine im Wert von je 200 Euro dabei.

Beim MediaMarkt wollte er einige Tage später eine Rate für seine Waschmaschine bezahlen, die er im Februar gekauft hatte.

Also holte er die Zuckerdose aus dem Regal mit den Marmeladengläsern hervor, wollte ihr einen Geldschein entnehmen. Er war dann doch sehr überrascht, dass es dort nach Katzenpisse roch, streng roch.

Fast automatisch schaute er nach seinem Kater Felix, der auf der Eckbank zusammengerollt schlief.

„Na warte Bursche", sagte Herr Alois Neubauer, „Dir werd ich´s geben. Dir werd´ ich Stubenreinheit einbläuen, wenn es nicht anders geht."

Er schnappte sich den schweren altmodischen Handfeger. Gerade als er zum ultimativen Schlag ausholen wollte, kam ihm die rettende Idee, dass es wohl der Kater nicht bis in das Regal mit den Marmeladengläsern geschafft haben konnte. Zumal vor jedem Zugriff da eine gläserne Schiebetür zu bewegen war. Und das konnte ja schlecht Felix tun. Kater Felix wusste nichts von seinem Glück, wie nahe er an einer Katastrophe vorbeigeschlittert war und schlief den Schlaf des Gerechten weiter.

So schlurfte Alois, eigentlich der Loisl, wieder zurück. Schnupperte in Richtung des Regalinhaltes. Aber es war und blieb Katzenpisse, die da entströmte. Der hatte sich seit seinen Kindertagen fest in seinem Gedächtnis eingebrannt.

Vorsichtig rückte er einige Gläser auseinander und griff schließlich nach seiner Sparbüchse in Form der Zuckerdose. Nirgends war eine verräterische Flüssigkeit zu sehen oder klebrige Reste zu ertasten. „Ich wollte Dir auch nicht geraten haben", murmelte er vor sich hin. Offensichtlich war dieser Hinweis dem Kater Felix zugedacht.

Der Deckel der Zuckerdose war schon lange nicht mehr ein luftdichter Verschluss, aber als er ihn öffnete, war der Gestank noch intensiver. Für einen Moment - so glaubte es Alois zu spüren.

Doch dann, er sah sein Geld, er langte zu, um sich aus dem Vorrat den Schein für die Ratenzahlung herauszufischen.

Loisl hatte seit seinem Erwachsenenleben eine gute mentale Buchführung und wusste, dass er diesmal einen 200-er Schein mitnehmen würde. Der würde ihn heute begleiten, von ihm musste er ein Stück abgeben. Dafür hatte er ja eine neue, modernere Waschmaschine. Wichtig, seit er als Witwer allein leben musste.

Er wusste, dass er sich einen dieser Scheine herausgeangelt hatte, doch was er sah, wollte er nicht glauben. Er schaute nochmals auf das Papier, dann zum Herrgottswinkel. Nicht dass er Beistand erwartete oder um ein Wunder bat. Nein, er wollte für den Moment nur nicht seinen Augen trauen. Und er wollte das, was er gesehen bzw. nicht gesehen hatte dadurch abgleichen, dass er etwas anderes anschaue. Er rief seinen Herrgott als Zeugen an.

Gut, der Herrgottswinkel war da, die Blumen auch, der Herrgott hing an seinem Platz, also er hatte keine Sinnestäuschung.

So richtete er seinen Blick wieder auf sein Geld.

Da hatte er ein Problem. Anstatt die interessanten Farben mit den bemerkenswerten Mustern, sah er einfach nichts. Da dies nicht sein konnte, prüfte er seinen Blick nochmals, indem er wieder in bewährter Manier auf den Herrgottswinkel schaute. Er registrierte dabei, dass es mal wieder Zeit sein würde, dort Staub zu wischen.

Doch auch beim neuerlichen Anschauen der Scheine oder der Papiere hatte sich nichts verändert.

Er musste sich setzen. Was war da geschehen? Dann schaute er nach dem Rest des Geldes. Es hatte alles seine Ordnung. Die Zwanziger, der Fuffziger, ein paar Zehner und bei den Zweihundertern war nur einer ganz in Ordnung. Die anderen beiden - aber da waren keine anderen. Da waren zwei Papiere, etwas größer als der Fuffzigerschein.

Er bekam keinen Wutanfall, aber Angst schien seinen Körper schütteln zu wollen. Etwas Unerhörtes war passiert. Er konnte es allerdings nicht in Worten oder auch nur in Gedanken fassen. Hatte ihn da vielleicht jemand bestohlen? Hatte seine guten Scheine gegen wertloses Papier getauscht?

Er hatte sich setzen müssen. Er hatte das Gefühl bekommen, dass ihm die Beine wegknicken wollten.

Wie lange er so da saß, konnte und wollte er nicht abschätzen.

Es wurde ihm auch nicht leichter ums Herz, als er es für so gut wie sicher hielt, dass er diese Scheine auf der Kreissparkasse erhalten hatte. Wo sollte es auch sonst jemanden geben, der ihm Geld geben würde? Ihn betrog man. Ihn, der Rentner, der doch gerade mal das Lebensnotwendigste hatte. Nicht mal einen Rat bei einer Frau oder Lebensgefährtin konnte er sich holen. Seine Frau war im vergangenen Winter gestorben.

Jetzt stand ein Gang zur Bank an. Er musste reklamieren. Sie durfte ihn doch nicht betrügen. Sie durften überhaupt niemanden betrügen. Wie sollte er es denn sonst anstellen, um seine Rente zu bekommen? Die Zeiten waren vorbei, als der Briefträger zu Hause auszahlte, wie es noch bei seinem Großvater war. Er brauchte ein Bankkonto. Die Rentenversicherungskasse wollte es so. Nur deshalb unterhielt er noch ein Konto. Auf seinem Sparbuch ließ er jeden Monat 50 Euro vom Rentenanteil einzahlen. Das war alles. Ein Notgroschen.

Auf der Bank war man alles andere als erfreut, als Herr Neubauer sein Anliegen vorbrachte. Und überdies brachte dieser Mann ein Flair von Katzenpisse mit. Bis hinter dem Schalter wahrzunehmen. *Diese Alten verlotterten, sobald eine Ehefrau nicht mehr den Haushalt führte.*

„Das ist Betrug", sagte Alois Neubauer dem Fräulein hinter dem Schalter. „Diese Papiere habe ich hier als Euroscheine erhalten. 200-er sollten es sein, waren es auch. Aber jetzt - sehen sie selbst. Das können Sie mit mir nicht machen."

„Bitte Herr Neubauer, regen Sie sich nicht auf", sagte das Fräulein.

Die hatte gut reden.

Das Fräulein rief den Filialleiter.

„Loisl, was hast Du denn für Beschwerden", fragte dieser den alten Kunden.

„Ich sagte dem Fräulein schon, dass diese Papiere einmal 200-er Scheine waren, als ich sie vorige Woche abgeholt habe. Hier an diesem Schalter. Und was habe ich jetzt? Das darf doch einer Bank nicht passieren. Ich bin doch nur ein kleiner Mann, ich bin nicht reich. Ich brauche doch jeden Pfennig."

„Also Loisl", begann der Filialleiter, „Das sind doch keine 200-er Scheine. Das ist Papier, sonst nichts."

„Genau deswegen bin ich doch hier. Die oder das habe ich hier als 200-er Scheine bekommen. Das ist Betrug, ist das."

„Bitte nicht so laut Loisl. Und lass mich doch erst einmal nachdenken."

„Ich kann doch nicht ruhig bleiben, wenn es um so viel Geld geht. Das ist eine Katastrophe und das bei Deiner Bank. Pfui!"

„Bitte Loisl, einen Moment."

Der Filialleiter hatte Probleme mit dem, was er da so vor sich sah. Da waren Papierstücke, die tatsächlich in der Größe den Scheinen mit dem Wert von 200 Euro entsprachen. Aber da war nichts Aufgedrucktes zu erkennen. Nur Reste vom Silberstreifen und dem Hollogramm. Also sprach er nach einer Weile zu Alois Neubauer:

„Alois, er sagte jetzt Alois, nun mal ehrlich, hast Du die ausgekocht? Mit einer Lauge gewaschen? Oder was?"

Alois war zunächst sprachlos. Aber da kam der Filialleiter an den Falschen.

„Was soll ich gemacht haben? Glaubt Ihr ich sei bescheuert. Ihr seid alle immer wieder dieselben. Betrügen und das gerade bei den kleinen Leuten. Betrug ist das. Ja Betrug."

Der Filialleiter versuchte mit beiden Händen zu beschwichtigen. Und dann: „Alois, Du kannst doch nicht im Ernst behaupten, dass dies einmal 200-er Scheine waren. Und dass Du sie von uns erhalten hast."

„Hör mal, ich war zwanzig Jahre, nein Moment, mehr als 21 Jahre Lagerist in Ottobrunn. Ich hatte eine Stellung. Ich bin nicht auf den Kopf gefallen. Das hier ist Geld, das ich hier bekommen habe, hier an diesem Schalter. Dass es kein Geld mehr ist, das ist nicht meine Schuld. Das ist in jedem Falle Eure Schuld. Das ist Scheiße, Scheiße ist das."

Alois regten jetzt schon mehr die Handbewegungen des Filialleiters auf, als dass sie ihn beruhigen konnten.

Dieser hatte dann mittlerweile begonnen eines der Papiere zwischen den Finger hin- und herzubewegen. Dann hielt er dasselbe gegen das Licht.

„Verdammt nochmals, Alois, da ist tatsächlich das Wasserzeichen drin. Ja do schau her! Und wie es aussieht, hatte der Fetzen wirklich irgendwie Reste von Hologrammen. An den Stellen, wo sie der 200-er Schein auch hat. Himmelherrgottsakra. Ja, do legst di nieder. Alois, bittschön, sei so liab und komm zu mir aufs Büro. Bitte", fügte er nochmals hinzu.

Im Büro durfte sich Alois *in* einen schönen, mit dunkelgrünem Leder bezogenen Sessel setzen, nicht *auf* einen Stuhl, sondern *in* eine Sitzgelegenheit.

„Du Alois, des tut mir jetzt leid. Aber ich glaube, Du hast Recht."

„Natürlich habe ich Recht. Oder glaubst Du ich will Dich oder die Bank bescheißen?"

„Ich muss telefonieren. Die Geschichte ist zu heiß und zu groß für mich. Aber bleib da. Ich kann das nicht verhindern, aber da kann ein Verbrechen vorliegen."

„Willst Du mir jetzt auch noch sowas anhängen?"

„Ach komm, Loisl, ich denk net dran. Aber da müssen sich dickere Köpfe drum kümmern. Großkopfete, verstehst?"

Alois hätte gerne verstanden.

Nach einem Telefonat sagte der Filialleiter, dass dies etwas mit Falschgeld zu tun haben müsse.

„Ich und Falschgeld. Gell, jetzt bist Du ganz übergeschnappt!"

„Ach Loisl, nimms mir net übel. Ich weiß, dass Du kein Falschgeldhersteller oder -verbreiter bist. Aber die Situation ist ernst und ich muss mich an die Vorschriften halten. Sonst verlier ich meinen Posten. Stell Dir vor, was dann aus meiner Familie werden tät."

„Aber ich will nur meine Rente. Ich hab doch nix verbrochen."

„Das weiß ich auch. Aber jetzt kommen Spezialisten aus der Zentrale und die brauchen Dich als Zeugen. Die wollen das eine und Andere von Dir wissen. Denen erzählst Du halt Deine Geschichte. Dann kannst wieder nach Hause gehen."

„Und mein Geld? 400 Euro?"

„Mein Gott Loisl, versteh doch, dass ich das nicht mehr allein entscheiden kann. Ich muss auch abwarten, was die Herren Spezialisten herausfinden. Aber irgendwie kriegst Du schon Dein Geld. Gar keine Frage. Ich tät´s Dir auch gern versprechen."

„Hoffentlich", sagte Loisl.

„Willst ´nen Kaffee unterdessen", fragte der Filialleiter.

„Jo, wenn´s nix kosten tät."

Alois Neubauer trank noch einen zweiten. Unterdessen lief der Filialleiter nervös hin und her. Er hatte allerhand zu tun. Nach etwas mehr als 30 Minuten kamen drei Herren, alle picobello gewienert und gewichst, wie Alois feststellte. Fein herausstaffiert.

Sie hörten sich nochmals alles das an, was der Herr Neubauer ihnen zu sagen hatte.

Sie begutachteten die Papiere, alias Scheine und kamen zu dem Schluss, dass diese vom Aussehen her, von der Größe her, wegen dem Wasserzeichen und den vermuteten Resten von Hologrammen durchaus zu einem 200-er Euroschein passen könnten. Sogar die Papierqualität dürfte stimmen, was noch zu prüfen wäre. Der Geruch, nein, der leichte Gestank nach Katzenpisse, passe natürlich nicht zu den Euroscheinen. Man müsse weiter analysieren. Dabei sei es nicht zu vermeiden, dass die Polizei und sicher auch die Bundesbank einzuschalten sei.

Man konnte nicht mehr mit Sicherheit feststellen, woher die Scheine gekommen waren. Aber man war sich einig, dass sie wohl auf der Filiale eingezahlt und auch an Herrn Neubauer ausgezahlt wurden. Zumal sich die Kassiererin plötzlich zu erinnern schien, dass die Haushälterin des hiesigen Pfarrers da war und zwei Scheine dieser Größenordnung eingezahlt habe. Ach ja, und sie habe noch gebeten die beiden 200-er auf ihre Echtheit zu untersuchen. Sie seien echt gewesen.

Scheiße - Verzeihung Fräulein - was könnte da nur passiert sein?

„Ja, und dann hat diese Frau Käthe gesagt, ich kenne sie nur unter dieser Bezeichnung oder diesem Namen, dass dieses Geld von einem anonymen Spender gekommen sei. Sie kommt sonst immer montags, um die Spenden aus dem Opferstock für eine neue Orgel einzuzahlen. Aber es war dann, einen Moment, ja, es war dann gar nicht montags."

Die Runde der Banker entschied, dass nun die Anwesenheit von Herrn Neubauer nicht mehr weiter erforderlich sei, er könne gehen.

„Ja, und mein Geld?"

„Da machen Sie sich mal keine Sorgen, das lassen wir von der Zentrale aus regeln."

Aber Alois hatte einige wichtige Erkenntnisse gewonnen. Da schau her. Er hatte mitgehört. Mit der Käthe hatte er noch ein Hühnchen zu rupfen. Die hatte also Falschgeld in Umlauf gebracht. Die hatte an einem unüblichen Tag eingezahlt. Von wegen Spende. Anonyme Spende.

Und da lief ihm auf dem Nachhauseweg der Philipp über den Weg. Man war sich einig, dass man Durst habe.

Im Wirtshaus erfuhr dann Alois was sich tags zuvor, genauer gesagt am Abend zuvor, in der Kirchengemeinderatsversammlung ereignet hatte.

Das passte wie der Deckel auf einen Topf, wenn man das Erlebte und Gehörte von Alois und die Neuigkeiten von Philipp zusammenbrachte.

Zwei Tage später kamen zwei fein gekleidete Herren in das bescheidene Häuschen von Alois und baten um eine kleine Unterredung. Man brauche noch ein paar Angaben, nur ein paar Ergänzungen zu dem, was er vor zwei Tagen auf der Filiale der Kreissparkasse erlebt habe. „Wir bedauern Sie zu belästigen. Aber uns scheint, dass da ein Falschgelddelikt vorliegt. Sowas müssen wir sehr ernst nehmen. Selbstverständlich sind Sie kein Beschuldigter. Aber, wir denken, dass Sie uns mit einigen weiteren Angaben weiterhelfen können." Man bedankte sich im Voraus für seine Hilfe.

Alois war jetzt von seiner Wichtigkeit angetan.

Bei erstbester Gelegenheit brachte er sein Wissen über das Verhalten von Käthe zur Sprache. Eigentlich wollten sich die Herren nicht ablenken lassen. Waren aber dann doch hellhörig. Sie notierten sich so Einiges.

In den nächsten Tagen kursierten dann Geschichten im Ort. Geschichten, die natürlich nicht brühwarm zu den Ohren von Alois gelangten. Er gehörte ja nicht zu dem Zirkel der Tratschfrauen. Es sickerte aber immer mehr durch.

„Die Käthe - ein Haufen Geld - eine Kiste voll - Millionen müssen es gewesen sein - alle falsche Fuffziger die 200-er. Der Mösenbichler - der Kirchengemeinderat - die Orgel und die Madonna mit Kind - Schwindel - und immer wieder Falschgeld. Unser Herr Pfarrer nach München zitiert - Käthe bei Verwandten - eine Zeit lang - vielleicht - usw.

Herr Alois Neubauer hatte von der Filiale der Kreissparkasse großzügig 400 Euro erhalten. Als Ersatz für ein Missgeschick bei einer Auszahlung. Alois Neubauer unterschrieb und bestätigte somit den Empfang des guten Geldes.

Die Sache war groß genug, um wieder beim BKA zu landen und natürlich bei der Bundesbank.

Ein Zusammenhang mit anderen Vorkommnissen wegen Falschgeld, bei denen Werte einfach verschwanden, war bald hergestellt. Sie wurden sich bei der Sonderkommission einig, dass man hinter die Ermittlungen mehr Druck setzen musste. Mehr Dringlichkeit wurde beschlossen.

Manche sahen alarmierende Zeichen. Sie würden umgehend ein Gesamtkonzept zur Bekämpfung und Aufdeckung der Delikte aufstellen.

Dann stellten sie aber auch fest, dass es dazu noch zu früh war. Es waren noch nicht genügend Eckdaten vorhanden.

Trotzdem wurde der Anfang gemacht. Möglicherweise würde man von den Tintenherstellern und den Papierfabrikanten wichtige Anhaltspunkte erhalten können. Maßnahmen wurden eingeleitet.

Doch die Ergebnisse, die sie sehr rasch erhielten, stimmten nicht gerade hoffnungsfroh. Da zeichnete sich bereits die erste Sackgasse ab. Alle Erkenntnisse verliefen vergleichsweise im Sande. So stellte keiner Farben her, die sich nach einer gewissen Zeit auflösten. Und ganz besonders nicht in irgendeinem industriellen Maßstab. Z.B. für den Weiterverkauf. Es wäre auch widersinnig, Farben herzustellen, die nach der Anwendung verschwanden. Der eine oder andere Chefchemiker tippte sich mit dem Zeigefinger an die Stirn. <Schwachsinn>, kommentierten die Herren.

Die Papiersorte war für Experimente gefertigt und ausgeliefert worden. An verschiedene Firmen. Es gab noch einen gesicherten Restbestand, aber selbstverständlich in einem gesonderten und abgesicherten Lager. Eine Untersuchung in die Tiefe stand da aber noch aus. Die Herstellerfirma versprach alle Unterlagen, die den Vertrieb anbetrafen, der Kommission zur Verfügung zu stellen. Sie hatten auch ein ureigenes Interesse daran, die Leute von BKA und Bundesbank bei ihren Ermittlungen zu unterstützen. Zu viel Geschäftsinteressen standen auf dem Spiel.

Was man bei der Sonderkommission bis jetzt wusste bzw. herausgefunden hatte, erbrachte keine Erkenntnisse, die den Ermittlungen Schwung gegeben hätten.

Hersteller für technische Einrichtungen zum Erstellen von Hologrammen? Auch da war Fehlanzeige. Keine weiteren Erkenntnisse. Wasserzeichen: Da habe man noch keinen Anknüpfungspunkt. Gestaltet sich schwierig. Jedenfalls noch keine Erkenntnisse. Die Orte, wo die Fälschungen bzw. die Geldwerterscheinungen auftauchten, ergaben keinen Zusammenhang. Noch nicht. Die liegen zu weit auseinander. Zerstreut. Norddeutschland, dann eine Stadt im Westen Deutschlands und jetzt im Voralpenland.

Und dazu kamen immer nur relativ bescheidene angenommene Werte zusammen. Punktartig zusammen. Keine Streuung, kein Hintergrund war zu erkennen, keine Strategie.

Es konnte leider auch kein Motiv oder die Absicht hinter der Verbreitung dieser Papiere erkennbar werden. Da kamen mutmaßlich Geldscheine in Umlauf, für die man sich nichts kaufen konnte. Spielgeld in erstklassiger Fertigung. Das sich selbst entwertete?

Die Absicht einer Bereicherung schien paradoxerweise ebenfalls ausgeschlossen zu sein. Also was dann?

Ein junger Ermittler, zum ersten Mal in einer Sonderkommission, gab seine Meinung zaghaft zur Kenntnis. Ob es sich vielleicht nicht doch um eine Organisation oder einen Menschen handeln könnte, die oder der sich schlicht einen Spaß erlauben wollte?

Einen Spass? - dahinter steckte doch ein gewaltiger Aufwand, Sachkenntnis, Maschinen und und?

Oder, wäre es nicht auch so denkbar, dass die Organisation bzw. der Mensch vielleicht Probeserien unter die Leute bringen wollte? Sie sozusagen anonym verteilen ließ. Anonym bzw. vom *Otto Normalverbraucher* feststellen lassen wollte, ob die Werte alltagstauglich seien. Auf eine Weise, die für sie oder ihn völlig gefahrlos sein sollte, außerhalb jeder Erfassung? Oder einer Rückverfolgung?

Um absolut keine Spuren zu hinterlassen, sollten sich dann, wie vorprogrammiert, die Werte schließlich in Nichts auflösen. Sie oder er wollten da nicht vorzeitig, vor der Aufnahme der Geldfälschungen im großen Stil, Aufmerksamkeit erregen. Keine Neureichen schaffen, die auffällig mit Geld um sich schmissen. Damit auch die Aufmerksamkeit der Polizei auf sich zogen. Dafür spräche auch die relativ geringe Menge von Falschgeld, die da eigentlich im Spiel war. Gerade so viel, wie in eine dicke Brieftasche passte.

Danach, wenn feststand, dass die Scheine nicht als Falschgeld erkennbar waren oder entdeckt wurden, würden sie oder er im ganz großen Stil mit den Fälschungen auf den Markt kommen. Dann aber nicht mehr in Nullwerte zerfallend. Beständig und sich mehr und mehr in den Geldkreislauf einordnend?

Die Probezeit wäre dann sozusagen erfolgreich verlaufen. Es hatte ein paar Opfer gegeben. Siehe unser erster Fall, ein Herr Holger Steinebrey. Oder auch materielle Opfer, wie die Bank mit den runden 200 000 Blüten. Aber bei einer solch großen Sache hatten die auch Opfer eingeplant. Warum nicht? Es waren doch Verbrecher oder ein Verbrecher, wenn Sie so wollen, meine Herren.

Man war grundsätzlich nicht abgeneigt sich dieser Meinung anzuschließen. Es mangelte ja geradezu an alternativen Denkansätzen.

Aber eine einheitliche Zustimmung fand sich doch nicht.

Könnte es nicht auch sein, dass der Fälscher selbst eine unbeabsichtigte Panne erlitt? Oder auch, dass er/sie von rivalisierenden - man verwendete das Wort <Banden> nur ungern - für den Moment jedenfalls ungern - dass er von denen Farbe untergejubelt bekam, die sich auflöste, weil man ihn/sie vom Markt verdrängen wollte? Oder gar vermeiden wollte, dass er/sie sich jemals am Fälschermarkt etablieren konnte?

So gesehen waren das düstere Aussichten, sollten sich auch nur einige dieser Theorien als stichhaltig erweisen. Dann musste man sich sputen. Nach einer Möglichkeit suchen, um diesen angenommenen Absichten zuvorzukommen. Sie waren sich einig, dass da der Markt vielleicht mit Falschgeld geflutet werden könnte. Dem mussten sie zuvorkommen.

Sie wollten das Nachrichtennetz sowohl verbessern als auch beschleunigen.

War da irgendwo vielleicht doch ein kleiner oder gar grober

Rechenfehler? Denkfehler? Etwas Wichtiges, das sie immer noch nicht sahen?

Oder wurden in diesem Augenblick vielleicht schon die ersten größeren Mengen Falschgeld in Verkehr gebracht?

Es wurde auch angeregt, die Voraussetzungen für eine verbesserte Kontrolle, speziell bei den 200-er Werten, zu schaffen. Es wurde ein Auftrag formuliert, um zu ultrafeinen Mess- oder Kontrollsystemen zu kommen. <Aber bitte die Kosten im grünen Bereich lassen>.

An alle Banken sollte ein Rundschreiben mit den bis jetzt bekannten Ansätzen gehen. Streng vertraulich. Es wurden Vorschläge gemacht, wer in einer Bankorganisation in die Problematik einzuweihen war.

Vorausschau zu Band 2

Der zweite Band ist die Fortsetzung der Geschichte und ist in 6 „*Studienabschnitte*" unterteilt.

Im 5. Teil ist es Horst Laufer, der sich mit gefundenem Geld, ohne zu zögern nach Malaysia aufmacht. Er hätte es besser nicht getan.

Im 6. Teil ist es ein Geigenvirtuose, der sich mit gefundenem Geld endlich die erträumte Stradivari leisten will. Die ersteht er sich, aber dann beginnen die Probleme mit einem Gutachter, der im Leben noch nicht viel anderes gemacht hat als Betrügereien.

Im 7. Teil ist der Finder ein junger Asylsuchender, der bis dato geglaubt hatte in Ricky einen wahren deutschen Freund zu haben. Er lernt dazu.

Im 8. Teil bekommt es Raúl Rivera mit der Polizei zu tun. Es kommt zu faustdicken Überraschungen - nein, noch viel Dickeren. Kann Raúl nochmals seinen Kopf aus der Schlinge ziehen?

Der 9. Teil klärt die Leserin und den Leser über den verborgenen Hintergrund der seltsamen Aktivitäten Raúls auf. Sie/er wird einiges über die neuere Geschichte Chiles und besonders den Militärputsch Anfang der siebziger Jahre erfahren. Sein Vater wird verdächtigt in dem Betrieb, in dem er arbeitet, an der Vorbereitung einer Conterrevolution beteiligt gewesen zu sein.

Vor den Augen des jungen Raúl wird sein Vater und die Mutter im Folterlager Pisagua aufs Schrecklichste gefoltert. Sie erhalten Asyl in Deutschland. Raúl wird sein Leben lang an dem Trauma zu leiden haben.

Jedenfalls braucht es gute Nerven, um Teil 9, der eigentlich vorweg aufklärend an 1. Stelle stehen sollte, zu durchleben.

Weitere Bücher von Kurt Koch

1. Die Festung Weilerbach
550 Seiten - Autobiografisches, Kriegskindertage des
Autors - Erinnerungen, Erlebnisse und Interpretationen
eines Kindes aus der schwierigsten Zeit des vergangenen
Jahrhunderts. Am 19. März 1945 erklärte in Weilerbach
eine versoffene deutsche Führungsriege der Deutschen
Wehrmacht, das Dorf Weilerbach zur Festung.

Softcover, ISBN **978-3-7597-5335-9**

2. Riobamba
Familiensaga in drei Bändern.
Roman und das wirkliche Leben - Ein
Familienschicksal. Großgrundbesitzer in der
Extremadura Spaniens gegen Leibeigene, die Heilige
Inquisition und die Leibeigenen unter sich und
gegeneinander - das Leben in einer erbarmungslosen
Gesellschaftsform in benachteiligter Landschaft.

Softcover, ISBNs:
Band 1: **978-3-7597-7511-5**
Band 2: **978-3-7693-1950-7**
Band 3: **978-3-7693-2721-2**

3. Satans Geile Träume

Thriller in zwei Bändern.
Drogenhandel, Drogenbarone, brutale
Geschäftspraktiken. In Europa wird tonnenweise Kokain
angelandet und großflächig vermarktet. Ein absolut
tödliches Spiel mit wechselnden hochseetüchtigen
Yachten und den mit allen Wassern gewaschenen
„honorigen" Alten Herren. Die DEA der Amis greift mit
Undercovers und wechselndem Erfolg in „das absolut
tödliche Spiel" ein. Hochspannung.

Softcover, ISBNs:
Band 1: **978-3-7693-0573-9**
Band 2: **978-3-7693-2685-7**

4. Ecuador, mein Leben in den 50-er Jahren

471 Seiten - Autobiografisch.
Koch in einer Bananenrepublik. Von Weilerbach nach
Quito/Ecuador, Kochs erste Station in 3000 Meter über
NN auf dem Äquator, bei „meinen" Indios. Ihre
täglichen Demütigungen durch die weißen „Eroberer",
ihr Elend, Deutsche Pädagogen sind die Plünderer
Nummer eins der uralten Kulturgüter. Und vieles andere
aus einer erwachenden Welt.

Softcover, ISBN: **978-3-7597-9702-5**

5. Ein Sarg für die Tante

444 Seiten - Krimi über Habgier und Erpressung. Ein Bankangestellter erbeutet und veruntreut eine Datenliste mit tausenden von Steuerhinterziehern. Seine Frau erpresst hinter seinem Rü-cken unehrliche „Sparer". Als Deckung inszeniert sie den Tod und Beerdigung ihrer Tante. Der Sohn mischt dann mit. Kann das gutgehen?

Softcover, ISBN: **978-3-7583-4001-7**

6. Finderlohn

Roman in 9 spannenden Episoden über zwei Bänder. In Chile die Revolution, das Ende Allendes. Der junge Raúl Rivera muss den barbarischen Folterungen seiner Eltern durch Schergen der Militärdiktatur beiwohnen, kommt dann nach Deutschland. Als erfolgreicher Erfinder verteilt er nachgemachtes Geld mit Verfallsdatum und erlebt bei seinen Beobachtungen die haarsträubendsten Überraschungen.

Softcover, ISBNs:
Band 1: **978-3-7583-5152-5**
Band 2: **978-3-7693-0954-6**

7. Höllenbrut
438 Seiten - Thriller mit Staatsterrorismus.
Staatlich gesteuerter terroristischer Hintergrund.
Urlauberpaar aus Deutschland gerät in die perfidesten
Machenschaften von korrupten Putschisten und
Erpressern zwischen die Fronten einer zutiefst
unmo-ralischen Diktatur und Freiheitskämpfern in
einem gescheiterten Staat.

Softcover, ISBN: **978-3-7693-0958-4**

8. Heiße Latinaliebe im Abseits
423 Seiten - hochemotionaler Erotikroman
Eine Jungvermählte entdeckt, dass ihr frisch
angetrauter Ehemann impotent ist. Sie muss sich ihren
Weg im damaligen, prüden Peru selbst suchen -
Scheidung gibt es nicht. Sie lässt sich auf eine Affäre
mit einem Deutschen ein. Mit verhängnisvollen Folgen.

Softcover, ISBN: **978-3-7597-7568-9**

9. Zahlbar in Diamanten

532 Seiten - Thriller

Blutdiamanten finanzieren in Afrika Kriege. Ein kriminell strukturiertes Kartell in den USA hat sich auf Waffen- und Diamantenschmuggel spezialisiert. Machtkämpfe werden mit Mafia-methoden ausgetragen. Eine Diamantenlieferung geht „verloren". Es kommt zu dramatischen Szenen, in denen auch ein skrupelloser und korrupter Sheriff eine bedeutende Rolle spielt. Die Welt, wie sie ist.

Softcover, ISBN: **978-3-7693-0611-8**

10. ...nicht begehren Deines Freundes Frau

496 Seiten - Kriminalroman

Zwei Geschäftsfreunde haben viele Gemeinsamkeiten bis einer des anderen Frau für sich beansprucht. Die Freundschaft zerbricht und das Trio gerät in einen Wettlauf, wer wen zuerst beseitigen kann. Schließlich kann nur einer gewinnen - und dann aber gleich alles.

Softcover, ISBN: **978-3-7693-0994-2**

11. Dein Kind zurück für 2 Millionen

349 Seiten - Drama, Krimi, Hochspannung
Der einzige Sohn eines Konzernleiters wird aus einem Feriencamp entführt. Die Familie verzweifelt an unvorhersehbaren Ereignissen und Missverständnissen. Die Polizei versucht in groß angelegten Aktionen die Befreiung des Jungen, verbockt die Initiative und büßt mit Kompetenzverlust. Es endet alles mit einem riesengroßen Missverständnis.

Softcover, ISBN: **978-3-7597-7855-0**

12. Das Paradies

198 Seiten - Ein humorvoller Roman.
Die Kreationisten werden sich in dieser Schrift bestätigt fühlen. Die Niederschrift zum Handlungsablauf könnte ihr „Katechismus" werden. Der HERR hat Himmel und Erde in 6 Tagen erschaffen. Dann kam die Geschichte mit Adam und Eva und ihrem geklauten Apfel.

Softcover, ISBN: **978-3-7693-2746-5**

Mehr auf www.kurtkoch.com!